本书是贵州省哲学社会科学规划
重大委托课题"欧阳黔森创作的历史理性与价值建构研究"（18GZWT01）结
项成果，由贵州民族大学一流学科建设经费资助出版。

欧阳黔森

创作研究

颜水生　杜国景　章文哲◎著

中国社会科学出版社

图书在版编目(CIP)数据

欧阳黔森创作研究/颜水生,杜国景,章文哲著. —北京:中国社会科学出版社,2021.4
ISBN 978 - 7 - 5203 - 8216 - 8

Ⅰ.①欧…　Ⅱ.①颜…②杜…③章…　Ⅲ.①欧阳黔森—文学研究
Ⅳ.①I206.7

中国版本图书馆 CIP 数据核字(2021)第 063486 号

出 版 人	赵剑英
责任编辑	郭晓鸿
特约编辑	杜若佳
责任校对	师敏革
责任印制	戴　宽

出　　版	中国社会科学出版社
社　　址	北京鼓楼西大街甲 158 号
邮　　编	100720
网　　址	http://www.csspw.cn
发 行 部	010 - 84083685
门 市 部	010 - 84029450
经　　销	新华书店及其他书店

印　　刷	北京明恒达印务有限公司
装　　订	廊坊市广阳区广增装订厂
版　　次	2021 年 4 月第 1 版
印　　次	2021 年 4 月第 1 次印刷

开　　本	710×1000　1/16
印　　张	20
插　　页	2
字　　数	251 千字
定　　价	116.00 元

欧阳黔森

创作研究

颜水生　杜国景　章文哲◎著

中国社会科学出版社

图书在版编目(CIP)数据

欧阳黔森创作研究/颜水生,杜国景,章文哲著. —北京:中国社会科学出版社,2021.4

ISBN 978 - 7 - 5203 - 8216 - 8

Ⅰ.①欧… Ⅱ.①颜…②杜…③章… Ⅲ.①欧阳黔森—文学研究 Ⅳ.①I206.7

中国版本图书馆 CIP 数据核字(2021)第 063486 号

出 版 人	赵剑英
责任编辑	郭晓鸿
特约编辑	杜若佳
责任校对	师敏革
责任印制	戴 宽

出 版	中国社会科学出版社
社 址	北京鼓楼西大街甲 158 号
邮 编	100720
网 址	http://www.csspw.cn
发 行 部	010 - 84083685
门 市 部	010 - 84029450
经 销	新华书店及其他书店

印 刷	北京明恒达印务有限公司
装 订	廊坊市广阳区广增装订厂
版 次	2021 年 4 月第 1 版
印 次	2021 年 4 月第 1 次印刷

开 本	710 × 1000 1/16
印 张	20
插 页	2
字 数	251 千字
定 价	116.00 元

目　　录

概　　论

　　本选题以欧阳黔森创作为研究对象，正是为了从文艺的历史过程出发，以文艺理论与文艺批评的原理、范畴和方法，来解读和分析文艺家的成长及彼此间的差异，从而探讨新时代中国文艺创新发展的方向与途径。之所以选择欧阳黔森，不但因为他是当前贵州最重要的文艺家，而且因为他是新时代中国作家和艺术家的重要代表之一。仅 21 世纪以来不到二十年的时间，欧阳黔森就以自己的全部创作，在全国范围引起了广泛关注，既提升了贵州文艺在主流文坛的地位，也使得他自己很快成长为中国文坛优秀的中青年文艺家。欧阳黔森的成长历程，蕴含着中国文艺家如何以个人精神资源、地域文化资源与主流文坛对话的独特经验，正是凭着这样的经验，欧阳黔森走出了一条对中国文艺家不无启迪的道路。

一　新时代文艺创作的创新路径

　　“地域”这个词并不生僻，在古代文献中经常能看到。古代文献中的“地域”主要指土地范围，和文化并没有多少关联。1979 年版的《辞源》、1980 年版的《辞海》、1996 年版的《现代汉语词典》中，没有"地域"词目。1978 年商务印书馆编的《四角号码新词典》和多达 12 卷的《汉语大词典》（1986—1993 年出齐）倒是有这个词目，但解释很简单，一是指土地、地区的范围，二是本乡本土，如地域观念。"五四"到中华人民共和国成立后的前 30 年，对文艺与地域关系的认识扩展了许多，但即便如此，研究仍然受限。那时更常见的，是把文艺作品中描绘自然环境、社会习尚、风土人情，以及方言、服饰、心理等所出现的差别，当作地方色彩、艺术风格来理解。直到改革开放以后，地域文化的多样性以及它对文艺的多方面影响，这才引起广泛关注，并真正成为新的学术增长点。本选题研究的欧阳黔森创作及新时代中国文艺创新实践，虽然关乎主流文艺，但其内蕴也在于文艺与地域的关系。这是文艺理论的一个基本问题。文艺与地域这个亘古话题此消彼长的历史动因究竟是什么？这个话题本身的价值和意义何在？在今天的时代语境中，文艺创作应当怎样处理文艺与地域的关系？欧阳黔森的创作又是怎样超越地域的？新时代中国文艺的创新方向与路径何在？所有这些，都在我们的讨论范围之内。

（一）文化变迁与话题扩张

文艺与地域话题亘古以来的此消彼长，要而言之，是社会发展与文化变迁在起作用。如前所述，地域这个名词在古籍中虽然用得比较多，但都没有指向文化。《周礼·地官·司徒》所说的"以天下土地之图，周知九州之地域广轮之数"①，指的是土地范围，是地理空间。中国古代文献中类似的说法还有区域、疆域、领域，含义与地域一样，多与土地、版图、地图有关，并不包括更多的文化内涵。

---

① 《周礼注疏·地官·司徒》，（清）阮元校刻：《十三经注疏》（上），中华书局 1980 年版，第 702 页。

如"界别区域"①、"判山河而考疆域"②、"地穷边裔，各有疆域"③、"王都领域，不与交言"④ 等，说的都是版图、区域或地图。中国最早的地图集就叫《禹贡地域图》，而地域图就是地图。

但这并不等于说古人对文艺与地域的关系缺乏认识。恰恰相反，古代文学艺术对地域文化的倚重由来已久。《诗经》"十五国风"就反映着地域文化的差别。吴公子季札鲁国观乐也是著名的例子⑤。可见古代诗乐所涉及的，并不仅仅是土地范围，那里面也有政治、经济、民情风俗和文学艺术。以至《汉书·地理志》及魏征的《隋书·列传第四十一·文学》之后，以南北对举的方式来讨论文学的地域差异渐成体式和传统。直到近现代，相关的成果仍有不少，如刘师培的《南北文学不同论》，王国维的《屈子文学之精神》和《元剧之时地》，汪辟疆的《近代诗派与地域》等。西方也有不少以南北对举方式来阐述地域文化差别如何影响文艺的学者，如亚里士多德、孟德斯鸠、斯达尔夫人、泰纳等。在中国，从唐宋开始，还出现了很多以地域命名的文人集团、作家群或文艺流派，如唐代的边塞诗，宋代的江西诗派，宋代的江西琴派（与当时的京师、两浙琴派形成鼎立之势）。明清以后，文学史上以地域命名文人集团或文艺流派的现象更是相当普遍，著名的如公安派、临川派、桐城派等。

我们知道，文化是一定社会的政治和经济在意识形态上的反映。如果给地域文化下一个简单的定义，那就应当是指由不同地域政治、

---

① （汉）班固：《汉书》（十二），中华书局1997年版，第3929页。
② （唐）房玄龄等：《晋书》（二），中华书局1998年版，第405页。
③ （唐）姚思廉：《梁书》（三），中华书局1997年版，第818页。
④ （南朝宋）刘义庆：《世说新语·文学第四》，浙江古籍出版社1998年版，第86页。
⑤ 《左传·襄公二十九年》，（清）阮元校刻：《十三经注疏》（上），中华书局1980年版，第2006页。

经济及自然环境造就,在物质、制度乃至人的精神心理等方面迥然有别的文化。需要强调的是,中国古代的学者对地域的认识虽然很早,但那是受限的。由于儒家文化的局限,凡涉及文艺与地域的关系,古代士大夫知识分子所强调的,主要是礼教、道德。以地域为基础命名文人集团和文艺流派时,视野亦并不开阔,大多局限于风格、技巧,或仅在雅俗、文野、载道、言志等范畴讨论问题,即或涉及文化,也仅以儒家学说是否正统、正宗为限。至于其他文化,特别是周边的少数民族文化,则完全在排斥之列。除"子不语怪、力、乱、神"外[1],还有"夷夏大防","蛮夷猾夏,处之若何而后宜?子曰:诸侯方伯明大义,以攘却之,义也。其余列国谨固封疆,可也。若与之和好以苟免侵暴,则乱华之道也。故《春秋》谨华夷之辨"[2]。可见在古代士大夫文人的观念里,根本的问题在于以儒家文化为中心,与蛮夷戎狄内外有别,且有文野、贵贱之分。而如此一来,便使得文艺与地域的话题,在古代不可能获得更多的扩展和更深入的推进。

真正的转机出现在"五四"新文化运动兴起之后,因为睁开眼睛看世界的缘故,讨论文艺与地域的关系便有了全新参照。欧洲国家的海洋环境与文化政治背景与中国不一样,这使得它有可能从地理环境决定论,经由殖民主义新航路的开辟和地理大发现,伴随着西方中心主义的扩张,发展出一整套文化学、地理学、民族学、人类学的"地方性知识"来。大航海时代的地理大发现,使西方学者对地球的认识有了飞跃,推动了相关学科的理论创新。文艺与地域话题的理论扩张,于是便出现了新的可能。

---

① 《论语·述而》,(清)刘宝南:《论语正义》,岳麓书社1996年版,第176页。
② (宋)程颢、程颐:《二程集》第四册,王孝鱼点校,中华书局1981年版,第1214页。

　　不过，"五四"时期对于中国传统文化的认识，知识分子是带有鲜明的反思与批判态度的。地域文化是老祖宗留下来的，在新文化灯塔的照耀之下，虽然不大可能完全割舍，但显然也在摒弃之列。而如此一来，那时讨论文艺与地域的关系，便也受到了诸多限制，时时充斥着矛盾。比如鲁迅，他对旧文化的批判不可谓不彻底，但对文艺的地方色彩，他又说："有地方色彩的，倒容易成为世界的，即为别国所注意。"① 鲁迅自己的创作就有鲜明的浙东地方色彩。周作人讨论民俗、鬼神，讨论陈师曾的画作，谈"地方与文艺"、"歌谣与名物"、"祖先崇拜"，甚至"猥亵的歌谣"②，本也算开明，因为他知道"地之子"和"土之力"是"真实的思想与文艺"③。但周作人同时又说，"国粹"有"死的一部分"，"过去的道德习俗，不适宜于现在，没有保存之必要"，祖先崇拜便"是部落时代的蛮风"，现在科学昌明，"应该废去才是"④。正是这样的矛盾，使得文艺与地域的话题，在整个"五四"时期到中华人民共和国成立后的前30多年间，并没有得到充分的展开。在民国时期的报刊上，谈论地域特征、地域经济、地域冲突、地域政治的文章不少，但涉及文艺与地域者寥寥无几，除汪辟疆的《近代诗派与地域》⑤，其他就只有王伯祥的《文学与地域》⑥，季秀仁的《音乐与地域》⑦，石兆原的《曲

---

① 鲁迅：《致陈烟桥》，《鲁迅书信集》上卷，人民文学出版社1976年版，第528页。
② 如周作人的《北京的茶食》《故乡的野菜》《关于祭神迎会》《萨满教的礼教思想》《陈师曾的风俗画》《地方与文艺》《歌谣与名物》《征求猥亵的歌谣启》《猥亵的歌谣》《祖先崇拜》等。
③ 周作人：《地方与文艺》，《周作人散文》第二集，中国广播电视出版社1992年版，第214页。
④ 周作人：《祖先崇拜》，《周作人散文》第一集，中国广播电视出版社1992年版，第173页。
⑤ 通过上海图书馆"晚清民国期刊数据库"检索，显示汪辟疆此文刊于《国立中央大学文艺丛刊》1935年第2卷第1期。两年后又连载于《国闻周报》。
⑥ 王伯祥：《文学与地域》，《文学旬刊》1923年第89期。
⑦ 季秀仁：《音乐与地域》，《东方杂志》1929年第26卷第7期。

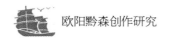

录内戏剧作家地域统计表》了①。

中华人民共和国成立后，是由主流思想统领的"共名"时代，当时文艺所看重的，主要是地方色彩、乡土色彩，如风景画、风俗画、风情画之类。真正与地域文化有关的话题，仍然很少有深入的讨论研究，因为很多话题都有可能因涉及所谓封建迷信而与"五四"精神相悖。直到改革开放，有关地域文化的话题才渐渐热起来。讨论地域观念、地域优势、地域形象、地域与人才、地域认同度、地域文化差别等方面的文章，开始时常见诸报刊。"文化寻根"也开始寻到神话、巫傩、鬼神、祖先崇拜等上面去了。就文艺与地域文化关系的理论探讨来说，20世纪80年代较早的文章是《文艺的地域学研究设想》②。自此以后，由于民族学、文化学、人类学等学科的加入，这个话题就越来越开放、越来越深入了，不再局限于地方色彩、乡土色彩。少数民族口头传统、非物质文化、生态、丧葬、饮食、巫傩、鬼神等，都进入了地域文化的讨论范畴。文艺创作、文艺研究也就更多地与地域文化联系在了一起。仅看2004年的"《文学遗产》西部论坛"选题，就让人耳目一新③。

（二）地域文化是生产力，也是竞争力

文艺与地域的话题，之所以在20世纪八九十年代以后越来越开放、越来越深入，与改革开放及文化多元时代的到来有关。在此之前的数十年间，我们的时代往往都被重大而又统一的政治主题所涵盖，都有清晰的、共同的文化精神走向，这些政治主题

---

① 石兆原：《曲录内戏剧作家地域统计表》，《禹贡》1934年第2卷第1期。

② 金克木：《文艺的地域学研究设想》，《读书》1986年第3期。

③ 如"文人话本与吴越文化""日本寒山题材绘画创作及其渊源""西域传入的乐曲与词牌雏形考论""西域神话地貌"等。见薛天伟等主编《中国文学与地域风情——"〈文学遗产〉西部论坛"论文选粹》，学苑出版社2005年版。

与文化精神走向甚至用一、两个关键词就能做出概括，比如中华人民共和国成立后的三大改造、社会主义建设、改革开放，再比如"五四"时期的启蒙，20 世纪 30 年代的救亡、革命等。这就是所谓的时代"共名"现象①。在统一而又重大的时代主题面前，其他话题都因无条件地服从"共名"而会被遮蔽。20 世纪 90 年代以降，主流政治的引导虽然仍强大，但随着市场经济的冲击，在全球化、网络化、影视叙事以及包括地域文化在内的多元文化的影响开始不断增长，这就使得我们的时代由"共名"进入了"无名"。如果说"共名"时代是政治文化主导，其潮流是"众水会涪万，瞿塘争一门"②，那么，"无名"时代的文化潮流则好比是冲出夔门后的长江，此时的格局好比是"星垂平野阔，月涌大江流"③，浩荡江面泛起的浪花何止千千万万，要一花独放、一枝独秀已不大可能。

正是在这样的背景下，地域文化就愈加变得重要起来，文艺与地域的倚重关系亦变得更加醒目起来。20 世纪 90 年代，辽宁教育出版社出版了一套"中国地域文化丛书"，共 24 种地域文化，差不多每个省、市、自治区都有一种，如八闽、八桂、三秦、三晋、巴蜀、关东等。但这还是比较常见的，少见的是在荆楚文化之外，专门有一种讨论的是陈楚文化，还有一种是关于陇右文化的④。除"中国地域文化丛书"外，此时连连推出的，还有若干少数民族文化丛书。每个民族都有自己的特色文化，并且都有悠久的历史和丰富

---

① 陈思和：《中国当代文学史教程·前言》，复旦大学出版社 1999 年版，第 14 页。

② （唐）杜甫：《长江二首》，（清）仇兆鳌注，秦亮点校：《杜甫全集》卷之十四，珠海出版社 1996 年版，第 1009 页。

③ 同上书，第 1006 页。

④ 见邹文生等《陈楚文化》，辽宁教育出版社 1998 年版；张兵等《陇右文化》，辽宁教育出版社 1998 年版。

的内涵。现在流行的价值观是"各美其美，美人之美，美美与共，天下大同"①，因此，各个地区、各个民族用各自的方式推介甚至炒作自己的文化，就变得不足为奇。在这样的形势之下，也就不可避免地会发生区域与地域的矛盾：区域是人为切割，是行政区划，而地域则是自然形成，是风俗统治。区域和地域完全重合的情况当然有，但也有不少是交叉重合，甚至是不重合的，这就难免会带来冲突。典型的例子是民国时期的婺源回皖运动，历时十三年，其性质就是区域与地域的矛盾所致。20世纪90年代以来，区域与地域矛盾引起的冲突更多，如名人故里、名胜古迹的归属之争，据说已经有上百起，且花样百出，又是对簿公堂，又是网络大战，甚至有惊动主管部门来调解的（比如三国猛将赵云故里之争）。这其中当然有些啼笑皆非的事情（如西门庆故里之争），但之所以要争、要抢，也有可理解的成分。表面看，名人故里、名胜古迹的归属之争是经济利益在驱动，但根子却在文化心理与文化传统。毕竟区域化是中央政府对地域的权力运作，当这种运作触及文化传统与文化心理最敏感的神经时，矛盾冲突就不可避免。因此争也好，抢也罢，根子在文化。贵州也发生过类似的事情，如20世纪60年代围绕侗戏《珠郎娘美》与广西的矛盾，改革开放后，围绕唐代诗人王昌龄的贬谪地龙标县究竟在哪里，夜郎故都究竟在哪里，又与湖南有过论争等。贵州的地域文化资源，最为人熟知的是少数民族文化（十七个世居民族，都有自己各具特色的文化）、红色文化（最为人熟知的是遵义会议、四渡赤水、突破乌江、娄山关）、阳明文化（王阳明龙场悟道地在贵州）。但可以特别谈一谈的，其实还有方言文化。外省人听贵州人说话，容易把他当成四川人、云南人、湖南人、广西人，总之

---

① 费孝通：《"美美与共"和人类文明》，《文化的生与死》，上海人民出版社2009年版，第407页。

不是贵州人。贵州似乎是全国极少见的不能以言识人、以言识地的省份。其中的原因，是"析地"建省的缘故。所谓"析地"建省，是指明朝为经略边疆，永乐十一年（1413）在贵州设省一级行政建置：贵州布政史司，分别由川、滇、湘、桂各划了一部分行政区组建。正因为如此，包括方言在内，贵州的文化是从周边几个省输入的，其向心力在输出地。每个省级行政区划的方言都是有凝聚力的，而方言说到底是一个可识别度问题，省一级的汉语官话方言如果内部分歧小，就说明外部认同度高、可识别性大，比如东北方言，三个省像一个。如果内部分歧大，外部的可识别性就小。贵州由于是"析地"建置，方言的内部分歧较大。这个特点，反映着中国政区设置的特殊历史。这也为贵州地域文化个性的形成带来了难度①。不过，虽然时间晚于其他地区，但经过长期的融合，贵州地域文化个性毕竟已经形成，现在所需要的，只是如何概括和提炼的问题。今天大家所熟知的"多彩贵州风、山地公园省"，就经过了较长的认知统一过程。

　　独具特色的地域文化在中国相当普遍，而且不光各个省、市、自治区有自己的特色文化，每一个民族，哪怕人口再少，谈到自己的独特文化也都能如数家珍，都会是"你无我有，你有我优，你优我特"。这是大自然，是地理、物候、天象的馈赠，是祖先创造的物质财富与精神财富的积淀，是人脉，或者说是人力资本。总之，地域文化是极可宝贵的遗产和资源。对于地方经济社会的发展，地域文化至今仍起着至关重要的、不可替代的作用。所以，我们可以底气十足地说：地域文化既是凝聚力，也是生产力和竞争力。否则就

---

　　① 参见"十三五"国家重点出版物出版规划项目"中国现当代地域文学研究丛书"、国家社科基金西部项目《二十世纪文学主潮与贵州作家断代侧影》，科学出版社 2018 年版，第一章"导论"，第 1—47 页。

不会有名人故里与名胜古迹的归属之争。过去有一种说法，叫"文化搭台，经济唱戏"。这里的文化，指的就是地域文化。但这种说法听起来很别扭（最初提出质疑的是中国评论家协会仲呈祥主席[①]），地域文化成了配角。这是需要反思的。现在不说把这句话颠倒过来，起码经济和文化也应当是对等的、并列的，不应有主次，更不应当是从属关系。因为地域文化不仅可以凝聚人心，而且它也是生产力、竞争力[②]，并且这种生产力、竞争力是很有根基、很有底蕴的可持续增长之力，可以代代传承、生生不息。即使因为什么特殊原因，某种地域文化濒临危机，甚至死亡、灭绝了，我们也能够在新生的文化机体内，找到它的基因。因此，发掘、保护、利用和传承好地域文化，是我们每一个人应尽的职责和义务。

正是在这样的背景之下，现在讨论文艺与地域的关系，视野已经非常开阔。有学者在论及中国乡土小说的审美特征时，就曾经把它的"外形"概括为风景画、风俗画、风情画，认为其内核是自然色彩、神性色彩、流寓色彩和悲情色彩，概括起来叫"三画四彩"[③]。这个概括用来解释其他艺术类型不一定合适，但最起码是个参照。文艺对地域的倚重，至少还可以从四个主要的方面来分析。第一，地域文化对人的个性气质、精神人格的养成，有潜在的陶冶和塑形的作用。它"混在我们的血液里"，"是趣味的遗传"[④]。因为自然环境、物候天象与地域历史文化既关系到人的生存历史及生产、生活

---

① 笔者在中国评论家协会 2018 年的理事会上听仲呈祥主席在大会发言中说过。

② 时任新疆库车县县委书记的高克平较早提出了地域文化也有竞争力的观点。他认为，每一地域文化的形成，都经历了漫长的岁月积累，具有无可取代、独特的历史文化价值。这样的地域文化在经济发展中的作用不可小觑，完全可以形成竞争力。参见《人民日报》2013 年 3 月 23 日第 3 版的报道。

③ 丁帆：《中国现代乡土小说史》，北京大学出版社 2007 年版，第 21—28 页。

④ 周作人：《地方与文艺》，张明高、范桥编：《周作人散文》第二集，中国广播电视出版社 1992 年版，第 214 页。

方式，也关系到人对世界的感知能力与感觉能力，关系到风俗、风气、氛围等对人潜移默化的熏陶。人总是被特定地域养育并塑造的，包括他的个性修养、精神气质，都会受到特定地域环境的影响，这种影响并且注定会贯穿人的一生，会一代代地传承，生生不息。第二，地域文化既然影响人的精神塑形，那么，特定的地域文化，必然会通过艺术家的创作，在其作品的内容乃至风格、风貌、风姿上有所呈现。自然地理、人情世态、风俗、风情、风物等，在其创作中既可是题材内容，也会是一种情感底色，或是一种情调、一种趣味。尤其重要的是，地域作为"空间"，在长期的历史发展中必然会有各种人类经验、记忆乃至权力关系的介入，因此不同的地域历史文化与"地方性知识"的整体变迁，往往会成为独特的题材资源，比如多彩的少数民族文化，多半只能在有这些民族分布的省、市、自治区的文艺创作中才能看到。第三，有些艺术样式、艺术的流派和风格，往往也带有特定的地域烙印，只能为特定地域所独有，它们在百花园中的绽放可谓异彩纷呈。比如昆曲、秦腔、豫剧之类。贵州则有黔剧，海南有琼剧，福建有莆仙戏、闽剧等。如前所述，以地域命名的作家群、文学流派、画派等，从古至今并不鲜见。当下大家比较熟悉的，就有宁夏的三棵树作家群、西海固作家群，甘肃的小说、诗歌、散文"八骏"，四川的康巴作家群、巴山作家群，云南的昭通作家群，福建的"闽派批评"，贵州也有"黔山七峰"。在绘画领域，仅最近十余年打出的地域画派旗帜，就有东北的关东画派，广西的漓江画派，陕西的黄土画派等。特定的地域，决定了某些艺术样式及文艺流派的特定品质，这也正是为什么不能仅仅从地方色彩的角度，要从地域文化角度谈文艺的理由。第四，中华人民共和国成立70年来，地域文化已成为不同行政区划的文化名片，各地都非常注重打造这张名片，文艺更是被寄予厚望，在地域文化名片的打造中扮演着不可替代的角色。我们知道，第一次文代会以后，中国的文艺家都有了以行政区划为归宿的地域文化身份，不同于此前的社团身份或师友、同乡、同人性质的聚合。第一次文代会的各代表团就是按行政区划来组建的，选举也按行政区划分配名额。1949 年 7 月第一次文代会召开时，南方的贵州、云南、四川、重庆、广东、广西尚属国民党统治区，选举"中华全国文学艺术界联合会全国委员"采取的是"留有待解放区名额"若干人的方式①。而正是因为文艺家地域文化身份的确定，中华人民共和国成立后，文艺创作在聚焦地域题材、表现地域文化、反映地方翻天覆地的变化等方面，才有了新的意义。而这个意义，又是与包括民族识别、民族区域自治等国家区域政治的推进联系在一起的。因此在新的格局之下，文艺倚重地域，必然会得到地方政府的支持。以贵州为例，从 20 世纪 50 年代开始，历史题材最热的就是红军长征、遵义会议，或是反映少数民族与历代中央王朝关系的题材，如《奢香夫人》。而近些年，仅王阳明龙场悟道题材，就既有电影、电视，又有话剧、京剧、歌舞剧。至于同样题材长篇小说，省内外作家也创作了六、七部之多。目前，贵州是全国脱贫攻坚的主战场。这一类题材的创作更是受到了空前的重视。而所有这些创作，都得到了地方政府的大力扶持和鼓励。

（三）超越地域是创造文艺精品的必由之路

然而，文艺光有对地域的倚重肯定是不够的。如果说文艺受地域文化的影响是必然，那同时我们也还要看到，作为人类特殊的精神生产活动，文艺创作本身尚需具备自由、自觉的品质，如果文艺创作受到地域的太多限制，仅仅局限于地域，或仅到地域为止，没

---

① 中华全国文学艺术工作者代表大会编：《中华全国文学艺术工作者代表大会纪念文集》，新华书店 1950 年版，第 550、558 页。

有博大的胸襟、高远的志向、宏阔的视野、精深的思想，没有对题材的提炼和升华，格局、境界肯定不大，肯定不能从高原走向高峰，也肯定不能满足读者、观众的审美需求。文艺要倚重地域，但毕竟不能局限于地域，无论它有多么独特。古往今来的优秀文艺，习近平总书记所要求的既有精神高度，又有文化内涵与艺术价值的文艺精品，一定是既倚重地域，又突破、超越地域的。而突破、超越的关键，首先在于呼应时代，在于以人民为中心。用习近平总书记的话说，叫"扎根本土，深植时代"。习总书记关于文艺工作的一系列讲话都反复强调过这层意思。2019年"两会"期间，在看望政协参加会议的文艺界社科界委员时，习总书记又说：文艺"要坚持与时代同步伐，勇于回答时代课题，从当代中国的伟大创造中发现创作的主题、捕捉新的灵感，深刻反映我们这个时代的历史巨变，描绘我们这个时代的精神图谱，为时代画像、为时代立传、为时代明德"①。在习总书记的讲话中，出现频度最高的词就是"时代"和"人民"。这就为文艺的发展，同时也为文艺如何超越地域指明了方向。毫无疑问，呼应时代、以人民为中心，这关系到文艺创作和文艺繁荣发展的路径和原则，关系到文艺的立场、格局、境界与品质，关系到文艺家的使命感与责任感。

不过，在路径、原则和方向明确之后，并不等于所有问题都已迎刃而解。文艺创作需要分析、思考和解决的问题很多，并且都很具体。在认真学习、理解习近平总书记并于文艺工作的一系列讲话的基础上，还必须强化两个意识，才能切实处理好文艺与地域的关系问题。这两个意识，一是文艺如何超越地域的问题意识，二是文艺如何与历史、与现实、与未来的对话意识。

---

① 《习近平看望参加政协会议的文艺界社科界委员》，新华网，http：//www. xinhuanet. com/politics/2019lh/2019－03/04/c_ 1124192099. html。

所谓文艺超越地域的问题意识，是指在文艺创作过程中，要有问题性思维定式与心理惯性。一般认为只有学术研究才需要有问题意识，而文艺创作则可以忽略不计。似乎一讲问题意识，就有主题先行、命题作文之嫌。其实这种认识是不对的。文艺创作要超越地域，问题意识必不可少。因为地域文化是一把双刃剑，它在彰显个性特色的同时，也可能造成自恋、自足，甚至封闭。比如现在一讲文化多元，有些学者就认为过去处于弱势地位的少数民族文化，现在身价陡涨了，中心与边缘的格局被打破了，不存在了。他们反诘：难道苗族、彝族的文化中心在北京、上海不成？这话听起来是很有道理的，但实际经不起推敲：少数民族文化的中心当然只能在它的原生原发之地，不可能在异地，不可能什么都在北京、上海。但是，这仅是问题的一方面，另一方面，少数民族文化的原生原发之地只是资源中心，这样的中心是需要走出大山，到更广阔的世界去交流、传播、评价、阐释的，而后者恰恰就是发达地区、中心城市的优势，不能在这个问题上太狭隘。再则说，文化固然是存异的，即文化主要彰显各民族间的差异及不同人类群体的特性，强调它们都有自己的价值，不应当有高低贵贱之分。但人类社会的发展，除了彰显文化特性，还有共同的文明走势，而文明的走向是趋同的，即文明主要强调人类的共同追求，且这种追求是可以有先后高低之分的，甚至需要学习、模仿才能获得。对文化与文明的异同，西方学者有过很好的分析①，费孝通的"美美与共"思想里，也包含着同样的意思，他文章的标题在"美美与共"后面，提到的就是人类文明②。如果文艺只有对地域性的倚重，只有各美其美，没有美人之美，没

---

① ［德］诺贝特·埃利亚斯：《文明的进程：文明的社会起源和心理起源的研究》，王佩莉译，生活·读书·新知三联书店 1998 年版，第 63—64 页。
② 费孝通：《"美美与共"和人类文明》，《文化的生与死》，上海人民出版社 2009 年版，第 407 页。

有美美与共，那是很容易自足甚至自恋，很容易流于对地域文化特征的外在捕捉与表现，而如此一来，文艺就容易走向清浅、单薄，走向平面化和表面化。问题意识的意义，就在于指导文艺如何从现实出发，以对地域性的发现、探询、探究、比较和质疑，来开掘题材、提炼主题、升华艺术。只有这样，才能在开阔、开放的视野中，切实解决好如何认识脚下的土地这类问题，进入良好的创作状态。

所谓对话意识，则是指文艺创作无论对历史还是对现实，对地域还是对时代，对生活还是对艺术，都必须采取在场的而非缺席的，参与的而非旁观的态度。同时，内蕴于文艺创作中的思想倾向、情感诉求和艺术表现，要呈现一种开放式的结构，要能够以小见大，能够从个别看到一般，从特殊看到普遍。有了这个基础，才能形成潜在的、多方面的交流、沟通和碰撞，也就是形成一种与理解有关的对话状态。而要做到这一点，同样需要有情怀，有使命感与责任感，同时还要有眼光、有志向、有深邃的思想，有对人类命运共同体的关注，有对人类情感以及人性、人的生命意志的发现。

发现和倚重地域，同时又有问题意识和对话意识的文艺作品，往往能给读者和观众带来思想的启迪和情感的撞击，反之则可能平庸、平淡，缺少感染力。在这方面，除本书研究的对象欧阳黔森的创作外，近年贵州的文艺创作还有一些成功的经验。比如黔剧《湄水长歌》，该剧取材于抗战时期浙江大学西迁，最终在贵州湄潭县坚守七年、砥砺前行的办学历史。过去写这一段历史，着眼点往往只是浙大师生，只是知识分子。而当地的老百姓所作出的贡献则容易被遮蔽，一写就是封闭、愚昧、麻木，一种居高临下的启蒙视角总是驱之不去，现在不少写西南联大的作品仍然如此。黔剧《湄水长歌》不同，它是一个双主题变奏：一面是浙大师生在逆境中的奋发进取，另一面则是贵州官员、士绅和百姓让房、让地、让粮的鼎力助学，两个主题是对等的、并列的，不是过去那种居高临下的启蒙视角。过去还从没有人采用过这样的视角。该剧当然还有不少缺憾，但这样的主题是一大发现，是醒目的亮点。与之相比，贵州的另一部布依族歌剧《弄染之光》就要逊色一些。这个作品写的是红军长征经过贵州布依山寨，为渡北盘江而与布依族民间武装结盟的故事。作品有真人真事作基础，而且这个故事比刘伯承与彝族首领小叶丹歃血为盟的故事要早，布依族首领陆瑞光的事迹也很感人。但由于作品没有问题意识和对话意识，因此缺乏提炼，细节太烦琐，光顾着去突出宏大叙事了，结果是缺少发现，缺少开掘，因而也就缺少新意。影响力没有《湄水长歌》大。这两个例子说明，文艺创作仅呼应时代、唱响主旋律是不够的，还必须有问题意识和对话意识。没有这样的自觉，只有对地域性的倚重，就谈不上突破，谈不上超越了。相比而言，本课题所研究的欧阳黔森及其创作，应当是 20 世纪 90 年代以来最成功的例子。

二　本选题研究现状与结构框架

欧阳黔森 1965 年出生于贵州铜仁，其创作开始于 20 世纪 90 年代中期。1994 年出版第一部诗文合集《有目光看久》，然后以 1999 年在《当代》发表短篇小说《十八块地》为标志，很快进入创作的喷发期。他的作品主要包括两大类型：第一是发表在《人民文学》《当代》《十月》《中国作家》《散文》等国家一级核心期刊及《红岩》《山花》《百花洲》《青春》《长城》等省内外文学刊物的短篇、中篇、长篇小说及散文和诗歌。其作品多次被《新华文摘》《小说选刊》《中华文学选刊》等国内主流刊物转载和推介，还被翻译到俄罗斯，产生了不小的影响。迄今为止，欧阳黔森已出版长篇小说

《非爱时间》《雄关漫道》《绝地逢生》《奢香夫人》，中短篇小说集《味道》《白多黑少》《莽昆仑：欧阳黔森中短篇小说选》等，另有诗文与小说合集《水的眼泪》，散文集《枕梦山河》。除《断河》《村长唐三草》《扬起你的笑脸》《五分硬币》《丁香》《血花》等十余部中短篇小说先后被《新华文摘》《小说选刊》《中华文学选刊》转载外，短篇小说集《味道》2003 年还被收入孟繁华主编的"短篇王文丛"。长篇小说《非爱时间》被收入"夜郎王"丛书。《断河》2004 年入围"鲁迅文学奖"，《敲狗》于 2009 年名列第二届"蒲松龄短篇小说奖"榜首，并被认为是"短篇小说的典范文本"①。2018年 1—9 月，欧阳黔森的非虚构创作《花繁叶茂，倾听花开的声音》《报得三春晖》《看万山红遍》连续发表于《人民文学》杂志，在全国引起极大反响，并很快由《人民文学》主编施战军主持，在贵州铜仁召开了研讨会。

欧阳黔森第二种类型的创作是电影和电视剧。其中有原创，也有部分改编自小说。长篇小说《雄关漫道》是他的第一部长征题材长篇小说，发表于国内最权威的大型文学期刊《当代》头条，贵州省委宣传部最初想把它改编成影视剧，但八一电影制片厂和解放军总政治部也看中了这部作品，后来中宣部以 17 号文件的形式，明确把《雄关漫道》的改编作为纪念红军长征胜利 70 周年的献礼片。这部作品的"四级跳"②，在文坛引起了极大反响，中央电视台在黄金时段播出根据小说改编的同名电视连续剧后，中国作协和《当代》杂志迅即在北京联合召开了关于这部长篇小说的大型研讨会，数十位全国著名的理论家和批评家参加了会议，《文艺报》用整版篇幅对

---

① 孟繁华：《小叙事与老传统——评欧阳黔森的短篇小说》，《山花》2015 年第 5 期。
② 欧阳黔森、王士琼：《欧阳黔森：一部小说背后的四级跳》，《当代贵州》2006 年第24 期。

部分发言作了摘录和报道。

除《雄关漫道》外,欧阳黔森在全国有影响的影视作品还有《绝地逢生》《二十四道拐》《奢香夫人》等。部分作品获中宣部"五个一工程"奖、"金鹰奖"、"飞天奖"、"金星奖"。2009 年,他的 20 集电视连续剧《绝地逢生》全国"两会"期间在央视一套黄金时间播出,拿到了影视宣传贵州的头彩。这部反映改革开放 30 年来贵州省艰苦卓绝的反贫困斗争的电视剧,先后获中宣部"五个一工程奖"、"金鹰奖"和全国少数民族题材电视剧优秀作品一等奖。2011 年,欧阳黔森作为编剧和总制片人的电影《幸存日》《旷继勋蓬遂起义》《云下的日子》在全国各大院线上映后,也得到了广泛好评。由他担任编剧、制片的 30 集电视连续剧《风雨梵净山》,30集电视剧《奢香夫人》等,均在央视一套黄金时间播出。电视剧《二十四道拐》围绕贵州地标性抗战公路"二十四道拐"展开剧情。为了写好这部向抗战胜利 70 周年献礼的作品,欧阳黔森耗时数月行走在这条当年的运输大动脉上,并到各地的博物馆收集资料,获得了许多珍贵的写作素材。这部作品和他的其他影视剧一样,对宣传贵州、繁荣贵州文艺,起到了极好的推动作用。

关于欧阳黔森的创作,自 2000 年以后就已陆续出现了一些研究成果。研究者中,不乏国内著名的评论家,如中国作协副主席李敬泽,中国出版集团副总裁潘凯雄,《人民文学》主编施战军,中国评论家协会主席、著名影视评论家仲呈祥,《文艺报》主编梁鸿鹰,原中国社会科学院文学研究所当代文学室主任白烨,原中国社会科学院文学研究所当代文学室主任、现沈阳师范大学特聘教授、著名评论家孟繁华,著名评论家雷达、阎晶明,北京大学教授、中文系主任陈晓明,北京大学文化资源研究中心副主任、北京大学中文系教授张颐武,中国社会科学院文学研究所研究员、原《文学评论》编审董之林，华中师大中文系教授李遇春，湖北大学教授周新民等。省内学者谢廷秋、魏家文、颜同林、周军等，对欧阳黔森创作的成绩，更是给予了极高的关注。相关的研究成果，大都发表于国内的主流刊物，如《光明日报》《文艺报》《中国现代文学研究丛刊》《当代作家评论》《小说评论》《南方文坛》《电影评介》《当代文坛》。

　　欧阳黔森的长篇小说、影视剧等大型作品，大都以红军长征、抗日战争、脱贫攻坚为题材，并带有鲜明的发掘地方红色文化资源、彰显贵州人民艰苦卓绝斗争精神的倾向，都是主旋律作品，都属主流叙事、宏大叙事。研究者们对欧阳黔森的这一创作倾向，都给予了热情的肯定和高度的评价。认为《雄关漫道》所反映的红二六军团长征经过贵州，在黔东创建革命根据地的那一段历史，在过去以表现中央红军长征为主的长征题材创作中曾被忽略，因此这部作品在填补历史空白方面具有不可替代的价值①。"二十四道拐"是抗战时期滇黔公路贵州段具有地标意义的一处险要隘口，美国援华的战略物资经由滇缅公路到达昆明后，必须通过"二十四道拐"才能送往国民政府的首都重庆，堪称当时中缅印战区交通大动脉的咽喉。电视连续剧《二十四道拐》在这样的背景上，讲述了日军对这一隘口进行轰炸、封锁，中国军队不畏艰险保路、修路、护路的故事，体现了中共贵州工委在这场艰苦对决中的特殊作用。仲呈祥认为这样的艺术表现，是以情义写大义，以艺术的手段再现不能忘记的历史，再一次让国人牢记"落后就要挨打"的这一颠扑不破的真理②。对欧阳黔森的主旋律创作，研究成果较多关注的，还有电视剧《风雨梵净山》，电影《旷继勋蓬遂起义》，长篇小说《奢香夫人》及据

---

　　① 李天印：《电视剧〈雄关漫道〉研讨会在京召开》，《文艺报》2006年12月7日第1版。
　　② 仲呈祥、张金尧：《义薄云天的抗日史诗——评电视连续剧〈二十四道拐〉》，《电影评介》2015年第17期。

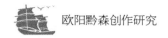

小说改编的同名电视连续剧等。

研究者们注意到，欧阳黔森的主旋律创作，并不仅仅局限于历史题材发掘，他的现实题材电视连续剧《绝地逢生》，电影《云下的日子》《幸存日》等，也都具有与红色题材、历史题材创作一脉相承的精神品质，即便是以个人生活经历为基础创作的中短篇和长篇小说，也都被赋予了相同的思想内涵。由对这种精神品质与思想内涵的分析出发，不少研究把注意力集中到了对欧阳黔森创作的内在精神结构与气质的概括和分析上。孟繁华就认为欧阳黔森作品里有一种"剩余的理想主义的气质"。陈晓明也说，像《非爱时间》那样的作品，在人文精神失落的当下，是对解决"当代精神困局"的执着。其他评论家如张颐武、雷达似乎也有类似说法，大都认为面对20世纪90年代以后商品社会的拜金主义思潮与浮躁风气，欧阳黔森现实题材创作中的理想主义，常常表现为对当代人"价值归宿"的呼唤①。孟繁华并且还说：欧阳黔森之所以能受到读者的欢迎，引起中国文坛的关注，并不仅仅是因为其高产的数量，根本在于他的这些作品能够不断击中我们的阅读神经，让我们获得某种审美上的震撼②。时任中国社会科学院文学研究所当代文学室主任的白烨，在他主编的中国文学年度报告《中国文情报告（2004—2005）》中，亦认为欧阳黔森的《非爱时间》等"夜郎自大"长篇小说丛书，有着"刚烈的文学气质"③。而另外一些学者，则认为欧阳黔森的小说也像何士光一样，挣脱了政治学、社会学和历史学的拘囿，没有让人物成为再现生活的工具，成为时代精神的传声筒，而是让人物回到

---

① 参见孟繁华《文学的风景》，河南大学出版社 2006 年版，第 110 页；陈晓明《对当代精神困局的透视——评欧阳黔森的〈非爱时间〉》，《文艺报》2004 年 5 月 18 日第 2 版。

② 孟繁华：《文学的风景》，河南大学出版社 2006 年版，第 110 页。

③ 阎晶明：《文学成功的便捷之门与长篇小说》；白烨：《中国文情报告（2004—2005）》，社会科学文献出版社 2005 年版，第 5 页。

了人本身，恢复了人之所以为人的"本来面目"，他们多从解剖人性、表现人性美的角度，来解读欧阳黔森的小说的艺术特质①。也有一些成果联系欧阳黔森的地质队生活经历，从地域文化、生态美学的角度来研究欧阳黔森，李遇春即认为欧阳黔森不仅把专业的现代地质学知识融入小说叙事中，用诗意的笔触展示贵州的地理风物，形成了独特的现代知识性叙事模式，而且他还着意发掘和捕捉贵州历史上和现实中的各种异人奇事，塑造出丰富多彩的艺术典型，激活并重塑了作为地方性知识的贵州精神②。

在有关欧阳黔森的研究成果中，还有专门从艺术方面着眼的。认为欧阳黔森倾注心力最多、所取得成就最高的作品是短篇小说。而这样的成就，得益于贵州的生活。贵州是少数民族集聚地，也是历史文化悠久的一块文化宝地。欧阳黔森短篇小说的艺术探索，吸收了中国古代编年叙事、传记叙事、比德审美意识的有益滋养，创造出了具有中国民族特色的文学作品③。对欧阳黔森的一些作品，何士光也给过很高的评价，在为欧阳黔森的小说集作序时，何士光说：《断河》是"浓缩的史诗"④。

总体来看，有关欧阳黔森创作的研究已经取得不小的收获，成绩不能低估。但同时我们也必须看到，虽然欧阳黔森的创作已形成较大的体量并产生了较大影响，却并没有对其整体性的研究。已有的研究对欧阳黔森创作的理想主义、英雄主义情怀虽然给予了极大关注，但均以散见于国内报刊的单篇论文为主，尤其缺少从历史理性的角度阐释其价值建构的研究成果。另外，已有的研究也未曾论

---

① 周新民：《欧阳黔森短篇小说艺术论》，《小说评论》2015 年第 5 期。
② 李遇春：《博物、传奇与黔地方志小说谱系——论欧阳黔森的小说创作》，《中国现代文学研究丛刊》2015 年第 4 期。
③ 周新民：《欧阳黔森短篇小说艺术论》，《小说评论》2015 年第 5 期。
④ 何士光：《欧阳黔森短篇小说选·序》，贵州人民出版社 2014 年版。

及欧阳黔森的艺术建构怎样与中国特色社会主义新时代精神相契合，而这一方面，恰恰是欧阳黔森创作最重要的成就和特色，既是欧阳黔森创作研究的重点，也是难点。另外，从视听艺术本体的角度对欧阳黔森的影视作品进行综合研究，目前也暂告阙如。

欧阳黔森的全部创作，包括文学（小说、诗歌、散文）与影视艺术两大类。本选题第一章，在总体把握欧阳黔森全部创作的基础上，需要以其历史理性与价值建构为基点，向文学和影视艺术两方面，形成一个扇面来展开。这样的布局，是我们拟想中的一点两面扇形结构。为形成这样的结构，需要根据欧阳黔森的全部创作，对"五四"新文学诞生以来的百余年间，他在贵州作家断代史的地位有一个基本的判断，而作出判断的依据，也是欧阳黔森的创作从贵州乡土叙事传统中突围的姿态及其意义，这也就说到了这位作家所独具的创作个性：历史理性与价值建构的取义关联。对欧阳黔森来说，历史理性既是对历史过程的认知和阐释历史的能力，也是切入现实的重要路径。对他来说，历史理性并不仅关乎历史，"确定某个历史事件、历史问题和历史经验是否有意义的钥匙隐藏在当代的思想意识和客观的价值观念中"。[①] 按照基本的学术规范，对这方面的研究现状当然需要进行梳理，这才能看出历史理性与价值建构的取义关联，到底有何意义。对此，我们从激情、理想与历史理性，英雄的底色、来路与类型，历史理性等不仅关乎历史诸方面进行了论述，目的就是让课题研究的出发点明晰起来，为课题的全面展开确定基本调子。在这里，一点两面扇形结构中的"点"，实际就是课题研究的中心点、基本点、出发点。"点"的论证完成之后，课题即向文学（小说、诗歌、散文）和影视艺术两面展开，以形成两个

---

① 俞吾金：《人体解剖是猴体解剖的钥匙——历史主义批判》，《探索与争鸣》2007 年第1 期。

扇面。

第二章至第五章是本课题的第一单元，主要讨论欧阳黔森的文学创作。纲领性部分是"社会主义伦理与讲述中国的方法"。我们认为社会主义伦理是 20 世纪以来中国的宝贵财富，"文化大革命"结束后，由革命到改革的话语转换，表明社会主义伦理必然随着时代发展而不断更新。而欧阳黔森作为向社会主义伦理转型的典型作家，继承了社会主义革命伦理传统，人民伦理和文化地理是这种叙事伦理的重要载体。欧阳黔森对文化传统和革命历史的思考，以及对革命精神和红色文化资源的发掘和歌颂，都体现了社会主义伦理原则。同时，欧阳黔森也描绘了改革时代的现实巨变，表现了对时代精神和自然宇宙的思考，强调了道德伦理和自然天理在社会发展中不可或缺的价值，尤其是他坚守社会主义核心价值观、科学发展观和生态文明观，体现了社会主义伦理在新时代文学创作中不断开拓与创造的可能性。欧阳黔森文学创作的历史理性与价值建构，不仅体现在思想内容的表达与讲述中国的方法上，也渗透到了他的形式意识形态、感觉意识形态，以及小说的文体实验、英雄叙事、风景叙事诸方面。第二章至第五章所要论述的，主要便是这方面的内容，这些内容与作家的激情、理想、历史理性、现实情怀、英雄情结等有着密切的关系，需要围绕中心点、基本点、出发点来详加讨论。

第二单元为第六章至第八章。这是本课题向欧阳黔森影视艺术创作这一面的展开。在对欧阳黔森电视剧创作多关注革命历史题材、少数民族历史题材和农村现实题材的特点进行总体把握的基础上，本单元主要讨论欧阳黔森影视剧创作中的叙事视点、类型表达，以及有关"影像贵州"的地域文化元素。由于这一单元的讨论要立足于影视本体，按照影视艺术的规律，探讨欧阳黔森影视剧创作的主要成就和特色，因此，有必要专门对相关的研究成果进行简要回顾和梳理。我们认为，关于欧阳黔森影视剧创作的讨论，多集中在题材选择、叙事视角和人物塑造等美学追求中所流露出来的英雄主义气质与乐观主义革命精神上。亦有人注意到了欧阳黔森电视剧文本内部的民族统一叙事视野和民族团结的精神内核。同时，对其剧作中所传达的主流价值观，对民族文化历史的发掘、保护立场，以及欧阳黔森生态主义叙事风格、主旋律意识形态特征、乐观积极的农民形象塑造，科学发展观格局下的艺术创新等，亦有零星的研究成果。

我们认为，贯穿于欧阳黔森影视剧创作中的显著特征，是他叙事视点中的作家视角、时空探索路径和历史理性思辨，在意识形态表述与电视剧类型元素、理性抒情与历史反思，以及场景功能与风景隐喻的对立与融合中，欧阳黔森的影视剧与他的文学创作有着同样的艺术追求，那便是激情、理想、历史理性与英雄品格。围绕欧阳黔森影视剧作的这一特征，第六章主要讨论其影视剧艺术中的作家视角与时事书写、在地英雄与故土情结、时空抒情与风景空间、背景絮语与视角隐喻、理性视点与叙事想象，最终回归到影视文本内部，从容易被忽略的影视艺术元素着手，探讨深藏于其题材与文本内部的艺术特征。

第七章主要讨论欧阳黔森影视艺术的类型表述路径。在当前的影视剧创作中，类型杂糅不仅仅是普遍趋势，也日渐成为作品、大众和创作者三者之间的对话逻辑。从欧阳黔森影视剧中温润积极的现实主义表述策略和具备反身性对话意识的英雄叙事策略出发，很重要的一个问题便是，编剧采用了何种策略将不同类型的故事元素聚合？在这一策略或模式中，编剧如何平衡观众期待与艺术创作对象之间的关系？是否最终形成了特定的作者风格？我们的基本观点是，类型作为方法，不仅提供给欧阳黔森从文学跨界到影视的合理性身份，更为他进行自我对话提供了语义场。对此，我们将从成长

与史诗品质、爱情悲喜剧与生命礼赞、权力博弈范式与谍战元素、民族历史传记与自我意识、家庭情节剧与社会问题五个方面来展开论述。

第八章主要从观看、道具、仪式、表演、档案五方面，探讨"影像贵州"的价值表达机制，这是对欧阳黔森影视艺术中地域文化元素的一种探讨。这里的"影像贵州"与"影视作品中的贵州形象"或"贵州影像"不同，前者指影视作品中真实记录或二度创作的关于贵州的视听语言符号系统，而后者的指代范围更广，强调大众媒介中展示贵州形象的影像资料。通过对主流（官方）媒体的"贵州影像"图文报道，法国纪录片和国内先锋电影中的"贵州影像"，以及毕赣导演的电影《路边野餐》、饶晓志的电影作品《无名之辈》的比较，我们发现"贵州影像"在影视作品中主要呈现为去命名、再命名和正名三种方式，并在此基础上探索"影像贵州"所涵盖的价值表达体系与表达机制。表达的前提是观众能够通过"观看"成功接受影像承载的价值内容，而叙事"道具"作为特定的价值载体，"仪式"作为价值的隐喻系统，一个具备让价值从物质记忆过渡到精神内核的中转功能，另一个则通过抒情完成了价值系统的共鸣。最后，演员的"表演"是辅助于影像价值表达的重要元素，"档案"则是影像价值和社会价值接轨的具体策略。这五个层面，即是欧阳黔森影视"影像贵州"的价值表达机制。

总之，第二单元是联系欧阳黔森的小说、诗歌和散文，从影视本体的角度，兼顾"作家"身份（相对编剧、艺术家身份），对欧阳黔森影视创作的一次系统性讨论，以回到一点两面扇形结构的"点"上去。正是在历史理性与价值建构的取义关联上，欧阳黔森的全部创作，有着非常明显的内在统一性。

第一章　英雄主义情结与历史理性建构

　　欧阳黔森之所以能够在 2000 年以后的短短十余年间，迅速走出一条属于自己的道路，一举成为贵州第四代作家中的领军人物，主要是因为他的生活智慧、故土情结、道德焦虑与讲述中国的方法，具有与众不同的一面。激情、理想与历史理性，是他鲜明的创作个性，洋溢着理想主义和英雄主义的气息。其中既有个人精神资源的特殊背景，也有地域文化的独特蕴含。正是依托着这种独特的创作个性，欧阳黔森成功地实现了从乡土文学叙事传统中的突围，不仅在百年贵州作家中独树一帜，而且在 21 世纪的主流文化与宏大叙事中也堪称特色鲜明。这里有特别要强调和说明的三个观点。

　　第一，欧阳黔森全部创作的内在精神结构与气质，是激情、理想与历史理性的高扬。其外在表现是鲜明的理想主义情怀与英雄叙事。这一点，目前的研究虽有涉及，但尚呈零星、分散状态，仅涉及某些或某几类作品，且并未从英雄叙事的宏大背景来考量欧阳黔森的全部创作。在中国，英雄崇拜由来已久，英雄理念的形成，既融合了精英阶层的价值理想，也对民间扶危济困的侠义、豪杰观念有所吸收。1840 年以后的民族危机，将中国文学的英雄叙事推向了新的高度。一百多年来中国人民为改变自身命运做出的艰苦卓绝的努力，曾为现代中国文学的英雄叙事注入了强大的精神动力与深厚的思想文化内涵。无论今天对这一历史持何种看法，都需要首先对英雄的最终胜出作出令人信服的阐释，否则便缺少说服力。在中国特色社会主义新时代，理想主义、英雄主义对中国作家更是一种精神召唤结构。由于历史原因，"文化大革命"以后，尤其是市场经济时代到来后，物欲膨胀、拜金主义盛行，理想主义、英雄主义渐行渐远。恰恰在这样的时刻，欧阳黔森表现出激情、理想与历史理性，以英雄叙事的方式在一片精神废墟上拔地而起，说明他对英雄主义有着自己独特的理解。无论写长征，写抗战，写个人的情感经历，还是写为脱贫攻坚努力奋斗的普通人物，他要彰显的，都是一种蕴含理想主义精神的英雄气概。在他的全部创作中，存在着一个英雄群像的谱系。在当代文学的日常生活叙事、个人化叙事显出了几分贫血、孱弱时，欧阳黔森却在为它注入阳刚、雄浑和崇高。遗憾的是，对于欧阳黔森创作的这个特点，目前的研究深入不够，且缺乏整体的综合性研究。

　　第二，欧阳黔森的历史理性并不仅仅关乎历史。这意思是说，欧阳黔森的历史理性既体现在对近现代以来中华民族历史道路及中华民族主流精神的认知上，也体现在对改革开放以来中国现实发展方向的道路自信、理论自信、制度自信、文化自信上，具有与中国特色社会主义新时代主流精神、主流文化相契合的特点。因此，对于欧阳黔森历史理性的现实关怀，对其创作中的社会主义伦理与讲述中国的方法，对于他的形式意识形态与小说的文体实验、感觉意识形态与风景的象征世界、新时代纪事与讲述中国的方法等，本课题将展开讨论，目前的研究较少涉及这些方面。这也许与人们对事物的认识规律有关：物质的东西，离我们越近，就越显得高大、雄壮，离我们的视线越远，就显得越渺小；精神现象则相反，离我们

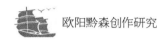

越近就越小，距离拉开了才显高大，甚至失去了才显得珍贵。这也就是有的人离世之后，他的作品才越来越有影响的原因。

第三，欧阳黔森的创作与自己的前辈，如蹇先艾、何士光等固然有诸多的精神联系①，但我们更应当看到他从乡土文学叙事传统中的突围。所谓突围，主要是指欧阳黔森的创作对贵州乡土文学蛮荒叙事、悲情叙事、苦情叙事传统的历史性改写与超越。我们知道，自"五四"新文学诞生以来，贵州作家最为人熟知便是乡土叙事。这个传统为启蒙理性所开创。蹇先艾笔下贵州封闭、落后的社会环境，贫穷、愚昧的精神困守，曾给新文学带去了陌生感、新奇感，也带去了强烈的震撼和思考，鲁迅因此而给予了蹇先艾极高的评价。20世纪三四十年代，民族救亡与社会革命促成了贵州作家的分化，也给贵州的乡土叙事传统注入了新的血液，段雪笙、陈沂、思基的小说，肖之亮的戏剧，便有了新的主题与新的气象②。中华人民共和国成立后，阶级、革命以及知识分子面向工农大众的思想改造等，在第二代作家的创作中都有反映。但在这两个阶段，贵州作家的乡土叙事仍然要么是弱者、被拯救者的声音，要么就是有某些概念化的烙印。直到进入20世纪80年代后，贵州乡土叙事传统才出现开放的格局，人性的觉醒、文明的冲突、时代的变迁，边缘生命的意义等，成为何士光、李宽定、石定这一代作家关注的焦点。90年代以后，第四代贵州作家的乡土叙事则在农民与土地、人与自然，民族与地域、历史与现实等方面作了进一步的拓展。如赵剑平的"困豹"想象，王华"家园"的荒芜，冉正万的"银鱼"历史，肖江虹的文化拯救，肖勤的乡村现实视角等，都各有特点。但尽管如此，回顾百年来

---

① 于可训：《主持人的话》，《小说评论》2015年第5期。
② 杜国景：《二十世纪文学主潮与贵州作家断代侧影》，科学出版社2018年版，第121—136页。

贵州作家的乡土叙事，显而易见的事实是：刻意的、执着的、激昂的英雄叙事，英雄主义的激情、理想与历史理性对拜金主义思潮的抵制，在贵州作家笔下一直鲜有人涉足。正是在这样的背景下，欧阳黔森创作的英雄叙事与价值建构，才无疑是一种对乡土叙事传统的突围。而目前的研究，对这一点显然也估计不足，认识不够。

第一节　英雄的底色、来路与谱系

　　前面说过，对欧阳黔森内在的精神结构与气质，确曾有过理想主义的概括和分析。不过，理想主义在这里仍然是一个很大的尺度，它可以是一种激越的政治理性，也可以是一种温和的道德坚守，可以是超越尘世的宗教情怀，也可以是浪漫主义的"融入野地"①。笼统地说理想主义，似乎并没有把欧阳黔森精神气质中最具个性，甚至是最强劲、最强悍的一面揭示出来。而这一面，恰恰是这位作家不仅在第四代贵州作家中，而且是在当代中国作家中所独具的特殊意义。欧阳黔森的确是一个理想主义者，但这种理想主义的主要内涵，是一种英雄情结，英雄就是他的理想人格，英雄叙事则是他全部创作的显著追求与鲜明特点。在短篇小说《心上的眼睛》，散文《故乡情结》，以及《一部小说的四级跳》之类的创作或创作谈中，欧阳黔森或借人物之口，或自己出面，明确地把自己的创作冲动界定为英雄主义。他从不忌讳这个定性，非但不忌讳，在所有创作中，关于这一层意思他还说得非常自信和明晰，甚至有点高调、有点张扬，从不遮遮掩掩，也从不顾忌因附丽主旋律或主流意识形态而可能被人认为是丧失知识分子的主体性或批判意识，这在当代中国作

---

　　① "融入野地"是山东作家张炜的一种创作追求。参见文敏《将心灵融入野地——作家张炜访谈录》，《书城》2013 年第 5 期。

家，尤其在崇尚个性的中青年作家中颇不多见。他的小说和影视作品，主人公一般都是英雄人物，如史诗英雄、传奇英雄、巾帼英雄、草根英雄、草莽英雄等，英雄人物的个性气质亦大致可区别为激越高亢、刚柔兼具、柔而不犯、外弱内强、平凡高大等不同类型。有的如长剑出鞘，咄咄逼人，有的蕴藉隽永，藏而不露。总之，他从不写"小公务员之死"那样的孱弱人物，而总是迷恋于理想主义英雄的人格魅力，沉湎于各种英雄人物与英雄行为的昭揭，这才是欧阳黔森的创作个性，也是其创作最突出的特点。对这个特点，欧阳黔森作品的俄文译者罗季奥诺夫似乎拿捏得比较到位，他不止一次说：翻译欧阳黔森作品的原因，就是希望让俄罗斯人了解什么是中国的英雄主义①。

欧阳黔森最具英雄主义色调的小说，是《雄关漫道》《奢香夫人》《绝地逢生》，这些作品都属于激越高亢的主旋律创作。《雄关漫道》写的是过去极少受关注的红二、六军团的长征。红二军团在洪湖根据地失利后，转战到贵州再创黔东根据地，并在这里实现了与红六军团的会师。中央红军开始长征后。为掩护中央红军，红二、六军团发起湘西攻势，由黔东向湘鄂两省推进，威逼国民党统治的中心城市长沙与武汉，以牵制大批敌人。中央红军到达陕北后，红二、六军团这才开始北上。这段历史曾长期未受关注。《雄关漫道》第一次对它作了正面的完整描写，被认为具有开掘题材、填补空白的意义。小说最大的成功，是对贺龙、关向应、任弼时等众多英雄群像的塑造。把这一段艰苦卓绝的征战历史惊心动魄地展现在读者面前，不仅是对重大历史的补充、完善与再诠释，也是在谱写英雄主义的又一曲悲壮战歌。

---

① 舒晋瑜：《欧阳黔森：创新与突破，必须置身于自己的沃土》，《中华读书报》2014年7月30日第3版。笔者亦曾受邀参加过与此相关的学术会议。

《奢香夫人》的故事发生在明朝，中华人民共和国成立后就曾被搬上了舞台，后来还拍了电影。欧阳黔森接过这个题材，明显在巾帼英雄的美学意蕴方面有所推进。他铺展史诗般的宏阔背景，将奢香置于明王朝进军大西南的宏大背景中，而明朝军队与元末残余势力以及地方部族、民族、家族势力的斗争越是复杂，奢香在刀光剑影、铁马金戈中的胸怀博大，在急管繁弦、激越悲壮中的智勇刚健，以及在重重矛盾中进退有据、柔而不犯的个性越是鲜明；国事、家事、儿女情事越是难解难分，奢香的形象就越是熠熠生辉，完全够得上史诗英雄的称谓。在欧阳黔森笔下，奢香的形象绝不像过去所说的只是为了维护民族团结那般简单，而是在人格气质与智慧才干方面，在政治、经济、军事形势的审时度势、果敢决断方面，在振兴自己民族的历史文化方面，表现出了一位大气磅礴、高瞻远瞩、柔而不犯的巾帼英雄与女政治家的胸襟和素质。

与《雄关漫道》和《奢香夫人》不同，《绝地逢生》反映的是贵州农村"反贫困"主题（小说也有这类主题，如《八棵包谷》），它带给人的最大震撼，是一种"绝地"意象。如果说干旱、石漠化只是贵州山地的生存困境，那心灵的闭锁、视野的逼仄就无异于精神的"绝地"。不错，历史上，这里的农民不曾向命运屈服，是在屡败屡干。但那是怎样的干法呢？很大程度是苦干、蛮干、瞎干。巨大的生存压力下，甚至发生了人性的扭曲和人格的分裂。于是，"绝地"中的坚守与逃离，忠诚与背叛，亲密与疏离，抚慰与伤害，才会变得极其严峻。作品艺术表现的最后归宿，是要赞美贵州农民在困境中不甘向命运屈服的顽强奋斗精神。它通过"绝地"这样的隐喻或意象，把集体主义的同舟共济与英雄主义的悲壮激越融合在一起，从而使作品获得一种激动人心的力量。在山外的世界，个人主义正成为现实，集体主义渐行渐远。然而这里的农民要走出"绝地",除了依靠集体的力量别无选择。他们所要做的,不仅是改变个人命运,更是要改造自然,为子孙造福,关系到的不是个体而是群体,不是小家而是大家。不是一代两代,而是千秋万代。正是这种悲壮的理想主义英雄情怀,让《绝地逢生》成了一首豪迈的诗篇。

虽然从小说的角度看,《雄关漫道》《奢香夫人》《绝地逢生》还不算欧阳黔森最好的作品,它们更多的影响主要来自影视改编。但这些作品对英雄人物、英雄业绩的崇敬与礼赞,则具有非常特殊的意义,甚至这种崇敬与礼赞本身就是一种壮举,就是对英雄叙事的一种价值追怀。在英雄的身上,集中了人类很多优秀的品质,既关乎哲学、历史,也关乎美学以及道德伦理,马克思就把普罗米修斯这样的英雄称为"哲学的日历中最高尚的圣者和殉道者"①。尤其在灾难、苦难和战争面前,人类都盼望有英雄救世。即使在和平年代,英雄人格也是人们心中的偶像,是青少年养成教育的主要内容。当然,英雄叙事自身的道路并不平坦,尤其是在"文化大革命"时期,高、大、全的英雄神话成了假、大、空的代名词。所以新时期文学一度开始拒绝英雄,有些作家更借助现代主义的主体迷失,调侃和鞭挞英雄,新历史主义、新写实主义小说则开始以碎片化、个人化视角解构宏大叙事,从而解构英雄。但即便如此,英雄仍无处不在。从20世纪80年代的伤痕文学、反思文学、知青文学、军旅文学,一直到21世纪的《战狼》,英雄或英雄叙事其实从未真正缺席,连久违了的帝王英雄都堂而皇之地卷土重来了。可见被历史改变的,只是英雄的内涵、性质、强度、力度,以及英雄形象的辐射方式与读者的接受方式,绝不是英雄价值本身。对英雄的期待,仍可看作中国梦的文学书写的内在逻辑,或者说是我们民族的一种集体无意识。

---

① 〔德〕马克思:《博士论文》,贺麟译,人民出版社1961年版,序文第3页。

据欧阳黔森自己所说，他从小就有从军当英雄的梦想。当反英雄、抵制和拒绝英雄渐成潮流时，他的英雄情结却从未动摇过，不但不追随潮流，反而要在一个似乎有点不合时宜的时间点上，执着、高调地推崇英雄，这种行为本身就有一点"英雄"的意味，是一种"说真话的勇气"或"说真话的率性"，福柯把它称作"parrhesia"，有人译为"自由言说"。这里的"parrhesia"并不专指说话条件，并不是对说话环境是否自由的挑战，而是对主体的描述。而这里的主体也不是纯粹的个人化主体，而是在个人"说"的过程和行为中，如何通过某种形式完成自我建构，同时亦被他人所建构。"说话人通过坦率而拥有一种和真实的特殊关系；通过危险而拥有与自己生活的某种关系；通过批评与自我批评而拥有与自己或他人的某种类型的关系；通过自由和责任拥有一种和道德律的特殊关系。更精确地说，'parrhesia'是一种说话人在其中表达他与真实之间的个人关系的口头行动，他为此豁出生命是因为他意识到为了改进或帮助他人（自己也是一样）去说真话是种责任。在'parrhesia'中，说话人行使自由并选择坦率，而不是规劝；他选择真实，而不是谎言或沉默；选择冒死而不是安全；批判而不是谄媚；道德责任而不是个人利益和道德漠视"[①]。这里的关键不仅在"说"的内容，更在"说"的行为本身。欧阳黔森的创作，已经是一种与英雄情结难解难分的无意识结构，关系到作家的责任、义务、使命，关系到人文精神的重振以及民族国家的复兴。而正是在这样的意义上，他的价值取向本身，

---

① ［法］福柯：《话语与真理：自由言说的问题化》，［美］伊利诺伊州美国西北大学皮尔森、埃文斯顿编，第5页；转引自杨礼银《守护民主的社会生活——论哈贝马斯和福柯共同的理论旨趣》，《陕西师范大学学报》（哲学社会科学版）2010年第39卷第6期，原注释：MICHEL FOUCAULT, *Discourse and Truth: the Problematization of Parrhesia*, edited by Pearson, Evanston, Illinois: Northwestern University, 1985, p. 5. 另可参考张哲《福柯的最后反思：以"说真话"作为教程终篇》，《中国社会科学报》2014年6月9日第A03版。

就已经有了某种普遍性和超越性，已经可能在一个更开阔的空间来展开讨论。

其实，对自己创作的得失，欧阳黔森有着清醒的认识，并且时有反省。他虽然不像王朔、刘恒那样过于轻视影视①，但到目前为止，他显然也更在意小说，尤其自己的那些中篇和短篇，说起话来底气十足，非常自信。被何士光、孟繁华、雷达等作家、评论家称许的，主要也是这类作品。然而我们仍想强调：要真正了解欧阳黔森，要真正读懂他的作品，切不可忽略《雄关漫道》《奢香夫人》《绝地逢生》这类影视作品。或者说，恰恰在这些主旋律作品里，隐含着欧阳黔森最重要的情感诉求。英雄情结或英雄主义的激情、豪情，在欧阳黔森的作品里既是价值取向，也是他的写作姿态和立场。同时还是他全部作品（从小说、散文、诗歌到影视剧）的一个契合点，2015 年，为纪念抗战胜利 70 周年，他还在《山花》第 8 期上发表组诗《民族的记忆》。在他的心目中，能够成为民族记忆的，就是当年的抗战英雄。正因为如此，我们才有充分的理由说，英雄叙事就是欧阳黔森全部作品最重要的特点，他的理想主义就是英雄主义。

当然，英雄叙事、英雄情结对古今中外很多作家都有吸引力，甚至是永远的诱惑。古希腊神话、悲剧、欧洲骑士文学，唐代传奇、宋元话本，还有汗牛充栋的武侠小说等，主角都是各式各样的英雄豪杰，进入近现代战争与革命年代以后，英雄与英雄崇拜更成为一种时代风潮②。就连学究气十足的书生、文人、学者，胸中都不免沉

---

① 不少作家都鄙视影视在艺术上的粗糙，王朔放言要把好东西留给小说，把次品兜售给影视。刘恒也说："写电影剧本在文体上没有多大意义，写剧本对小说是否造成伤害我不能确定，但就我个人的感觉而言，只要不是大规模机械化地从事剧本创作，是可以保护自己的灵感的。……如果让我放弃的话，别的都可以，最后只剩下小说。"参见吴义勤、施战军、黄发有《代际想像的误区——也谈六十年代出生作家及其长篇小说创作》，《上海文学》2006 年第 6 期。
② 参见朱德发《现代中国文学英雄叙事论稿》，山东教育出版社 2006 年版。

积着一股仗剑行侠的浩然正气。清末谈论最多的英雄是梁启超、严复、夏曾佑、邹容、陈天华。陈平原有两本书，专门研究文人的这种心结①。"千古文人侠客梦"早已成为中国人不可或缺的叙事传统。究其原因，大抵还是为人类理性所推动：每受命运困厄，就会有超越性的艺术想象活跃，就会有英雄出来扶危济世。所以在中国文化的传统里，自古就有对侠勇或侠义精神的崇拜。"何谓英雄？最古之时人，处于山林箐泽，豺虎与之游，鸥鹭与之栖"，"既有一群，必有一群之长。一群之长，必其智慧血气之冠乎一群者也"②。于是侠客的"为身之所恶，以成人之所急"③，"不爱其躯，赴士之厄困"等④，从民间的立场看就是当然的英雄。近现代以后，经过主流价值观的改造，匡正薄邪，祛妄存真，侠开始为民族赴义，开始脱胎换骨，化蛹为蝶，变身为民间和主流社会都能够接受的革命英雄，连胎衣都不曾留下。侠客与英雄，原来一直都如影随形，难解难分。从梁启超、陈独秀、鲁迅，一直到战争与革命年代的创作者，都不乏对这一资源的不断发掘与阐释。进入和平年代以后，也是侠可以走，义必须留，神可以退隐，英雄却不能被放逐。随着时代的进步，英雄的内涵、价值与意义等，完全可能被赋予新的时代光彩。

20世纪90年代欧阳黔森在创作上刚刚出道的时候，"人文精神失落"正备受关注。物欲膨胀、道德滑坡，告别革命、放逐诸神渐成潮流，反英雄、反崇高以及碎片化历史与个人化、欲望化写作渐成时尚，而就在此时，欧阳黔森却义无反顾地选择了抵制和拒绝。

　　① 陈平原：《当年游侠人——现代中国的文人与学者》，生活·读书·新知三联书店2006年版。《千古文人侠客梦》，新世界出版社2002年版。
　　② 严复、夏曾佑：《国闻报馆附印说部缘起》，郭绍虞、罗根泽：《中国近代文论选》（上），人民文学出版社1959年版，第189页。
　　③ 《墨子间诂·经说上第四十二》，《诸子集成》卷五，岳麓书社1996年版，第258页。
　　④ （汉）司马迁：《史记·游侠列传第六十四》，《史记》卷十，传（四），中华书局1975年版。

他手中的武器，正是挥舞了两千多年的那把英雄剑，但套路属于他自己。其"英雄叙事"的精神源头，首先与《雄关漫道》那样的红色历史有关，其中不仅有他对丰功伟绩的崇仰，也关乎他自己生活和成长的地域环境。红二、六军团征战的黔东土地是他的故乡，有数万人从这里参加红军，贵州籍的周逸群、旷继勋还曾担任过这支部队的高级指挥员。这些历史，是欧阳黔森萌生英雄情结的重要原因。用欧阳黔森的话说，孩童时代他就梦想成为一名军人，驰骋疆场、建功立业。他之所以迷恋"卡里斯玛"那类人物的魄力、魅力型人格[1]，就是因为成长于英雄的乡土，从小被轰轰烈烈、惊天动地的红色历史所熏陶。但现实似乎很遗憾，金戈铁马到底只是梦想，欧阳黔森并没有成为从战场硝烟中走来的军旅作家，他的人生，最终是跟知青和地质队紧紧地连在了一起：先当知青，后当地质队员。殊不知这样的人生经历，最后竟然阴差阳错地成了他的英雄情结的粘合剂。

众所周知，"文化大革命"时期波澜壮阔的知识青年上山下乡运动，铸就了一代青年沸腾的理想主义与英雄主义情怀。返城以后，在追怀青春、反思历史的同时，悲情、悲壮、悲悯成了知青文学涂抹不掉的情感底色，作品的风格追求亦因此而可分为无悔派、理想派、磨难派。梁晓声的《今夜有暴风雪》《这是一片神奇的土地》是其中的杰出代表。其他知青出身的作家，如韩少功、张承志、柯云路、张炜等，无论写作套路后来有多大变化，知青阶段的作品，或多或少都带有这个特点，那正是被知青生活镌刻下来的一种青春英雄的记忆。

与知青相比，地质勘探队员天南地北的生活艰苦但浪漫，也容

---

① 卡里斯玛（charisma）原意为"神圣的天赋"，指得到神帮助的超常人物，引申为具有非凡魅力和能力的英雄。

易让青春热血沸腾。山东作家张炜与地质生活就有很深渊源，用张炜的话说，地质和文学离得很近，地质队员天生就应该是文学家。张炜自己从小就迷恋他们的生活。他的第八届茅盾文学奖获奖作品、长达450万字的十卷本皇皇巨著《你在高原》，原来有一个副标题就叫"一个地质工作者的手记"。为写这部小说，张炜甚至自学地质专业的课程，学习去野外采矿石标本，大量阅读地质工作者及著名地质人的传记。他的全部一千多万字作品，有关地质的竟然占了一半①。

不过，张炜只是当过知青。带上地图、指南针、罗盘，背地质包，住帐篷，饮山泉，出入荒山大漠去寻找宝藏，那只是他少年时的梦想。与张炜相比，欧阳黔森幸运得多，他的黄金年华全都在上山下乡和地质勘探的岁月中度过，两种最具文学滋养的生活，都是他生命中刻骨铭心的记忆。他把文学之旅最初的激情都献给了诗歌，献给了那首诞生于20世纪50年代的《勘探队员之歌》，献给了从战争硝烟中走向地质队伍的军人（欧阳黔森诗作《最后一匹军马》），以及那些为了找矿而把一生，包括自己的生命，都交给了莽莽群山的地质人。也就是从地质队员的生活开始，欧阳黔森重新咀嚼和回味知青生活，用散文的形式讲述了"十八块地"卢竹儿、鲁娟娟、萧家兄妹的故事。机缘巧合的是，知青与地质队的生活都需要有青春激情，都意味着艰难困苦、风沙磨砺，都意味着对理想信念与价值坚守的一系列考验。或者说得再直接一点：知青生活与地质勘探正是最适合理想主义、英雄主义发酵的土壤和温床。感受着红色土地的滋养，呼吸着来自乡村山野质朴刚健的气息，欧阳黔森的英雄情结，终于在知青岁月的磨炼与地质队员的风餐露宿里，交织成了

---

①　王治卿：《张炜：地质是我的文学富矿》，《中国国土资源报》2014年3月25日。

一种历史的与文学的双重宿命。

在欧阳黔森的小说中，英雄的谱系主要有两种类型，一种类似"卡里斯玛"，一种则具有民间侠义情怀。一般来说，卡里斯玛应有轰轰烈烈的丰功伟绩，是具有领袖气质、万人瞩目的"一群之长"，后一种则未免平凡和普通，需要被发现、被定义才能成为英雄。卡里斯玛（Charisa）是韦伯在《经济与社会》中提出的概念，指人的超凡魅力、感召力，或超人天赋之类的特殊品质。韦伯认为具有这种品质和力量的人往往高踞于一般人之上，并能激发别人对他的忠诚。"五四"是最早提出中国青年应具备卡里斯玛素质的时代，那个时期的作品，如郭沫若的《女神》，鲁迅的《呐喊》等，鲜明地表达了这类人格追求①。后来在民族救亡与革命战争中，在和平时期的社会主义革命与社会主义建设中，这类诉求更是层出不穷，大写"新英雄人物"，甚至成了那个时代衡量创作成败的标准。

欧阳黔森笔下有相当一部分类似于"卡里斯玛式"的人物。既包括主旋律作品中的战争英雄、史诗英雄（《雄关漫道》《奢香夫人》），与严峻的生存条件抗争的农民英雄（《绝地逢生》《八棵包谷》），也包括在其他中短篇小说中驰骋政界、商海的成功人士。他们往往能在严峻考验面前，表现出某些非凡人格与崇高志向、坚定意志，尤其不甘庸庸碌碌。但同时他们又绝不是不食人间烟火的圣人、超人。他们也有自己的七情六欲和喜怒哀乐，其英雄品质并不都在轰轰烈烈的业绩中光彩照人，日常生活领域也常见其人格的闪光。如果说《雄关漫道》《奢香夫人》的主人公是最接近严格意义的"卡里斯玛"类型的英雄，那《白多黑少》中的萧子北，《非爱时间》《下辈子也爱你》的中陆伍柒，《非逃时间》《失踪十五天》中的几个

---

① 童庆炳：《文学艺术与社会心理》，高等教育出版社 1997 年版。

知青战友，包括《穿山岁月》《莽昆仑》《有人醒在我梦中》《味道》《远方月皎洁》中的热爱诗歌的地质队员等，除了没有轰轰烈烈的事迹，也都多少具备一些"卡里斯玛"的气质。就是懵懂、崇尚自由浪漫、敢于冒险进取的地质诗人，那种心雄万夫的豪气和远大志向，都堪比英雄。尽管这些中短篇小说的故事都发生在和平年代，都属通常意义的现实题材，甚至是很庸常的生活（孟繁华觉得有一点欧阳黔森自己的情感经历），既缺少《雄关漫道》和《奢香夫人》中的战鼓旌旗与金戈铁马，也没有《绝地逢生》《八棵包谷》中那种人与自然的悲壮对峙。但这并不妨碍人物的壮怀激烈。无论对情感还是对事业，他们都还保留着难以自抑的激情。无论是在政界、商界还是在文坛，艰苦生活或战场硝烟（有的人物有从军史，如萧子北）对他们而言都是财富，任何时候都不失雄浑、阳刚、豪放的品格。比如对情感，数十年后美人虽已迟暮，但"英雄"仍一往情深。被岁月所改变的，只是男人性格的粗粝，并非感情的粗糙。在生硬鲁莽、不近人情的外表后面，人物并不缺少细腻敏感的神经。正因为如此，聪明的杜娟红知道该如何给自己深爱的"英雄"留足派头与面子，更知道该如何用一个顾盼，一个动作，瞬间让她的"卡里斯玛"怦然心动。这种关系，在陆伍柒与萧美文那里也描写得非常微妙和生动。难得的是，萧子北和陆伍柒都知道该如何节制，都知道如何面对情感、家庭和事业的冲突，无论这种冲突对他来说如何残酷。而这一点，大致也就是卡里斯玛式英雄的全部精神境界。

欧阳黔森笔下的"卡里斯玛"偶尔也会有英雄气短、儿女情长的时候，在《穿山岁月》《莽昆仑》《有人醒在我梦中》《味道》《远方月皎洁》《五分硬币》等作品里，年轻的主角虽心高气傲，但情感炽热，在他所爱恋的姑娘面前虽然还很青涩，骨子里则非常血性。他通常是一个激情的理想主义者，既自尊、自负，也正直、刚

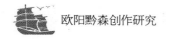

硬，乐于主持正义，该出手时就出手，决不怕惹火烧身，也决不图人回报，很有些侠客和豪杰的意味。在《有人醒在我梦中》和《丁香》中，男主人公就敢于因夏排骨、方国庆的轻佻而动粗，也能像《五分硬币》《姐夫》《兰草》《味道》那样，因自负而伤情，以自信而重情，或者因自傲而误情。他的弱点也因此暴露无遗，错失之后往往就在月光皎洁的孤寂之夜，付诸刻骨铭心的思念。

《水晶山谷》《白莲》《敲狗》是英雄谱系中的另一种类型，也是英雄情结的另一种民间表达。主角都是一事无成、毫不起眼的小人物，不光没有任何社会地位可言，而且也没有任何文人、诗人的浪漫情调，行为绝谈不上风云叱咤。如《水晶山谷》中的农家子弟田茂林，《白莲》中的坐台女、乐师、妈咪，《敲狗》中厨师的小徒弟等。把这样的人物说成英雄，似乎特别不靠谱。然而，在他们身上刹那间爆发的能量，又完全当得起英雄的评价，绝不是愚民庸众、凡夫俗子的精神境界。比如田茂林，在家乡稀缺矿石巨大的利益诱惑面前，他曾丧失自我，醒悟之后，点燃一声惊天动地的巨响，瞬间就让玉石俱焚有了涅槃一样的含义。《白莲》中的三个人，一个坐台女，一个妈咪，一个乐师，都是风尘人物，但她们的行为又都非常仗义。妈咪要成全白莲为自己赎罪，白莲卖身却又不肯出卖真情，结果阴差阳错，白莲绝无可能再接受阿男，而妈咪的一念之差，也造成阿男终身瘫痪。所幸是无论什么后果，都没有人选择逃避。在这里，是一种与忠贞、诚信、侠义有关的民间道德在起作用，其行为与豪侠有着千丝万缕的联系。《敲狗》写了三个人物，但从英雄叙事的角度看，厨子师傅和中年汉子只是铺垫，真正的主角只有一个，就是小徒弟。他完全当得起英雄的评价。小说的高潮是给狗放生，而放狗正是小徒弟最了不起的英雄壮举，如果说这类小人物的行为与真正的英雄还是有所不同的话，那也主要是他们未能改变世界，未能给更多人的生活带来改变。真正的英雄是要救人于苦难，尤其是要改变世界的，小人物却只能被救或自救，似乎当不起英雄的称号。但是，英雄和英雄行为毕竟有共同的东西。卡莱尔的英雄理论就认为，英雄的身份可以千差万别，如先知、诗人、帝王、教士，或者因诞生的环境不同而成为其他。但英雄之为英雄，有些品格素质一定是相通的，"他们基本上都有一种能力，即能望穿万物的骗人的'虚伪外观'，透察其核心，即辨别'实质'与'表面'的能力"①。卡莱尔的所指，其实就是人的某些优秀品质，如忠诚正直、光明磊落、敢于牺牲奉献等，有这样的品质，平凡人完全可以成为英雄。欧阳黔森这类小说，在平凡中对不平凡的英雄壮举作了新的诠释，并由此延伸到历史和人性的升华方面，这就是创造。

为着英雄情结的宣泄，欧阳黔森有时也对小人物非同寻常的行为作一种世俗化处理，比如唐三草的狡黠，梨花的心机（小说《村长唐三草》《梨花》），但都在乡村道德可接受的范围内，人物更重要的精神内核，还是正义、道义、侠义，那是民间的正能量，不能说它跟英雄完全无关。当然。对平凡人物不平凡人格最成功的艺术表现，还是对它的诗意化处理。如《断河》《扬起你的笑脸》《心上的眼睛》。这些作品有着两种不同的诗意，一是抒情诗，一是史诗。作家在这些普通的或传奇的故事里，倾注了全部的想象和热情。

《心上的眼睛》，主角是残疾人丁三老叔，他在娄山关景区当清洁工。但这里是当年的战场，毛泽东曾在这里写下著名的《忆秦娥·娄山关》。如今，英雄已"化成了山脉"，英雄的历史却成了清洁工终生的追怀，那里面不光有他的精神崇拜，也有他的亲情。所以他愿意用自己的一生，来完成只有英雄才能完成的使命。小说结

---

① J. C. Adams：《卡莱尔和他的英雄观》，该文为英国学者卡莱尔的《英雄与英雄崇拜》的前言，何欣译，辽宁教育出版社 1998 年版。

尾，重返战场的盲军人依靠丁三老叔的帮助，满足了自己的心愿，而能为当年的英雄尽一点心力，对丁三老叔也是毕生的荣耀。历史的壮阔与现实的朴素，在这里终于汇成了一首英雄的诗篇。在《扬起你的笑脸》中，主角是乡村教师与他的学生。知识的启蒙让学生向往山外的世界，最终却被阻隔在河对岸的山中。夜晚来临，老师带着他的两个学生来到山谷，用火光召唤迷失的孩子，"那夜的火光和那夜的斑斓"从此在孩子们心中不再熄灭，那已经是诗一样的生命之火。有这样不朽的诗篇，那位乡村儒者也就有一点高大挺拔的英雄意味了。

比《心上的眼睛》《扬起你的笑脸》更厚重的是《断河》的那种史诗性处理。何士光就是这样来读这篇小说的。他说作品是"诗一般的史，史一般的诗。通常史诗都会是长篇巨制，但《断河》却绰绰约约地让人感到，黔森只用了短短的篇幅，来窥视了这种史和诗的意境"[1]。这当然是极高的评价了。不过，进一步分析，史诗有多种，比如创世史诗、迁徙史诗之类，《断河》只能是英雄史诗，它具备那样的品格。一般来说，当得起英雄史诗评价的作品，里面不光要有非同寻常的业绩，更重要的是悲剧命运与历史沧桑，那是既关乎人格、人性，也关乎公道、命运的玄机，英雄身边，甚至还要有绝代佳人。史诗之要为英雄所限定，一定要具备崇高、神圣、庄严的气魄，特别是要有恩格斯所说的那种"较大的思想深度和意识到的历史内容"[2]。

除了没有宏大的规模与篇章结构，《断河》具备英雄史诗的所有要素。或者说，这就是一部浓缩的英雄史诗。小说开篇几乎是史前

---

① 何士光：《欧阳黔森短篇小说选·序》，贵州人民出版社 2014 年版。
② ［德］恩格斯：《致斐·拉萨尔》，《马克思恩格斯选集》第四卷，中共中央马克思恩格斯列宁斯大林著作编译局编译，人民出版社 1977 年版，第 343 页。

生活的画面，红土地封闭、贫瘠，"千里连绵不断的小山头，像一支扬帆而又永远走不动的船队"，断寨人世世代代困守在这里，不得不为生存而战，为生育而战。老刀、老狼、梅朵的爱恨情仇，因此一开始便危机四伏，充满悬念，古朴的人性与剽悍的民风更为故事的发展增添了许多不确定性。老刀是梅朵的丈夫，但他要的只是性。梅朵向老狼投怀送抱，求的却是爱。三个人都坦坦荡荡，光明磊落，决不偷偷摸摸。甚至情敌生死对决的关键时候，出场的都是属于英雄人格的道义、正义、侠义。连奋身一跃替主人吞刀送命的那条狗，都显得那样的忠勇无比。老刀暂时放过老狼，只是想亲眼看一看老狼如何贪生，以为自己夺得精神的、心理的真正胜利，也不失为英雄的一种选择，但那种冷漠、冷酷已经与武功、与爱情无关，只关乎人格、性格。老狼为了看一眼刚出生的儿子，面对老刀的枪口，看似刚毅的脸终于开始发青、流汗，"闪过一丝求生"之意。老刀满意了，于是不屑于再朝情敌开枪。老狼虽赢得了梅朵的爱情，但为了柔情，输了刚勇，老刀的话句句都是诛心之论，看了儿子一眼，老狼只能选择自尽，否则枉自称雄一世。但直到此刻，老狼也并非真正的输家，有道是：无情未尽真豪杰，老狼其实死得很壮烈，也很值得！

不过老刀也并非最后的真正赢家，老狼的儿子龙老大长大后，成了断寨的又一位乱世英雄。养父教他刀法，他不能与养父比刀。但他鼓励养父跟自己的生母梅朵再生一个兄弟，好让同母异父的兄弟俩日后有刀可比。老刀当然不愿输掉这口英雄气，为了生儿子，他疯狂地折磨梅朵。面对身衰力竭的丈夫，梅朵只好跑到外面与路人交媾，生下麻老九哄骗老刀。未料人算不如天算，麻老九生性羸弱胆小，一看就不是老刀的种。此时龙老大进京勤王回来，已顶天立地。但他只能气死养父，不能弑父。而麻老九一生只得活在龙老大的护佑之下。对这位同母异父兄弟，龙老大可谓用心良苦，他先送一个女人给这位弟弟做老婆，再对这位稍稍有点嫌弃兄弟的女人痛下杀手。之所以如此心狠手辣，竟然都是为了保护兄弟，以不负母亲临终前的嘱托。小说中的这几个人物，既是仇人，又是真正的父子兄弟。都肝胆相照，重情重义，都当得起草莽英雄的称号。就连麻老九最后一刻为自己心爱女人的"殉情"，都有几分悲壮的含义。英雄就是英雄，无论起于乱世还是治世，无论一生草莽还是修成正果，他们的命运总会关乎悲剧，总会关乎历史沧桑，总会以不同寻常的人性冲突，为后世留下种种言说不尽的话题。能够把英雄演绎到这样的深度，《断河》自然也就当得起何士光的史诗评价，虽篇幅不长，但也就可以看作浓缩的史诗了。

《断河》无疑是到目前为止欧阳黔森最好的小说之一。另一篇《敲狗》也堪称上乘。作品的成功，同样应归结为它的英雄叙事。虽然与其他小说相比，英雄叙事在这里含蕴深厚了许多，不再那么激越高亢、锋芒毕露，而英雄也不过是草根英雄或草莽英雄而已。但是，英雄的理念、气质、精神是始终如一的。在沉稳、内敛、厚重的故事后面，仍能感受到那种很强劲、很鲜明的英雄情结。

欧阳黔森的英雄叙事，很容易让人想起抗战时期大批入黔文人对贵州精神的发现和解读。那时的贵州经济社会还相当落后，老百姓衣不蔽体，家徒四壁。连吃盐这样最基本的生活保障都成问题（贵州不产盐，只靠从邻省肩扛马驮运进来，所以价格奇高，对普通人家甚至是奢侈品）。但恰恰就是在这样封闭落后的地方，闻一多、李长之、茅盾、林同济等人却有了新的发现。林同济以平原文明来与贵州的这种山地文明相对照，认为平原型精神"博大有余，崇高不逮"①，正需要山地文明崇高奇险的气魄作补充。闻一多则从贵州

① 林同济：《千山万岭我归来》，施康强：《征程与归程》，中央编译出版社2001年版，第229、228页。

山野的民间歌谣中，读出了一种原始生命活力的释放。那是这样的歌谣："火烧东山大松林，姑爷告上丈人门，叫你姑娘快长大，我们没有看家人。"另一首："马摆高山高又高，打把火钳插在腰，哪家姑娘不嫁我，关起四门放火烧。"闻一多以这样的歌谣为例，说："你说这是原始，是野蛮。对了，如今我们需要的正是它。我们文明得太久了，如今逼得我们没有路走，我们该拿人性中最后最神圣的一张牌来，让我们那在人性的幽暗角落蛰伏了数千年的兽性跳出来反噬他一口。[1]"今天，在当代文学的日常生活叙事、个人化叙事显出了几分贫血、孱弱时，欧阳黔森却在为它注入阳刚、雄浑、崇高，这本身就是壮举，所谓英雄叙事的当代价值，正体现在这种情怀当中。

第二节　历史理性并不仅关乎历史

在综合考察了欧阳黔森全部创作的英雄主义基调与英雄叙事特征后，我们完全有理由说："理性的历史化"对欧阳黔森来说，就是一种对民族脊梁的期待，就是一种奔放、激越、奔腾的英雄主义激情。所以他才会如此关注红军的命运，才会在小说、散文、诗歌以及影视作品中，反复写到红军长征，写到贺龙、关向应、任弼时他们所创建的黔东革命根据地，写到旷继勋领导的蓬遂起义，也才会如此关注大后方的抗日战争，以至把目光投向了更为久远的彝族女英雄奢香那里。这样的情怀，当然并不仅因为贵州是他的故乡。准确地说，是对1840年以来中国人民苦难岁月的切肤之痛，决定了欧阳黔森历史题材创作的价值取向。他的历史理性，鲜明地体现在对历史过程的深刻认知与总体把握上。

---

① 刘兆吉：《西南采风录·闻序》，商务印书馆1946年版。

但同时，欧阳黔森的历史理性并不仅仅关乎历史。对欧阳黔森来说，历史理性与价值建构的取义关联，既指向历史，也包括了他的全部现实题材创作。确定某个历史事件、历史问题和历史经验是否有意义的钥匙，其实就隐藏在当代的思想意识和客观的价值观念中①。无论写地质队员和农场知青的情感，普通人物的命运，抑或是写决战脱贫攻坚，写贵州农民与石漠化恶劣条件的抗争，其内在的精神结构与气质，都与历史题材一脉相承，都有英雄情怀的寄托与英雄崇拜的情感郁积，其"理性的历史化"在现实题材创作中，并不采取理性与历史分裂、对立的方式，而是互为"始源"②，历史理性明确地联结着现实。这一点，我们在前面的分析中已经有所涉及。本节要进一步讨论的，是欧阳黔森的纪实性作品，这类作品也曾被人称作报告文学，或是非虚构写作。它们的现实指向极强，所涉及的是当前中国正在发生的历史性变迁，是扶贫开发进入脱贫攻坚阶段后的精准扶贫与精准脱贫，以及由此带来的翻天覆地的变化。这类作品包括欧阳黔森早年写的一些散文，但更主要的，是他发表在《人民文学》2018 年第 1 期、第 3 期和第 9 期的"脱贫攻坚三部曲"：《花繁叶茂，倾听花开的声音》《报得三春晖》《看万山红遍》。短短九个月，在素有文学国刊之称的《人民文学》接连发表三篇作品，这是创纪录的。

贵州历史上曾以"天无三日晴，地无三里平，人无三分银"闻名。即使在今天，贵州仍是全国脱贫攻坚的主战场、决战场。但也正因为如此，党和国家领导人对贵州贫困地区的关怀，党的十八大以来这些地区正在发生的翻天覆地的变化，才特别令人心潮澎湃。

---

① 俞吾金：《人体解剖是猴体解剖的钥匙——历史主义批判》，《探索与争鸣》2007 年第 1 期。

② 舒远招：《理性与激情——黑格尔历史理性研究》，湖南师范大学出版社 1993 年版，第 16 页。

一个非常突出的事实是：以城镇化带动、大数据产业支撑、高铁与高速公路建设、能源开发等为标志的一系列发展战略，正在深刻地改变贵州的山川地理以及经济社会与多彩文化的面貌。

《花繁叶茂，倾听花开的声音》写的是贵州遵义枫香镇花茂村实现精准脱贫的故事。花茂村原来叫荒茅田，从地名即可想象到其荒芜和贫穷的程度，那也是欧阳黔森当年的印象。如今这个村子花繁叶茂，生机勃勃，完全当得起从荒茅田谐音变化而来的名称。而在小山村脱胎换骨的后面，是红色文化的滋养，是领袖的关怀。用村民王治强的话说："我们这里山区偏僻，但来过两个主席，一个是毛主席，一个是习主席。"1935 年 3 月，红军在这里召开"苟坝会议"，进一步贯彻遵义会议精神，确立和巩固毛泽东在党中央和红军中的领导地位。用作品的话说："在这里毛泽东主席用一盏马灯照亮了中国革命前进的道路。"2015 年 6 月 16 日，习近平总书记来到花茂村，亲切地与村民们拉家常，他时常牵挂老区人民的生活。2017 年 10 月 19 日，习近平总书记参加十九大贵州代表团讨论时，听到花茂村两年来发展变化的汇报，看到花茂村新貌的照片，他很高兴，又说了鼓励的话。

《花繁叶茂，倾听花开的声音》的取材角度和写法，在《报得三春晖》中既有延续又有扩展。这个作品写的是贵州毕节乌蒙山区的脱贫攻坚。在乌蒙山区，海拔更高，石漠化更严重，土地资源更稀少，自然条件更艰苦，1985 年 5 月新华社记者在采访中所看到的贫困现实，也更为触目惊心。但正因为如此，当时主管农村工作的中央书记处书记习仲勋看到记者采写的报道后所作的重要批示，时任贵州省委书记朱厚泽接到批示后的迅速行动，1985 年 7 月胡锦涛接任贵州省委书记仅 8 天就深入乌蒙山腹地三次，最终推动在毕节建立开发扶贫、生态建设试验区的故事，也就更感人。在这个作品中，欧阳黔森从管子的治国理念，红军在乌蒙山开辟根据地的历史，一直写到共产党人的庄严承诺。整篇作品的文脉气势，水到渠成、顺理成章地集中到了毕节地区精准扶贫、脱贫攻坚，全面建设小康社会，以及随之而来的历史性巨变上。

贵州铜仁市万山地区因盛产汞，有着近千年开采冶炼的历史。1966 年 2 月经国务院批准，万山成为国内最早的县级行政区。然而，从 20 世纪 80 年代末开始，随着汞矿资源逐渐枯竭，矿区逐渐陷入困境。欧阳黔森的《看万山红遍》写的是资源枯竭型城市的起死回生。在这里，万山是地名，是欧阳黔森的故乡，但"看万山红遍"更是毛泽东诗词的壮阔意境，是伟人博大的英雄主义情怀。借如此宏大的意境来写乡愁，一定不是传统意义的游子思乡，也不仅仅是在为地方、为家乡立传，而是融入了生态自然、现代化速度、脱贫致富、社会和谐等愿景在内的乡愁，是蕴含中华民族伟大复兴中国梦的乡愁。作品给人的最深印象，是万山汞矿的干部职工面临企业困境时的顽强坚持，是 2008 年那场持续时间长达两个多月的特大凝冻灾害带给万山汞矿干部职工和普通农户的严峻考验。在大家最困难的时候，时任中共中央政治局常委、中央书记处书记的习近平冒着严寒来了，他带给大家的，是中央和全国人民的慰问，是直透心田的温暖和鼓舞。《看万山红遍》把这一个时间节点当作万山区所有变化的新起点，不仅万山区发展规划的新高度，招商引资的新速度、新机遇从这里重新开始，就是新时代农民讲习所老龄学员余秀英、普通职工李来娣的新生活，陈昌旭、田玉军、吴泽军、杨尚英、田茂文这些从市委书记到社区支书，从副镇长到普通干部的新思想和新追求，也从此被赋予了新的内涵。一幅新时代万山建设的新画卷，从那时起便在万山人的心中酝酿了。欧阳黔森所写的，正是万山作为资源枯竭型城市的历史性巨变，其中最为感人的，是决战决胜脱贫攻坚的生动情节与细节，是全面建成小康社会的领袖情怀、国家意志与人民心声。这是与历史理性紧密相连的现实情怀，对新时代历史巨变的及时反映，是其价值理性，而历史担当则是其实践品格。

尤其要提到的是，还有欧阳黔森在文体方面的实验和探索。

我们知道，当前中国所发生的翻天覆地的历史性巨变，并不仅仅反映在一系列图表和数据上，而是实实在在写在祖国的山河大地上。一个突出的事实是：作为国家地情资料最权威也最为完备、最具连续性的地方志，即便最新编撰，也已经明显跟不上新时代巨变的节奏。在这样的形势下，欧阳黔森敏锐地察觉到了文学反映现实并及时记录"地方性知识"的整体性、结构性、历史性变迁的必要，《花繁叶茂，倾听花开的声音》《报得三春晖》《看万山红遍》这样的作品，既尊崇以文学方法反映新时代巨变的美学规律，又是对方志记录地方舆地、物产、风俗、传说等传统的继承和发扬，明显具有"新方志文学"的特征。在这里，对"地方性知识"整体性、结构性、历史性变迁的文学性、时代性、连续性、史志性记录与描写，便是我们对"新方志文学"的一个基本界定。

方志与文学的关系，自古以来就非常密切。有些地方志本身就是非常优秀的文学作品，如《水经注》《洛阳伽蓝记》《两京赋》《三都赋》。在《三都赋》的序言中，左思明确说："其山川城邑，则稽之地图；其鸟兽草木，则验之方志；风谣歌舞，各附其俗。"不少地方志的"艺文"部分，或收录文人、诗人的作品，或关乎他们的经历、传记，是文学研究的宝贵资料。至于地方志所记载的"一方之事"（谭其骧对地方志的定义），则可以作为文学创作的素材。与地方自然地理、名胜古迹有关的诗文，在中国文学史上不胜枚举，明清两代的地方志中大量收录的"景观诗文"即是突出的例子。直到当代，这样的作品仍不少，如贺敬之的《桂林山水歌》之类。显而易见的是，融入了时代变迁内涵的独特自然地理、山川名胜，能够唤醒诗人沉睡的诗兴。反过来，景观诗文亦能提升地方的文化品相，让它们享有更多的知名度和美誉度。这便是"诗以地兴""地以诗传"现象，在中国文学史上并不鲜见。

文学与方志还有一层关系，那便是乡愁。不少地方志对"地方性知识"整体性、结构性、历史性变动的书写，都有乡土情感的最终依托。由于地方志所记载的主要是"一方之事"，故修志者中，一般都会有乡邦人士参与，有的还是担纲者或主撰者。作为中国地方志中的名家名作，《遵义府志》的主要纂修者郑珍、莫友芝就是遵义人。至于诗人、作家以故乡的"一方之事"来寄寓乡愁者，那就更多了。

在讲述花茂村、乌蒙山、万山的脱贫攻坚故事时，欧阳黔森显然没有脱离特定的历史语境，无论从地名到环境，还是从历史到现实，他都在不时地"验之方志""稽之地图"并"各附其俗"。同时视线又常常越过"一方之事"的边界，从更广阔的背景上，来描绘小山村的未来。其中最具新方志文学品格的，是《看万山红遍》。与前两部作品相比，《看万山红遍》有更明显的方志意识，其着眼点始终离不开《万山志》《铜仁府志》等地方志，不时以地方的建置沿革，经济社会发展，以及山川地理、物产、风情、风物、风俗的今昔对比作为参照，以衬托新时代的巨变。这就是新方志文学极有代表性的写法。

当然，尽管有着鲜明的方志文学品格，仍不能把欧阳黔森的这些作品直接等同于地方志。文学与方志毕竟有着完全不同的价值取向与文化功能，写法不同，成规也不一样。其中，文学不仅要记录地方性知识的变迁，而且要有对当地风俗、传说、物产、舆地的追叙和介绍，它更在意的，是与人的行为、心理、性格描写等有关的典型情节和细节，是感人场面或画面的诗性呈现。如果说旧地方志的一大特点是只关注地方性知识变动的成果、结果或现状的话，那么，用文学的方法来描写地方事物，叙述地方的历史巨变，最注重的就是现实变革的过程和细节。因此，文学需要以充沛的激情呼应时代精神，需要撷取历史性变迁过程中时代社会各种因素的影响，尤其是人的性格、行为、心理与精神风貌。

《看万山红遍》就是这样，它写的是万山的历史巨变，是铜仁万山在汞矿资源枯竭后以旅游扶贫、文化开发实现的华丽转身，是以绿色生态产业取代曾经的"汞都"，让家园起死回生的故事。在描述地方性知识的整体性、结构性变动时，作品虽然离不开今昔对比，离不开《万山志》《铜仁志》这类地方史志的参照。但是，作品的感染力，全部来自精准扶贫及脱贫攻坚过程中感人的情节和细节。2008年2月习近平亲临万山指导抗冻救灾，时隔5年后总书记专门针对万山的脱困、脱贫发展作出指示，以及在参加十九大贵州代表团讨论时，总书记再次关怀万山的发展等，就是作品最生动、最感人的情节。除此之外，在写到具体的地方历史、地理、物产、风情，包括刻画人物心理、性格和精神风貌时，《看万山红遍》也常常借助民间故事、传奇、传说、掌故等，让自己的叙述变得更加形象和生动。这种史志与文学相结合的写法，是一种新的尝试。说得夸张一点，是面向世界的中国故事的中国式表达。也许欧阳黔森并没有新方志文学的自觉，但他的地方文化自信非常强烈，作品的新时代方志文学色彩也非常明显。铜仁、万山将来修志，《看万山红遍》或许是重要参考。从这个意义说，为地方志编撰积累资料、素材，甚至提供视角和思路，也是新方志文学的一大价值。

由欧阳黔森这类作品，可以看到历史理性与现实情怀本来就并不矛盾。不能将历史和理性对立起来。从理论上说，历史固然总是同时间，同一切个别的、偶然的、变灭的事物相联系，而理性则往往具有超时空的、永恒的、普遍必然性的意义，但"历史与理性从根本上讲是完全统一的：理性是具有运动、发展和历史本性的理性，或者说到底，理性就是运动、发展和历史的过程，而历史（包括人类历史）归根到底是理性自我显示、自我生成、自我实现和自我认识的方式"①。

　　另外，从历史与现实的关系看，一切历史的本质，其实就蕴含在当前的现实之中，正是在这样的意义上，任何历史都是当代史，当代现实的合法性来源，本来就蕴藏在历史的本质之中。欧阳黔森的现实题材创作，反映贫困地区人民为改变自身命运所作的艰苦卓绝的努力，恰恰就包含了历史理性的要义，因此，他的历史题材与现实题材创作在精神结构上必然会一脉相承，必然都有奔放、激越、奔腾的理想主义与英雄主义豪情。"新方志文学"固然是一种实验，但其中也包含着历史与理性的统一，也是一种理性自我显示、自我生成、自我实现和自我认识的方式。这样的文体实验和探索，因此也就具有意识形态的意义。在文本形式、文类、体裁的演变中，显示的是意识形态的历史理性。

---

　　①　舒远招：《理性与激情——黑格尔历史理性研究》，湖南师范大学出版社 1993 年版，第 14—15 页。

第二章　社会主义伦理与讲述中国的方法

　　社会主义伦理是 20 世纪以来中国的宝贵财富，由革命到改革的话语转换表明社会主义伦理必然随着时代发展而不断更新；社会主义伦理也是讲述中国故事、弘扬中国精神的基本原则和方法，欧阳黔森在文学创作中对社会主义伦理的坚守与弘扬，为新时代讲述中国的方法提供了重要启示。一方面，欧阳黔森通过人民伦理和文化地理表现了对文化传统和革命历史的思考，表达了对革命精神和红色文化的歌颂，体现了社会主义伦理原则。另一方面，欧阳黔森描绘了改革时代的巨大变化，表现了对时代精神和自然宇宙的思考，强调了社会伦理和自然天理在社会发展中不可或缺的价值，尤其是他坚守社会主义核心价值观、科学发展观和生态文明观，体现了社会主义伦理在新时代文学创作中不断开拓与创造的可能性。小说文体对人生与世界的描写在理论上有其广度和深度的无限可能性，欧阳黔森借鉴诗词、散文、音乐、传奇等进行小说的文体实验和形式创新，通过小说诗化、小说散文化、小说音乐化、小说传奇化，表现了小说文体具有包含小说以外各种文体的可能性。从马克思主义理论角度来说，欧阳黔森在小说方面的跨艺术探索或跨文体写作既是一种审美化策略，更是一种"形式的意识形态"。无论是小说散文

化还是小说音乐化，其实都是心灵、情感的再现；尤其是在小说诗
化和小说传奇化中，革命英雄主义和革命乐观主义都被融合成形式
的"意识形态素"。风景是一种想象的共同体，它具有丰富的意识形
态内涵。欧阳黔森从感觉出发，描写了神奇的风景、牧歌体风景、
荒原体风景和灵性的风景，表达了他的民族国家立场、反思现代性
意识、乌托邦的社会理想和对生命的尊崇以及对自然的热爱。欧阳
黔森通过印象主义和象征主义的风景描写，不仅批判了人性的贪婪
与丑恶，而且在审美或想象层面上对人类现代化进程中的矛盾与问
题进行了反思。在报告文学方面，欧阳黔森在诗骚传统、史传笔法
和对话描写等写作手法方面进行了积极尝试，为报告文学创作提供
了重要经验。

如果说中国现代文学主潮确有一条由启蒙到救亡的发展线索，
那么中国当代文学主潮则经历了由革命到改革的主题变奏，革命伦
理是与人民伦理紧密结合的伦理原则，它们一直在中国当代文学中
占有重要位置。刘新锁指出，"新中国建构的国家伦理秩序是具有全
面覆盖性的人民伦理。在革命斗争中，'人民'曾被作为强大的主体
性力量对个体发挥过重要的威慑和控制作用。新中国成立后，这些
功能一如既往地被继承下来并得到强化，在新的国家伦理秩序中占
据了核心位置"。① 这种以革命和人民为核心的国家伦理秩序对中国
当代文学的发展也产生了深刻影响。一般认为，1949 年 7 月 2—19
日在北平召开的中华全国文学艺术工作者代表大会标志中国当代文
学的开端，从第一次文代会到第四次文代会之间的中国当代文学，
是以人民和革命作为核心伦理的。正如毕光明所说，新中国文学
"是以社会主义伦理为基础的"；在毕光明看来，"伦理是指处理人

---

① 刘新锁：《人民伦理的覆盖与整合——论"十七年文学"的伦理图景》，《扬子江评论》2010 年第 3 期。

与人之间关系所应遵循的道德和准则"，中国"革命的实质就是伦理的转向"①；人民和革命使中国革命的领导者掌握了巨大的伦理优势。改革开放以来，改革与现代化话语逐渐成为新时期文学的核心伦理，但是人民和革命伦理在新时期文学中仍然熠熠生辉。欧阳黔森可以看作向社会主义伦理转型的典型作家，从思想内容方面来说，欧阳黔森继承了社会主义革命伦理传统，人民伦理和文化地理是这种叙事伦理的重要载体；他对文化传统和革命历史的思考，以及对革命精神和红色文化的歌颂，都体现了社会主义伦理原则。同时，欧阳黔森也描绘了改革时代的巨大变化，表现了对时代精神和自然宇宙的思考，强调了道德伦理和自然天理在社会发展中不可或缺的价值，尤其是他坚守社会主义核心价值观、科学发展观和生态文明观，体现了社会主义伦理在新时代文学创作中不断开拓与创造的可能性。社会主义伦理是一个丰富复杂的实践和理论体系，也是 20 世纪以来中国的宝贵财富，由革命到改革的话语转换表明社会主义伦理必然随着时代发展而不断更新；社会主义伦理也是讲述中国故事、弘扬中国精神的基本原则和方法，欧阳黔森在文学创作中对社会主义伦理的坚守与弘扬，为新时代讲述中国故事、弘扬中国精神提供了重要启示。

第一节　生活智慧与人民伦理

2017 年，欧阳黔森在《求是》发表《向生活要智慧》，讲述了他的创作热情与灵感的来源，强调了文艺创作与人民群众的密切关系，强调了深入生活、扎根人民是文艺创作的不二法门。他写道：

---

①　毕光明：《社会主义伦理与"十七年"文学生态》，《南方文坛》2007 年第 5 期。

"人民是文艺创作的源头活水，火热的基层生活才能为创作标注精神的高度。只有深入生活，一个作家才能弄清楚'我是谁'，才能汲取源源不断的养分。试想一下，如果不了解人民群众的所思所想所盼，如果和人民群众没有血浓于水的深厚感情，我们就无法认识人民生活所蕴藏的丰富性，就无法从中探寻社会发展的潮流。"① 欧阳黔森在这篇文章中的主要观点可以概括为"向生活要智慧"和"以人民为伦理"，也就是说，他所坚持的是"为人民"的写作伦理。可以肯定地说，欧阳黔森强调文艺创作与人民群众的密切关系是继承和坚守社会主义伦理的典型表现。1942 年，毛泽东《在延安文艺座谈会上的讲话》就提出了文艺为人民的根本原则；2014 年 10 月 15 日，习近平总书记《在文艺工作座谈会上的讲话》提出文艺要坚持以人民为中心的创作导向。2016 年 11 月 30 日，习近平总书记《在中国文联十大、中国作协九大开幕式上的讲话》再次强调文艺工作要坚持以人民为中心的创作导向。"以人民为中心"的伦理观一直是中国社会主义理论的重要组成部分，党的十九大进一步把"以人民为中心"确定为坚持和发展中国特色社会主义的基本原则和方略。党和国家领导人关于文艺工作的讲话给欧阳黔森以深刻启示，使他深刻地认识到文艺创作没有捷径和秘诀，只有扎根生活、服务人民的劳作者才有资格获得丰厚的馈赠。欧阳黔森在回顾自己的创作生涯时，再次强调深入生活、扎根人民是他创作《绝地逢生》《雄关漫道》《奢香夫人》等作品的源泉。为了创作长篇小说《雄关漫道》，欧阳黔森曾经重走长征路，亲身体验了长征的艰辛；在重走长征路的过程中，他的心灵受到洗礼，精神得到升华，尤其是红军战士大无畏的牺牲精神激发了他的创作热情和灵感。欧阳黔森为了创作农村题

---

① 欧阳黔森：《向生活要智慧》，《求是》2017 年第 2 期。

材作品《绝地逢生》，长年到乌蒙山区的农家体验生活，与农民群众朝夕相处，深切感受改革开放近40年来农村发生的巨大变化。2017年，欧阳黔森在回忆创作《绝地逢生》的经历时指出，他"被生活在这片土地上的人民深深感动着"①。无论是现实题材创作，还是历史题材作品，欧阳黔森都坚持深入生活、扎根人民，他强调作家不深耕生活，就无法获得鲜活的创作素材，也无法激发厚重的历史感，更无法打通历史、现在和未来。2018年，欧阳黔森在《花繁叶茂，倾听花开的声音》中指出，如果作家不真正深入生活、扎根人民，就永远不可能写出贴近生活的作品；他强调真正的作家就应该像习近平总书记所说的那样："深入生活，扎根人民，才能写出'沾泥土、冒热气、带露珠'的文章，这就要求作家在人民中体悟生活本质，吃透生活底蕴，并且把生活咀嚼透了、消化完了，才能变成深刻的情节和动人的形象，才能创作出百姓喜闻乐见的作品，作品才能激荡人心。"② 在《向生活要智慧》中，欧阳黔森还认为作品的好坏归根到底也是由人民说了算，人民伦理也是评价文学作品的根本标准，只有那些适应、满足人民群众心理需要和审美需求的文艺作品才是真正的好作品。人民群众的心理需要和审美需求是历史积淀的结果，文学创作必须顺应时代发展而不断更新创造，好的作品既是人民的选择，也是时代的选择。2018年，欧阳黔森在《报得三春晖》中写道："习近平总书记提出'我们任何时候都必须把人民利益放在第一位'的执政理念，这个理念才是以人为本的本质所在。把人民利益放在第一位的执政理念，就是把共产党'为人民服务'、做人民的公仆的宗旨具体化、目标化。数百万干部下乡实施精准扶贫，并锁定目标，在二〇二〇年全民脱贫，全面建成小康社会，这

---

① 欧阳黔森：《向生活要智慧》，《求是》2017年第2期。
② 欧阳黔森：《花繁叶茂，倾听花开的声音》，《人民文学》2018年第1期。

就是人民至上的伟大工程。"① 欧阳黔森把以民为本的思想上溯到春秋时期的管子，他尤其重视"夫霸王之所始也以人为本。本理则国固，本乱则国危"。② 他认为管子的这种思想无疑是伟大的。欧阳黔森高度评价管子在历史上的作用，认为管子是杰出的军事统帅和思想家、经济学家、政治家。在欧阳黔森看来，管子在两千多年前就有了伟大的人本思想，但他生不逢时，只是空怀壮志与治世理想而无法实现。封建主义的以人为本归根结底还是巩固皇权、维护封建统治阶级的权益。社会主义的人民伦理远远超越了封建主义以人为本的思想，中华民族在进入伟大的新时代以后，以人为本的思想才得以真正实现。因此，"向生活要智慧"和"以人民为伦理"既是欧阳黔森贯彻党的文艺政策的必然结果，也是他的文艺创作经验的全面总结；在欧阳黔森看来，"以人民为伦理"既是文学创作的根本原则，也是衡量文学的基本标准，作家只有扎根人民、扎根生活，深切领悟人民的需要和生活的本质，才能创作出激荡人心的作品。

"为人民"的写作伦理促使欧阳黔森始终关注人民群众的生活状况。贵州是一个贫困落后的省份，据人民网报道，2014 年，贵州全省共识别出贫困乡镇 934 个、贫困村 9000 个、贫困人口 623 万人。欧阳黔森对贵州的脱贫攻坚工作投入了极大热情，他以报告文学的形式展示了贵州近年脱贫攻坚工作的进展与成果。2017 年 10 月 16 日，欧阳黔森在《光明日报》发表《花繁叶茂，倾听花开的声音》；2017 年 12 月 20 日，他在《人民日报》发表《花开有声》（逐梦）。这两个作品经过修改补充后又发表在《人民文学》杂志的"新时代纪事"专栏。自 2017 年 12 期起，《人民文学》开设了"新时代纪事"重点栏目。该栏目的定位是"专注于老百姓的美好生活需要，

---

① 欧阳黔森：《报得三春晖》，《人民文学》2018 年第 3 期。
② 颜昌嶢：《管子校释》，岳麓书社 1996 年版，第 219 页。

写出全面建成小康社会的历史意蕴和时代特征，记下各个层面从实际出发，以勤劳智慧谋求有永续保障的国家兴盛、人民幸福的心路历程"①，该栏目呼吁新时代现实题材创作的丰收，倡导作家要诚心诚意进入现实的内部，以文学的审美样式和规律呈现现实的生动与丰繁。2018 年，欧阳黔森在《人民文学》杂志接连发表报告文学作品《花繁叶茂，倾听花开的声音》《报得三春晖》《看万山红遍》三篇作品，分别讲述贵州花茂村、海雀村和万山汞矿攻坚脱贫、华丽转身的故事。《人民文学》以罕见的密度刊发欧阳黔森的作品，不仅表现了对现实题材的热切期望，更凸显了精准扶贫在新时代的紧迫性。花茂村是革命老区，地处边远、自然条件恶劣，长期处于贫困状态，但在精准扶贫政策的支持下，花茂村发生了翻天覆地的变化，昔日的贫困村变成了小康村。欧阳黔森到花茂村前后生活了半年时间，才写出《花繁叶茂，倾听花开的声音》。② 2017 年 10 月，欧阳黔森又来到乌蒙山区深入生活，并再次前往海雀村进行调查采访，这段经历为他写作《报得三春晖》提供了素材。《人民文学》编者在"卷首"指出，"这个对中国革命史有着特殊意义的小山村，红色根基与绿色发展相统一，在新时代成为受到总书记指引和关怀、得到全国关注的革命老区实现精准扶贫的典范"。③ 乌蒙山区也是一块红色土地，中国工农红军二、六军团曾在这里建立了革命根据地，乌蒙山区属于严重石漠化的喀斯特地貌，几乎不适合人类居住，地处乌蒙山屋脊的海雀村长期没有摆脱穷困的命运。但在实施脱贫攻坚任务的支持下，海雀村以及毕节实验区发生了令人震撼的变化。《看万山红遍》中的"万山"原是地名，也是欧阳黔森的故乡。因

---

①　编者：《卷首语》，《人民文学》2018 年第 1 期。

②　欧阳黔森：《花繁叶茂，倾听花开的声音》，《人民文学》2018 年第 1 期。

③　编者：《卷首语》，《人民文学》2018 年第 1 期。

为盛产汞矿，万山而有着近千年开采冶炼的历史。1966 年 2 月经国务院批准，万山成为国内最早的县级行政区。然而，从 20 世纪 80 年代末开始，随着汞矿资源逐渐枯竭，矿区逐渐陷入困境。欧阳黔森从毛泽东诗词中找到了"看万山红遍"的雄浑意境，以巨大的热情写了资源枯竭型城市如何以旅游扶贫、文化开发走出困境，实现华丽转身的故事。在欧阳黔森看来，无论花茂村、海雀村还是万山汞矿，老百姓由贫困到富裕的发展历程，其实就是一部中国农民坚韧不拔、生生不息向贫困宣战的心灵史诗。欧阳黔森长期在乡下深入生活，一贯坚持眼见为实的创作态度，最终创作了这三部纪实性作品，真实地反映了贫困地区的时代面貌和底层农民的心路历程。

习近平总书记指出，"人民是文艺创作的源头活水，一旦离开人民，文艺就会变成无根的浮萍、无病的呻吟、无魂的躯壳"①。人民的实践活动为作家创作提供了审美对象，"美作为对象在人民的生活中，在人民的伟大实践中"。② 正是基于这样的认识，自 20 世纪 90 年代以来，"以人民为伦理"一直就是欧阳黔森文学创作的重要追求，他在现实题材和历史题材创作中都实践了这个创作理想。欧阳黔森特别重视描绘贫困地区人民的生活面貌，一直专注于表现老百姓对美好生活的追求。2008 年，欧阳黔森出版长篇小说《绝地逢生》，小说主要讲述偏远落后的盘江村农民脱贫致富的艰难经历，塑造了不畏困难、无私奉献的村支书蒙幺爸形象。盘江村位于贵州乌蒙山区，地少人多，生态环境越来越恶劣，石漠化极为严重，土地贫瘠根本种不出粮食，被认为是不适合人类生存的"绝地"。村支书蒙幺爸带领村民不断向贫困发起抗争，但他们种地却种不出粮食，他

---

① 习近平：《在文艺工作座谈会上的讲话》，人民出版社 2015 年版，第 15 页。
② 范玉刚：《"以人民为中心的创作导向"——习近平文艺思想的人民性研究》，《文学评论》2017 年第 4 期。

们开荒却遇大水冲走土地，他们修水库，水却无缘无故地消失，他们所做的一切都收效甚微，盘江村总是难以摆脱贫困状态。后来，省委领导调研考察乌蒙山区，提出解决乌蒙山区贫困问题的三大工作要点："扶贫开发、生态建设、人口控制"。在省委精神的指引下，在扶贫资金的帮助下，村支书蒙幺爸带领全村群众修通公路、开通水电，组织群众成立养猪专业户，并且因地制宜引种花椒树。村支书蒙幺爸带领盘江村民与大自然进行不屈不挠的斗争，使严重的石漠化得到初步控制，使绝对贫困的山村逐步解决了基本温饱问题。在花椒得到大面积种植以后，村支书蒙幺爸又带领群众入股办厂进行花椒的深加工，初步解决了花椒的销售问题，盘江村从此走上了奔小康的致富之路。小说结尾写道，盘江村经过十几年的发展，如今已大变样，昔日贫瘠的土地如今也变成了水田，村子里大多盖起了小楼，道路也焕然一新，道路两旁栽满了绿树红花，真是令人心旷神怡。小说旨在通过描写盘江村由不毛之地变成伊甸园的过程，塑造了顽强坚韧的农民形象，谱写了一部中国农民的心灵史诗，歌颂当今这个伟大时代。

　　欧阳黔森在《山花》发表的中篇小说《村长唐三草》，主要讲述唐三草辞去公办教职回村务农带领桃花村脱贫的故事。唐三草放弃了相对较高的工资，主动竞选桃花村主任。这个村主任不仅工资低，而且是一个烫手的山芋，没有人愿意承担这个职位，唐三草全票当选后，带领村民治理水土、种植桃树、修通公路、种植花椒，使桃花村由一个严重石漠化、不适合人类居住的地方逐渐成为一个环境优美、生活奔小康的乡村。唐三草不仅具有慷慨无私、扎根乡村、勇于奉献的精神，而且具有领导群众、想出办法、解决问题的能力，在村支书和村官的配合下，彻底改变了桃花村的生存环境和生活水平。稍后两年，在短篇小说《李花》中，欧阳黔森讲述青年志愿者戴同志由深圳到乌蒙山区参加扶贫工作的故事，戴同志在乡村小学教书，他从不领取学校的工资，还把志愿者补助全部捐给学生增加生活补贴，他还从广东捐款用来帮助贫困乡民，小说热情歌颂了青年志愿者服务人民服务社会的奉献精神。在《花繁叶茂，倾听花开的声音》、《报得三春晖》和《看万山红遍》中，欧阳黔森多次总结了这些小说的创作经验，多次提到了他以往的创作，比如他提到《绝地逢生》和《八棵苞谷》都是描写乌蒙山区的石漠化地貌以及极度贫困状态，又如他提到《雄关漫道》描写中国工农红军在花茂村和乌蒙山区的革命经历。张江曾强调："作家离地面越近，离泥土越近，离百姓越近，他的创作就越容易找到力量的源泉。世间万象，纷繁驳杂，尤其是我们身处的时代，丰富性、复杂性超越既往，作家怎么选择，目光投向哪里，志趣寄托在哪里，很大程度上也就决定了作家的品位和作品的质地。"① 正如张江所说，欧阳黔森也强调这些现实题材和历史题材作品都是他长期在乌蒙山区深入生活、扎根人民的结果，生活和人民是他创作的源泉与动力。

"为人民"的写作伦理既是欧阳黔森贯彻党的文艺政策的必然结果，也是他观察、分析社会发展和时代状况的必然结论。习近平总书记指出："对文艺来讲，思想和价值观念是灵魂，一切表现形式都是表达一定思想和价值观念的载体。离开了一定思想和价值观念，再丰富多样的表现形式也是苍白无力的。文艺的性质决定了它必须以反映时代精神为神圣使命。"② 在当今时代，作家不仅要"专注于老百姓的美好生活需要，写出全面建成小康社会的历史意蕴和时代特征"③，而且要表现人民为实现中华民族伟大复兴而不懈努力的精神状态。正如有学者指出，"在平凡的时代，艺术家要写出人民对美

---

① 张江：《文学的筋骨和民族的脊梁》，《人民日报》2014年12月30日第23版。
② 习近平：《在文联十大、中国作协九大开幕式上的讲话》，人民出版社2016年版，第8页。
③ 编者：《卷首语》，《人民文学》2018年第1期。

好生活的追求和意气风发的精神状态，以及为民族伟大复兴而作出的努力"。① 欧阳黔森对当下时代有着清醒的认识，他认为当下是一个充满希望和险峻的时代，也是一个渴望英雄、崇拜英雄的时代，个人必须拼搏奋进才能成为时代英雄，而英雄必须服从人民的利益和需要。2009 年，欧阳黔森在《故乡情结》中讲述了他的时代认识、英雄崇拜与人生理想，他写道："我生活在这个充满希望和险峻的时代，自身的危机感使我只有不断地拼搏，不断地奋进。在这个让人幸福而又使人痛苦的世界上，在这个力与智较量的社会里，同情弱者，不能让我有自豪感，踏着失败者的血迹成为强者，也不能让我感到自豪。在这个渴望英雄的年代里，我也渴望英雄。但如果把你、我、他都视为敌人而因此横尸遍野，妻离子散，乱世造就的英雄，这样的英雄，我想没有人会反对我此时就可以代表你、我、他庄严地宣告，这样的英雄人民不需要，人民不是英雄喝庆功酒用的，好看的玻璃器具掉下地会粉碎，人民是永远不会粉碎的，五千年的历史充分说明了这一点。人民需要的是安定、和谐、天下太平。没有敌人的英雄，我们深深地渴望。"② 欧阳黔森认为，当今是一个呼唤英雄主义的时代，他也具有深厚的危机意识，他努力地拼搏、奋斗去实现自己的人生理想，他崇拜英雄、歌颂英雄，也希望能够成为时代英雄。欧阳黔森从不讳言自己"是一个富于英雄主义情结的人"③，他自小生活在贵州这片红土地上，经常枕着红军长征的故事入眠，也曾经梦想能够金戈铁马、驰马沙场，英雄梦想日夜在他

---

① 范玉刚：《"以人民为中心的创作导向"——习近平文艺思想的人民性研究》，《文学评论》2017 年第 4 期。

② 欧阳黔森：《故乡情结》，《水的眼泪：欧阳黔森选集》，广西师范大学出版社 2017 年版，第 78 页。

③ 欧阳黔森、王士琼：《欧阳黔森：一部小说背后的四级跳》，《当代贵州》2006 年第 24 期。

心中澎湃。英雄情结深刻影响了欧阳黔森的文学创作，有学者曾指出，欧阳黔森的理想主义的主要内涵"是一种英雄情结，英雄就是他的理想人格，英雄叙事则是他创作的显著追求和特点"。① 欧阳黔森的英雄理想是以人民伦理作为基础，他认为只有代表最广大人民的利益才是真正的英雄，人民是衡量英雄的价值标准。可以看出，欧阳黔森的英雄理想与人民伦理是相互统一的，无论是在文学创作还是在英雄崇拜方面，他都试图以人民伦理作为检验成功的标准，作为衡量英雄的尺度。欧阳黔森笔下的英雄都是以人民利益为重，都可以说是真正的人民英雄，而不是个体英雄。2006 年，欧阳黔森在《十月》杂志发表中篇小说《莽昆仑》，小说讲述主人公在香木错从事地质工作。作为一名合格的地质队员，不仅要战胜大自然的艰难困苦，还要战胜心灵孤独；他们要克服大雨、冰雹、豺狼虎豹，也要克服山高、谷深、林密等各种困难。小说还讲述地质工作人员张刚的悲壮故事，张刚在东昆仑山找矿山，失去了一条腿，成为终身的遗憾；欧阳黔森通过小说人物的话语强调张刚是真正的英雄，并且用诗歌《勋章》歌颂张刚的勇敢品格和牺牲精神。地质英雄一直是欧阳黔森描写的对象，《血花》《勘探队员之歌》《山之魂魄》等作品都描写了地质队员为人民、为国家寻找矿藏，他们历尽千辛万苦，有些地质队员甚至献出了年轻的生命。在《一张中国矿产图》中，欧阳黔森歌颂了地质队员的英雄品格，歌颂那些为勘测地质而失足身亡的地质工作人员，欧阳黔森认为这些灵魂已经走进了人民英雄纪念碑，与不朽的民族魂站在一起，他在诗中咏唱道："你的血不再涌流／而你找来的黑色血液／正流动在祖国每一根细微的血管里／贫血的共和国／正血气方刚、朝气蓬勃／而你找的铜山、铁山／加固着

---

① 杜国景：《欧阳黔森的英雄叙事及其当代价值》，《当代作家评论》2016 年第 2 期。

共和国的基座/你的灵魂也许已经走进了/人民英雄纪念碑/与不朽的民族魂们站在一起①。"在 2012 年的《贵州精神》中，欧阳黔森歌颂了那些为贵州发展和人民幸福作出重要贡献并英勇献身的党员干部，他认为贵州精神也就是不怕困难、艰苦奋斗、攻坚克难、永不退缩的精神，贵州精神也就是英雄主义、乐观主义和理想主义精神。他的组诗《民族的记忆》，歌颂的就是白求恩（Henry Norman Bethune）、陈纳德（Claire Lee Chennault）、罗伯特·肖特（Robert Short）等为中国人民解放事业作出贡献的国际英雄。欧阳黔森迷恋英雄人格、沉湎于英雄叙事，他创作中的主人公"一般都是英雄人物，如史诗英雄、传奇英雄、巾帼英雄、草根英雄、草莽英雄等，英雄人物的个性气质亦大致可区别为激越高亢、刚柔兼具、柔而不犯、外弱内强、平凡高大等不同类型"②。20 世纪 90 年代以来，英雄主义遭遇了调侃，英雄叙事遭遇了解构，反英雄甚至成为文学的重要潮流；欧阳黔森不满于这种状况，旗帜鲜明地推崇英雄主义和英雄叙事，这样的历史理性和价值建构，具有不容忽视的意义。

可以看出，欧阳黔森是一个紧跟时代发展的作家，他所坚持的"为人民"写作伦理，具有深厚的历史内涵与现实意义，既是党的文艺理论的历史发展，又是当今社会的现实需要。正如有学者指出，"人民是一切文学艺术取之不尽、用之不竭的创作源泉，这已成为文艺发展的一条规律。文艺只有植根现实生活、紧随时代潮流，才能做到繁荣发展；当代艺术只有顺应人民意愿，反映人民关切，才能充满活力"③。如前所述，人民伦理在"十七年"文学中占有核心地位，虽然人民伦理在新时期文学中遭遇了启蒙话语和自由伦理的挑

---

① 欧阳黔森：《一张中国矿产图》，《有目光看久》，贵州民族出版社 1994 年版，第 118 页。
② 杜国景：《欧阳黔森的英雄叙事及其当代价值》，《当代作家评论》2016 年第 2 期。
③ 范玉刚：《"以人民为中心的创作导向"——习近平文艺思想的人民性研究》，《文学评论》2017 年第 4 期。

战，但新时期文坛仍然活跃着一批明确倡导和坚持人民伦理的作家。20世纪80年代，张承志和韩少功就曾明确表示对人民伦理写作原则的坚守。2001年，莫言亦在演讲中提出了"作为老百姓的写作"的观点，莫言强调"为人民的写作也就是为老百姓的写作"①。与这些优秀作家一样，进入21世纪以来，无论历史题材还是现实题材创作，欧阳黔森一直都坚守了"为人民"的写作伦理在历史长河和时代发展中的不朽地位，因此可以说，欧阳黔森延续了中国当代文学的人民伦理传统。相比较而言，"十七年"文学中的人民伦理的确有强调阶级斗争而带来的偏颇，但莫言、张承志、韩少功等作家并没有沿着那样的道路走下去，他们拓宽了坚持人民伦理的广阔方向。欧阳黔森也是如此，虽然他坚守人民伦理、怀念革命时代，但他并没有继承"十七年"文学中盛行的阶级斗争模式。在欧阳黔森这里，"为人民"的写作伦理不仅是党的文艺理论政策的正确导向，同时也是他从生活中得来的智慧。从生活经验出发讲述中国故事，使欧阳黔森的文学创作更具有客观性和现实性，也使他的写作伦理更具人民性和科学性。

第二节　故土情结与文化地理

马克思在《政治经济学批判导言》说，他研究"国家形式和意识形式同生产关系和交往关系的关系"，"出发点当然是自然规定性"②。有学者认为，马克思所说的"自然规定性"其实就是"地理障碍和'地域人种'的规定性"，这种"自然规定性"不仅是艺术

---

① 莫言：《作为老百姓的写作》，《莫言讲演新编》，文化艺术出版社2009年版，第265页。

② ［德］马克思：《政治经济学批判导言》，《马克思恩格斯文集》第8卷，中共中央马克思恩格斯列宁斯大林著作编译局编译，人民出版社2009年版，第34页。

研究的重要出发点，也可以说"马克思的文学批评的'意识形式'总是离不开'自然规定性'"①。在欧阳黔森的观念中，文学与地域的关系也包含了这种"自然规定性"。他明确说："文学与地域属于母子关系，换一句说法就是，母亲的优劣关系到儿子的优良，而民俗民风、行为方式、语言特点，确定文学的味觉"②，欧阳黔森的这些表述，谈的实际就是地域及其历史文化的"自然规定性"。他的散文《故乡情结》，表达了对故乡的感情和对沈从文的崇敬。欧阳黔森生于铜仁，他在铜仁生活了二十多年。铜仁与湘西在明代以前同属沅陵郡管辖，自古以来，铜仁和湘西在文化风俗方面都十分相近。明朝末期，铜仁划入贵州，明王朝的统治者"把湘西最美的一块土地甚至是湘西人最为自豪的武陵山的主峰——梵净山也划归了贵州"③，但铜仁的文化传统仍属于楚文化范畴，因此，作为贵州人的欧阳黔森，他身体中仍然流淌着湘楚文化的基因，他也多次强调自己的小说具有楚味。据欧阳黔森说，他的故乡与沈从文的出生地不到六十千米，他曾经幻想过和沈从文同喝一方水同吸一口气的喜悦。沈从文作为"来自古楚国大山腹地的新文学作家，其精神血脉中拥有着楚文化刚勇尚武的因素"④，他"温柔似水的性情中多了一份刚健有力的侠骨侠情"⑤，具体到创作中则体现为他对故土民情风俗、自然风物和历史文化的激情礼赞与理性审视。正是因为上述原因，欧阳黔森对沈从文怀有高度崇敬心理，他认为沈从文给世人呈示了

　　①　钟仕伦：《被遮蔽的空间：马克思文学地域批评思想初探》，《文学评论》2016 年第5 期。
　　②　周新民、欧阳黔森：《探询人性美——欧阳黔森访谈录》，《小说评论》2015 年第5 期。
　　③　欧阳黔森：《故乡情结》，《水的眼泪：欧阳黔森选集》，广西师范大学出版社2017 年版，第73 页。
　　④　陈夫龙：《民国时期新文学作家与侠文化研究》，花木兰文化事业有限公司2017 年版，第91 页。
　　⑤　同上书，第178 页。

辉煌灿烂的作品与人品，他对沈从文有一种高山仰止的感觉，他认为沈从文把他们共同的故乡写绝了，他觉得自己在沈从文的巨大阴影下永无脱颖而出的可能，欧阳黔森写道："他的出生地和我的出生地、他的文化背景、他的辉煌无比和我的在他辉煌下的虚弱，我的一切都在他前行的伟岸而灿烂的背影中自惭形秽。"① 沈从文为欧阳黔森树立了一座难以逾越的丰碑，也激发了欧阳黔森的创作动力；与沈从文一样，欧阳黔森对生他养他的故土投入了太多的感情和文字，他尽情地描绘了故土的自然地理和历史文化。我们知道，人的存在发展离不开自然环境和社会关系，马克思就十分重视人与自然环境及历史文化的关系。马克思在《资本论》中写道："由于一个国家的气候和其他自然特点不同，食物、衣服、取暖、居住等等自然需要本身也就不同。另一方面，所谓必不可少的需要的范围，和满足这些需要的方式一样，本身是历史的产物，因此多半取决于一个国家的文化水平。"② 马克思不仅揭示了人的需要与自然环境的密切关系，而且强调人的需要是社会历史发展的产物。也就是说人的需要是由自然地理和历史文化共同决定的。因此可以说，欧阳黔森的文学追求及其创作特征是故土独特的自然地理和历史文化孕育和决定的。

欧阳黔森浓墨重彩地描绘了家乡铜仁的自然风光，尽情抒发了内心的自豪感。欧阳黔森多次引用贵州府志对铜仁的赞誉："贵州各郡，独美于铜仁"，他强调"铜仁地处武陵山脉主峰梵净山脚下，是属于山美、水美、人更美的那种地方"③。在他的所有文字中，家乡

---

① 欧阳黔森：《故乡情结》，《水的眼泪：欧阳黔森选集》，广西师范大学出版社 2017 年版，第 75 页。

② ［德］马克思：《资本论》，《马克思恩格斯文集》第 5 卷，中共中央马克思恩格斯列宁斯大林著作编译局编译，人民出版社 2009 年版，第 199 页。

③ 周新民、欧阳黔森：《探询人性美——欧阳黔森访谈录》，《小说评论》2015 年第 5 期。

铜仁的梵净山是描绘最多也是最美的山峰。梵净山是武陵山脉的主峰，地质结构复杂、自然条件险恶，是贵州最大的原始森林。欧阳黔森认为梵净山集峨眉之秀、黄山之奇、华山之险、泰山之雄于一身，他对这灵山秀水有着无比的自豪感，梵净山经常让他魂牵梦萦。梵净山的红云金顶高约百米，从梵净山之巅拔峰而起。欧阳黔森曾经无数次登上梵净山金顶，每次登上金顶，他的情感就会得到无比痛快的宣泄。他无数次站在万卷书岩的平台面对起伏的群山呼喊，嘹亮的呐喊一声声地传出去又被金顶的悬崖壁折回来，变成了生生不息的声响。这种发自内心的呐喊萌生出嘹亮的本色、无限的痛快、生命的力量和岁月的沧桑。2012 年，欧阳黔森在《光明日报》发表诗歌《贵州精神》，在正视贵州自然条件和历史文化的基础上，提出了团结和谐、自信自强的贵州精神，热烈呼唤英雄主义、乐观主义和理想主义。欧阳黔森对贵州的山地环境有着清醒认识，贵州拥有令人敬畏的大山，"东有神奇瑰丽的武陵山脉/西有巍峨磅礴的乌蒙山脉/北有雄关险峻的大娄山脉/南有俊俏秀美的逶迤苗岭"①。一般看来，贵州地理正是"山外有山"的真实写照，而山地环境使贵州土地贫瘠、交通不便，因而长期处于贫困状态，正所谓"地无三尺平，人无三分银"。虽然欧阳黔森以华美语言描绘贵州地理，但无法掩盖他对贵州贫困的忧虑。正因为在这样极端贫困的条件下，更需要艰苦奋斗、攻坚克难的贵州精神，才能使高原出平湖、天堑变通途，才能拉近贫瘠与富庶的距离。自然地理不仅影响了贵州社会的发展状况，还深刻地影响了贵州的文化特征，因此，独特的山地文化特征成为欧阳黔森文学创作的重要内容。发表在《当代》的短篇小说《断河》描绘的即是浓郁的高原特色，断寨地处红土千里的喀

---

　　①　欧阳黔森：《故乡情结》，《水的眼泪：欧阳黔森选集》，广西师范大学出版社 2017 年版，第 148 页。

斯特高原东部，四处高山耸立、河谷深切，在裸露的山体上偶尔有一层层分布不均且薄薄的红土，生长着永远也长不高的小树。短篇小说《扬起你的笑脸》也有浓厚的山地文化特色："乌江水流湍急、两岸悬崖峭壁，山高雾重道路崎岖，处于乌江流域的梨花寨只有七十几户人家，零星地散布在陡峭的斜坡上，斜坡周围都是陡峭的大山，大山像雨后春笋数不胜数却列队给乌江让道，大山上基本是以山石为主，只是在一些缝隙中生长着一些小灌木。梨花寨地少人多，房屋见缝插针似的修在山崖旁，家家都修成了半屋傍山半屋支架的吊脚楼。"山地环境决定了梨花寨独特的住宅形式和生活方式。可以说，浓厚的山地文化是欧阳黔森文学创作的重要内容，也是他文学创作的独特魅力。

欧阳黔森对贵州这块土地倾注了深厚的感情，他对贵州的历史文化有着高度自信。在《小说评论》发表《我的文学理想与追求——自述》中，欧阳黔森详述了他对贵州历史文化的看法。欧阳黔森生于贵州长于贵州，贵州的历史与文化正如他身体的血液。在他看来，贵州是一个具有悠久历史和灿烂文化的地域，他对贵州的历史与文化有着无比自豪。欧阳黔森认为贵州文化广纳中原文化和周边地域文化之长，每一个地域文化在历史星空中都闪耀着光芒。长期以来，贵州人对"夜郎自大"和"黔驴技穷"这两个成语一直如鲠在喉，但欧阳黔森发现这两个成语都是历史谬误，非但没有必要对此产生心理负担，反而应该产生文化自信。欧阳黔森特别看重古夜郎文化，一般看来，古夜郎的疆域主要在今贵州地区，但欧阳黔森认为其疆域实际更为广大，毕节赫章可乐古遗址证明古夜郎文明有六千余年历史，毕节彝文古籍记载古夜郎第十七代君主曾出兵十万维护周天子尊严。因此，欧阳黔森认为贵州人应该从古夜郎的悠久历史文化中建构文化自信。2004 年，欧阳黔森策划出版"夜郎自大"丛书也是基于建构文化自信。据孟繁华考证，"夜郎自大"典故源于《史记·西南夷列传》，滇王尝羌首先提出"汉孰与我大？"，后来夜郎王多同也以这个话语询问汉使唐蒙。由于后人对史书没有深究，"所以人云亦云，以讹传讹，置尝羌于不顾，遂把'夜郎自大'的由来与贵州相联系"①。孟繁华对这个典故追本溯源，希望还原历史本来面目，纠正人们对"夜郎自大"的认识。因此，孟繁华认为欧阳黔森策划的"夜郎自大"丛书"不是妄自尊大，而是反其意而用之，试图借史、借事来凸显贵州曾经是海现在是山而雄浑博大、能纳百川、群山竞秀的博大胸怀"②。

欧阳黔森的文学创作大多取材于贵州的历史人物或现实人生，他还特别描绘了贵州浓厚的红色文化底蕴。欧阳黔森在青少年时代阅读了《金光大道》《艳阳天》《难忘的战斗》《红岩》等小说，也听到地质队员讲述《三国演义》《水浒传》《西游记》《聊斋》等故事，这些都成为他最深刻的记忆，并深刻地影响了他的文学创作。2005年，欧阳黔森在《中国作家》发表短篇小说《心上的眼睛》，后被《中华文学选刊》转载，小说描绘了贵州深厚的红色文化。从自然环境方面来说，大娄山脉东临武陵山脉，西接乌蒙山脉，紧紧守住川黔通道；欧阳黔森认为大娄山脉群山峻峭、植被茂盛，娄山关隘雄伟苍凉。欧阳黔森在小说中写到，娄山关的险峻是英雄夺关斩将展示风采的地方，娄山关的风都洋溢着英雄的味道，很容易使人热血沸腾。他还多次引用毛主席诗词《忆秦娥·娄山关》，他强调毛主席诗词能使小说主人公的"血液像涨满春水的溪流，正汹涌澎湃浩浩荡荡地奔向心海"③。一位双目失明的军人触摸石壁上的毛体

---

① 孟繁华：《序：一次文学的盛会》，《非爱时间》，贵州人民出版社2004年版，第1页。
② 同上书，第2页。
③ 欧阳黔森：《心上的眼睛》，《莽昆仑：欧阳黔森中短篇小说选》，作家出版社2015年版，第431页。

字，感动得热泪盈眶，他虽然眼睛看不见石壁上的毛体《忆秦娥·娄山关》，但他心里十分明亮。小说通过叙述者"我"、丁三老叔和失明军人以多重复调叙述方式表达了对红军的敬仰与热爱，娄山关不仅是群众缅怀红军英雄事迹的场所，也是群众抒发自我真情的对象。2006年，长篇历史小说《雄关漫道》详细讲述了红二、六军团转战贵州并且在黔东和黔大毕地区开创革命根据地的经历，塑造了贺龙、任弼时、关向应等无产阶级革命家的崇高形象，乌蒙山区和乌江独特的地理条件和自然环境为革命根据地的开辟创造了条件，贵州良好的群众基础和革命气氛为红军长征和中国革命的胜利提供了机会。

自古以来，中国文人就有家国一体的观念；欧阳黔森对家乡贵州有着深厚情感，他对祖国中国也有着赤诚的热爱，他是一个具有浓厚国家意识的作家。1994年，在作品集《有目光看久》中，欧阳黔森创作了一组以"高原梦"为题的诗歌，这些诗歌描绘了浓厚的高原特色，他把贵州这块红土高原比喻为"巨人隆起的又一个/美丽而丰富的乳房/你山山水水孕育的宝藏/是流不尽的乳汁"①，欧阳黔森把红土高原与青藏高原、黄土高原和蒙古高原进行比较，描绘了红土高原的历史内涵与文化特征，突出了红土高原在共和国历史上的独特地位，强调了红土高原对美好生活和美妙时代的追求。欧阳黔森把红土高原与共和国的历史融为一体，认为高原梦与共和国的未来交相辉映，并以此歌颂古老的民族和伟大的时代。在诗歌《隆起与沉陷》中，欧阳黔森认为隆起与沉陷是中国大地上千万年来不朽的风景，隆起使中国大地雄性昂然更拥有伟岸，沉陷使中国大地母性幽深并滋养了五千年的灿烂文化。2015年，欧阳黔森在《中国

---

① 欧阳黔森：《高原梦》，《有目光看久》，贵州民族出版社1994年版，第156页。

作家》发表组诗《那是中国神奇的版图》，诗中欧阳黔森描绘了风吹草低的原野、高不胜寒的雪山，赞美了狂风般剽悍的骑手、世界屋脊上雄性十足的头颅。从诗中可以看到，中国在欧阳黔森心目里有着至高无上的地位：

世界屋脊上/雄性十足的头颅/昂然挺立/呈银色衬出了你的威仪与深邃/你白发苍苍/但双眼仍然年轻/一泻千里的两道目光/掠过苍桑沉浮的版图/严厉而慈祥/只有这博大而神奇的目光/才有着生命力的色彩/一道黄色/一道蓝色/于是东方古老的江河民族/生生不息地享受你的严厉与慈祥/至今——五千年①

欧阳黔森把昆仑山比作东方巨人的头颅，把黄河、长江比喻为巨人一泻千里的两道目光，可谓独具匠心，这样的比拟，可以让人很快融入诗的意境和思辨里。欧阳黔森突出了中国版图的威仪与深邃、沧桑与沉浮、博大与雄奇，强调了东方古老民族的严厉与慈祥。欧阳黔森还描绘了西沙群岛、南沙群岛、宝岛台湾和钓鱼岛的美丽与富饶，表达了对国家领土的热爱，强调了捍卫国家领土主权的坚定信念。

总体来说，欧阳黔森从个人情感出发，通过描绘故乡贵州的自然地理和历史文化，表达对贵州的热恋与自信，最终走向了对国家的热爱与自豪，体现了家国一体的精神自觉。实际上，书写贵州独特的文化地理一直是贵州文学的传统，从蹇先艾到何士光等作家都具有浓厚的贵州情结，《水葬》《在贵州道上》《乡场上》《种苞谷的老人》等作品都描绘了贵州的风土人情。相比较而言，蹇先艾习惯

---

① 欧阳黔森：《那是中国神奇的版图》（组诗），《水的眼泪：欧阳黔森选集》，广西师范大学出版社 2017 年版，第 121—122 页。

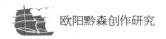

以启蒙眼光和批判视野描绘贵州的文化地理,何士光在《种苞谷的老人》中把贵州的文化地理浪漫化和诗意化了,欧阳黔森在正视贵州文化地理的基础上,独到地描绘了贵州的红色文化和革命历史,弘扬了社会主义的革命伦理。贵州的文化地理在欧阳黔森的文学创作中俨然成为一种本体意味的精神力量,正如欧阳黔森于2015年在《文艺家的"文化自信"该何去何从》中所指出的,高度的文化自信不仅是作家文化自觉的表现,也是作家文化心态的体现,更是作家走向成熟的重要标志。作家只有对自己脚下的土地具有文化自信和文化自觉,才能创作出人民群众喜闻乐见的优秀作品,才能用作品去引领人民群众的视觉、思维和价值观的建立,才能引领人民群众的精神世界不断迈向新台阶。欧阳黔森希望贵州作家能够更加自觉地展现贵州厚重的历史文化和独特的民族民间文化,把文化自信贯穿文学创作的始终。贵州是一个欠发达的地区,欧阳黔森以高度的文化自信为贵州的发展助力,也为国家的发展和社会的进步助力。从情感出发描绘中国图景使欧阳黔森的文学创作更具有感染力和说服力。

第三节　道德焦虑与社会伦理

习近平总书记《在文艺工作座谈会上的讲话》指出了"现在社会上出现的种种问题",比较突出的是"价值观缺失",习近平总书记强调"文艺是铸造灵魂的工程,文艺工作者是灵魂的工程师。好的文艺作品就应该像蓝天上的阳光、春季里的清风一样,能够启迪思想、温润心灵、陶冶人生,能够扫除颓废萎靡之风"。习近平总书记强调"追求真善美是文艺的永恒价值。艺术的最高境界就是让人动心,让人们的灵魂经受洗礼,让人们发现自然的美、生活的美、心灵的美"。① 欧阳黔森深入领会了习近平总书记的讲话，他在《文艺家的"文化自信"该何去何从》中详细讲述了他的学习体会，他强调作家应该主动担起灵魂工程师的重担，用文艺作品去积极引领人民群众高尚的精神文化生活。2015 年，欧阳黔森在访谈录《探寻人性美》中提到他表现人性善良源于他对社会道德状况的忧虑，他认为善良在当今社会太可贵了，人性缺失已经触目惊心，他对社会道德状况的态度已经上升到了焦虑。为了改变当今社会人性的缺失和人情的冷漠，欧阳黔森认为最好的办法就是向往真善美，以作品来温暖人心。欧阳黔森对人性善良的表现还源于他对母亲的崇拜，他写道：

> 于我来讲，母亲是我的启蒙老师。母亲文化不高，但很会讲故事，中华传统中那些好故事，几乎都是母亲讲述给我的。母亲与她同时代的女性，都有一个本质特征，就是很好地继承了中华女性的美德。在我眼里，母亲就是真、善、美的化身。而在现实中，时下的女性们离这些美德实在是不敢多说。由是我便在我的作品去希望，去向往。记得小时候，母亲那怕是讲鬼的故事，也不会让我恐惧，这是因为母亲充满着母性善良的仁爱。我的母亲快 90 岁了，虽然口语不清了，但她的声音一出口，房间里都溢满着慈祥之音。我这样设置我作品中的女性，是想告诉女性（包括我的妻子和女儿），无论我们生活的景况有着怎样遭遇，我们仍然要有一颗善良的心去向往生活，去热爱生活。②

---

① 习近平：《在文艺工作座谈会上的讲话》，人民出版社 2015 年版，第 22—24 页。
② 周新民、欧阳黔森：《探询人性美——欧阳黔森访谈录》，《小说评论》2015 年第 5 期。

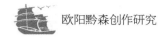

在欧阳黔森心目中，母亲继承了中华传统美德，是真善美的化身，始终怀有母性的善良和仁爱。欧阳黔森在第二届蒲松龄短篇小说获奖感言时说：

> 小时候，每逢夜深人静，母亲总是给我讲《聊斋》故事。那时候家里没有《聊斋志异》这本书，20世纪60年代时，确实找不到这本书。但是，那些故事人物，却是那样地生动在母亲的嘴里。讲的多是鬼的故事，可小小的我从未害怕过，我想母亲也从未认为这些故事会吓唬小孩子。在我从少年步入青年的时候，我终于有了一本《聊斋志异》，母亲看着我感叹了一句："看了《聊斋》，想做鬼。"母亲的随口一叹，也许母亲也记不起了，是的，我也记不起母亲是在什么时间、什么地点，这么一叹。但这一叹，20年来，一直围绕在我耳边，久久地在脑畔回响。但这句话的利害，我是在20年以后才感觉到和真正理解到的。我们可以想像，一个人讲故事，可以把原本该害怕的东西讲成了一种无比向往，这要多么的伟大才能做到呀！①

欧阳黔森希望通过在文学作品中塑造善良的女性来鼓舞人们要有一颗善良的心去向往生活、热爱生活。由此可见，欧阳黔森追求性善论为核心的社会伦理，既与党的文艺政策和母亲的人格力量紧密相连，又与他对社会道德状况的焦虑紧密相关；欧阳黔森希望以美好的人情、善良的人性、高尚的人格引领社会道德和时代精神。

人情美一直是欧阳黔森文学创作的重要追求。欧阳黔森对人情美的追求大都是通过爱情故事表现出来，他尤其喜欢表现初恋的美

---

① 欧阳黔森：《短篇小说是最难藏拙的》，《小说里的中国》，青岛出版社2013年版，第198页。

好、纯洁与坚贞。《五分硬币》讲述的便是"我"在1966年的大串联经历，"我"在西安车站遇见了"她"，"她"给"我"留下了美好印象并且还给了"我"一枚五分硬币。"她"的身影一直使"我"难以忘怀，"她"让"我"梦牵魂萦了几十年，但"我"始终都不知道"她"的名字，这枚五分硬币也就成为美好的回忆，成为一段感情的象征。后来，"我"偶然遇见了"她"，"她"也认出了"我"，但"她"只是说"我"曾经吹箫吵得"她"睡不着觉。虽然"她"深深地伤害了"我"的感情，打击了"我"的自尊心，破灭了"我"的幻想，但是"我"仍然珍藏着那枚五分硬币。小说主要讲述"我"对感情的珍惜和怀念，表达的是对青春、理想和爱情的向往和追求，主旨颇具象征意味，幻想的破灭更加表现了"我"对感情的珍惜。《断河》虽然主要讲述的是麻老九在断河边的人生经历，但在残酷的争斗中却包藏着深切的爱。龙老大闯荡江湖，仇家众多，为了保护同母异父的弟弟麻老九，他不与弟弟相认，狠心地让麻老九在断河里打了几十年的鱼，其目的是不让仇家来向麻老九寻仇，这是在乱世中不得已而为之的办法。小说不仅表现了浓重的亲情，还表现了深厚的爱情，梅朵对老刀和老狼都怀有真挚的爱情，最终以死殉情；麻老九经常在梦中会见死在断河的女人，他为这个梦境守候了一辈子。在高山深谷、尚武成风的武陵山脉，在残忍的爱中总是蕴藏着浓厚的情感与人性。《有人醒在我梦中》，讲述"我"在农场下乡时懵懂而又真挚的初恋，后来"我"又鬼使神差地离开了白菊，以至于白菊在以后的岁月里不断来到"我"的梦里。小说既有对知青下乡辛苦劳作的回忆，又有对青年时代甜蜜初恋的怀念，表达了对青春易逝爱情难得的感慨。在2013年的《远方月皎洁》中，欧阳黔森仍在讲述"我"对青春时代的初恋的怀念，"我"在做地质工作时认识了卢春兰并与她有了朦胧的感情，但由于地质工作须不断迁徙，我们相约在不久的将来在七色谷见面。然而，卢春兰送给"我"的黄狗被同事宰杀，"我"不仅没有保护好黄狗，也没有兑现自己的诺言。小说试图指出，年轻人很容易忘却一生中最美好的东西，但青春易逝、年华不在，美好的事物不可能再次出现，人们只能是无言地睁开双眼怀念远方皎洁的月光。在这些表现美好爱情的作品中，欧阳黔森大都设置了革命时代的社会背景，爱情故事最终也都发展成了悲剧，使小说带有浓厚的感伤气息。

人性美也是欧阳黔森文学创作的重要组成部分。1999年，标志着欧阳黔森的创作进入喷发期的小说《十八块地》，讲述的便是"我"于20世纪60年代在十八块地农场下乡接受再教育的经历，小说洋溢浓厚的革命气氛，知青们经常高喊革命口号，政委时常干吼《红灯记》或《智取威虎山》，我和卢竹儿经常阅读《青春之歌》《红岩》《烈火金刚》《难忘的战斗》《钢铁是怎样炼成的》等小说。但这一切都是在塑造环境或背景，小说的主要目的或许在于表达美好的人性，在生活困难的岁月，卢竹儿却充满哀伤与企求地要求保护山羊，最后怎么也不肯原谅"我"的背叛。政委关心保护鲁娟娟虽然夹杂了自己的感情，但政委的正直善良总让人心怀感激。小说描绘了那个特定的革命时代，也讲述了个体在历史发展中的命运变迁，但理想、爱情与命运似乎都不由自己掌控，知识青年留下的只是对逝去的青春岁月和美好感情的无限怀念。《敲狗》所描写的屠狗方式"敲"，比"杀"更为凶残，厨子为了做生意，以这种方式屠杀了无数条狗。因为陷入经济困境，中年汉子才神色黯淡、很不情愿但又无可奈何地把自家的黄狗交给了厨子。经济状况稍有好转，中年汉子首先想到的就是赎狗，原来他是因为父亲得急病要钱救命才卖狗的。但厨子不吃这一套，不认"赎狗"这样的道理，由此与中年汉子产生矛盾而相持不下。最后是徒弟在半夜偷偷把黄狗放了。小说通过厨子、中年汉子、徒弟对待黄狗的不同态度，探讨了人性的温度与深度，中年汉子和徒弟都表现了人性的温暖。何士光认为《敲狗》"是一篇精粹的作品，在那仿佛是不动声色的叙述后面，黔森以一种慈悲的胸怀，对人性作了一次深深的审视"。① 这篇小说曾入围"鲁迅文学奖"，并名列 2009 年第二届"蒲松龄短篇小说奖"榜首，授奖词写道：

> 　　小说在无情中写温情，在残酷中写人性之光，是大家手笔和大家气派。大黄狗再次绽开的笑脸，狗主人与大黄狗之间难以割舍的真情，使得徒弟冒险放掉了师傅势在必得的大黄狗。大量生动鲜活的如何敲狗的细节的铺排，只是为了最后放狗的一笔。在狗的眼泪里我们看见了人的眼泪，由狗性引申出来的是对人性的思考、对提升人的精神品质的呼唤。小说不仅在结构上有中国古典小说的神韵，在道义和人性的刻写上也见出传统文化的底蕴。小说通过写狗对主人的依恋，厨子对情感的冷漠及徒弟的被感动折射出人性的光芒，把人性解剖这个文学的宏大主题用"敲狗"这个断面展现得曲尽其妙，称得上是短篇小说的典范文本。②

《敲狗》获得国内重要的短篇小说奖项以及高度评价，有力地证实了这篇小说的价值。2013 年，欧阳黔森在短篇小说《扬起你的笑脸》中讲述乡村教师田大德在梨花寨的教书故事。田大德学问高，为人洁身自好，他甘于清贫扎根乡村；他心地宽广宅心仁

---

　① 何士光：《序〈欧阳黔森短篇小说选〉》，《山花》2014 年第 10 期。
　② 《授奖词》，《小说里的中国》，青岛出版社 2013 年版，第 196 页。

厚；他特别关爱学生，就像漫漫长夜中的火光照亮了学生的心灵。小说结尾以极具象征意味的语言描绘了田大德对学生心灵的影响，那山谷里夜的火光和斑斓从未熄灭从未消失从未离开他们的心，他们的心从此没有寒冷的感觉，他们的心有了灵魂的温度，扬起笑脸就成了他们的一种人生态度。欧阳黔森在小说中写道，"在我的脑海里，那堆火从来不曾熄灭过，而那张在火光中辉映的笑脸，至今灿烂无比"。①"扬起你的笑脸"既可以说是欧阳黔森特别看重的一种处世哲学，也可说是他重点张扬的人类精神。欧阳黔森试图通过田大德对学生的关爱赞扬乡村教师的奉献精神；欧阳黔森希望以爱的火光温暖心灵，希望以爱的火光照亮人世，他认为田大德老师的心可以用人间最美好的词来赞誉。美好人性一直是欧阳黔森小说创作的重要主题，尤其是生活困难的革命时代，人们最终都得回归日常的物质生活和人际关系，人性美放射出耀眼的光芒照亮人心、温暖时代。

人格美也是欧阳黔森文学创作的重要内容。在早期诗歌《山村女教师》中，欧阳黔森讲述年轻女教师自愿选择偏远的荒村工作，把青春热血洒向古老愚昧的山村，把智慧与微笑洒向纯洁的童心。在《绝地逢生》《村长唐三草》等扶贫系列小说中，欧阳黔森讲述乡村干部带领群众艰苦奋斗、攻坚克难，歌颂他们勇担责任、无私奉献的高尚品格；在《勋章》《血花》《勘探队员之歌》《山之魂魄》等地质系列诗歌中，欧阳黔森讲述地质队员吃苦耐劳、坚韧不拔，歌颂地质队员是真正的"山之魂魄"。欧阳黔森一方面直接描绘乡村教师、农村干部、地质队员的模范事迹，热烈歌颂他们的高尚品格；另一方面他还间接赞扬了张志新、遇罗克等人的高贵品质。2014年，

---

① 欧阳黔森：《扬起你的笑脸》，《莽昆仑：欧阳黔森中短篇小说选》，作家出版社2015年版，第437页。

欧阳黔森在《人民文学》发表短篇小说《兰草》，小说主要讲述"我"的青春爱恋和理想追求，作为知青的"我"与上海知青兰草在武陵山脉相识，结下了深厚的革命友谊，也产生了朦胧的感情。叙述者"我"多次提到了北岛诗歌《宣告》和雷抒雁诗歌《小草在歌唱》，还直接引用了舒婷诗歌《这也是一切》中的诗句。小说在时间维度上分为两个层面，一方面，小说讲述过去的知青生活，详细描绘当时的革命气氛，表达对知青生活和青春时代的怀念；另一方面，小说讲述现在的生活变化和命运变迁，尤其强调了《宣告》《小草在歌唱》《这也是一切》这些震撼人心的诗歌在历史天空中闪烁着光芒，并且继续照耀叙述者"我"不断前行。众所周知，《宣告》《小草在歌唱》《这也是一切》三首诗歌都表现了为追求真理而英勇献身的高贵品质和无畏气概，都表达了对理想和未来的坚定信念和美好追求，也都预示了变革时代的到来。欧阳黔森引用这些诗歌，表现了他由革命话语、阶级话语向改革话语、人性话语的转变，表现了他对改革时代的向往和追求。

欧阳黔森一方面表达了对纯洁人情、美好人性和高尚人格的向往，另一方面，也表达了对社会道德失范、情感混乱和精神孤独的忧思与讽刺。2002年，欧阳黔森在《十月》发表中篇小说《白多黑少》，讲述萧子北与南岚、杜娟红畸形混乱的情感关系，虽然萧子北纵横商海，但他又纵欲情海难以自拔，在公司出事的同时，家庭婚姻也将遭受危机。小说《味道》则讲述三个层面的爱情故事："我"与方冰的恋爱关系、方冰父母动人的爱情传奇、"我"编造的乱七八糟的爱情剧，欧阳黔森讽刺了现实生活和虚构剧本中虚假的爱情故事，而对方冰父母忠贞如一的爱情经历表示崇敬。长篇小说《非爱时间》出版于2004年，原以《下辈子也爱你》为题发表于《红岩》杂志。小说主要讲述知青黑松和陆伍柒在改革开放时代对过去的知青经历的深切怀念，他们对现实的情感生活极为不满。黑松与鸽子虽是二十年的夫妻但他们的感情并非牢不可破，陆伍柒则过着纸醉金迷、荒唐淫乱的生活。陆伍柒有无数的女人但从未结婚，他总是思念知青时代的萧美文。陆伍柒是一名富裕的、成功的企业家，但他仍然是情感世界的可怜虫，他的情感异常脆弱。小说旨在揭示当代的人性品格和精神状态，虽然当代物质生活富裕了，但有些人仍然陷于情感混乱、精神孤独的状态。

综合以观，欧阳黔森从当今时代的精神状况出发，着重描述了知识青年在革命时代的人生故事，在宏大的革命叙事中融入日常生活的情感叙事，不仅表达对青春、爱情与理想的怀念，而且表达对人情美、人性美与人格美的赞赏。但现代个体并不能把握自己的命运，知识青年的爱情与理想都随时代的发展而烟消云散，留下的只是无尽的感伤与怀念。在改革时代，曾经的知识青年大都取得了事业上的成功，在物质上获得了巨大的满足；但他们的人生并不完满，他们总是陷入情感混乱和精神孤独的状态。在当下时代，中国的物质生产力已有了巨大发展，人民生活水平也有了很大提高，党的十九大报告指出，中国特色社会主义进入新时代，我国社会主要矛盾已经转化为人民日益增长的美好生活需要和不平衡不充分的发展之间的矛盾。物质生产力的发展也急需社会道德状况和时代精神的改善与提高，习近平总书记《在文艺工作座谈会上的讲话》中提出要"扫除颓废萎靡之风"，号召文艺工作者"要通过文艺作品传递真善美，传递向上向善的价值观，引导人们增强道德判断力和道德荣誉感，向往和追求讲道德、尊道德、守道德的生活"。[①] 这是党和国家领导人准确观察分析当今社会道德状况和时代精神而作出的正确主

---

① 习近平：《在文艺工作座谈会上的讲话》，人民出版社 2015 年版，第 23—25 页。

张，也是社会主义伦理在新时代的必然要求。在欧阳黔森的创作中，革命与恋爱的统一、物质与精神的冲突最终都指向现代个体的精神出路，或许欧阳黔森在苦苦思索：在物质生活日渐发达的中国，我们该何以安顿自己的灵魂？

第四节　传统智慧与自然天理

习近平总书记《在文艺工作座谈会上的讲话》强调"弘扬社会主义核心价值观，继承和发扬中华民族优秀传统文化，坚持和弘扬中国精神"①。如果说欧阳黔森试图通过传递真善美来改善和提升社会道德状况和时代精神，那么他又试图通过吸取中华文化基因来坚持和弘扬中国精神。1965 年，欧阳黔森出生于地质工作人员家庭，他从小就与地质工作人员有了深厚感情。1984 年，他正式成为一名地质队员。在八年地质找矿生涯中，欧阳黔森走遍了高原雪峰，征服了一座又一座山峰，武陵山脉、乌蒙山脉、五岭山脉、昆仑山脉、横断山脉的千沟万壑都留下了他的足迹。作为地质队员，他与大自然有着奇缘，他经常醉心于大自然的美妙，惊叹于大自然的鬼斧神工。欧阳黔森把人生中最美好的年华都贡献给了地质事业，这段经历是他一生中始终无法忘怀的记忆，也是他文学创作的重要来源。地质工作使欧阳黔森亲密接触大自然，也促使他不断思考人类与自然的关系，他甚至认为关注人与自然成为他的本能。2014 年，欧阳黔森在散文《水的眼泪》中着重表现了他对老子哲学思想的看法，他认为两千年前的老子就已经揭示了万物的真理，他在文中引用老子名言"道生一，一生二，二生三，三生万物"②，这

---

① 习近平：《在文艺工作座谈会上的讲话》，人民出版社 2015 年版，第 26 页。
② 陈鼓应：《老子注释及评介》（修订增补本），中华书局 1984 年版，第 225 页。

种宇宙生成论使欧阳黔森认识到万物的发展都要遵循自然的规律。欧阳黔森认为"道"是老子思想的精髓，他从汉字结构分析老子的思想："'道'字的结构：首即是头，头上两点即是眼，眼高头低即是思，思之则走之。如是，可谓正'道'否？"① 众所周知，老子之"道"指的是宇宙本源之"道"、自然规律之"道"和人生准则之"道"，老子认为"道"是天地万物的本源，是万物存在与发展变化的普遍原则和根本规律。正如陈鼓应指出，"'道'是老子哲学的中心观念，他的整个哲学系统都是由他所预设的'道'而开展的"②。欧阳黔森深受老子之"道"的启发，他不仅希望"道"成为思想的根基，也希望人们能够先思考后行动，更希望"道"能够盛行于世。欧阳黔森高度评价老子思想，他认为老子的智慧让我们自惭形秽，也让我们体悟自我的无知与浅薄；不仅如此，欧阳黔森还认为老子在两千年前所著的《道德经》对自然环境问题就已经有了唯物的结论，为人类的发展提出了警示。可以说，欧阳黔森对人与自然的关系思考不仅与他的地质经历相关，也深受中国传统哲学思想的影响。

欧阳黔森在《道德经》中不仅体悟到了宇宙自然规律，也体悟到了上善若水的哲学思想。欧阳黔森在大自然中获得灵感，他从大自然的鬼斧神工中进一步深思悟道。他把自然之观感与老子之哲思结合起来，从《道德经》体悟到自我的渺小，他认为自己在浩瀚的世界中就是一滴水珠。欧阳黔森曾经在《光明日报》上发表过一首歌颂水的长诗，他在诗中写道：

---

① 欧阳黔森：《水的眼泪》，《水的眼泪：欧阳黔森选集》，广西师范大学出版社 2017 年版，第 3 页。

② 陈鼓应：《老子注释及评介》（修订增补本），中华书局 1984 年版，第 2 页。

水是无形的/无形的优势/是它可变成任何一个形状/在峡谷里它是急流/在悬崖上它是瀑布/在盆地它是明镜/在天空上它是云彩/在云朵中它是雨滴/在南风飘的时候它是雾霭/在北风刮的时候它是雪花/这便是水的属性/遇坚而刚、水滴石穿/遇软而柔、润物无声/这便是水的精神/团结而和谐/也许有人会认为/一滴水溶入了大海是令人恐惧的/一滴水在浩瀚的大海里/还有那滴水吗？/因而宁愿是绿叶上一颗晶莹剔透的露珠/美丽在深山里/那么我们告诉你/这是典型的自私自卑自闭/在一个晴天/你的美丽也许只能是昙花一现/一滴水于弱者是泪、于强者是汗/一滴水向往大海而艰苦卓绝的过程/于弱者是灾难/于强者是财富/这就是事物的唯物辩证法则①

　　在诗歌中，欧阳黔森描绘了水的属性和精神，他认为水具有遇坚而刚、遇软而柔、水滴石穿、润物无声的精神，他赞扬水滴向往大海而艰苦卓绝的过程，这些精神其实也就是老子在《天下莫柔弱于水》和《上善若水》中提出的观点。老子写道："天下莫柔弱于水，而攻坚强者莫之能胜，以其无以易之。弱之胜强，柔之胜刚，天下莫不知，莫能行。"② 老子揭示了水的坚韧不拔性格，说明了以柔克刚、水滴石穿的道理。老子写道："上善若水，水善利万物而不争"③，揭示了水的润物无声、无私奉献精神。欧阳黔森对水的看法深受老子哲学的影响，然而，欧阳黔森并没有完全接受老子的思想，而是对其采取了批判性吸取的态度，欧阳黔森主动扬弃了老子"居

　　①　欧阳黔森：《水的眼泪》，《水的眼泪：欧阳黔森选集》，广西师范大学出版社 2017 年版，第 35—36 页。
　　②　陈鼓应：《老子注释及评介》（修订增补本），中华书局 1984 年版，第 337 页。
　　③　同上书，第 86 页。

善地，心善渊"的观点①，他反对做绿叶上的露珠，反对把美丽藏于深山。欧阳黔森主张做勇敢的强者向往大海而艰苦卓绝的过程，这里似乎又接近儒家积极入世的思想了。实际上，欧阳黔森不仅深受道家思想的影响，儒家文化也在他思想中占有重要地位，他曾提到儒家性善论和阳明学等传统文化在他创作中的作用，他强调"传承优秀文化，在优秀传统上创新，才是汉语言写作者的明智之举②。"2007 年，欧阳黔森根据自己的所见所闻创作了散文《白层古渡》发表于《收获》杂志，他在《白层古渡》中也思索了水的本性，他认为水的本性"是热爱自由，是没有颜色的，是无形的"③，他强调无形的优势可以使水随意根据条件成任何一种形状，但人要任意改变水的形状都应该慎之又慎，现代人不应该剥夺水的自由。欧阳黔森在《白层古渡》《水的眼泪》《贵州精神》等作品中都提到了水随物赋形的属性，这种看法可以说是继承中国传统哲学的结果，孔子也曾提到水随物赋形的特点，"其流行庳下，倨句皆循其理，似义"④。2012 年，欧阳黔森在诗歌《贵州精神》中再次歌颂了水的精神，他认为遇坚而刚、水滴石穿、遇软而柔、润物无声是水的精神，强调大海才是万物之源，他在诗中写道：

世界上理想主义的道路／从来都是一条／充满起伏跌宕的河流／如果一滴水、千万滴水／不曾有着艰辛 而漫长的汇集／就不会有大地抒情诗一样美丽的小溪／如果一条小溪、千万条小溪／

① 陈鼓应：《老子注释及评介》（修订增补本），中华书局1984 年版，第86 页。
② 周新民、欧阳黔森：《探询人性美——欧阳黔森访谈录》，《小说评论》2015 年第5 期。
③ 欧阳黔森：《白层古渡》，《水的眼泪：欧阳黔森选集》，广西师范大学出版社2017 年版，第46 页。
④ 孟庆祥、孟繁红译注：《孔子集语译注》（上、下），黑龙江人民出版社2003 年版，第48 页。

不曾有着与千山万壑、千难万阻／较量的勇气／就不会有大江大河的汹涌澎湃／在这汹涌澎湃里／每一滴水都是英雄／都洋溢着战斗的英雄主义／有了这样的精神／才有了大江大河的浩浩荡荡／不可阻挡、一泻千里的气概／是的，一滴水曾经是那样的不起眼／可是，只要亿万颗水滴团结起来／就能成为大海／浩瀚无垠、波澜壮阔／大海才是万物之源啊①

欧阳黔森描绘了水的情怀和作用，他认为水滴是构成小溪、江河、大海的必要组成部分，水滴克服了长途跋涉和千难万阻，水滴始终洋溢着战斗的英雄主义和不可阻挡的气概，正所谓老子所说："以天下之至柔，驰骋天下之至坚。"②虽然一滴水是那么的不起眼，但只要亿万颗水滴团结起来，就能成为浩瀚无垠、波澜壮阔的大海，大海是万物之源。在欧阳黔森看来，水滴的精神也就是团结的精神和战斗的精神，这种精神赋予江河不可阻挡、一泻千里的气概，赋予大海孕育自然、容纳万物的能量。中国古人也相信水是万物的本源，春秋时期的管子指出："水者何也？万物之本原，诸生之宗室也③。"虽然老子没有明确指出水是万物的本源，但老子强调水"几于道"④，而道"渊兮，似万物之宗"⑤，老子把"道"与"水"联系起来，无疑是受到"水"的启发，从而以"水"来类比"道"。众所周知，老子通过对"水"的认识揭示了宇宙自然之道，更揭示了社会之道和人生之道；孔子曰："夫水者，君子比德焉，遍予而无

---

① 欧阳黔森：《贵州精神》，《水的眼泪：欧阳黔森选集》，广西师范大学出版社 2017 年版，第 142—143 页。

② 陈鼓应：《老子注释及评介》（修订增补本），中华书局 1984 年版，第 232 页。

③ 颜昌峣：《管子校释》，岳麓书社 1996 年版，第 352 页。

④ 陈鼓应：《老子注释及评介》（修订增补本），中华书局 1984 年版，第 86 页。

⑤ 同上书，第 71 页。

私，似德；所及者生，所不及者死，似仁；其流行庳下，倨句皆循其理，似义；浅者流行，深者不测，似智；其赴百仞之谷，不疑，似勇；绵弱而微达，似察；受恶不让，似包；蒙不清以入，鲜洁以出，似善；至量必平，似正；盈不求概，似度；折必以东西，似意；是以见大川，必观焉。"[①] 孔子把君子与水进行类比，认为水具有无私奉献、随物赋形、坚强毅力、严厉品格、顽强意志等特征，具有恩德、仁爱、勇敢、智慧、真诚、公正的精神，孔子也是从水探讨了社会之道和人生之道。欧阳黔森创作《贵州精神》的目的并不是阐释中国传统的哲学思想，而是希望利用中国传统的社会之道和人生之道以建构贵州精神；他把理想主义道路比喻为跌宕起伏的河流，是希望当代贵州能够发扬水的精神，能够攻坚克难，实现后发赶超。

　　欧阳黔森在《道德经》中还体悟到了辩证法的哲学思维。早在1994年，欧阳黔森在作品集《有目光看久》中的第一句话"那一段岁月很美丽，那一段岁月很残酷"[②]，就已经表现了朴素辩证法。在《水的眼泪》中，欧阳黔森对水的属性和精神的概括也已经体现了辩证法思维，比如"遇坚而刚、水滴石穿、遇软而柔"的思想来源就是《老子·七十八章》。可以说，欧阳黔森不仅融会贯通《道德经》关于"水"的哲学观点，而且熟悉《道德经》中的辩证法思想，并将之运用于对自然、社会和人生的思考。2004年，欧阳黔森在《十月》杂志发表中篇小说《八棵苞谷》，小说主要讲述三崽家与贫困进行抗争的故事。苗岭腹地群山连绵，蔚然壮观，但美丽的喀斯特地貌使土地稀少而又贫瘠，三崽家就世世代代生活在

---

　　① 孟庆祥、孟繁红译注：《孔子集语泽注》（上、下），黑龙江人民出版社2003年版，第48页。
　　② 欧阳黔森：《卢竹儿》，《有目光看久》，贵州民族出版社1994年版，第3页。

这个偏远而又贫困的乡村，当地百姓在石漠化土地上的垦殖和放牧又加剧了生态环境的恶化。小说赞扬三崽家为生存而付出的辛苦努力，也批判了当地百姓破坏生态的愚昧无知，但更重要的是，欧阳黔森在这部小说中表达了自然辩证法观点，他在小说中写道："美丽有时与沧桑相伴，可谓美丽的沧桑，而沧桑又喜欢与苦难接连，可谓沧桑的苦难。显然这里是苦难的。人说美丽的地方是富饶的，而在这块美丽的地方只有贫穷。"① 贵州区域大多属于喀斯特山体，这种山体历经数十亿个日子的风吹日晒，集天地之灵气、聚大自然之鬼斧神工，造化神奇的景观，但这种地貌往往是越美丽而越不适合人类生存，喀斯特地貌不仅使土地无法保存水，水土极易流失，而且喀斯特地貌大多石漠化，土地极为贫瘠。欧阳黔森清醒地认识到喀斯特地貌特征，这是一种朴素的辩证法思维，正如《老子·五十八章》揭示的祸福相依的朴素辩证法思想。2015 年，欧阳黔森在访谈录《探寻人性美》中指出，伟大的老子在《道德经》中就已有了朴素的自然辩证法，如果认识不到、不遵循自然法则和自然规律，人类就会自食其果。欧阳黔森的文学作品有一半以上对人与自然的冲突进行了反思，其目的就是对环境污染提出警示。

欧阳黔森不仅在作品中多次引用《道德经》中的观点，也多次提到孔子对他的思想和创作的影响。孔子说："知者乐水，仁者乐山。智者动，仁者静。知者乐，仁者寿。"② 后来子张问仁者为何乐于山，孔子回答说："夫山者薨然高，薨然高则何乐焉？山，草木生焉，鸟兽蕃焉，财用殖焉。生财用而无私为，四方皆伐焉，每无私子焉。出云风

---

① 欧阳黔森：《八棵苞谷》，《莽昆仑：欧阳黔森中短篇小说选》，作家出版社 2015 年版，第 184 页。

② 杨伯峻译注：《论语译注》，中华书局 1958 年版，第 61 页。

以通乎天地之间，阴阳和合，雨露之泽，万物以成，百姓以飨。此仁者之所以乐于山者也。"① 孔子把仁者与山进行类比，认为山具有滋养万物、无私奉献、通乎天地、和合阴阳的特征。热爱自然、热爱山水是人类的本性，孔子强调"仁者乐山"，或许为了歌颂山的属性和精神，在儒家文化中，外形高大的山是厚德载物、高尚无私的化身。在《故乡情结》中，欧阳黔森讲述他登上梵净山红云金顶的故事，他由登山联想到孔子"五十而知天命"的观点，并由此叹服孔子的伟大。在《水的眼泪》中，欧阳黔森由孔子"五十而知天命"的观点体悟到"我存在于世即是宿命"②。在中国传统哲学思想的启发下，欧阳黔森建构了"爱山乐水"的自然崇拜思想。或许是因为欧阳黔森的家乡是山水之乡，贵州有闻名遐迩的大瀑布和数不清的瀑布群，有大乌江、盘江和千万条溪流，有山就有水，这是家乡赐予欧阳黔森的奇缘。欧阳黔森曾经写道："青山绿水是我对这个世界最初的认知。在我的记忆中，水是那样的晶莹剔透，山是那样的青翠葱郁。"③ 或许是因为欧阳黔森曾经是一名地质队员，他对大自然有一种特殊的情感；他多次宣称自己是一个热爱自然热爱真实的人，磅礴的乌蒙山脉、秀俊的武陵山脉、神奇的横断山脉、巍峨的昆仑山脉都留下了他的足迹。在诗歌《旗树》中，欧阳黔森描绘了昆仑山神奇的风景，歌颂旗树历经千年的风雨冰雪而屹立修行并成为山之魂魄。欧阳黔森在小说《莽昆仑》中描绘了巍峨壮丽的昆仑山，他认为横空出世的昆仑山是大地壮丽的史诗；他还描绘了高高耸立的唐古拉山，认为唐古拉山在湛蓝色的苍穹里，宁静而又神秘，像

---

① 孟庆祥、孟繁华译注：《孔子集语译注》（上、下），黑龙江人民出版社 2003 年版，第 44 页。

② 欧阳黔森：《水的眼泪》，《水的眼泪：欧阳黔森选集》，广西师范大学出版社 2017 年版，第 3 页。

③ 同上书，第 33 页。

画又像诗。欧阳黔森更加喜欢和敬仰昆仑山，他在小说中写道：

> 　　古人视昆仑为"万山之祖"和"通天之山"。"昆仑者，天
> 象之大也；昆仑者，广大无垠也。"古人对昆仑的传说和对昆仑
> 的赞叹绝对高于喜马拉雅山，虽然它们都是中国最高的山系。
> 它们也是世界最高的山系，青藏高原是世界之脊，粗通文化的
> 人都知道。世人都知道，中华民族的母亲河——黄河、长江都
> 发源于昆仑山系的支系巴颜喀拉山和唐古拉山。凡是历代中国
> 人无疑视昆仑为神山。①

　　这段话是欧阳黔森浸染于中国传统文化而得出的看法，昆仑山
是中国古代传说中的神山，被道教认为是"万山之祖"和"通天之
山"；"昆仑者，天象之大也；昆仑者，广大无垠也。"出自司马光对
《太玄经》的注释，司马光是北宋政治家和史学家，也是著名经学
家，他致力于阐释儒经、弘扬儒术。欧阳黔森还在小说中通过一首
诗表达了对昆仑山的敬仰，歌颂神奇的中国版图，强调东方古老的
江河民族都受到昆仑山的滋养。然而，现实环境的污染状况给欧阳
黔森以深深的刺激，在散文《水的眼泪》中，欧阳黔森从浩瀚的南
海来到辽阔的天山，他在诗歌中从祖国的最南边写到了祖国的最北
边，但南海的水世界与天山南北的黄沙形成鲜明对比。在南海，欧
阳黔森觉得"自己像一滴水溶入了那广阔蓝色世界里，渺小，几乎
没有了我，可感觉自己分明又在那浩瀚的蔚蓝色里，无处不在"②，
他认为自己的心在水的辽阔中显得更为广阔了，他强调自我与水融

---

　　① 欧阳黔森：《莽昆仑》，《莽昆仑：欧阳黔森中短篇小说选》，作家出版社 2015 年版，第 11 页。
　　② 欧阳黔森：《水的眼泪》，《水的眼泪：欧阳黔森选集》，广西师范大学出版社 2017 年版，第 34 页。

为一体，自己就是一滴水。从水的世界来到黄沙世界，欧阳黔森几乎无法面对；在天山南北，昔日美丽的地方早已变得高楼林立或者黄沙遍地，他宁愿看到优美的牧场而不是城市，他宁愿看到万马奔腾而不是汽车塞道，但这个世界总是与人们的愿望相距甚远。在《新疆行》（组诗）中，欧阳黔森想象了罗布泊、楼兰古城、塔克拉玛干沙漠的神奇美丽和风情万种，并对这些神奇风景的消逝和岁月的痕迹表达了忧虑和感伤。欧阳黔森集中描绘了黄沙世界与水世界的天差地别，抒发了痛苦无奈的心情，在广袤苍凉、一望无际的沙海里，他感到了恐惧，他认为每一粒沙都是水流干涸的泪珠。从中国传统哲学思想出发，欧阳黔森不仅乐山敬水，也为水的污染、消逝感到忧虑和恐惧。

在对大自然的崇拜中，欧阳黔森揭示了现代化和城市化的弊端。欧阳黔森曾经游览北盘江大峡谷，他看到了北盘江的美丽与神奇，同时北盘江也在不断受到污染，美丽而神奇的大峡谷即将不复存在。欧阳黔森曾在地质考察时采访了一位老红军，他钦佩于这位老革命曾在 20 世纪 60 年代大炼钢铁时保护了几十株百年梨树。2003 年，欧阳黔森把这次采访写入散文《黑虎和他的主人》，进一步提出了他对地质工作的看法，他为从事地质工作而自豪，因为地质工作为科学的文明时代立下了不朽功勋；但他也认为"科学文明也带来了负面的影响，严重地威胁着世界的可持续发展，对人类的生存是令人担忧和恐惧的，地质灾害已悄悄地威胁着我们共同生存的家园"。①2003 年，欧阳黔森在《十月》杂志发表中篇小说《水晶山谷》，讲述田茂林为了挣钱破坏黑松岭和七色谷的自然环境。欧阳黔森浓墨重彩地描绘了七色谷的美景，七色谷原本美得让人不忍去打扰它，

---

① 欧阳黔森：《黑虎和他的主人》，《散文》2003 年第 1 期。

美得让人流泪，山谷里满是五颜六色的石头，这些石头晶莹剔透、五彩缤纷，可以说是天堂之物。欧阳黔森以华美的词句描绘了这些石头：

> 几亿年的月岁沉淀了它质地之硬，颜色之奇；大自然的鬼斧神工造就了它的形状之怪，这是几亿年风的壮举，这是几亿年水的风采。那风的手、水的脚，就这样与月岁一起磨砺着这石头。风依着水，水带着风，在石头上书写着这亿年的风流。水是无形的，因而它可以成任何一个形，这水从石头上亿万年地流过，使石头有了美妙绝伦的天然流水线，这真是大自然的巧夺天工。一块块五颜六色的石头无需讲什么，它在这里是可以用静默震撼任何一颗爱美之心的。①

但是好景不长，田茂林不仅把黑松岭折腾得惨不忍睹，而且还引来了珠宝奇石公司搬空了七色谷的石头。公司还在七色谷进行爆破采石，在轰隆隆的爆破声中，美丽的七色谷永远不复存在了。欧阳黔森通过小说人物的话语谴责了现代化和城市化对大自然的破坏。2003 年，欧阳黔森在小说《断河》中设置了一个极具象征意味的结尾，被何士光称为"史和诗的意境"②。欧阳黔森这样写道："是的，当老虎岭没有了老虎，当野鸭塘没有了野鸭，当青松岭没有了青松，或者，当石油城没有了石油，当煤都没有了煤，这也是一种味道。"③麻老九和他的乡亲们在断河两岸年复一年地生存着，社会变革和历

---

① 欧阳黔森：《水晶山谷》，《莽昆仑：欧阳黔森中短篇小说选》，作家出版社 2015 年版，第 145 页。

② 何士光：《序〈欧阳黔森短篇小说选〉》，《山花》2014 年第 10 期。

③ 欧阳黔森：《断河》，《莽昆仑：欧阳黔森中短篇小说选》，作家出版社 2015 年版，第 310 页。

史变迁都没有改变他们的生活环境和生存方式，但由于现代化和市场经济的发展，汞矿被大量开采以至于汞矿石枯竭，采过汞矿的土地也不能复垦。何士光认为欧阳黔森通过这个结尾对现代化和金钱化来作"沉重和根本的反思"①，断河的历史既是个体命运的历史也是总体环境的历史，个体命运不可重复，自然环境也难以恢复。2006年，欧阳黔森在小说《莽昆仑》中描写了昆仑山的冰川萎缩到雪山的顶峰，雪山总有一天会变成黑山；小说主人公感叹地说，人类的现代化文明是以破坏自然为代价。

欧阳黔森清醒地认识到大自然是宇宙的主宰，并以此批判了人类中心主义的无知与浅薄。2007年，欧阳黔森在《白层古渡》中提出了自己的自然观，他认为人类为了生存总是想不断地改变大自然，其实大自然才是人类的真正主宰：

> 人类的历史证明，人类在与大自然的抗争中，仅仅靠匹夫之勇和主观的精神是可笑的。大自然的力量与人的力量而言，差距实在太大，人类只有小心慎重地尊重大自然的规律，在符合自然规律这一前提下，谋求人类的可持续发展，才是真正的科学发展观。②

欧阳黔森强调，如果人类对大自然的破坏熟视无睹，不久的将来，人类赖以生存繁衍的家园将不复存在。2014年，欧阳黔森在《水的眼泪》中强调了敬畏大自然的观点，他认为地球几十亿年的演变过程证明了大自然的可怕之处，大自然有着不可控、不能任意改

---

① 何士光：《序〈欧阳黔森短篇小说选〉》，《山花》2014年第10期。
② 欧阳黔森：《白层古渡》，《水的眼泪：欧阳黔森选集》，广西师范大学出版社2017年版，第46页。

变的自然法则和自然规律；人类在大自然面前显得异常渺小，人类唯一能做的就是敬畏大自然，敬畏大自然的法则和规律。如果人类妄自尊大、目空一切，就必然会带来灾难，人类的任性已使地球的生态环境陷入了非常危险的状况。

可以发现，欧阳黔森从中国传统哲学思想出发，讲述了他的自然崇拜、上善若水和辩证法的思想观点及其来源，反思了现代化、城市化和人类中心主义的弊端，表达了对科学发展和生态文明的向往。众所周知，自然辩证法也是马克思主义的重要内容，马克思在《1844 年经济学哲学手稿》中指出，"在人类历史中即在人类社会的形成过程中生成的自然界，是人的现实的自然界；因此，通过工业——尽管以异化的形式——形成的自然界，是真正的、人本学的自然界"①，马克思明确强调自然界是人类存在发展的物质基础，他直斥工业通过"异化"的方式把"人的现实的自然界"转化为"人本学的自然界"。恩格斯依据 19 世纪以来的自然科学成果，描绘整个自然界发展的辩证图景，揭示了自然界的历史发展和普遍联系的客观规律，创立了自然辩证法学科。在《论权威》中，恩格斯提出"自然的报复"观点，他指出"如果说人靠科学和创造性天才征服了自然力，那么自然力也对人进行报复，按人利用自然力的程度使人服从一种真正的专制"②。在《自然辩证法》中，恩格斯多次强调"我们不要过分陶醉于我们人类对自然界的胜利。对于每一次这样的胜利，自然界都对我们进行报复"③。自改革开放以来，党和国家领

---

① ［德］马克思：《1844 年经济学哲学手稿》，《马克思恩格斯文集》第 1 卷，中共中央马克思恩格斯列宁斯大林著作编译局编译，人民出版社 2009 年版，第 193 页。
② ［德］恩格斯：《论权威》，《马克思恩格斯选集》第 3 卷，中共中央马克思恩格斯列宁斯大林著作编译局编译，人民出版社 1995 年版，第 225 页。
③ ［德］恩格斯：《自然辩证法》，《马克思恩格斯选集》第 4 卷，中共中央马克思恩格斯列宁斯大林著作编译局编译，人民出版社 1995 年版，第 380 页。

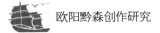

导人也日渐重视经济发展与自然环境的辩证统一，相继提出了科学发展观和生态文明观，并使之成为社会主义伦理的重要组成部分。也就是说，欧阳黔森的思想观念既有中国传统思想的坚实基础，又具有社会主义伦理的丰富内涵。从哲学出发讲述中国故事，使欧阳黔森的文学创作既有深刻的传统文化基础，又具有鲜明的社会主义伦理追求。

第三章　形式意识形态与小说文体实验

自 1999 年在《当代》发表短篇小说《十八块地》以来，欧阳黔森已正式发表数百万字的小说作品，并在 21 世纪文坛产生了重要影响。孟繁华在把欧阳黔森的短篇小说集《味道》编入"短篇王"文丛时，认为包括欧阳黔森在内的这些人，都是"致力于短篇创作的作家，也可以理解为在当下的文学处境中，短篇可能更精致更具文学的审美意义"。① 欧阳黔森的短篇小说《敲狗》获第二届"蒲松龄短篇小说奖"时的授奖词，也认为这篇"小说不仅在结构上有中国古典小说的神韵，在道义和人性的刻写上也见出传统文化的底蕴。小说通过写狗对主人的依恋，厨子对情感的冷漠及徒弟的被感动折射出人性的光芒，把人性解剖这个文学的宏大主题用'敲狗'这个断面展现得曲尽其妙，称得上是短篇小说的典范文本"。② 另一篇小说《断河》，也曾获得很多人的高度评价。何士光即说："文学作品中不是有一种境界，叫做史诗？不妨望文生义的话，这种境界里就有史也有诗，是诗一般的史，史一般的诗。通常史诗都会是长篇巨

---

① 孟繁华：《主编微言：为了精致的写作和阅读》，《味道》，中国文联出版社 2003 年版，第 2 页。

② 《授奖词》，《小说里的中国》，青岛出版社 2013 年版，第 196 页。

制，但《断河》却隐隐约约地让人感到，黔森就只用了短短的篇幅，来窥探了这种史和诗的意境。"①

对欧阳黔森小说如此这般的评价，其实也得益于他对小说形式所进行的深度思考和多样化探索。在《短篇小说是最难藏拙的》中，欧阳黔森说，"短篇小说是小说创作中最快乐的一种形式"②。他认为短篇小说虽然篇幅短小，但常给人以饱满、激动和完美的印象，短篇小说形式自由但能给人以成就感，创作短篇能使作者感到轻松快乐，也能在短时间里给读者以小说的全部享受。众所周知，小说这种文体对人生与世界的描写在理论上有其广度和深度的无限可能性，"这种无限性决定其艺术形式具有包含小说以外各种文体的可能性"③。正是因为考虑到了小说文体多样化的可能性，欧阳黔森才致力于从跨艺术角度探索小说创作的多样性，诸如借鉴诗词、散文、音乐等进行小说的文体实验和形式创新。北京大学学者李杨曾借鉴卢卡契、伊格尔顿和詹姆逊等西方马克思主义理论分析中国当代文学，他认为"文学形式本身具有意识形态性质"，"文学形式、文类、体裁的演变显示了意识形态的发展变化"④，正是在这个意义上，我们认为欧阳黔森的文体实验和形式创新具有不可忽视的价值。

第一节　抒情传统与小说的诗化

诗入小说是中国小说的重要传统，其中最为成功的是《红楼

---

① 何士光：《序〈欧阳黔森短篇小说选〉》，《山花》2014 年第 10 期。

② 欧阳黔森：《短篇小说是最难藏拙的》，《小说里的中国》，青岛出版社 2013 年版，第 197 页。

③ 马振方：《略论初创期小说中的诗歌功能》，《北京大学学报》（哲学社会科学版）2015 年第 1 期。

④ 李杨：《抗争宿命之路：社会主义现实主义（1942—1976）研究》，长春时代文艺出版社 1993 年版，第 2—3 页。

梦》，曹雪芹写入了大量的诗词，如《葬花吟》《枉凝眉》《芙蓉女儿诔》等，这些诗词对小说的人物塑造和情节发展都具有重要作用，使诗词成为《红楼梦》不可分割的有机组成部分。《三国演义》《水浒传》《西游记》也写入了众多诗词，毛宗岗在《三国志演义凡例》中指出："叙事之中，夹带诗词，本是文章极妙处。"① 诗歌被写入中国古代小说是中国文学发展的必然，中国自古就是诗的国度，小说家自然会利用诗歌来加强小说的诗意化特征，以抬高小说的品位和地位。陈平原在《中国小说叙事模式的转变》中指出，"这种异常强大的'诗骚'传统不能不影响其他文学形式的发展，任何一种文学形式，只要想挤入文学结构的中心，就不能不借鉴'诗骚'的抒情特征"②。诗入小说不仅丰富了小说的创作方法，也丰富了小说的艺术魅力和美学价值，正如有学者指出，"中国古代小说与诗歌有着与生俱来的不解之缘，诗歌合理合度地介入小说文本，成为小说艺术体系中的有机组成部分，不仅有助于抒情叙事、渲染环境氛围、展现人物的内心世界，而且也在文本、语言上为小说增色添彩不少，使作品呈现出浓郁的诗化倾向"。③ 欧阳黔森自小就熟读中国古典小说，"自然受其深远影响"，他认为"传统小说的主要特点是自我立场鲜明，语言精炼传神，人物刻划鲜活"，他高度评价明清小说"可谓登峰造极"④，欧阳黔森从明清小说中体会到了诗入小说的方法与作用。欧阳黔森的文学道路是从诗歌转向小说创作，这为他把诗词写入小说提供了基础，诗入小说也就成为欧阳黔森文学创作的重要特征。

---

① 毛宗岗：《三国志演义凡例》，《中国历代小说序跋集》（中），丁锡根编，人民文学出版社1996年版，第916页。
② 陈平原：《中国小说叙事模式的转变》，上海人民出版社1988年版，第222页。
③ 伍联群：《论中国古代小说中的诗歌现象》，《青海社会科学》2007年第6期。
④ 周新民、欧阳黔森：《探询人性美——欧阳黔森访谈录》，《小说评论》2015年第5期。

　　一般说来，诗歌进入小说，有以诗歌文体形式直接进入和塑造诗意化意境两种基本形式。对于欧阳黔森来说，他最喜欢的是引诗句直接进入小说。欧阳黔森在小说中引用最多的是毛主席诗词和他自己创作的诗歌，毛主席诗词可以说是欧阳黔森最为熟悉、最为敬仰的诗歌。欧阳黔森从小就喜欢军事，他大量阅读了党史和军史方面的书籍，他也很热爱诗歌，尤其喜欢毛主席诗词，这些都为他的小说创作提供了基础。虽然出生在贵州铜仁，但欧阳黔森一直认为自己深受湖湘文化的影响，他特别崇拜湖南在近现代出现的伟人尤其是毛主席，欧阳黔森的很多作品都是以毛主席诗词命名，比如《雄关漫道》《莽昆仑》《看万山红遍》《江山如此多娇》等。此外，贵州的红色文化孕育了欧阳黔森的英雄情结，他自小就枕着红军长征的故事入眠，也熟悉贺龙、任弼时率领红二、六军团在黔东、大方、毕节开创革命根据地的英雄故事，他被长征中"万水千山只等闲"的英雄主义精神深深地感动。欧阳黔森引用的"万水千山只等闲"出自毛泽东《七律·长征》，这首诗作于红军长征翻越岷山即将进入陕北时，诗歌全文是："红军不怕远征难，万水千山只等闲。五岭逶迤腾细浪，乌蒙磅礴走泥丸。金沙水拍云崖暖，大渡桥横铁索寒。更喜岷山千里雪，三军过后尽开颜。"这首诗概括了红军长征的艰难历程，赞扬了红军英勇顽强的革命英雄主义。欧阳黔森十分熟悉这首诗歌，不仅多次引用其中的诗句，而且还特别敬仰诗歌所表达的长征精神。他认为"长征的意义早已超出一个政党的范畴，而是民族、国家、人类的共同精神财富"。[①] 小说《心上的眼睛》其实正是对长征精神的一种演绎，里面多次提到毛主席的诗词《忆秦娥·娄山关》，并直接引用部分词句："雄关漫道真如铁/而今迈步从

---

　　① 欧阳黔森、王士琼：《欧阳黔森：一部小说背后的四级跳》，《当代贵州》2006 年第24 期。

头越/从头越/苍山如海/残阳如血"。这首诗以景入情，描写了红军征战娄山关紧张激烈的战斗场景，歌颂了红军大无畏的革命英雄主义和革命乐观主义。欧阳黔森多次到过娄山关，他看到了娄山关的群山峻峭、雄伟苍凉，他也直接描绘了娄山关的风景，但他觉得自己的直接描绘和强烈抒怀远不如毛主席《忆秦娥·娄山关》那么真实、自然，那么富有感染力，因此，欧阳黔森多次在小说中引用"雄关漫道真如铁"。毫无疑问，毛主席《忆秦娥·娄山关》是诗词中的精品，其慷慨悲烈、雄浑豪迈能带给读者无比的激情和感动。欧阳黔森非常注重毛主席长征诗词意境对自己以及对小说主人公的精神陶冶："我全身的每一根毛细血管都张开着，血液像涨满春水的溪流，正汹涌澎湃浩浩荡荡地奔向心海。我从这奔流中充分体验了血往上涌后那胸中无比宽阔的味道①。"在欧阳黔森看来，毛主席诗词具有震撼人心的强大力量，能够使人心热血沸腾，能够使人生发无限的感慨和崇敬。不难发现，欧阳黔森引毛主席诗词入小说，诗词与小说相互融合，不仅增加了小说的英雄主义、乐观主义色彩，而且增加了小说的历史底蕴和艺术魅力。在欧阳黔森看来，毛主席诗词具有神奇的魅力，不仅是历史辩证法的高度概括，也是人生命运的鲜明写照。2016 年，欧阳黔森在《连山之殇》中引用毛主席诗句"人间正道是沧桑"，这句诗出自毛主席《七律·人民解放军占领南京》，其意是指中国革命经历艰难曲折、沧桑变化但最终会取得胜利。欧阳黔森用这句诗概括他自己的人生历程，也就是说他认为"人间正道是沧桑"是人生辩证法的恰当写照，他已经把毛主席诗词融入对自我人生的思考中。众所周知，"万水千山只等闲""人间正道是沧桑"等诗句所蕴含的精神能量，能够给身陷困境的人生带来

---

①　欧阳黔森：《心上的眼睛》，《莽昆仑：欧阳黔森中短篇小说选》，作家出版社 2015 年版，第 431 页。

激情和力量，鼓舞人们克服困难最终取得成功。欧阳黔森不仅读懂了毛主席诗词的思想内涵，也深刻领会了这些诗词的人生意义和哲学价值。在《报得三春晖》中，他引用毛主席诗词描写乌蒙山区，他写道："乌蒙山脉，山高谷深、万峰成林，红军长征经过这里时，毛主席曾写下一首脍炙人口的诗《长征》，其中一句'乌蒙磅礴走泥丸'就是对这里形象的写照。"① 乌蒙山区是一块红色土地，为中国革命的胜利作出了卓越贡献，红二、六军团曾在这里建立了革命根据地，红军长征胜利会师后，毛主席在陕北高度评价红二、六军团在乌蒙山区的战斗成果。毛主席说："二、六军团在乌蒙山打转转，不要说敌人，连我们也被你们转昏了头，硬是转出来了嘛！出贵州，过乌江，我们付出了大代价，二、六军团讨了巧，就没有吃亏，你们一万人，走过来还是一万人，没蚀本，是个了不起的奇迹，是一个大经验，要总结，要大家学。"② 在查阅党史、军史材料的基础上，欧阳黔森创作了长篇小说《雄关漫道》，小说题名就取自毛主席诗词"雄关漫道真如铁"。欧阳黔森还长期在乌蒙山区深入生活、扎根人民，创作了长篇小说《奢香夫人》《绝地逢生》。欧阳黔森长期描写乌蒙山区不仅是因为扎根现实、扎根人民的需要，也是因为那块土地曾经是红军英勇战斗的地方，还因为那块土地是毛主席诗词所描写的地方。不难看出，欧阳黔森引用毛主席诗词，使他的小说增加了深厚的历史内涵和艺术魅力。

塑造诗意化情调和意境也是欧阳黔森小说创作的重要特征。将以往诗歌的情境或内涵化入小说，把诗境融入叙事，表现所谓的"诗意"、"诗味"或"诗趣"，这不仅是《金瓶梅》《红梦楼》《聊斋志异》等明清小说的常用手法，也在"五四"小说中经常出

① 欧阳黔森：《报得三春晖》，《人民文学》2018 年第 3 期。
② 同上。

现，比如郁达夫和废名等作家表现的"审美趣味无疑带有明显的民族烙印"①，从中可以看到李贺、李商隐、李煜和李清照诗词的情调和意境。欧阳黔森熟悉明清小说，也能背诵毛主席的古体诗词，这为他借鉴明清小说的写作方法提供了基础，他也经常把毛主席诗词的情境或内涵融入叙事写景抒情中，小说《心上的眼睛》是其中的典型代表。小说主人公站在娄山关隘，俯瞰一片巍峨的群山，大娄山脉雄伟苍凉、群山峻峭，关隘扼守川黔通道、难以翻越，正是"雄关漫道真如铁"的真实写照；欧阳黔森还详细描写了娄山关的群山、雾气和夕阳，正所谓"苍山如海，夕阳如血"，与毛主席诗词《忆秦娥·娄山关》建立了精神联系。在长篇小说《雄关漫道》中，欧阳黔森多次描写了乌蒙山区和乌江河流的悲壮风景，也描写了红军遭遇的艰难险阻，其实也可以说是"乌蒙磅礴走泥丸"的真实写照，甚至可以说欧阳黔森把毛主席《七律·长征》的情调与内涵都化入了小说叙事。不难看出，欧阳黔森把《忆秦娥·娄山关》和《七律·长征》的情调与意境融入了叙事写景的字里行间，这种化诗词入小说叙事的方法"保留了诗歌的正面美感与意义，并从正面强化了小说的相应情境"，② 正是运用这种方法，欧阳黔森的小说大都洋溢着浓烈的英雄主义和乐观主义精神。在一定意义上可以说，欧阳黔森是把毛主席诗词与小说叙事融合得最好的作家之一。

欧阳黔森不仅引用了毛主席的古体诗词，也把自己创作的新诗大量引入了小说。陈平原在《中国小说叙事模式的转变》中，曾揭示了诗词对中国小说的影响，他认为"诗骚之影响于中国小说，主要体现

---

① 陈平原：《中国小说叙事模式的转变》，上海人民出版社1988年版，第246页。
② 李鹏飞：《以韵入散：诗歌与小说的交融互动》，《北京大学学报》（哲学社会科学版）2012年第3期。

在突出作家主观情绪，于叙事中着重言志抒情；'摛词布景，有翻空造微之境'；结构上引大量诗词入小说"①。相比叙事性的小说而言，诗歌是更为凝练的文本，也更适合抒发情感。欧阳黔森不仅利用古体诗词来言志抒情，也经常运用新诗进行抒情表意，在小说中利用诗歌抒发情感，可以使小说境界与情感得到升华。小说《十八块地》的主人公"我"就写了一首题目为《热爱兰草》的诗来表达对萧美文的怀念：

> 你爱绿色／你说绿透了就是蓝色／不信看天空，看大海／你走时，送了我一盆／绿油油的兰草／穿一身绿油油的军装／你说老山兰绿得美丽／你要去那儿救死扶伤／很多年过去／你没有如约／带来一株老山兰／我知道你已化成了一株老山兰／永远长在了老山上／从此我热爱兰草／爱兰博大、深邃／永远有盆兰草／生动在我蓝色的窗口②

萧美文是农场最有学问的人，不仅毛笔字写得好，也能背诵唐诗宋词元曲，还能写些打油诗。后来，萧美文当兵上了云南前线，因抢救伤员而不幸牺牲了。"我"与萧美文是最好的朋友，她当兵临走时送"我"一盆兰草，这首诗不仅是对萧美兰的怀念，也是对少年时代的一个祭奠。虽然这首诗具有明显的叙事性，但相比小说叙事，诗歌的语言又更凝练，更为重要的是，这首诗运用象征的表现手法，歌颂了萧美文具有兰草一样的纯洁心灵和高贵品格。小说《梨花》中的主人公梨花，人美心也美，又有才华，扎根乡村教育，奉献了青春与热血，同事李老师给梨花写了一首题目为《这是那夜

---

① 陈平原：《中国小说叙事模式的转变》，上海人民出版社 1988 年版，第 224 页。
② 欧阳黔森：《十八块地》，《莽昆仑：欧阳黔森中短篇小说选》，作家出版社 2015 年版，第 354 页。

月的错》的诗：

> 一起走过／我们没能携手／这是那夜月的错／梨树，叶青花白／静静地绽放／梨花白的清香啊／正从你身上溢出／如手指顶在我的腰上／别动／我乖乖地举起双手／你的笑／一抹娇红／写上你的脸庞／钻进我的心房／这世界不能宽容／这是那夜月的错／那夜后／我热爱梨花／热爱梨花的白／热爱梨花白的清香／每当夜圆／银光照耀／梨树叶青花白时／我总会屹立在／那条依旧铺满梨花的小径上／这时，总是月满枝头／传送花开的声音／依依月意随微风／暗涌，却是残香无迹／是你啊，是你／带走了梨花白的清香①

这首诗充分表现了主人公梨花的高贵品格，李老师正是在梨花的感染下投身乡村教育的。这首诗以物拟人，以梨花象征主人公的崇高精神，诗歌语言凝练，但又具有叙事性，恰当运用象征、暗示、比拟、用典等多种表现手法和修辞技巧，有力地扩展了小说的表现能力。

在小说叙事层面，欧阳黔森也注重引入诗歌，以加强叙事的效果，其最常用的方法是重复叙事。重复叙事是古今中外小说常用的写作技巧，"其最常规的形式乃是将同一件事或同样的意思在不同的场合多次加以讲述，其讲述的方式可以有变化"②，运用诗歌进行重复叙事是欧阳黔森小说创作的一贯做法，从他开始创作小说一直到最近发表的小说都是如此。2001 年，在小说《穿山岁月》中，欧阳黔森引用了自己的诗歌《山村女教师》，以此与小说叙事形成重复叙事。小说讲述"我"在山区勘探时，晚上留宿田家梁子，认识了一

---

① 欧阳黔森：《梨花》，《莽昆仑：欧阳黔森中短篇小说选》，作家出版社 2015 年版，第278—379 页。
② 李鹏飞：《以韵入散：诗歌与小说的交融互动》，《北京大学学报》（哲学社会科学版）2012 年第 3 期。

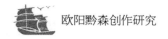

位乡村男教师；"我"特别同情这位乡村教师的经历，背诵一首诗以表达对他的敬意。诗歌较长，引其中几句如下：

> 处处镌刻着古老的信念古老的愚昧/荒村生活如油灯一样暗淡/你蹑足姗姗而来身负如山的沉重/荒村是船山民是船/当然他们无法理解你是纤夫/你走进这跨时代的挑衅你开解着这/扭绕如藤的历史畸形/你知道属于自己的一腔热血应该渗入/载着整个民族却还贫血的龙舟/就这样压皱了几千年的智能/因为你在触动下舒展/就这样累积了数十代的沉重/因为你正卸却着愚昧/就这样你没有踟蹰/投出一个长长的憧憬长长的微笑①

这首诗不仅揭示了乡村教育的作用，也揭示了乡村教育面临的困境与挑战。乡村教师承担改变整个民族愚昧状况的重任，但他们不仅不能得到山民的理解，而且还要承担经济、精神方面的缺失。这首诗歌使这位乡村教师深受感动，并激动得流下了热泪。诗歌结尾写道："你走了走进了美丽得流泪的故事/走进了纯洁的童心/不再长大不再衰老/你永远年轻在古老的荒村"②，或许这位男教师将会与诗中的女教师一样，在山村奉献青春与热血，但在经济和精神方面都得不到回报，甚至有可能永远长眠在古老的荒村，长期的困苦和压抑已使这位乡村教师的内心发生了扭曲。小说以一种调侃的语气讲述乡村教师的经历，其实是尖锐地讽刺现实的无奈和社会的问题，笑中饱含着热泪和讽刺，乡村教师的人生命运和精神困境该是一个多么沉重的话题。这种重复叙事使小说中的乡村男教师与诗歌中的女教师形成复调，共同演奏了一曲苦难的乡村教师之歌，提升了小

---

① 欧阳黔森：《穿山岁月》，《白多黑少》，贵州人民出版社2006年版，第215页。

② 同上。

说的艺术内涵和思想境界。在《穿山岁月》中，欧阳黔森还写了两首打油诗，如"老婆老婆你莫愁/我在深山积人油/过年过节回家去/全部倒到你里头"①，"阿哥钻进阿妹的被窝/顺倒肚皮往下摸/阿妹说阿哥你要干什么/阿哥说我要给麻雀找个窝"②，小说多次写到地质队员长年在外的性压抑和精神苦闷，这两首打油诗也就与小说叙事形成复调。当然，这两首打油诗比较低俗，但又恰当地表现了地质队员长期在野外工作的性苦闷和精神压抑，或许这样的打油诗能使他们的紧张情绪得到释放。这种世俗的诗歌也可以看作拟戏剧化的手法，它本身是小说叙事的重要组成部分，但因为诗歌的特殊运用而增加了小说的讽拟性和戏剧效果。小说《血花》的结尾是一首诗歌，这首诗与小说情节形成二重复调，讲述地质队的司机在大年三十送久居深山的队员回家过年，因路滑不幸撞山身亡的故事，歌颂司机在危急关头为保护车上人员毅然撞上山壁而英勇牺牲的献身精神。不难看出，这种重复叙事增加了小说的多声部复调效果，从而增加了小说的艺术魅力。

我们知道，小说主要是通过叙事来表现故事情节或生活场景的，"如果同时借助诗歌来进行辅助表达，就可以使小说叙事之中出现一个更高的、也更抽象的层次。"③ 普实克也曾认为中国古代短篇小说插入抒情性的诗行，"结果提升了故事，使其出现了某种哲学性的世界观"④。在各种文学体裁中，诗歌无疑是最适合抒发强烈情感，而小说的强烈抒情并非自然、恰切，因此引诗歌入小说似乎成为最好的选择。2006 年，欧阳黔森发表《莽昆仑》，小说引用一首诗歌集

---

① 欧阳黔森：《穿山岁月》，《白多黑少》，贵州人民出版社 2006 年版，第 175 页。

② 同上书，第 199 页。

③ 李鹏飞：《以韵入散：诗歌与小说的交融互动》，《北京大学学报》（哲学社会科学版）2012 年第 3 期。

④ 同上。

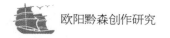

中表现了昆仑山的风景特征：

> 沿着套色分明的中国版图／向西、向西／跨越横断虚空的断裂／隆起与沉陷／构成大手笔的写意／向西、向西／那儿有狂风般剽悍的骑手／那儿有风吹草低的原野／那儿有高不胜寒的雪山／世界屋脊上／雄性十足的头颅／昂然挺立／呈银色衬出你的威仪与深邃／你白发苍苍／但双眼仍然年轻／一泻千里的两道目光／掠过沧桑沉浮的版图／严厉而慈祥／只有这博大而神奇的目光／才有着生命力的色彩／一道黄色／一道蓝色／于是东方古老的江河民族／生生不息地享受你的严厉与慈祥／至今——五千年／向西、向西／去骑一骑狂风般剽悍的骏马／去看一看风吹草低的牛羊／去摸一摸冰凉的世界屋脊／去吧！男儿要远行／那是中国神奇的版图……①

这是一首典型的抒情诗，也是一首明显的写景诗。诗歌运用比拟、夸张、排比等艺术手法描写了昆仑山神奇壮丽的风景，把自然风景与中华民族的历史发展融为一体，从自然穿透历史，从历史窥视哲学，从具体形象到抽象哲理，热烈地歌颂了昆仑山的雄伟壮丽和中华民族的博大神奇。其实，小说叙事也多次描写了昆仑山的自然景观，但欧阳黔森以诗歌作为小说结尾，不仅使诗歌与小说形成复调效果，而且提升了小说叙事的情感强度和哲理深度，使读者不仅能够体会到昆仑山的神奇壮丽，也能体会到中华民族的光辉灿烂。这首诗歌使小说叙事由自然风景上升到民族历史的高度，由风景描写上升到历史思考与哲理探索的深度。在中国古代小说中，引诗歌加强抒情功能是最为常见的，运用这种与叙事明显不同的文体形式

---

① 欧阳黔森：《莽昆仑》，《莽昆仑：欧阳黔森中短篇小说选》，作家出版社 2015 年版，第 55—56 页。

来作为抒情载体，"也可以让这些抒情性内容成为阅读时注意的焦点，成为文本中被刻意突出的部分，也成为冷静客观的叙事中激情洋溢的段落，形成平静与热烈的明显交替"①，不难看到，诗歌在欧阳黔森小说中也产生了同样的美学效果。欧阳黔森不仅引用自己创作的诗歌来增加小说的艺术魅力，也经常引用别人的诗歌来丰富小说的美学内涵。《兰草》是一篇关于诗歌的小说，主人公"我"和兰草都是知青，都狂热地喜欢诗歌。为了理想，也为了爱情，"我"成为诗人，几十年来都一直热爱诗歌。在《兰草》中，欧阳黔森写到雷抒雁的诗歌《小草在歌唱》正风靡全国，在诗歌朗诵时，"我"和兰草都被感动得热泪盈眶。后来，"我"又反复背诵北岛的诗歌。小说结尾还引用了舒婷的诗歌《这也是一切》：

> 不是一切大树/都被风暴折断/不是一切种子/都找不到生根的土壤/不是一切真情/都流失在人心的沙漠里/不是一切梦想/都甘愿被折断翅膀/不是一切火焰/都只燃烧自己/而不把别人照亮/不是一切星星/都仅指示黑暗/而不报告曙光/不是一切歌声/都掠过耳旁/而不留在心上……一切的现在都孕育着未来/未来的一切都生长于它的昨天/希望/而且为它斗争/请把这一切放在你的肩上。②

欧阳黔森在小说中写到，北岛《宣告》、舒婷《这也是一切》、雷抒雁《小草在歌唱》这些震撼人心的诗歌，在历史的天空中永远闪耀着光芒，并不断照耀人们前进。"我"是一个真正的诗人，对兰

① 李鹏飞：《以韵入散：诗歌与小说的交融互动》，《北京大学学报》（哲学社会科学版）2012 年第 3 期。
② 转引自欧阳黔森《兰草》，《莽昆仑：欧阳黔森中短篇小说选》，作家出版社 2015 年版，第 402—403 页。

草不再热爱诗歌感到极度失望。这些诗歌的引用在表现手法上可以看作暗示或隐喻，众所周知，这些诗歌是 20 世纪 80 年代启蒙主义和理想主义的代表作品，引用这些诗歌不仅表现了欧阳黔森的理想主义情怀，也表现了他对改革时代的向往。欧阳黔森在小说中还引用了外国作家的诗歌，《有人醒在我梦中》引用的正是莱蒙托夫的那首《帆》：

> 在那大海上淡蓝色的云雾里
> 有一片孤帆儿在闪耀着白光！
> ……
> 它寻求什么，在遥远的异乡？
> 它抛下什么，在可爱的故乡？
> ……①

这首诗带有浓厚的伤感情调，正好与"我"对白菊的思念情感相吻合。总体说来，欧阳黔森把诗歌引入小说，不仅使小说的情感更为饱满，更具深情，也使小说在思想内涵和哲理深度等方面都得到了升华。

诗入小说所具有的多样的艺术手法和丰富的美学功能，不可能靠简单的列举全部包容。陈平原在《中国小说叙事模式的转变》中认为叙事中夹带大量的诗词是中国古典小说的重要特点，虽然引"诗骚"入小说可能会降低情节在小说布局中的地位和作用，但引诗入小说确实"为中国小说的多样化发展开辟了光辉的前景"②。欧阳

---

① 转引自欧阳黔森《有人醒在我梦中》，《莽昆仑：欧阳黔森中短篇小说选》，作家出版社 2015 年版，第 322 页。

② 陈平原：《中国小说叙事模式的转变》，上海人民出版社 1988 年版，第 249 页。

黔森小说的这个特点，不仅是继承中国古代"诗骚"传统的结果，也是继承贵州小说抒情诗传统的结果，从蹇先艾到何士光的贵州小说，也具有鲜明的抒情诗传统。陈平原就说过，中国现代小说的抒情传统深受"诗骚"传统的影响，而蹇先艾作为"五四"小说的重要成员，他的小说也具有浓厚的抒情特征，尤其是《到家的晚上》等小说，"情节单薄，调子幽美，抒情气氛很浓"①。在何士光的小说《种苞谷的老人》中，开篇那几段风景描写也具有浓郁的诗意，是一个典型诗意化意境。相比较而言，欧阳黔森引诗入小说既表现了崇高壮美的诗意，又表现了忧郁感伤的诗意。前者主要集中在革命题材小说如《雄关漫道》和《心上的眼睛》等作品中，后者主要表现在知青题材小说如《十八块地》和《有人醒在我梦中》等作品中。

第二节　心灵解放与小说散文化

一般看来，"诗骚"传统有可能使小说诗化，也有可能使小说散文化。然而，诗体小说与散文体小说并没有明确界限，却有着弱化情节的共同特点。王瑶曾经认为"鲁迅小说对中国'抒情诗'传统的自觉继承"，鲁迅之后的一大批抒情诗体小说家如郁达夫、废名、沈从文、萧红、孙犁等"在对中国诗歌传统的继承这一方面，又显示出共同的特色"②。郑伯奇则认为"达夫的作品，差不多篇幅都是散文诗"③，蹇先艾也认为王统照的《春雨之夜》"好像一篇很美丽

---

① 陈平原：《中国小说叙事模式的转变》，上海人民出版社 1988 年版，第 249 页。
② 王瑶：《中国现代文学与古典文学的历史联系》，《北京大学学报》（哲学社会科学版）1986 年第 5 期。
③ 郑伯奇：《〈寒灰集〉批评》，《洪水》1927 年第 3 卷第 33 期。

的诗的散文"①。王瑶的弟子陈平原认为"五四"作家大多不善于编故事，却善于在简单的叙事框架里点拨渲染"情调"，"调成一篇颇有韵味的'散文诗'"②。可以看出，王瑶所谓的"诗体小说"又被郑伯奇、蹇先艾称为散文体小说，其实从"五四"作家到王瑶及其弟子看来，"诗体小说"和"散文体小说"并没有本质的区别。正是在这个意义上，陈平原把鲁迅《故乡》、郁达夫《茑萝行》、王统照《春雨之夜》、废名《竹林的故事》、蹇先艾《到家的晚上》等作品称为"抒情小说"③。王瑶的弟子钱理群、温儒敏、吴福辉合著的《中国现代文学三十年》把郁达夫、废名的抒情小说称为"散文化小说"④，他们又把沈从文的小说称为"诗小说或抒情小说"⑤，同时，郁达夫、废名和沈从文的小说也可统称为"现代抒情小说体式"⑥。不难看出，王瑶及其弟子大都把现代抒情小说、诗体小说和散文体小说看作内涵与外延都相同的概念。相比较而言，本文是在更为严格的意义上界定"小说的诗化"，它具体是指"引诗入小说"；而"小说散文化"又更多地接近王瑶及其弟子的"抒情小说"、"诗体小说"或"散文体小说"概念，这种区分能够更好地分析欧阳黔森文学创作的特征。

在 20 世纪中国文学史上，虽然一致认为鲁迅、郁达夫、废名、沈从文、萧红、汪曾祺代表了"抒情小说"的发展谱系，但是"抒情小说"一直存在各种各样的命名。直到 20 世纪 80 年代，汪曾祺在《小说的散文化》和《作为抒情诗的散文化小说》中"正

---

① 蹇先艾：《〈春雨之夜〉所激动的》，《晨报·文学旬刊》1924 年第 36 期。
② 陈平原：《中国小说叙事模式的转变》，上海人民出版社 1988 年版，第 245 页。
③ 同上。
④ 钱理群等：《中国现代文学三十年》，北京大学出版社 1998 年版，第 71 页。
⑤ 同上书，第 244 页。
⑥ 同上书，第 71 页。

式将其命名为'散文化小说'"①。这个命名一直延续到了当下，青年学者刘艳把从鲁迅、郁达夫到废名、沈从文、萧红的现代白话小说发展趋势称为"小说散文化"，认为这些小说表现了"诗意、抒情性的散文化特征"②。在这种命名中，"散文化"是对"抒情小说艺术特征和审美优长的直感把握和总体概括"③。虽然欧阳黔森并没有对"小说散文化"进行界定，但他对"散文"的看法可以视作"小说散文化"概念的重要参考。1994 年，在《从贾平凹的散文说开去》中，欧阳黔森强调散文写作关键在于"心灵的解放"④。"心灵的解放"不仅包含形式技巧的解放，也包含思想精神的解放。欧阳黔森高度评价了贾平凹的散文艺术，他认为"贾平凹的散文就如春日田野上的一枝杜鹃花，自然、清新、质朴，他追求一种，不炫博，不夸奇，而是以心交换心，以情动人的创作风格"⑤，他指出贾平凹的散文不在于技巧而在于技巧之外的"道"，"道"是一种超技巧，它包含的"是一种灵魂，一种境界，一种精神的存在，一种内在哲学"⑥。众所周知，贾平凹曾自觉学习沈从文的创作方法，他在早期创作的小说和散文颇得沈从文的神韵，他的《小月前本》《鸡窝洼人家》《腊月·正月》等"商州系列"小说也可以看作"小说散文化"的代表作品。在欧阳黔森看来，写作的最高境界就是沉浸于自己所顿悟的"道"中，"忘记了自我，忘记了语言、逻辑、结构等技巧方面的考虑"，只求把顿悟之"道""随心

---

① 曾利君：《中国现代散文化小说：在褒贬中成长》，《文学评论》2011 年第 1 期。

② 刘艳：《神性书写与迟子建小说的散文化倾向》，《华中科技大学学报》（社会科学版）2017 年第 2 期。

③ 解志熙：《新的审美感知与艺术表现方式——论中国现代散文化抒情小说的艺术特征》，《文学评论》1987 年第 6 期。

④ 欧阳黔森：《从贾平凹的散文谈开去》，《有目光看久》，贵州民族出版社 1994 年版，第 96 页。

⑤ 同上书，第 95 页。

⑥ 同上书，第 98 页。

所欲地表露出来"①。欧阳黔森从贾平凹散文中概括出了文学创作的境界与技巧，这些观点不仅可以看作欧阳黔森文学创作的理想与追求，也可以看作欧阳黔森文学创作的艺术特色或审美特征。可以肯定的是，欧阳黔森在散文创作中实践了这种文学理想与追求，比如《水的眼泪》《白层古渡》《武陵纪事》等散文作品都"随心所欲"地写出了"自身的心灵"，"随心所欲"地写出了"灵魂的颤动、灵魂的痛苦、灵魂的强音"②，他也忘记了"技巧方面的考虑"。更为重要的是，这些观点在欧阳黔森的小说创作中也有着充分表现，比如《十八块地》《莽昆仑》《穿山岁月》《心上的眼睛》《有人醒在我梦中》等一系列小说既可看作小说，又可看作散文。因此可以说，"小说散文化"是欧阳黔森小说创作的重要特征。

抒情性是小说散文化的一个显著特征。郭沫若曾经把这类小说称为"主情主义"③，解志熙也认为这类小说"以抒情为主导"④。《中国现代文学三十年》就认为郁达夫小说具有"浓烈的抒情气氛"⑤，认为沈从文小说特别"注意人生体验的感情投射"⑥。在小说散文化的发展谱系中，欧阳黔森似乎与沈从文有一种直接的联系。在《故乡情结》中，欧阳黔森提到他的出生地铜仁距离沈从文的出生地凤凰县只有六十千米，铜仁与湘西在饮食和民俗风情方面都十分相近，可以说，欧阳黔森与沈从文具有相同的出生地和文化背景。

---

① 欧阳黔森：《从贾平凹的散文谈开去》，《有目光看久》，贵州民族出版社1994年版，第98页。

② 同上书，第96页。

③ 郭沫若：《〈少年维特之烦恼〉序引》，《少年维特之烦恼》，北新书局1934年版，第3页。

④ 解志熙：《新的审美感知与艺术表现方式——论中国现代散文化抒情小说的艺术特征》，《文学评论》1987年第6期。

⑤ 钱理群等：《中国现代文学三十年》，北京大学出版社1998年版，第66页。

⑥ 同上书，第244页。

沈从文吸取了沅江之源的灵气，把他最为熟悉的故乡写绝了，给世人留下了无比灿烂和辉煌的人品与作品，因此，欧阳黔森极为敬仰沈从文。欧阳黔森对故乡满含泪水爱得深沉，每当回到铜仁，欧阳黔森都要去看看故乡的山，故乡的水，还有沈从文笔下的乌篷船。沈从文笔下的一条条乌篷船经常出现在欧阳黔森的视线里，也经常出现在欧阳黔森的记忆中，沈从文的创作给欧阳黔森产生了深刻影响。如果说沈从文"《边城》是一个怀旧的作品，一种带着痛惜情绪的怀旧"①，那么欧阳黔森的知青题材小说也具有浓烈的"痛惜情绪的怀旧"，比如《十八块地》《有人醒在我梦中》《下辈子也爱你》等。在《十八块地》中，卢竹儿、鲁娟娟和萧美文都是"我"在农场工作的知青好友，小说既讲述了"我"与他们的深厚情感，又讲述了他们的人生命运。但令人伤感的是，他们三人的命运都带有浓厚的悲剧感，他们的命运"让我伤感得太久太久"②。《有人醒在我梦中》是一篇典型的抒情体小说，小说以怀念白菊开篇，整篇小说洋溢着浓厚的抒情气氛，也带有淡淡的感伤，音乐《吐鲁番的葡萄熟了》的美丽旋律代表着爱情与幸福，但"我"最终还是失去了白菊，这给"我"带来了一生的伤痛，正所谓以乐景来衬托哀情，更加令人伤感。小说结尾引用莱蒙托夫的诗歌，再次抒发了强烈的情感，留下的只是无限的伤感和怀念。在《下辈子也爱你》中，黑松、陆伍柒和"我"是知青好友，虽然时过境迁，我们都已在城市扎根并过上了富裕的生活，但我们一直怀念知青时代，各自怀念知青时代的恋人卢竹儿和萧美文。为了增强感伤效果，小说多次写到陆伍柒和"我"泪水盈眶的场景，小说也多次引用诗词和歌曲来增加抒

---

① 汪曾祺：《又读〈边城〉》，《汪曾祺文集·文论卷》，江苏文艺出版社1993年版，第100页。

② 欧阳黔森：《十八块地》，《欧阳黔森短篇小说选》，贵州人民出版社2014年版，第93页。

情的气氛。小说充满了对青春的怀旧和伤感、对理想的憧憬和绝望，对生活的无奈和迷茫，对命运的悲叹和哀怨。不难发现，欧阳黔森小说中的"我"大都既是叙述者，又是抒情主人公，他们总是带有一种忧郁的气质和感伤的性格，在气质和性格方面几乎神似郁达夫小说中的抒情主人公。不同于郁达夫着重表现民族国家的忧郁和社会的、时代的伤感，欧阳黔森更多的是表现个体命运的感伤和对青春时代的怀念。抒情主体在小说散文化中至关重要，它能最大限度地发挥小说的抒情功能，能够更好地把人物的情感态度、哲理议论、心理情绪融合成抒情主体的主观情思。对欧阳黔森来说，第一人称的写作手法能够使他拥有抒情的自由性，也能够"赋予作品以较大的逼真感、真诚性和亲切感"①。正是运用第一人称的抒写视角，欧阳黔森更多地是以直抒胸臆的方式表达自我的主观情思。与第一人称相联系的是，回忆也是欧阳黔森小说作品的常用抒写手段，抒情主人公大都沉浸在对青春理想、恋爱往事的回忆中，如《扬起你的笑脸》《十八块地》《五分硬币》《下辈子也爱你》等小说。在《扬起你的笑脸》的开篇，欧阳黔森似乎揭示了一种"回忆哲学"。在欧阳黔森看来，回忆是生活的常态，回忆是不可阻挡的，他经常把回忆当作人生最美好的事情来做。回忆既是对逝去时代的向往和怀念，也是对现实生活的不满和失望，回忆"标志着人的心灵的丰富和感情的深沉"，"能增强作品的抒情浓度和真诚感、亲切感"②。

　　小说散文化大多不重情节和结构。《中国现代文学三十年》在论述抒情小说时，认为这类小说"不追求曲折的情节和周致的构思，却努力写出自己个人的情绪流动和心理的变化"，从而形成"以情感

---

① 解志熙：《新的审美感知与艺术表现方式——论中国现代散文化抒情小说的艺术特征》，《文学评论》1987 年第 6 期。
② 同上。

为中心的结构"①。解志熙也认为散文化小说是"以心理情感逻辑来组织结构作品，从而赋予抒情小说以具有内在秩序和情理线索的深层结构"。②在欧阳黔森的小说中，情节的淡化和结构的散漫形成了自然流淌、行云流水的情感线索，如《莽昆仑》《心上的眼睛》《有人醒在我梦中》《五分硬币》等，这些作品中的情感结构和情感线索都遵循"心灵的解放"。《莽昆仑》是一篇典型的散文化小说，小说开篇尽情抒发对昆仑山的感想。开篇第一句话："你见过的天空，是我见过的那一种吗？"③欧阳黔森以对话的方式讲述他对昆仑山天空的看法，然后以极其夸张的语言描绘他对天空的想象，他看到了湛蓝湛蓝的天空，蓝得像透明的翠玉一样的鲜嫩，他想呼喊但发不出声音。小说以抒情开篇，主体部分主要是叙述，但中间也夹杂了大量的议论和抒情笔法，中间部分还引用了两首诗歌，小说没有贯穿始终的情节线索，结构完全是散文化的。这部小说既是散文，又是小说，是散文化的小说，是小说的散文化。《心上的眼睛》是一篇典型的散文化结构的小说，欧阳黔森在小说开篇讲述小说叙述者"我"在娄山关俯瞰群山的感受，以抒情的笔墨描绘了大娄山脉的险要与峻峭。然后，欧阳黔森以叙述的笔法讲述丁三老叔的愚笨和老实的性格特点，再接着讲述"我"的英雄情结和丁三老叔对红军的特殊感情，小说结尾讲述男军医抚摸山壁上的毛体字《忆秦娥·娄山关》而激动流泪。小说中间也夹杂了白描手法和抒情笔墨，描绘了娄山关雄伟苍凉的风景，抒发了作者对娄山关和革命英雄的崇敬。小说没有连贯的时间线索，也没有激烈的情节冲突，结构散乱，完

①　钱理群等：《中国现代文学三十年》，北京大学出版社1998年版，第66页。
②　解志熙：《新的审美感知与艺术表现方式——论中国现代散文化抒情小说的艺术特征》，《文学评论》1987年第6期。
③　欧阳黔森：《莽昆仑》，《莽昆仑：欧阳黔森中短篇小说选》，作家出版社2015年版，第3页。

全依据作者的思维流动而铺排小说，丝毫没有考虑小说的形式要求，这部作品从写法上完全可以看作一篇散文。散文化的小说却表现了鲜明而又集中的主题，"我"、丁三老叔、军医组合成三重复调叙述，共同演奏了一曲英雄崇拜之歌。"心灵的解放"不仅为思想精神松绑，也为形式技巧创造了自由，欧阳黔森没有追求情节的丰富和结构的缜密，而是从自我的内在心灵和情感出发，随心所欲、无所顾忌、自然流动地追求无技巧之道。

意境或意象的塑造也是散文化小说的重要特征。一般看来，意境是主客统一、情景交融、虚实相生的艺术境界，意境是中国传统美学理论的重要范畴，陈平原在《中国小说叙事模式的转变》中将"意境"概念用于抒情小说的分析，解志熙则把"意境"概念用于散文化小说的研究。在解志熙看来，意境与氛围、情调是散文化抒情小说"最富抒情性和审美价值的内容范畴"和"美感魅力的主要来源"[①]。在《种苞谷的老人》中，何士光描绘了一个富有美感的意境，在一个遥远寂静的村庄，四面青山屏障，山谷幽深、石径通幽、溪水潺潺。这种诗意般的意境不仅增加了小说的艺术魅力，而且对表现小说主人公刘三老汉的心灵世界和生活追求都有重要作用。从何士光到欧阳黔森代表了新时期以来贵州小说发展的成就，欧阳黔森多次提到何士光对他的影响，在小说的意境塑造方面，欧阳黔森颇有何士光的余韵。在《扬起你的笑脸》中，欧阳黔森描述了梨花寨优美的景致，这种优美意境与小说主人公田大德老师的精神世界相互统一。尤其是小说中多次出现的灿烂火光更加显示了灵魂的温度，增加了小说的艺术魅力和美学品位。相比较而言，欧阳黔森更加喜欢运用意象来增加小说的象征内涵，他以植物名称命名小说，

---

① 解志熙：《新的审美感知与艺术表现方式——论中国现代散文化抒情小说的艺术特征》，《文学评论》1987年第6期。

其实就包含了一种深意乃至象征，比如《兰草》《丁香》《白莲》《梨花》等。小说《血花》在意象的构造方面无疑显示了欧阳黔森的独到匠心，小说开篇出现的是"美丽、轻盈、奇妙、梦幻"的雪花意象，"雪花像一朵朵透明无瑕的小小银伞，在没有北风吹的山野里飘动"①。雪花与老杨合而为一，雪花意象在小说中成为一种高贵精神的象征，充分表现了小说的虚构力量和象征内涵。

　　青年学者刘艳认为"迟子建小说的散文化倾向"是现代文学资源和地域文化资源孕育的结果②，由此推衍，欧阳黔森的散文化小说也是这两种资源孕育的产物。在迟子建的散文化小说中，刘艳特别看重鲁迅、郁达夫和萧红的影响；然而，欧阳黔森的小说散文化更多地来自沈从文、蹇先艾和何士光的熏陶。《中国现代文学三十年》认为沈从文的抒情小说包含"显著的文化历史指向、浓厚的文化意蕴以及具有独特人情风俗的乡土内容"③。在欧阳黔森的小说中，既能看到以沈从文为代表的现代文学资源的传承，又能看到贵州地域文化的哺育。地域文化是"传统文化在不同地域的表现形态或分支，不仅具有传统文化的共性，更有其鲜明的地域性特色"④。欧阳黔森十分看重地域文化对文学创作的影响，他认为每一种地域文化都是瑰宝，都能显现出耀眼的光芒，他在访谈录中指出，"文学与地域属于母子关系，换一句说法就是，母亲的优劣关系到儿子的优劣，而民俗民风、行为方式、语言特点，确定文学的味觉"⑤。在欧阳黔森的散文化小说中，如《心上的眼睛》《扬起你的笑脸》，都能看到浓

---

　　① 欧阳黔森：《血花》，《欧阳黔森短篇小说选》，贵州人民出版社2014年版，第165页。

　　② 刘艳：《神性书写与迟子建小说的散文化倾向》，《华中科技大学学报》（社会科学版）2017年第2期。

　　③ 钱理群：《中国现代文学三十年》，北京大学出版社1998年版，第66页。

　　④ 陈夫龙：《民国时期新文学作家与侠文化研究》，花木兰文化事业有限公司2017年版，第82页。

　　⑤ 周新民、欧阳黔森：《探询人性美——欧阳黔森访谈录》，《小说评论》2015年第5期。

郁的贵州地域文化特征。《心上的眼睛》不仅描写了贵州独特的自然风景，而且描写了贵州深厚的红色文化，大娄山脉的雄伟苍凉与红军长征的英雄壮举相得益彰。《扬起你的笑脸》描绘了乌江流域的自然环境和山地文化，美丽的自然风光与田大德老师的高贵精神完美契合，险恶的山地环境与山鬼的神奇经历相辅相成。20 世纪 80 年代，汪曾祺和贾平凹等作家的散文化小说为"小说界带来新鲜的气息"①，进入 21 世纪以来，迟子建和欧阳黔森又扩展了散文化小说的谱系。从文体角度来说，散文化小说打破了小说与散文或诗歌的界限，它是一种交叉文体，是一种带有"反叛性与创新性"的文学样式②，欧阳黔森对散文化小说创作的坚守，体现了他的文学创新意图，小说散文化为小说创作提供了形式自由，也为"心灵解放"提供了基础。

第三节　叠化歌曲与小说音乐化

欧阳黔森在文体实验和形式探索方面有着执着追求，小说的诗化和小说散文化只不过是其文学征程中的若干尝试，他还通过在文本中编织、叠化歌曲来探索小说的音乐化。沃尔夫（Werner Wolf）曾经在弗莱观点的基础上认为"'小说的音乐化'本质上是隐蔽媒介间效仿的特殊例子：在叙事文本中对音乐的效仿"③。在沃尔夫看来，小说音乐化是指音乐艺术在小说文本中的实际在场，并使小说文本具有音乐效果和音乐性特征，在音乐化小说文本中，音乐艺术或音乐术语总是发挥某种作用，音乐化不只是音乐的主题化，还包括音乐在话语层面、故事层面和结构层面的特殊形塑。音乐化是现

---

① 曾利君：《中国现代散文化小说：在褒贬中成长》，《文学评论》2011 年第 1 期。
② 同上。
③ ［奥］维尔纳·沃尔夫：《音乐—文学媒介间性与文学/小说的音乐化》，李雪梅译，《杭州师范大学学报》（社会科学版）2014 年第 1 期。

代小说发展的一个重要趋势，有学者曾对鲁迅小说进行音乐性分析，认为"鲁迅小说与音乐的关系在多个层面都可以找到言说的话题"①，"鲁迅的小说都隐藏着某种音乐结构，分别呈现出赋格曲、诙谐回旋曲、奏鸣曲等叙事风格"②。沈从文和张爱玲的小说也充分展现了小说音乐化的特征和趋势。近四十年来，小说音乐化在新时期文学中渐呈燎原态势，莫言、张承志、格非和欧阳黔森都作出了重要贡献，比如《檀香刑》《黑骏马》《骑手为什么歌唱母亲》《隐身衣》《春尽江南》等小说都可以说是小说音乐化的代表作品。英国作家约瑟夫·康拉德（Joseph Conrad）、日本作家石黑一雄（Kazuo Ishiguro）和捷克作家米兰·昆德拉（Milan Kundera）都可以看作小说音乐化的重要代表。康拉德毕生追求"音乐的神奇启示"，他把"音乐旋律、音乐结构和音乐技巧"融入小说创作，对"'现代主义小说达到小说音乐化的高潮'起到积极推动作用"③。石黑一雄的短篇小说集《小夜曲：音乐与黄昏五故事》（Nocturnes：Five Stories of Music Nightfall）"以音乐为媒介传达他对人生和写作的思考"④。昆德拉在一次访谈中提到，"小说的形式几乎是无限制的自由。小说在其历史上却未能享用它。它错过了这一自由。它留下了许多未开发的形式上的自由"。⑤ 昆德拉认为把音乐作为主题或故事中的一个因素在小说中出现有着特殊意义，他用音乐指示词分析了《生活在别处》和《生命中不能承受之轻》的旋律、节拍和速度。昆德拉从小受到音乐的熏陶，他曾用"钢琴、中提琴、单簧管和打

① 许祖华：《鲁迅小说的基本幻象与音乐》，《文学评论》2010年第4期。

② 张箭飞：《论鲁迅小说的音乐性》，《文艺研究》2000年第2期。

③ 姜礼福、石云龙：《康拉德小说的音乐性》，《外国文学研究》2007年第3期。

④ 梅丽：《现代小说的"音乐化"——以石黑一雄作品为例》，《外国文学研究》2016年第4期。

⑤ ［捷］米兰·昆德拉：《小说的艺术》，孟湄译，生活·读书·新知三联书店1992年版，第81页。

击乐创作了一个乐曲。它几乎讽刺性地预示了我的小说的结构"①。
昆德拉在小说音乐化方面做出的尝试体现了现代小说发展的重要趋
势，"音乐与小说的融合，是现代小说形式得以革新和艺术性得以发
展的一种重要的催化剂"。② 欧阳黔森也特别爱好音乐，他在作品集
《有目光看久》的结尾为乐曲作词，他能够演唱很多首中外歌曲。他
特别喜欢俄罗斯歌曲，曾在访问俄罗斯期间唱过几十首俄罗斯歌曲，
深得俄罗斯友人的好感。他认为音乐是民族精神的体现，音乐也能
为文学创作提供灵感和思路。这种音乐爱好为他进行小说的音乐化
探索提供了条件。欧阳黔森通过音乐化的文学书写，不仅表现了文
学的音乐性质和审美特质，还将音乐的主题与结构融入文学叙事中，
使得文学文本呈现了文学与音乐相互融合的复调诗学。音乐符号的
引入不仅体现了欧阳黔森在小说形式和艺术方面的创新，而且扩展
了小说的主题、结构和象征内涵，为小说音乐化做出了有益探索。

主题音乐化是小说音乐化最常见的方法。沃尔夫曾对小说音乐
化作过精细界定，并在音乐—文学媒介间性框架内，对小说音乐化
进行过类型学分析，他认为小说音乐化主要有主题音乐化、"效仿"
等方式，其中文本内主题音乐化是最常见的。沃尔夫认为"以'讲
述'方式将音乐引入文学作品中最明显的可能性是'文本内主题
化'"，它既可能"出现在故事层面"（如讨论、描述、聆听音乐或
由小说人物进行音乐表演），也可能"在小说的话语层面上出现"
（即由叙述者谈论音乐）③。2004 年，欧阳黔森在《红岩》发表长篇

① ［捷］米兰·昆德拉：《小说的艺术》，孟湄译，生活·读书·新知三联书店1992 年
版，第88 页。
② 梅丽：《现代小说的"音乐化"——以石黑一雄作品为例》，《外国文学研究》2016
年第4 期。
③ ［奥］维尔纳·沃尔夫：《音乐—文学媒介间性与文学/小说的音乐化》，李雪梅译，
《杭州师范大学学报》（社会科学版）2014 年第1 期。

小说《下辈子也爱你》，这篇小说可以看作欧阳黔森试图把文学性与音乐性结合起来的代表作品。在小说中，欧阳黔森特别引用了《遥远的地方》和《送别》两首歌曲，并且详细列入了歌词，然后欧阳黔森以叙述者"我"的身份谈论这些歌曲：

> 这些曲子，不管它的创作者当初的立意是什么，一经我们唱出，便渗透了那种无尽的哀怨和凄楚。我们将生活最底层的无奈唱进去，将困苦于生活的渺茫唱进去，将命运不可捉摸的伤感唱进去，将追求的绝望和梦幻般的憧憬唱进去……现在想来，只有那时的那种咏唱，注入了我们的整个身心。我们敢说，没有什么歌能够达到我们那时的演唱效果，尽管我们的听众只有我们自己，直到今天想来，常常让我热泪盈眶……①

这段歌曲讨论既可以看作故事层面上的，又可以说是话语层面上的，但都是为了实现"文本内主题音乐化"。众所周知，《遥远的地方》是一首脍炙人口的苏联歌曲，在20世纪六七十年代的中国被广泛传唱。这首歌曲作于第二次世界大战结束不久，表达的是对祖国壮丽河山的热爱和对远方亲人的思念，歌曲的旋律优美、节奏舒缓，歌词富有诗情画意却又饱含浓烈的情感。《送别》是一首朝鲜歌曲，表达的是情真意切的离别之情。这两首歌曲都是献给军人的，能够激发出浓烈的爱国主义情怀和英雄主义气息。知青在农村下乡时，生活贫困、精神生活贫乏，他们就把唱歌当作每天的娱乐方式。每天饭后，知青们就会坐在门口，对着远山，尽情放歌。即使《遥远的地方》和《送别》如此富有爱国主义和英雄主义，知青们也都

---

① 欧阳黔森：《下辈子也爱你》，《红岩》2004年第3期。

能唱出无尽的哀怨和凄楚，都能唱出岁月的蹉跎和无奈，歌声里总是飘荡着歇斯底里的哀痛，震撼周围的一切。欧阳黔森把歌曲引入小说，把歌曲作为小说的重要组成部分，使小说充分情感化和音乐化，不仅有利于揭示小说人物的心理情绪和精神世界，而且使小说文本"暂时隐身于音乐身后、却同时具有隐藏和暴露难以言喻的真相的功能，使文本具有了音乐对主题阐释的暗示性和联想性，从而获得更加深远的意义"。① 欧阳黔森还引入了《重庆知青恋歌》和《南京知青恋歌》，谈到了这两首歌曲的哀婉悲凄，这同样也是在故事层面和话语层面力图实现"文本内主题音乐化"。爱德华·萨义德（Edward Waefie Said）曾分析了托马斯·曼（Thomas Mann）小说《浮士德博士》，小说主人公雷维库恩是一个精通"对位法"的音乐家，"对位法"不仅在音乐中扮演上帝的角色，即"对位法是彻底的声音排序、全面的时间管理、音乐空间的精细区分，以及绝对的智力贯注"②，而且在小说中也有重要的象征作用，也就是说"对位法可能只是一种谐拟（parody），它是纯粹的形式，却思图扮演具有世界历史（world-historical）智慧的角色"。③ 实际上，《下辈子也爱你》中的情节叙事和音乐书写相当于两种相互独立、同时奏响却又相互融洽的旋律，这也可以看作"音乐对位法"的运用，情节叙事体现的是知青个体的生活情绪和心理状况，音乐书写蕴含的是知青集体的社会心理和时代精神，而"音乐对位法"把这两种旋律或叙事结合起来，使小说呈现的既是知青个体又是人民集体的，更是社会的、历史的。从这个角度来说，欧阳黔森小说作为一种纯粹形式具有扮

---

① 梅丽：《现代小说的"音乐化"——以石黑一雄作品为例》，《外国文学研究》2016年第4期。

② ［美］萨义德：《音乐的极境：萨义德音乐随笔》，彭淮栋译，江苏文艺出版社2012年版，第6页。

③ 同上。

演当代中国历史智慧的作用。

故事层面的音乐化无疑是欧阳黔森小说中最常见的。正如沃尔夫所说，故事层面的音乐化其实就是在文本中讨论、描述、聆听音乐或由小说人物进行音乐表演。故事音乐化的外在形式是动作、行为或事件，从而对小说情节的发展具有推动作用。2003 年，欧阳黔森在《红岩》发表小说《梨花》，开篇就引用童谣"桃子开花李子结，麻子婆娘惹不得"。① 这句话在小说中具有生发小说情节的作用。在小说《兰草》中，欧阳黔森讲述《我爱你，老山兰》这首歌每天都在广播里传唱。听到这首歌，使"我"坚定了当兵上前线的决心，去保家卫国守护边疆，这是通过聆听音乐推动小说情节发展的典型例子，《有人醒在我梦中》和《远方月皎洁》也是如此。2006 年，欧阳黔森发表《有人醒在我梦中》，小说主要讲述"我"对白菊的怀念，这种怀念始终伴随一首歌《吐鲁番的葡萄熟了》。"我"和白菊同在地质队一起成长，一起上学，一起下乡，都在一个地质队工作。白菊唱起《吐鲁番的葡萄熟了》时，给"我"留下了无法磨灭的印象，美丽的旋律像溪水一样流进"我"的脑海，这首歌也无处不在地伴随着"我"。这首歌曲似乎与小说情节构成复调形式，共同奏响了一曲爱情之歌，表达了作者对美好爱情的怀念。歌曲在小说中不仅暗示了情节的发展，也隐喻了时代背景的变化，《咱们工人有力量》是"我"年轻时代最响亮的歌曲，这首歌在那个时代无处不在地歌唱。改革开放以后，国家开始重视知识分子，逐渐落实知识分子政策。但白菊的父母都是工人，白菊也是工人，因此白菊父母希望不要再找一个工人，他们倾向于白菊找一个知识分子，一桩美好的爱情就这样被拆散了。歌曲似乎成为一桩美好爱情的终结者，

---

　① 欧阳黔森：《梨花》，《莽昆仑：欧阳黔森中短篇小说选》，作家出版社 2015 年版，第 362 页。

歌曲也正是在这个意义上成为小说情节的有机组成部分。2013 年，欧阳黔森发表短篇小说《远方月皎洁》，小说以《在那遥远的地方》歌词作为开头，铺垫了浓厚的感情，这首歌与小说情节形成共奏，共同谱写一曲爱情的华美乐章。歌曲不仅与小说标题形成一组"对位"，而且暗示了小说的故事内容。在小说《穿山岁月》中，欧阳黔森讲述地质队员在山区采样时，遇到一群苗家姑娘，被浓厚的民族风情所感染，就与这群苗家姑娘对歌。民歌对唱使小说增加了浓厚的民族特色，也使小说增加了音乐性和趣味性，尤其是地质队员"算卵了"和"我"不会苗家调子，却急中生智地分别用广西刘三姐的调子和云南大理《五朵金花》里的情歌调子进行对唱。"算卵了"用广西刘三姐的调子唱苗歌特别搞笑，其歌词这样写道："苗家山寨歌手多/两岁孩子会唱歌/万千歌手唱百年/才唱歌海半碗歌"①，歌词具有浓厚的生活气息，既没有与苗家姑娘对上调，也没有对上词，引起大家一阵大笑。民歌对唱使地质队员的采样工作显得丰富多彩，也使小说具有浓厚的地方特色。这种民歌对唱活动已经完全融入小说情节发展过程中，不仅成为小说情节不可分割的重要组成部分，而且增加了小说叙事的趣味性和可读性。

在小说中引入音乐表演，不仅可以推动情节发展，而且对小说主题的扩展和升华无疑也具有重要作用。在长篇小说《雄关漫道》中，红军在战斗过程中付出了巨大牺牲，有些年轻的红军战士英勇献身了，据欧阳黔森所说，红二方面军在整个长征过程中付出巨大代价和牺牲，共减员一万余人。每次战斗结束后，部队和当地百姓都要掩埋烈士遗体，小说中多次描写了一首山歌："天凉了/起风了/离家的亲人噢/你不要走太远……/天凉了/下雨了/远行的亲人噢/你

① 欧阳黔森：《穿山岁月》，《白多黑少》，贵州人民出版社 2006 年版，第 223 页。

何时把家还……"①，虽然歌词简单，但曲调忧伤，歌声令人心碎，表达了对红军战士的深刻怀念。小说中还多次出现另一首歌曲："当兵就要当红军，／处处工农来欢迎，／打倒土豪分田地，／来耕田来有田耕……""当兵就要当红军，／处处工农来欢迎／红军上下都一样，／没有哪个压迫人。／当兵就要当红军，／处处工农来欢迎／买办豪绅反动派／杀他一个不留情!"② 这首歌曲表现红军深受老百姓欢迎，揭示红军打土豪分田地使广大人民能够实现耕者有其田的目的，也就是说革命的最终目的是最广大人民的解放。小说引用这些民间歌曲，不仅增加了小说的感情色彩，而且充分说明了工农红军为中国人民的解放事业付出了巨大牺牲，也赢得了广大人民的拥护。2004年，欧阳黔森发表中篇小说《八棵苞谷》，欧阳黔森在这篇小说中两次写到歌唱，第一次是老歌王三崽爹在听到扶贫专家的讲话之后，心里特别高兴就扬起嗓子唱起来："春风吹来菜花黄，推窗就闻香味来。我是蜜蜂出门来，亲人他沾黄花进屋来……"③ 第二次是白鹰村致富奔小康以后，三崽爹心情特别兴奋，一昂头高亢地唱起了一首老情歌："叫你不逗你要逗，逗逗打打，打打逗逗就起了头，就起了头喂……"④，小说人物发自内心、情不自禁的歌唱活动不仅鲜明表现了人物的心理情绪，而且使小说主题得到了扩展。

如果说《雄关漫道》和《八棵苞谷》是以音乐表演来扩展、升华主题，那么《白层古渡》和《水的眼泪》就是通过聆听音乐来扩展、升华主题的典型例子。在《白层古渡》中，欧阳黔森提到了布依族的一种由吹、拉、弹、敲、唱群奏组成的古老音乐"八音坐

---

① 欧阳黔森、陶纯：《雄关漫道》，贵州人民出版社2006年版，第56页。
② 同上书，第246—247页。
③ 欧阳黔森：《八棵苞谷》，《莽昆仑：欧阳黔森中短篇小说选》，作家出版社2015年版，第203页。
④ 同上书，第204页。

唱", "八音"是指由布依人自制的八种乐器来演奏。欧阳黔森多次听到这种自然而悠闲的音乐，强调这是一种天籁之音，像风一样自由自在地弥漫在天堂一样的美丽的白层渡。欧阳黔森把白层渡的自然美和音乐美统一起来，强调了北盘江大峡谷的美丽与神奇。在欧阳黔森看来，北盘江是绿色的森林，是天然的氧吧，给人们无比的心旷神怡；在自然美的基础上，北盘江还拥有灿烂的文化，它是当地人生存繁衍的美丽家园，古朴浪漫、自然悠闲的"八音坐唱"又能给人无比愉悦的享受。如果说北盘江的自然美给人以视觉的盛宴，那么"八音坐唱"又给人以听觉的享受。欧阳黔森在小说中不仅大量运用了民间歌谣，也引入了众多的中外经典歌曲和流行歌曲。在《水的眼泪》中，欧阳黔森引用了《西沙，我可爱的家乡》《请到天涯海角来》《达坂城的姑娘》《吐鲁番的葡萄熟了》，整部作品洋溢着浓厚的诗意和乐感，这种诗意和乐感不仅在于歌词本身的意蕴，也在于欧阳黔森对歌词的感受与鉴赏。《西沙，我可爱的家乡》是电影《南海风云》的主题曲，在波澜壮阔的南海上航行时，欧阳黔森想起了这首歌，"在那云飞浪卷的南海上……"激起了他对西沙的向往。在欧阳黔森看来，《西沙，我可爱的家乡》旋律优美，令人百听不厌，歌词更美，令人无限向往；这首歌曲能够激发对宝岛和祖国的热爱，能够激发一种美好的心灵；从此以后，欧阳黔森把对西沙的向往当作一个美丽的神话，一直萦绕在他心中，这首歌点燃了他心中从未消失的英雄主义和爱国主义。关于《达坂城的姑娘》，欧阳黔森还比较了王洛宾改编的歌词和李双江演唱的版本的区别，他认为前者太俗，后者旋律和歌词更好，更含蓄优雅。欧阳黔森引用了歌词结尾部分：

自古以来人人都说达坂城是个好地方/达坂城的风光好牛羊

肥又壮/达坂城的姑娘美小伙子也漂亮/热爱劳动心灵手巧成实又大方/达坂城的甜瓜大西瓜是大又甜/不知情的人儿他摘瓜甜瓜也变酸/为了摘瓜我身上挨过三千六百皮鞭/就是再挨一万六千皮鞭我自己也情愿①

其实，《达坂城的姑娘》改编自一首流传了两百年的民歌。这首民歌讲述的达坂城位于新疆天山东段最高峰博格达峰南部，是一个极不起眼的小城。在欧阳黔森看来，这首歌的旋律和歌词实在太美，流传两百年说明了它的伟大，当他听到这首歌，他的眼睛蒙眬了，他的心潮湿了。在《水的眼泪》中，欧阳黔森还引用了《咱们新疆好地方》，他强调这首歌是他对新疆最美最深的印象，歌曲旋律优美，能使人闻歌起舞。可以看出，从《西沙，我可爱的家乡》一直到《咱们新疆好地方》等一系列歌曲，欧阳黔森描绘了青山绿水的美丽家乡，歌颂了祖国的大好河山。然而，欧阳黔森在天山南北看到的都是满目黄沙，在云贵高原看到的是水质污染。在欧阳黔森看来，歌曲是一种美好的想象，但现实却令人极度失望，歌曲与现实形成了强烈对比。不难发现，欧阳黔森在《白层古渡》和《水的眼泪》中引入的都是美好的音乐，这些音乐形式都能使人心旷神怡，欧阳黔森为何喜欢聆听这样的音乐？美国学者基维指出，"聆听绝对音乐是从我们的世界通往另一个世界的经验过程。我们的世界充满了艰难、苦难和混淆不清的事物，而另一个世界是一个纯粹声音结构的世界——它并不需要被解释为我们世界的某种再现或描述。但是，它可以用只属于其本身的方式被欣赏，并给予我们解放的感受"。② 或许只有在这个意义

① 欧阳黔森：《水的眼泪》，《水的眼泪：欧阳黔森选集》，广西师范大学出版社2017年版，第20页。
② ［美］基维：《音乐哲学导论：一家之言》，刘洪等译，华东师范大学出版社2012年版，第240页。

上才能理解欧阳黔森对这些歌曲的热爱，环境污染和生态恶化让他极度失望，而只有在这些歌曲中才能从深度痛苦中获得愉悦感和满足感。

结构音乐化也是小说音乐化的重要方法。结构音乐化其实可以看作沃尔夫所说的"效仿"，也就是"形式与结构类比"，即小说文本的排版方式或者章节结构、场景切换等"对音乐微形式（microforms）和结构技法的效仿如回音、固定音型、主题变奏、转调、复调等的效仿，以及对'宏观形式'（macroforms）或音乐体裁如赋格或奏鸣曲的效仿"。① 昆德拉曾对他自己的小说《生活在别处》进行过音乐分析，他认为"一章就是一个旋律。而一节就是一个节拍段"，节拍段的或长或短或不规则持续就是速度，"小说中的每一节都能标以音乐指示词：中速、急板、柔板，等等"②。为了说明小说结构与音乐结构的共通性，昆德拉提到了肖邦（Fryderyk Franciszek Chopin）的奏鸣曲对他进行小说构思的作用。梅丽曾运用沃尔夫的理论分析石黑一雄小说结构的音乐化特征，她认为石黑一雄的短篇小说集《小夜曲》的五篇故事构成了五重奏的叙述结构。姜礼福和石云龙认为康拉德小说呈现出赋格曲结构。张箭飞认为"鲁迅的小说都隐藏着某种音乐结构，分别呈现出赋格曲、诙谐回旋曲、奏鸣曲等叙事风格"。③ 不难发现，欧阳黔森最熟悉最喜欢的歌曲是《勘探队之歌》，欧阳黔森自小就会唱这首歌，他的作品也无数次出现这首歌。《勘探队之歌》曲调雄浑高亢，充满乐观向上、不畏艰险的气概，是鼓舞人民艰苦奋斗的歌曲，是时代的声音，也是人民的心声，尤其

---

① 梅丽：《现代小说的"音乐化"——以石黑一雄作品为例》，《外国文学研究》2016年第4期。

② ［捷］米兰·昆德拉：《小说的艺术》，孟湄译，生活·读书·新知三联书店1992年版，第85—86页。

③ 张箭飞：《论鲁迅小说的音乐性》，《文艺研究》2000年第2期。

激励了一代代的地质工作者。欧阳黔森把人生最美好的青春年华都贡献给了国家的地质找矿事业，在野外进行地质勘探的经历也是他一生中始终不能忘怀的记忆，这些经历不仅经常在他梦中出现，也经常在他小说中出现。欧阳黔森喜欢音乐，他很好地把文学与音乐结合起来，他多次借鉴《勘探队之歌》的"形式与结构"创作了不少文学作品。在诗歌《勘探队员之歌》中，欧阳黔森把 20 世纪 60 年代风行全国的歌曲《勘探队之歌》融入诗歌，歌颂一位在云贵高原的原始森林进行勘测而不幸牺牲的地质师。这位地质师不慎失足身亡被就地掩埋，欧阳黔森写道：

> 同志们都老泪纵横／又为你唱起了那支动人心魄的／《勘探队员之歌》／是那支歌沸腾了你／使你毅然投身地质找矿／是那一支歌伴随你／走遍了莽莽山岗／你胸骨跌碎血染衣衫之时／歌子带着伤口／每一个音符都是一朵美丽的红花／在你冒着血泡的口里绽放／同志们一边抬着你／一边流着泪／他们带着口腔的歌声很高亢／淹没了林涛声、瀑布声／你不能唱了／但你努力想吐清那滚烫的词句／你用手势请求同志们不要停／你要听那支歌、那支歌啊①

不难发现，欧阳黔森的诗歌与歌曲《勘探队员之歌》形成了复调，成为一个时代的交响乐，不仅歌颂了地质师的高贵品质，也歌颂了为祖国繁荣富强而艰苦奋斗的时代精神和人民精神。早在 1994 年，在诗歌《钻工曲》中，欧阳黔森把诗与歌统一起来，谱写了一曲钻工乐观向上、艰苦奋斗的赞歌，欧阳黔森写道：

---

① 欧阳黔森：《勘探队员之歌》，《有目光看久》，贵州民族出版社 1994 年版，第 114 页。

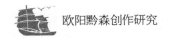

工作服敞开潇洒地揽来油腻的黑风零点/躲在飘舞的衣袖里漫来/浆黑的歌声夹在轰隆中卷起钻工曲卷走/你沉甸甸的思绪撩开你昏眩的心窗/不是发泄不是解寂你唱出了赤条条的夜/你也唱出了一个赤条条的歌/是否恋曲是否壮歌总之你唱得山也呼来/风也吟①

这首诗多次引用了《勘探队之歌》的意象与词语，钻工工作与歌曲相互统一起来，既描绘了钻工辛苦劳动的光辉形象，又表现了钻工积极乐观的精神世界，诗与歌在欧阳黔森创作中实现了统一。在诗歌《一张中国矿产图》中，欧阳黔森同样借鉴了《勘探队之歌》的"形式与结构"，把《勘探队之歌》的"行装"化为罗盘、地质锤和军用地形图。当然最为重要的是，《勘探队员之歌》《钻工曲》《一张中国矿产图》在韵律、节奏方面都与歌曲《勘探队之歌》相似，都是以优美的旋律、舒缓的节奏抒发一种乐观主义精神和为地质事业奋斗终身的豪情壮志。后来，《勘探队员之歌》、《一张中国矿产图》、《血花》、《勋章》合成《地质之恋》（组诗），这四首诗歌构成了四重奏的抒情结构，四个相互独立的段落包含了相互联系的要素，表达了共同的主题。

从上述分析可以看出，欧阳黔森在文学与音乐之间进行"形式与结构类比"主要侧重于意义层面，他参照特定的音乐作品《勘探队之歌》，以文学文本的形式重新表现出来，《地质之恋》（组诗）中的作品都是如此。后来，欧阳黔森也把"形式与结构类比"方法运用到小说创作中，欧阳黔森把诗歌与音乐结合起来，这为他把小说与音乐融合创造了条件，欧阳黔森早期创作的诗歌大都被引用到他后来创作的小说中。在小说《穿山岁月》中，欧阳黔森再次讲述了这个地质师的故事，1957 年，这位地质师被打成右派从北京地质大学分配到地质单位，他英俊潇洒，为人正派，学识渊博。1968 年，他在原始森林进行地质填图时，不幸在老鹰梁的悬崖上失足跌下山谷。同事们找到他时，他的胸骨整个跌碎了，满嘴只有血泡涌出。同事们以为他要留遗言，一位同事靠近他的嘴边听了很久，才知道他想听《勘探队之歌》。于是同事们围着他，唱起了那首动人心魄的歌曲：

　　是那山谷的风吹动着我们的红旗，只那狂暴的雨洗刷着我们的帐篷，我们有火焰般的热情，战胜了一切疲劳和艰险，背起了我们的行装，爬上了层层的山峰，为了祖国无限的希望，为祖国寻找着丰富的矿藏……①

　　一个人在临死关头想到的是一首歌，可以想象这首歌在他生命中占有至高无上的地位。同事们围着他，混着雨水和泪水在山谷中唱响这首歌，这种场景是多么的感人。这个故事和这首歌曲一直感动着地质队员，欧阳黔森甚至认为这位地质师比保尔、江姐、雷锋更让他感动。欧阳黔森用一个比喻来形容当时的场景，"我感觉我正在一个无与伦比的大音乐厅，正如痴如醉地倾听着交响乐团演奏着世界上最伟大而不朽的乐章"②。后来，欧阳黔森跟随前辈的步伐，继续从事前辈们未竟的地质科学事业。在勘探路上，欧阳黔森也曾无数次唱响《勘探队员之歌》，嘹亮的声音足以震动山谷，既有对艰苦环境的宣泄，更有对前辈战友的怀念。如此看来，或许《穿山岁

---

① 欧阳黔森：《穿山岁月》，《白多黑少》，贵州人民出版社 2006 年版，第 194 页。
② 同上书，第 195 页。

月》更适合进行"文本内主题音乐化"分析,但仔细想来,《穿山岁月》的命名又何尝不是《勘探队之歌》的翻版,"穿山岁月"本身就是一首歌,一首为祖国寻找矿藏的歌。长篇小说《下辈子也爱你》在"形式与结构"方面也形成了多重结构形式,"我"、黑松与陆伍柒对知青生活的怀念是小说的主要叙事结构,歌曲《在遥远的地方》和《送别》暗示的也是对知青萧美文和卢竹儿的怀念,"我"终生难忘的《重庆知青恋歌》和《南京知青恋歌》又是一组叙述结构。三组叙述结构构成多重结构模式,每一组叙述结构都可以看作相互独立的"恋歌",却又以不同方式奏响了"下辈子也爱你"的共同主题。这篇小说的三重结构布局、反复引入歌曲和重复出现的音乐主题都表现了音乐与小说的相辅相成。

总体来说,欧阳黔森在小说中试图运用交响曲结构来追求和声和复调效果。小说《穿山岁月》可以看作一首交响曲,其中有奏鸣曲、变奏曲、谐谑曲的交相辉映。小说第一章主要讲述地质队探矿工作与地质师牺牲的故事,这就如同交响曲的第一乐章奏鸣曲,节奏快速、气势恢宏。小说第二章主要讲述地质队员的心理压抑和乡村男教师的变态行为,这就如同交响曲的第二乐章变奏曲,节奏较缓、气势低沉。小说第三章主要讲述地质队员与苗家姑娘对歌,这就如同交响曲的第三乐章谐谑曲,节奏较快、气势幽默。小说《下辈子也爱你》和《莽昆仑》也可以做这样的分析。众所周知,交响曲呈现的就是和声或复调的效果,正如许祖华所说,和声(包括复调或对位法)"不仅是'多声音乐中最基础、最关键、最重要的因素',也是音乐现在时态中作用最为奇妙,意味更为深长,效果更为妙曼的因素"。[①] 和声或复调不仅在音乐中十分重要,而且在小说中

---

① 许祖华:《鲁迅小说的基本幻象与音乐》,《文学评论》2010 年第 4 期。

也具有非常特殊的意义与作用。巴赫金对小说复调艺术有过精彩分析，他指出："有着众多的各自独立而不相整合的声音和意识，由具有充分价值的不同声音组成真正的复调"，"众多的地位平等的意识连同它们各自的世界，结合在某个统一的事件之中，而互相间不发生融合"。① 从这些语句不难看出复调叙述的特征与意义，《下辈子也爱你》中的"我"、黑松、陆伍柒的"声音和意识"相互独立，创造了一种真正的复调世界。三组不同的叙述结构互相间不发生融合但又形成对话关系，"如同对位旋律一样相互对立"，这种结构对话关系比人物对话关系更为丰富更为深刻，因为这种对话关系"浸透了整个人类的语言，浸透了人类生活的一切关系和一切表现形式，总之是浸透了一切蕴涵着意义的事物"。② 在《穿山岁月》中，地质队的穿山经历、地质师牺牲的故事、《勘探队之歌》组合成了三重叙事，共同演奏了一曲为祖国和人民寻找富饶矿藏的精神乐章，《下辈子也爱你》中的三组叙述结构分别代表不同的世界，两组歌曲原本就浸透了人类的语言和社会关系，《穿山岁月》和《下辈子也爱你》也正是这个意义上获得了更为丰富的内涵和意义。

第四节　志怪传统与小说传奇化

志怪传奇在中国小说史上影响深远。鲁迅《中国小说史略》大部分内容都是在描述志怪传奇的历史，从六朝志怪到唐之传奇再到宋之话本，都能找到志怪传奇发展的明晰线索。鲁迅认为"自晋讫隋，特多鬼神志怪之书"③，"造传奇之文，荟萃为一集者，在唐代

---

① ［苏］巴赫金：《巴赫金全集》第 5 卷，钱中文译，河北教育出版社 2009 年版，第 4 页。

② 同上书，第 54 页。

③ 鲁迅：《中国小说史略》，《鲁迅全集》第 9 卷，人民文学出版社 2005 年版，第 45 页。

多有"①。到宋元时期，虽然"别有艺文兴起"，但志怪传奇仍然常见，鲁迅认为"宋一代文人之为志怪，既平实而乏文采，其传奇，又多托往事而避近闻，拟古且无不逮，更无独创之可矣"。②虽然宋之传奇并无创新，但志怪传奇不仅给宋元话本提供了素材，也为明清小说发展创造了条件，鲁迅指出"盖传奇风韵，明末实弥漫天下，至易代不改也"。③不难发现，志怪传奇一直是中国文学的重要体裁和创作方法。进入20世纪以来，中国小说虽然接受了西方小说创作技法，但志怪传奇仍然在中国小说中产生重要影响，其中《聊斋志异》尤其受到广泛关注。鲁迅指出："《聊斋志异》虽亦如当时同类之书，不外记神仙狐鬼精魅故事，然描写委曲，叙次井然，用传奇法，而以志怪，变幻之奖，如在目前；又或易调改弦，别叙畸人异行，出于幻域，顿入人间；偶述琐闻，亦多简洁，故读者耳目，为之一新。"④《聊斋志异》吸取了志怪传奇的传统，不仅能够风行数百年，而且对当代小说产生持续影响。20世纪五六十年代，传奇方法在中国当代小说中被广泛运用，有些小说"表现的是革命战争情景，但与过去的'传奇小说'在艺术上有相近的特征，这些长篇有的时候被称为'革命英雄传奇'"。⑤比如《烈火金刚》《铁道游击队》《敌后武工队》等，尤其是《林海雪原》"在叙事上充满了浪漫主义的想象力和传奇性"⑥，被认为当代"最重要、影响最大的'革命英雄传奇'小说"⑦，这些小说实现了由传统的民间英雄传奇向现代的革命英雄传奇的转型。莫言多次强调《聊斋志异》是他心目中

---

① 鲁迅：《中国小说史略》，《鲁迅全集》第9卷，人民文学出版社2005年版，第96页。
② 同上书，第115页。
③ 同上书，第215页。
④ 同上。
⑤ 洪子诚：《中国当代文学史》，北京大学出版社1999年版，第142页。
⑥ 陈思和：《中国当代文学史教程》，复旦大学出版社1999年版，第64页。
⑦ 洪子诚：《中国当代文学史》，北京大学出版社1999年版，第143页。

最好的小说，他也特别敬仰蒲松龄，他认为"蒲松龄不仅是中国著名的文学家，也是在全世界享有盛誉的短篇小说大师"①，在古今中外的所有作家中，"对我影响最大的是蒲松龄"②。众所周知，《聊斋志异》深受六朝志怪和唐传奇文的影响，其主要叙事方法就是志怪和传奇。莫言在《红高粱家族》中复归了中国传统的民间英雄传奇，从这个方面来说，《红高粱家族》深受以《聊斋志异》为代表的传统志怪传奇的影响。

与莫言一样，中国传统志怪传奇和现代革命英雄传奇为欧阳黔森小说创作提供了思想和方法基础。2015 年，欧阳黔森的访谈录中写道：

> 在我能说汉语的时候，文学书籍非常少，能见到的也就是《金光大道》《艳阳天》《难忘的战斗》《红岩》等。像《三国演义》《水浒》《西游记》《聊斋》等都是听来的。当时，地质队的职工来自五湖四海，知识分子众多，在那个缺乏文化生活的年代，听人讲故事，是我儿时最深刻的记忆。而这种记忆就是我至今喜欢讲故事的缘由。③

欧阳黔森所说的这些小说大都运用了传奇的叙事方法，《金光大道》《艳阳天》《难忘的战斗》《红岩》都是"红色经典"，《难忘的战斗》《红岩》也可以说是"革命英雄传奇"的代表作品；《三国演义》《水浒》《西游记》《聊斋》也都运用了志怪传奇的手法。不难看出，从中国古代的民间英雄传奇到现代的革命英雄传奇都给青少

---

① 莫言：《我的文学经验——2007 年 12 月在山东理工大学的讲演》，《莫言讲演新篇》，文化艺术出版社 2009 年版，第 151 页。
② 同上书，第 158 页。
③ 周新民、欧阳黔森：《探询人性美——欧阳黔森访谈录》，《小说评论》2015 年第 5 期。

年时代的欧阳黔森留下了深刻记忆，也为他"讲故事"提供了条件。在如此光辉灿烂的精神资源和小说传统中，欧阳黔森特别敬仰蒲松龄，也特别喜欢《聊斋志异》。母亲讲述《聊斋志异》故事给欧阳黔森留下了深刻印象。在欧阳黔森看来，母亲似乎拥有特殊表达才能，她能够把鬼怪故事讲得特别生动，能够把本该令人害怕的东西讲得令人无比向往，听母亲讲故事甚至可以说是他小时候最美好的记忆。

传统民间志怪传奇和现代的革命英雄传奇对欧阳黔森的小说创作产生了重要影响，他也运用传奇手法创作了一些可以称为"革命英雄传奇"的小说作品。1999 年发表在《当代》杂志的《十八块地》，其实早以前就已经创作了，并曾收入欧阳黔森于 1994 年出版的文集《有目光看久》。欧阳黔森在这部小说中多次提到了《青春之歌》《红岩》《烈火金刚》《难忘的战斗》等"革命历史小说"，小说中的人物也经常排演《红灯记》和《智取威虎山》等样板戏。在《十八块地》中，"革命英雄传奇"不仅成为小说叙事的重要内容，也成为小说叙事的重要方法，小说中的人物如政委吴大跃和萧家兄妹的人生经历都富有传奇色彩。长篇小说《雄关漫道》是欧阳黔森创作的"革命英雄传奇"的代表作品，欧阳黔森写道："我老家在湘西，生长在黔东。贺龙、任弼时、关向应、萧克、王震领导的红二、六军团，在这一带建立了革命根据地。我从小就听老人讲许多鲜为人知的关于红军的动人传说，后来从事地质工作，走遍了这一带的山山水水。我很早就梦想有一天能把这些传奇写成故事。"①在欧阳黔森看来，红二、六军团开创黔大毕革命根据地就是一部英雄传奇，他自小就听说红军的英雄事迹和动人传说，这一切都成为他小说创作的动机。在《雄关漫道》中，贺龙、任弼时、关向应、萧克、王震等无产阶级革命领导人的英雄群像跃然纸上，小说不仅描写了无产阶级革命领导人的足智多谋和英雄善战，也描写了他们的内心世界以及与百姓的鱼水情深，比如小说多次描写贺龙对小婉的关爱，较好地刻画了战争环境中人物性格的丰富性和完满性。小说不仅描写了红二、六军团在转战过程中取得的重大胜利，也描写了红二、六军团遭受的挫折和牺牲，尤其描写了战争的残酷性，许多年轻的红军战士在战争中献出了宝贵的生命，真实地、历史地再现了红二、六军团的伟大征程和光辉业绩。小说把红二、六军团转战湘鄂黔滇康放在中央红军长征的大背景下，讲述红二、六军团有力地掩护中央红军长征的战斗事迹，书写了一曲壮阔的中国工农红军长征的英雄史诗。正如《保卫延安》《红日》《林海雪原》等革命历史小说一样，《雄关漫道》有意识地运用了传奇化的叙事方法，使小说情节和人物经历传奇化，增强了小说的故事性和趣味性。实际上，红二、六军团转战湘鄂黔滇康原本就具有传奇色彩，其灵活机动的战略战术是红二、六军团能够胜利完成长征的前提条件，小说还通过国民党的看法侧面描写了贺龙的传奇性。这也就是说，《雄关漫道》既保留了中国传统民间英雄传奇的痕迹，又继承了中国现代革命英雄传奇的方法，是一部成功反映红二方面军长征的长篇巨著。

如果说《雄关漫道》是一部现代"革命英雄传奇"小说，那么《断河》就是一部传统"民间英雄传奇"小说。2003 年，欧阳黔森发表小说《断河》，这部小说是欧阳黔森运用民间传奇的代表性作品。小说在中篇小说的篇幅内讲述了百余年的历史，截取时代断面讲述历史变迁和人物命运；小说讲述了传奇式的事件与情节，塑造了传奇式的人物形象，显示了浓厚的武侠小说风貌。"从某种意义上说，武侠小说是中国民间英雄传奇最主要的艺术载体，侠客也就成了中国民间社会普通民众心目中心向往之的传奇英雄。"① 老刀和老狼都是充满江湖气息的侠客式人物，他们比刀可以说是一个典型的传奇情节，老狼与老刀进行生死决斗，这是中国传统侠义小说的常见情节。老狼和老刀都讲究江湖习气，坚决不肯先出第一刀，只能请寨主老风做主。老风抽签决定由老狼先用刀，老刀后用枪，各原地后退十步，站立不动。这种安排使老刀陷入不利境地，站立不动使老刀不能显示高超的躲刀手段，无论老刀的刀怎么快，却不能拔刀。但老刀遵循江湖规矩，他自知死已难免，心头坦然如石。小说写道："老狼心中得意，老刀默默不语。老狼后退十步，拱手一声断喝：'承让。'老狼如此客气是自信一刀就能断送老刀。"② 这些动作与言语，充分展示了江湖规矩与道义，展示了中国古典侠义小说的神韵。小说最精彩的场景无疑是决斗的瞬间，小说写道：

> 老狼一声狂呼看刀，声未到刀已出手，快如闪电，直向老刀飞去。刹那间，只听得一声惨叫，倒下的不是老刀，却是老刀那条凶猛而敏捷的老狗。那刀从老狗口中射入，不见了刀柄，只露出刀尾一簇红缨。老狗在老狼出手的一刹那，飞跃而接。老狗吞刀不倒，回头圆瞪着眼看老刀，摇了摇尾巴后才轰然倒下。③

这种情节描写无论是在语言还是动作方面，都极具传奇色彩，"快如闪电""刹那间"等时间词语也都展示了老狼刀法的快速和精湛。更令人惊异的是，老狗居然"飞跃而接"，救了老刀一命，这种

---

① 陈夫龙：《民国时期新文学作家与侠文化研究》，花木兰文化事业有限公司2017年版，第250页。

② 欧阳黔森：《断河》，《莽昆仑：欧阳黔森中短篇小说选》，作家出版社2015年版，第298页。

③ 同上书，第299页。

情节不可能是真实的，现实中也不可能发生，但却是中国传统志怪传奇的常见情节。

《断河》不仅讲述了传奇的情节，也塑造了传奇的人物形象，老刀、老狼和龙老大都是传奇式的江湖人士，梅朵和老风也具有浓厚的江湖气息，欧阳黔森充分借鉴了传奇手法描绘他们的形象特征。可以说，《断河》中的主要人物都是传奇式的，欧阳黔森也是运用传奇的方法讲述他们的经历或描绘他们的性格。欧阳黔森在介绍老刀和老狼的形象特征时，把他们描绘成典型的武侠人物，小说写道：

> 老刀说一不二。老刀刀法绝顶，百发百中。老刀以刀为荣，老刀视刀为生命。老刀一头野猪毛似的黑发，一身古铜色的横肉，站在哪儿都是一堆力的肉阵。每当人们出口称赞他时，他眉一扬，横肉一抖，然后从他厚实的唇中咬出："无他，唯手熟尔"。①
>
> 老狼也是这一带出名的刀客，刀又快又准，且胆大包天，打地上走的猎物，从不用枪。一次与一头云豹相遇，只用了两刀，一把刺中喉咙，一把刺中心口。老狼浓眉大眼，一堆黑肉凸起来，油亮亮能看见人影。②

老刀和老狼都属于肌肉棒子且都精通刀法，老刀与老狼的冲突是因为老狼与老刀的女人偷情，老刀决定与老狼决斗。决斗完全依据江湖规矩，正所谓一言既出驷马难追，英雄惜英雄，即使有夺妻之恨和杀狗之仇，老刀也坚守江湖规矩，老刀坚守自己的枪从不打

---

① 欧阳黔森：《断河》，《莽昆仑：欧阳黔森中短篇小说选》，作家出版社 2015 年版，第 297 页。

② 同上书，第 298 页。

地下走的，但老风又规定他不能用刀，因此老刀两次有机会杀死老狼，老刀都放弃了。老狼也决非苟且偷生之辈，他无法忍受老刀骂他是怕死卵，回家看了一眼儿子，出门对着老刀走的方向一刀刺进自己的胸膛。老刀与老狼表现了中国古代侠客的典型性格，他们武艺高超但都遵循江湖规矩，逞英雄之气绝不贪生怕死。龙老大也是《断河》的主要人物，他继承了父亲老狼的身段，学会了老刀的刀法，他纵横江湖、恩怨分明、忠君勤王、心狠手辣、信守诺言，是乱世中的枭雄。龙老大为了保护弟弟麻老九，让弟弟几十年如一日地在断河里打鱼，这是他在乱世中不得不这样做，既表现了他的狠毒之心，又表现了他的兄弟之情。小说以传奇的笔法描写龙老大的形象：

> 在麻老九十二岁那年冬，大雪纷纷扬扬，在通往断寨的小道上，数十骑飞奔，马蹄扬起雪花，远远望去为首一骑黑马黑风衣在雪道上格外耀眼。麻老九正在寨口与一群小崽玩雪，马队掠过他们，在老九家的吊脚楼下勒住马缰，为头的黑马扬起雪白的蹄凌空嘶鸣，一高大的汉子飞身而下，跪于雪地大呼："爹、妈"。①

这段描写完全是武侠小说的写法，把龙老大的江湖身份和性格表现得淋漓尽致。龙老大重兄弟情义，希望麻老九强大起来，他送给麻老九一个女人，后又狠心淹死这个女人，就是想激起麻老九的血气，但麻老九是个软骨头，龙老大不得不继续对他狠下去。梅朵是一个重情的女人，最终以两把刀插进胸口自杀，追随老狼和老刀。老风是黑湾寨寨主，他不顾年老体弱带着少寨主骑马追赶进京勤王

---

① 欧阳黔森：《断河》，《莽昆仑：欧阳黔森中短篇小说选》，作家出版社 2015 年版，第 302 页。

的龙老大，一番慷慨激昂之后，挥泪道别，临死前仍大呼皇上，表现了传统的忠君思想。众所周知，在中国小说史上，以《儿女英雄传》和《三侠五义》为代表的清之侠义小说是志怪传奇小说之余脉，而清之侠义小说又给现代的革命英雄传奇以深刻影响，洪子诚就认为以《林海雪原》为代表"革命英雄传奇"小说"在对既往的'绿林传奇'的'收编和征服'中，'绿林传奇'的那套话语仍产生某种魅力，'既暗示了另类生活方式，也承续了文化传统中对越轨的江湖世界的想象与满足'"①。正是从这个角度来说，欧阳黔森在《断河》中也继承了中国传统的"绿林传奇"和"江湖世界"，也就是鲁迅所说的"精神或至正反，大指在揄扬勇侠，赞美粗豪，然又必不背于忠义"②。老刀和老狼的勇侠粗豪和龙老大的忠孝仁义也可以说是清之侠义小说精神的再现。由这个"江湖"和这群"人"所构筑的民间世界，"不仅折射出特定时代的真实面影，而且反映了特定地域的民情风俗和世态人生，凸显出鲜明的中国气派和强烈的民族精神"③。鲁迅曾对清之侠义小说精神提出了批评，他认为"侠义小说中之英雄，在民间每极粗豪，大有绿林结习，而终必为一大僚隶卒，供使令奔走以为宠荣，此盖非心悦诚服，乐为臣仆之时不办也"④。如此看来，《断河》中的龙老大和老风也不过是封建隶卒臣仆而已，但小说并没有落入清之侠义小说的俗套，欧阳黔森在小说结尾安排红军枪毙了龙老大，小说主人公的命运安排极具象征意义。20世纪五六十年代"革命英雄传奇"小说曾因为"传奇小说"的"类型特征"和思想内容的"某种欠缺"而遭受了批评⑤，因为传奇

---

① 洪子诚：《中国当代文学史》，北京大学出版社1999年版，第144页。
② 鲁迅：《中国小说史略》，《鲁迅全集》第9卷，人民文学出版社2005年版，第278页。
③ 陈夫龙：《刘绍棠乡土小说的侠文化解读》，《中国现代文学研究丛刊》2018年第1期。
④ 鲁迅：《中国小说史略》，《鲁迅全集》第9卷，人民文学出版社2005年版，第278页。
⑤ 洪子诚：《中国当代文学史》，北京大学出版社1999年版，第144页。

形式的艺术结构、道德观念和审美模式含有"传统封建意识形态的因素"①。然而，断河人民的解放是红军的胜利和革命英雄的成功，而龙老大的结局暗示了封建隶卒臣仆和封建意识形态必然崩溃的命运。从这个方面来说，小说在形式上暗示了现代的革命英雄传奇必将超越传统的民间英雄传奇，《断河》也正是在这个意义上体现了对20世纪五六十年代的"革命英雄传奇"小说的复归。在20世纪80年代，以莫言《红高粱家族》等为代表的小说以"民间英雄传奇"小说解构了"革命英雄传奇"小说的宏大叙事和历史逻辑；在20世纪90年代以后，当代小说出现了反英雄、反文化和反历史倾向；进入21世纪以后，欧阳黔森树起革命英雄旗帜，以名副其实的传奇范式把民间英雄与革命英雄辩证统一起来，他旗帜鲜明地歌唱英雄主义、理想主义和乐观主义，既呼应了中国当代文学中的革命英雄传奇小说的精神传统，更有力回应了当下文学发展中的历史虚无主义倾向，最终提供了一种把握历史节奏的可能。

如果说《断河》运用"民间英雄传奇"叙事形式表现了封建意识形态必然失败和中国无产阶级革命必然胜利的历史规律性，那么《穿山岁月》《莽昆仑》《穿越峡谷》等小说则是运用传奇方法来书写现代奇遇记。从审美模式来说，从《断河》到《雄关漫道》都是张扬英雄主义和乐观主义，这也是20世纪五六十年代革命英雄传奇小说普遍的审美规范，但欧阳黔森并不希望陷入审美模式的单调化，他充分融入探险、志怪因素探索传奇小说审美模式的多样化。在欧阳黔森看来，大自然是他的奇缘，大自然的鬼斧神工常为世人惊叹，他曾经从事的地质工作促使他经常在大自然中寻找奇遇。在原始森林进行地质工作原本就是十分惊险甚至危险的，这为欧阳黔森描写

---

① 陈思和：《中国当代文学史教程》，复旦大学出版社1999年版，第60页。

人物经历的惊险性提供了条件。2001 年发表的《穿山岁月》可以看作一部现代探险性传奇小说，一群地质队员在原始森林里经历艰难险恶的跋涉，遭遇了各种各样的奇迹，比如原始森林有云豹、黑熊和五步蛇，还有旱蚂蟥和长脚巨蚊，在渺无人烟的原始森林搞地质工作是一件非常惊险的活动。在一个天黑的时候，地质队员在山洞点燃了火堆，发现有蚂蟥钻进了一个同伴脚上，满脚都是血。在棉絮岭，地质队员遇见了老虎，或许是一只刚吃饱了的老虎，没多久老虎就自动跑远了。这样看来，《穿山岁月》也可以说是一部原始森林历险记。在一定意义上来说，《莽昆仑》也是一部现代探险性传奇小说，小说主要讲述地质队员在昆仑山的奇遇，"我"不仅看到了昆仑山绝美的奇景，而且遇见了昆仑山的神鹰、黑熊和白狼，欧阳黔森完全是用传奇方式讲述地质队员在昆仑山的神奇遭遇。地质队员看到昆仑山神鹰不惧风雨雷电，勇敢地张开翅膀保护两只小鹰，这是一种神奇的遇见。更神奇的是，一个地质队员为了躲避黑熊的攻击，居然装死跟黑熊躺在一起睡觉，惊险而又刺激。在神奇的昆仑山，地质队员不仅要克服高海拔、风雨雷电、豺狼虎豹等各种自然困难，还要克服生活艰苦、情感孤独等各种生活困难。正是这样困难的条件下，地质队员就像探险家一样，在茫茫的昆仑山遇见了各种各样的奇迹。欧阳黔森认为，昆仑山的天空是一种奇迹，昆仑山的神鹰、黑熊和白狼也是奇迹，昆仑山的旗树都是奇迹。欧阳黔森写道："旗树的确神奇，它的神奇在于风的方向所造就的奇迹，它的美丽在于雪的颜色飘扬着一面绿色的信念。世界上居然有这种东西存在，这存在就是奇迹。"① 在欧阳黔森看来，每一个人都渴望奇迹，可奇迹并不能守株待兔，而是要不断地在寻觅中跋涉中路遇。路遇

---

　　① 欧阳黔森：《莽昆仑》，《莽昆仑：欧阳黔森中短篇小说选》，作家出版社 2015 年版，第 36 页。

奇迹也需要坚强与勇气，有路或者无路，关键看你走不走，没有路的地方，一旦有人走过便有了路，或许便有了奇迹。不仅如此，路遇奇迹还需要发现奇迹的意识和眼光。在这个充满险恶而又充满希望的世界里，能看见奇迹的实在太少。所谓"奇迹"，其实就是书写传奇的条件和基础。欧阳黔森笔下的大山如同海明威（Ernest Miller Hemingway）、康拉德小说中的大海，大山和大海都是一种人格化力量。在海明威和康拉德看来，生活就是人与自然的搏斗，小说《老人与海》《水仙号上的黑水手》充分体现了人与自然的矛盾和斗争。欧阳黔森也是如此，他看到了大自然的神奇力量，在《莽昆仑》《穿越峡谷》《穿山岁月》等小说中，大山都是富有象征意义的典型环境，大山是神奇自然力的一个缩影，大山以神奇、险峻向地质队员的意志力提出挑战。地质队员经历无数惊险，他们与大自然抗争的精神体现了人格和意志的伟大与坚强。如果说《穿山岁月》和《莽昆仑》主要讲述在大自然中的奇遇，可以说是现代的自然历险记，那么《穿越峡谷》就是带有浓厚《聊斋志异》色彩的志怪传奇。2001年，欧阳黔森发表小说《穿越峡谷》，这部作品可以说是一部玄幻小说，主要讲述"我"在一条荒无人迹的峡谷的奇遇，清早道上与下午峡谷遇见的女人极为相似，都是白衣服、深蓝裤子和一顶草帽，是人是鬼还是神仙？都令人诧异。在不藏蛇的地方偏偏遇见了蛇，不可能有人烟的地方偏偏遇见了两只小羊，千百年不掉的风动石偏偏那天掉下来，这一切都让"我"大为吃惊。这次峡谷奇遇令"我"难以忘怀，世界上有些事情无法解释，不可全信，也不可不信，这样使小说充满了浓厚的神秘色彩。在《穿山岁月》中，地质队员在进山之前也看到了一件特别奇怪的事情，搬运的民工要求进山前拜山神，在举行仪式时，民工手起刀落，红公鸡的狂叫不绝的头被活生生地砍落，那没有头的鸡居然奇怪地摇动着翅膀在土地庙前跑了一圈，它光秃秃没有头的脖子一伸一扬，血从削平的刀口处箭一样射出，竟然在它跑的圆圈外喷洒出一个大的圆圈。民工举行这个仪式本就是一件神秘的事情，而公鸡无头跑动更是一个难以解释的事件。真可谓，大千世界无奇不有，地质工作无奇不遇，小说也就洋溢着浓郁的神秘气氛。欧阳黔森把探险和志怪融入作品，无疑增强了小说的惊险性和神秘性，也增加了小说的趣味性和可读性。正是在这个意义上，欧阳黔森在志怪传奇的审美规范上统一了英雄主义、乐观主义和惊险主义、神秘主义，使他的传奇小说创作呈现多样化的审美风格。在对欧阳黔森"传奇"叙事的分析中，兼及了惊险叙事和穿山叙事的阐释，似乎说明欧阳黔森是一位通俗文学作家，似乎也说明了他与当代大众文化的紧密联系。事实也是如此，欧阳黔森在影视创作方面投入的时间与精力是当代大众文化影响力的一个缩影。然而，无论是文学创作还是影视创作，都不能忽视欧阳黔森创作的"有意味的形式"包含的意识形态内涵。

综上所述，欧阳黔森在文学创作上孜孜不倦地进行探索，尤其坚持不懈地进行文体实验，不断地尝试小说的诗化、小说散文化、小说音乐化和小说传奇化，不仅使其文学创作呈现多样化的审美风貌，而且为当代小说文体的创新发展积累了有益经验。从小说的音乐化分析可以看到，巴赫金（Mikhail Bakhtin）、罗兰·巴特（Roland Barthes）、昆德拉和沃尔夫都十分重视小说的"形式与结构的类比"。虽然巴赫金坚决不承认自己属于形式主义派别，但他的复调小说理论以及他对小说形式与美学的重视，又不能说与形式主义无关，以至于托多罗夫（Tzvetan Todorov）认为他是"后形式主义者"①。其实，小说的诗化、

---

① ［法］托多罗夫：《巴赫金、对话理论及其他》，蒋子华、张萍译，百花文艺出版社2001年版，第230页。

小说散文化和小说传奇化都属于小说文体形式方面的变化，王逢振曾经指出，"在一个文本内部，不同的叙事形式或'文类模式'可以共存，并形成有意义的张力"①，王逢振从詹姆逊（Fredric R. Jameson）的理论中看到，一个文本内部不仅存在多种叙事形式或文类模式的可能性，而且这些形式或文类可以共同形成"有意义的张力"。詹姆逊在对曼佐尼（Alessandro Manzoni）的小说《婚约夫妇》的分析中，"把小说作为一种意识形态的形式"②，王逢振也正是在这个意义上看到文本内部的形式或文类多样化包含着丰富的"有意义的张力"，所谓"有意义的张力"其实也可以说就是"意识形态"。众所周知，"形式的意识形态"是马克思主义理论中一个非常重要的概念，詹姆逊在《政治无意识》中通过分析阿尔都塞（Louis Pierre Althusser）、卢卡契（Georg Luacs）等马克思主义理论家的意识形态理论，提出"形式的意识形态"概念，即由"共存于特定艺术过程和普遍社会构成之中的不同符号系统发放出来的明确信息所包含的限定性矛盾"。③ 在詹姆逊看来，形式可以解作内容，形式的意识形态研究必须是"狭义的技巧和形式主义分析为基础"④，最终寻求揭示文本内部存在的意识形态信息。詹姆逊多次指明"文类本质上一种社会—象征的信息"，"形式本身是一种内在的、固有的意识形态"⑤，因此，詹姆逊强调对文类的形式探讨必须坚持通过历史化方法使"'本质'、'精神'、'世界观'被揭示为一种意识形态素"⑥。詹姆

---

① 王逢振：《政治无意识和文化阐释（前言）》，［美］詹姆逊：《政治无意识：作为社会象征行为的叙事》，王逢振、陈永国译，中国社会科学出版社1999年版，第6页。
② 同上书，第5页。
③ ［美］詹姆逊：《政治无意识：作为社会象征行为的叙事》，王逢振、陈永国译，中国社会科学出版社1999年版，第5页。
④ 同上书，第89页。
⑤ 同上书，第131页。
⑥ 同上书，第105页。

逊认为"小说是文类的终结",因为小说的外部形式是"被隐蔽起来的一种叙事意识形态素"①。不难看出,从马克思主义理论角度来说,欧阳黔森在小说方面的跨艺术探索或跨文体写作其实也是一种"形式的意识形态"。无论是小说散文化还是小说音乐化,其实都是"心灵"或"主题"的再现。尤其是小说的诗化和小说传奇化,革命英雄主义和革命乐观主义都被融合成形式的"意识形态素"。

———————————

①　[美]詹姆逊:《政治无意识:作为社会象征行为的叙事》,王逢振、陈永国译,中国社会科学出版社1999年版,第142页。

第四章　感觉意识形态与风景的象征世界

　　自然风景一直是文学书写的重要对象，马克思认为："植物、动物、石头、空气、光等等，一方面作为自然科学的对象，一方面作为艺术的对象，都是人的意识的一部分，是人的精神的无机界，是人必须事先进行加工以便享用和消化的精神食粮。"① 詹姆逊在对康拉德小说的视觉描写和听觉描写的分析中，提出了"感觉意识形态"概念，他认为感知是历史的新经验，视觉艺术的抽象化不仅证明日常生活的抽象及预示生活的破碎和物化，也为社会发展过程中的一切损失进行一种"乌托邦"的补偿，文学中感觉的任务就是"把愈加枯竭和压抑的现实加以力必多改造的乌托邦使命"②。他认为康拉德通过感觉的"审美化策略"形成了印象主义风格，所谓"审美化策略"是指"根据作为半自治性的感知活动对世界及其数据加以重新编码或重写"③。詹姆逊进一步讨论了康拉德小说的印象主义的含混价值，"既看作意识形态又看作乌托邦，康拉德的风格实践也

---

① ［德］马克思：《马克思 1844 年经济学哲学手稿》，中共中央马克思恩格斯列宁斯大林著作编译局编译，人民出版社 1985 年版，第 52 页。
② ［美］詹姆逊：《政治无意识：作为社会象征行为的叙事》，王逢振、陈永国译，中国社会科学出版社 1999 年版，第 231 页。
③ 同上书，第 224 页。

可以解作象征性行为，它在其全部物化了的抵制时刻捕捉到真实，与此同时又投射出它自身独特的感觉系统，起历史决定性作用的无疑是一种力比多的共鸣，然而其终极含混性却在于它要超越历史的努力"。①

众所周知，康拉德是英国现代小说家，被认为是最伟大的英语小说家之一，海洋小说和丛林小说是康拉德小说创作最重要的成就。康拉德小说中充斥着大量的风景和声音描写，并且赋予其丰富的意识形态内涵。康拉德在《黑暗的心》中对泰晤士河的风景描写，早已成为文学研究者经常分析的对象，西蒙·沙玛（Simon Schama）在《风景与记忆》中就认为《黑暗的心》中的"泰晤士河畔展开的这段随着港口潮水起伏而兴衰的英国历史"，并且认为把泰晤士河作为"时空纵贯钱"已经成为传统，他在康拉德的"帝国之河"中看到了"迷惘、痴愚和死亡告终的商业入侵之路"，然而"河道并不是唯一承载历史的风景"②，沙玛还分析了森林、山峰等。我们知道文学创作中有服饰描写，"服饰的表意和叙事功能在文学作品中被充分地挪用和发挥"，从而"充满诗意和能指，传达出无穷的韵味和深刻的意旨，成为独特的服饰话语"③。同样，文学创作中的风景描写也具备这样的功能，不仅被赋予丰富的象征意蕴，而且以其独特的话语体系在现实和理想之间形成了一种巨大的张力结构。

欧阳黔森与康拉德相隔近一个世纪，把他们的小说创作放在一起比较，看起来似乎不合适。但就其感觉意识形态与风景的象征世界来说，可比性或共性又是存在的。比如康拉德《黑暗的心》描写

---

① ［美］詹姆逊：《政治无意识：作为社会象征行为的叙事》，王逢振、陈永国译，中国社会科学出版社 1999 年版，第 231 页。

② ［英］沙玛：《风景与记忆》，胡淑陈、冯樨译，译林出版社 2013 年版，第 3—4 页。

③ 陈夫龙：《张爱玲的服饰体验和服饰书写研究》，《山东师范大学学报》（人文社会科学版）2018 年第 1 期。

原始、荒蛮、恐怖的非洲丛林和阴惨、幽暗、嘈杂的港口，"黑色"作为小说的总体意象，象征非洲的原始与落后，也象征殖民主义的邪恶与残忍。在欧阳黔森《莽昆仑》和《穿山岁月》等小说中，也描写了中国西部的大山和丛林。不仅是因为具有相似的文学创作题材，更重要的是欧阳黔森也运用了印象主义和象征主义笔法，描写了梵净山和昆仑山雄奇壮丽的风景，也描绘了牧歌、荒原和灵性的风景，他以大量的视觉和听觉描写扩展了小说的张力。通过印象主义的风景描写，欧阳黔森在审美或想象层面上为解决人类现代化发展中的矛盾与问题提供了方法或出路的可能性。

第一节　神奇风景与国家情怀

描写山川尤其是描写西部边地的山川景物，一直是中国新时期文学的重要特色，作家们通过这种山川景物的书写，为新时期文学"提供了类似于美国西部那样的地方文化空间，将自然的魅力借助较为原始的边地空间展现在急速追寻现代化经验的中国面前"[1]。如扎西达娃和阿来描写了西藏高原壮丽的群山风景，近年发表的迟子建《群山之巅》、贾平凹《山本》等长篇小说又把山川风景描写推向了文学前沿。描写山川风景也是欧阳黔森文学创作的重要特色，喜欢山是欧阳黔森天生的爱好和秉性，爱山是他一生不能割舍的嗜好，他从小就与山有缘，他有一个踏遍青山找矿的父亲，可以说，欧阳黔森是生在山里长在山里。欧阳黔森长大后又成为地质队员，走遍了祖国的天山南北，武陵山脉、乌蒙山脉、横断山脉和五岭山脉都留下了他的足迹。踏遍群山一方面是欧阳黔森从事地质工作的需要，

---

[1]　王晓文：《中国现代边地小说研究》，人民出版社 2016 年版，第 228 页。

另一方面也是欧阳黔森的追求美、热爱自然的爱好促成的。欧阳黔森是一个喜欢发现美并且执着地热爱美的人，在《我要带你去美丽的地方》中，欧阳黔森写道，"我对美的地方不在乎路远，不在乎时间，直到现在也是这样，只要有这样的自然美，我一定要去的，不仅我自己去，还要带朋友去，让他们享受这样的美丽"。① 为了追求自然美，欧阳黔森可以不顾及路途遥远，他曾经到过南海看见了美丽的西沙群岛，回到家之后又立刻决定去新疆，他不辞辛劳从中国的南边飞到西边，其目的就是寻找大自然之美。

正如康拉德通过"感觉系统"（sensorium）再造它的客体，即通过"感觉的单一'亮度'或色度的总体化"将客体折射出来一样②，欧阳黔森也是通过"感觉抽象的可能性"赋予客体大山以神奇壮丽的风景。欧阳黔森登过峨眉山、黄山、泰山和华山，然而，欧阳黔森最爱的是故乡的梵净山，1987 年，欧阳黔森带着一个化探组在梵净山搞了半年的野外调查，走遍了梵净山的山山水水，他甚至熟悉了梵净山的一草一木。在欧阳黔森看来，梵净山具有无与伦比的美，"梵净山集峨眉之秀、黄山之奇、华山之险、泰山之雄于一身"③，他无数次登顶梵净山仍痴心不移，梵净山令他魂牵梦萦，使他的心灵充满人性本身最为瑰丽的自豪感。每当登上梵净山金顶，欧阳黔森内心的情感就能得到无比痛快的宣泄，在嘹亮的呐喊声中释放生命的声音和本色。在欧阳黔森笔下，梵净山被神圣化了，梵净山是武陵山脉的主峰，是六条水系的源头，也可以说是人类的生

---

① 欧阳黔森：《我要带你去美丽的地方》，《有目光看久》，贵州民族出版社 1994 年版，第 33 页。

② ［美］詹姆逊：《政治无意识：作为社会象征行为的叙事》，王逢振、陈永国译，中国社会科学出版社 1999 年版，第 224 页。

③ 欧阳黔森：《故乡情结》，《水的眼泪：欧阳黔森选集》，广西师范大学出版社 2017 年版，第 77 页。

命之门，欧阳黔森写道："红云金顶高约百米，从梵净山之巅拨峰而起，像一根巨大的男性生殖器；而红云金顶顶部的金刀峡，就是这巨大而雄伟生殖器的输液口，创造人类创造生命就是从这儿开始的。"① 不仅如此，梵净山作为六大水系的源头，具有一种神秘的灵气，梵净山也被认为是"天下名岳之宗"，是上千年来著名的佛教圣地，因此，欧阳黔森认为梵净山的灵山秀水和梵天净土还能够净化人的灵魂。

在欧阳黔森看来，梵净山不仅是人类生命的象征，也是人类精神的象征。在诗歌《山之魂魄》中，欧阳黔森第一句话就是"——爱山吧，山是男人的"②，他把山的精神与男人的品格联系起来，强调山是男人剽悍、勇敢、坚韧品格的象征，他描绘了大山的美好形象，他写道：

> 当朝阳烤干湿漉漉的的黎明/带有杜鹃红的歌声/便徐徐随云雾飘去/太阳出来/不再需要晨曲的呼唤/于是在山巅与峡谷/敲响执著的追求/为了这追求，曾害怕过一百次/为了这追求，曾又勇敢过一百次/那似铁钉钉弯了的追求/多少次啊！是自己坚韧地拔出/重新锤直③

在欧阳黔森看来，地质队员已经与山融为一体，美丽的山景铸就了地质队员的追求，铸就了地质队员的精神，地质队员是山的真正魂魄。在诗歌《旗树》中，欧阳黔森描绘了在横断山脉和昆仑山脉相邻的大山上的旗树，他认为旗树是风的宣言、力的象征，是一

---

① 欧阳黔森：《故乡情结》，《水的眼泪：欧阳黔森选集》，广西师范大学出版社 2017 年版，第 78 页。
② 欧阳黔森：《山之魂魄》，《有目光看久》，贵州民族出版社 1994 年版，第 122 页。
③ 同上书，第 124 页。

道神奇的风景，是风雨冰雪铸就的山的魂魄，欧阳黔森写道："你的飘扬／是风的宣言／你的身影／是力的象征／在这昆仑之东／你屹立成一道神奇的风景／沐浴着莽莽神山的／紫气东来"①，欧阳黔森描绘了旗树的崇高形象，歌颂了旗树顽强不屈、坚韧不拔的高贵品质。欧阳黔森笔下的大山如同康拉德和海明威小说中的大海，大山和大海都是一种人格化力量的象征。在康拉德和海明威看来，生活就是人与自然的搏斗，小说《老人与海》和《水仙号上的黑水手》充分体现了人与自然的矛盾和斗争。欧阳黔森也是如此，他看到了大自然的神奇力量，在《莽昆仑》《穿越峡谷》《穿山岁月》等小说中，大山都是富有象征意义的典型环境，大山是神奇自然力的一个缩影，大山以神奇、险峻向地质队员的意志力提出挑战。地质队员经历无数惊险，他们与大自然抗争的精神体现了人格和意志的伟大与顽强。

　　梵净山可以说是欧阳黔森的家乡，热爱故土是人类的本能，欧阳黔森对梵净山的崇敬或许理所当然。但是欧阳黔森不仅详细描绘梵净山，他也特别崇敬横断山和昆仑山。在《横断山脉中的香格里拉》中，欧阳黔森比较了昆仑山和横断山的区别，他认为昆仑山雄伟苍凉，而横断山脉不但雄伟而且秀丽，高差悬殊的特殊地貌使横断山脉形成的群山高耸、河谷深切、生物丰富、五光十色，风景十分优美，绝世无双的九寨沟和丽江、大理风景都是美不胜收，令人叹为观止。横断山脉的雄浑也是举世无双，梅里雪峰至今未被人类征服。在小说《莽昆仑》中，欧阳黔森不仅引用一首诗歌《那是中国神奇的版图》集中表现了昆仑山的风景特征，而且还引用从古至今的名言来描绘昆仑山的雄伟壮丽。如他在小说中写道：

---

　　①　欧阳黔森：《白层古渡》，《水的眼泪：欧阳黔森选集》，广西师范大学出版社2017年版，第187页。

从山系和历史文化这两个角度来看，我更加喜欢和敬仰昆仑山。喜马拉雅山脉全长约两千四百公里，从山系来讲它小于昆仑山系。喜马拉雅山脉有接近一半的山峰不是中国的，而昆仑的主体和山脉的绝大部分都属于中国。从历史文化渊源和对国人的影响力来讲，我个人认为，昆仑山远远大于喜马拉雅山。古人视昆仑为"万山之祖"和"通天之山"。"昆仑者，天象之大也；昆仑者，广大无垠也。"古人对昆仑的传说和对昆仑的赞叹绝对高于喜马拉雅山，虽然它们都是中国最高的山系。它们也是世界最高的山系，青藏高原是世界之脊，粗通文化的人都知道。世人都知道，中华民族的母亲河——黄河、长江都发源于昆仑山系的支系巴颜喀拉山和唐古拉山。凡是历代中国人无疑视昆仑为神山。我和李子的家乡乌蒙山脉，也发源了中国四大河流之一的珠江，山体之雄伟，毛主席在诗《长征》里赞叹了"乌蒙磅礴"，可是毛主席在词《念奴娇·昆仑》里更是赞叹"横空出世"。①

在这段话中，欧阳黔森博古通今、引经据典，引古语和毛主席诗词充分说明了昆仑山的神奇壮丽，昆仑山几乎成为中华文化的象征，它不仅具有"万山之祖"和"通天之山"的显赫地位，而且在古代神话中还被认为是"西王母"的座地，也被道教认为是元始天尊的道场。所谓历代中国人视昆仑为神山，在中国最古老的神话传说《山海经》中就已出现，《山海经·海内西经》记载有："海内昆仑之虚，在西北，帝之下都。昆仑之虚，方八百里，高万仞。上有木禾，长五寻，大五围。而有九井，以玉为槛。面有九门，门有开

---

① 欧阳黔森：《莽昆仑》，《莽昆仑：欧阳黔森中短篇小说选》，作家出版社 2015 年版，第 11 页。

明兽守之，百神之所在。在八隅之岩，赤水之际，非仁、羿莫能上冈之岩。"① 这些句子介绍了昆仑山的地理位置和状貌，且认为昆仑山是众神聚集的场所。《山海经·大荒西经》则记载有："西海之南，流沙之滨，赤水之后，黑水之前，有大山，名曰昆仑之丘。有神人面虎身，有文有尾，皆白。处之。其下有弱水之渊环之，其外有炎火之山，投物辄然。有人，戴胜，虎齿，有豹尾，穴处，名曰西王母。此山万物尽有。"② 这些句子描写了昆仑山的地理位置、气候状况和物产丰富，指出昆仑山是西王母的住处。中国古代的神话传说、历史故事、志怪传奇中有关昆仑山的讲述都可以在《山海经》中找到源头。"昆仑者，天象之大也；昆仑者，广大无垠也。"则是司马光注释《太玄经》时赞叹昆仑山的雄伟浩大。毛主席在红军长征即将到达陕北时，登上岷山远望苍茫的昆仑山脉，有感而发写出"横空出世，莽昆仑"，赞叹昆仑山脉的神奇高大、险峻猛健。欧阳黔森的小说题名《莽昆仑》就出自毛主席诗词《念奴娇·昆仑》。欧阳黔森不仅从文化历史角度讲述了昆仑山的神奇壮丽，而且还从自然地理角度赞扬了昆仑山的滋养和奉献精神：

> "河出昆仑。"中国最大的河流长江、黄河都出于昆仑。冰川是昆仑雪山的灵魂，无数条冰川把巨大的山体切割成了刀砍状的条条伤口，伤口里挂满了冰凌，在慢慢地消融中变成了水晶般晶莹剔透的汩汩细流，然后汇成无数条溪流，从格拉丹冬雪峰、从唐古拉山脉、从巴颜喀拉山脉一泻千里形成一蓝一黄孕育了五千年中华文明的两条大江大河。③

---

① 陈成译注：《山海经译注》，上海古籍出版社 2014 年版，第 294 页。
② 同上书，第 352 页。
③ 欧阳黔森：《莽昆仑》，《莽昆仑：欧阳黔森中短篇小说选》，作家出版社 2015 年版，第 55 页。

昆仑山是长江、黄河的发源地，因此昆仑山也被认为是中华民族的发源地，昆仑山冰川融化汇入长江黄河，也相当于滋润了中华大地，滋养了五千年的中华文明。欧阳黔森对大山的描绘其实是当代小说的惯用手法。比如贾平凹在《山本》中也是从《山海经》中去寻找山的神话传说，贾平凹认为昆仑山是诸神的地上都府，他还把秦岭看作一道龙脉，"提携着黄河长江，统领了北方南方，它是中国最伟大的一座山"①。在诗歌《隆起与沉陷》中，欧阳黔森描绘了中华大地的地理特征，他认为隆起与沉陷是中华大地千万年不朽的风景，隆起使中华大地雄性昂然，沉陷使中华大地母性幽深。欧阳黔森又赞叹了昆仑山的伟岸与神奇，称赞昆仑山滋养了五千年的灿烂文化，他写道：

俯视沉陷/隆起骨骼粗壮而厚重/屹然成神/拥有膜拜、拥有贡奉/更拥有伟岸/读一读数千年沧桑的中国版图/亘古不变/从东到西/须仰视/目光总被你神奇的圣光灼伤/断裂/近似于疯癫但潇洒的乱刀/在你雄性十足隆起的肌体上/划起槽沟/于是/一江一河的血水/滋养了五千年灿烂的文化②

在欧阳黔森笔下，高原大山也是民族国家的象征。在诗歌《高原梦》中，欧阳黔森描绘了青藏高原、黄土高原和红土高原的神奇风景，他认为青藏高原是东方巨人的头颅，双眼如一泻千里的两道目光，严厉而慈祥，这博大而神奇的目光有着生命力的色彩，掠过沧桑沉浮的版图，成就东方古老江河民族的梦与情。欧阳黔森认为

---

① 贾平凹：《山本》，作家出版社 2018 年版，第 522 页。
② 欧阳黔森：《隆起与沉陷》，《有目光看久》，贵州民族出版社 1994 年版，第 161—162 页。

黄土高原是巨人的乳房，河流纵横，乳汁汩汩涌流，流出无与伦比的黄土文明，而红土高原是巨人隆起的又一个美丽而丰富的乳房，山山水水孕育的宝藏是流不尽的乳汁，正演奏着时代美妙的交响乐。《那是中国神奇的版图》（组诗）由《那是中国神奇的版图》《西沙群岛》《南沙群岛》《宝岛台湾》《钓鱼岛》五首诗歌组成。在第一首《那是中国神奇的版图》中，欧阳黔森写道：

> 沿着套色分明的中国版图/向西、向西/跨越横断虚空的断裂/隆起与沉陷/构成大手笔的写意/向西、向西/那儿有狂风般剽悍的骑手/那儿有风吹草低的原野/那儿有高不胜寒的雪山/世界屋脊上/雄性十足的头颅/昂然挺立/呈银色衬出你的威仪与深邃/你白发苍苍/但双眼仍然年轻/一泻千里的两道目光/掠过沧桑沉浮的版图/严厉而慈祥/只有这博大而神奇的目光/才有着生命力的色彩/一道黄色/一道蓝色/于是东方古老的江河民族/生生不息地享受你的严厉与慈祥/至今——五千年/向西、向西/去骑一骑狂风般剽悍的骏马/去看一看风吹草低的牛羊/去摸一摸冰凉的世界屋脊/去吧！男儿要远行/那是中国神奇的版图①

这首诗集中描绘了昆仑山雄伟壮丽的风景，从隆起、沉陷到沧桑、沉浮，从原野、雪山到骏马、牛羊，欧阳黔森写出了中华大地的神奇壮丽和悠久历史，刻画了昆仑山的威仪与深邃、博大与神奇、严厉与慈祥，歌颂了祖国的大好河山和神奇版图。《那是中国神奇的版图》（组诗）不仅描写昆仑山，也描绘了祖国的海域和岛屿，如在《西沙群岛》中，欧阳黔森描绘西沙的浩瀚无垠、风涌浪卷，刻画西

---

① 欧阳黔森：《那是中国神奇的版图》（组诗），《水的眼泪：欧阳黔森选集》，广西师范大学出版社2017年版，第121—122页。

沙的天堂般美景，强调西沙是我们可爱的家乡、是中国神奇的版图，表达了保卫西沙的坚强信念。不难发现，在《那是中国神奇的版图》（组诗），欧阳黔森通过描绘昆仑山、大海及岛屿的神奇壮丽风景表达了浓烈的民族国家情怀。

在欧阳黔森看来，高原大山不仅风景优美，也曾是中国革命的战场，也是革命精神的象征。在《心上的眼睛》中，欧阳黔森多次写到娄山关的风景，并且强调"风景这边独好"。在欧阳黔森看来，娄山关雄伟苍凉、群山俊俏、植被茂盛，这种独特的位置和植被形成了娄山关独特的风景，欧阳黔森写道："大娄山脉东临武陵山脉，西接乌蒙山脉，是四川盆地的南出口。这里是大娄山脉的腹地，山多是这里唯一的特征。山多就雾多，这也是雾的特点。"① 欧阳黔森详细描绘了娄山关的雾的特征：

> 这里的雾好看而且神秘。好看的是这里的雾更像烟，哪怕很浓的时候，也看似轻盈。这些雾在山身上慢悠悠走，一会儿让这座山露出半边身子，一会儿让那座山显出半个头来，使高原连绵不断一片起伏的连山充满着神秘。春天的雾也是神奇的，它在早上十点钟左右渐渐变成了白云。②

欧阳黔森喜欢描写神奇的风景，不仅高原大山是神奇的，连山上的雾都是神奇的。欧阳黔森认为娄山关关隘险峻，是英雄夺关斩将展示风采的地方，那儿的山那儿的风都洋溢着英雄的味道，这里连绵不断的群山与天安门广场的人民英雄纪念碑同样耸立在一片蓝

---

① 欧阳黔森：《心上的眼睛》，《莽昆仑：欧阳黔森中短篇小说选》，作家出版社 2015 年版，第 432 页。

② 同上。

天之下。在欧阳黔森笔下，小说主人公具有浓厚的英雄崇拜情结，小说中的"我"是一个有英雄情结的人，从小就崇拜解放军，崇拜革命英雄。在《再上红军山》中，欧阳黔森描绘了一尊红军塑像，心中油然升起一股崇敬之情，他写道："这地方就让人感觉很凝重，一种浩然之气在心中升起，那高大的纪念碑由四个红军巨大的石头像围在中间，八角帽下，红军脸部表现，堂堂正正、给人一种坚韧、伟岸①。"这篇散文真实地揭示了欧阳黔森内在的革命情怀，他从小生活在地质大院，成年后又从事地质工作，这种酷似军事化的生活方式培养了他的英雄情结，他自小就崇拜革命英雄和伟人。因此，欧阳黔森看到革命圣地或者红军塑像，就会油然而生崇敬之情。

　　在欧阳黔森笔下，高原山川都是神奇壮丽的风景，也都是极具象征意义的风景。在对风景的描绘中，欧阳黔森充分借鉴了感觉的力量，尤其是运用了听觉和视觉因素。在《故乡情结》中，欧阳黔森就写他们站在梵净山万卷书岩大声呐喊，他写道："我把声音提到了最高，嘹亮的呐喊一声声传出去碰到红云金顶巨大的悬崖壁上又折回来，变成了生生不息的声响，这可是发自生命之内的声音。"②在这种呐喊声中宣泄了情感，也喊出了岁月的惶恐与沧桑和生命的本色。欧阳黔森就是这样通过听觉描绘了梵净山的神奇与壮丽，也赋予梵净山生命价值和人格力量。2006年，欧阳黔森发表《莽昆仑》，他以极其华丽词句从视觉方面描绘了昆仑山的雄伟壮丽，他看到了湛蓝湛蓝的天空，这种天空让他感到震惊，让他想呼喊，小说写道：

---

　　① 欧阳黔森：《再上红军山》，《有目光看久》，贵州民族出版社1994年版，第100页。
　　② 欧阳黔森：《故乡情结》，《水的眼泪：欧阳黔森选集》，广西师范大学出版社2017年版，第76页。

在这个地方，你才知道太阳是怎样的光芒四射。光线像金色的发丝在湛蓝色的颜色里任意穿行。雪峰顶像雄性十足的头颅昂然挺立，呈银色衬出了它的威仪与深邃。天空蓝得透亮，像神话里蓝水晶般的世界。①

欧阳黔森着重描写了光和色，突出了瞬间的感觉，这是典型的印象主义写法。这些句子通过色彩塑造了新的空间和新的感觉世界，塑造了一个崭新而又陌生的世界，表现了欧阳黔森超越历史和现实的努力。在欧阳黔森看来，昆仑山是世界最纯洁的地方，是容不得半点污浊的地方。在直观感觉和意识形态的激烈搏斗中，风景再现不得不服从于作者内心的"乌托邦"冲动，服从于感觉意识形态的需要。正如沙玛在《风景与记忆》中所指出的，风景神话与记忆有着惊人的持久力和强大的影响力，"一块被赋予家乡之名、承载复杂而丰富的故土之思的土地"将会极大地增加民族文化认同感②，欧阳黔森笔下神奇的地域风景不仅描述了它的自然状况，而且揭示了它的历史，使民族文化获得现代社会的认知，只有理解风景传统，才能理解当下，才能启发未来。当风景与家乡、民族、自然联系起来，风景就具有了意识形态内涵。

第二节　牧歌体风景与现代性反思

欧阳黔森对自然美有着执着追求，他认为自然风景也是民族国家的象征，因此他笔下的高原群山往往是神奇壮丽的景观，表面看

---

① 欧阳黔森：《莽昆仑》，《莽昆仑：欧阳黔森中短篇小说选》，作家出版社 2015 年版，第 3 页。

② ［英］沙玛：《风景与记忆》，胡淑陈、冯樨译，译林出版社 2013 年版，第 15 页。

来，欧阳黔森是在描绘高原群山，实际上他是在描写民族国家，他是在表达爱国主义和英雄主义情怀。欧阳黔森也崇仰生命和高尚人格，因此他笔下的高原大山往往也成为人类生命和人格力量的象征。实际上，欧阳黔森不仅描绘了神奇的风景，他也描绘了牧歌般的风景，他希冀能够在田园牧歌般的生活中安顿人类困倦的灵魂。然而，现实却是无比的残酷，这让欧阳黔森感到无比失望，现代化的发展不仅没有维护大自然的和谐与安宁，反而使大自然和人类陷入绝望的境地。在《穿山岁月》《水晶山谷》《白层古渡》等作品中，欧阳黔森描写了田园牧歌般的风景，既表达他对和谐安宁生活的向往，又表达他对生态恶化的失望和对现代化发展的反思。

地质队员的野外工作是非常艰苦的，他们不仅要克服各种自然困难，还要克服心理的孤独。地质队员在原始森林有可能遇到各种地质灾害，也有可能遇上各种毒虫猛兽，有的队员为此献出了宝贵的生命。在小说《穿山岁月》中，欧阳黔森讲述地质队在渺无人烟的原始森林进行地质勘探，任务十分艰巨而且工作时间紧迫，原始森林暗河密布，阴森恐怖令人不寒而栗，河谷野兽出没，云豹、黑熊、五步蛇、旱蚂蟥、长脚巨蚊等使地质队员防不胜防。这种遭遇使地质队员体验到身体上的极限虚弱和精神上的极度疲劳，然而，他们在野外工作也会遇见田园牧歌般乡村图景。在《穿山岁月》中，欧阳黔森就描写了一个美丽的桃花坝，他写道：

> 目光渐次延伸，看见的是在那无边无际的起伏不断的山峦上，春光在上面展示它王者般的风流，整个世界都被绿得嫩嫩的，到处都充满生命的信息。一团团、一簇簇红杜鹃点缀在这万绿丛中，倔强地星星点点扬起它血色的信念。这比"看万山

红遍层林尽染"更能体现我们这时的感受。①

　　看到这样的美景，地质队员"我"看到了生命的信息，也看到了时代的希望，也油然升起了血色的理想和信念，并进一步想到了《钢铁是怎样炼成的》中的名言："人最宝贵的是生命。生命每个人只有一次。人的一生应当这样度过：当回忆往事的时候，他不会因为虚度年华而悔恨，也不会因为碌碌无为而羞愧；在临死的时候，他能够说：我的整个生命和全部精力都献给了世界上最壮丽的事业——为人类的解放而斗争。"② 这段话一直激励着"我"，使我们地质队员为了国家找矿，使我们为了一座座钢城、铝城、石油城而努力奋斗，使我们认识到地质事业也是壮丽的事业。欧阳黔森在小说中指出，在这个物欲横流污染年轻人的时代，我们只有在心灵深处怀念保尔，希望有保尔这样的年轻人一起血气方刚朝气蓬勃地为人类壮丽事业而奋斗。欧阳黔森既表达了对美好生活的向往，又表达了对现实社会物欲横流的不满，他一直坚守理想主义，希望为壮丽事业而不懈奋斗。其实在《穿山岁月》中，大部分内容都是关于困难环境和艰苦生活的描写，这段偶尔遇见的牧歌体风景给予长期陷于困苦生活中的地质队员以无比欣慰的精神鼓励。这种对比式的风景描写在康拉德小说中也经常出现，《黑暗的心》大量出现的是面目幽沉、灌木丛生、密不透风、举步维艰的原始丛林，但小说中也描写了一处田园牧歌般的图景，康拉德写道：

　　　　扑鼻的泥土味——远古时期的泥土，天啊！高高的原始森林一动不动地立在眼前，黑色的小溪上泛起块块亮光。月亮把

----

① 欧阳黔森：《穿山岁月》，《白多黑少》，贵州人民出版社 2006 年版，第 192 页。
② 同上。

一层薄薄的银纱覆在万物之上——在杂草上，在泥上，在比庙墙还要高的乱林上，在那条大河上——那条河是如此宽广，静静流淌着，在一个幽暗的缺口之外闪烁生辉。一切都很美好，生机涌动，安然无声。①

原始丛林居然有这么一处风景优美、生机盎然的地方，小说主人公心情大为舒畅。在这段优美的风景中，小说主人公似乎看透了人生的本质，瞥见了人生真相的狰狞面目，欲望和憎恨离奇地相互纠缠，人生如梦而孤独始终相随。在这惊鸿一瞥中，主人公似乎看透了所有的智慧、所有的真相、所有的诚意。小说似乎在告诉读者，人在不知餍足地追求外表的辉煌和狰狞的现实时，也需要寻求心灵的安宁与和谐。这段非洲原始丛林风景与小说的主体风景形成的差异性和对比性叙述，也表现了印象主义和象征主义的含混性。其实这种差异性风景描绘在小说开篇描绘泰晤士河就已经出现。

康拉德在《黑暗的心》中通过黑暗的原始丛林象征殖民主义的欲望与贪婪，也希望在"牧歌体"风景中寻求痛苦的幻灭和灵魂的安宁。众所周知，西方殖民主义对非洲的掠夺是资本主义的产物，也是西方现代化的产物。《黑暗的心》不仅批判了西方殖民主义对非洲的残忍侵略，也批判了现代化冲击下人性的变异，小说更深层次的是对人类孤独精神和人类灵魂港湾的思考，小说中出现的几处"牧歌体"风景无不具有这样的意义。"牧歌体"风景是西方文学的重要传统，田园牧歌在西方最早可以上溯到公元前8世纪的赫西俄德的《工作与时日》，公元前3世纪的忒奥克里托斯最早以"牧歌"命名文学作品，并使"牧歌"成为一种重要的文学体裁，他也就被

---

① ［英］约瑟夫·康拉德：《黑暗的心：汉英对照》，叶雷译，译林出版社2016年版，第36页。

认为是西方田园牧歌的创始人。公元前 1 世纪维吉尔（Virgil）创作的《牧歌》和《农事诗》把田园牧歌发展到古典时期的最高境界。后来经过不断的传承发展，田园牧歌成为西方文学的重要传统，康拉德也许是在这个意义上继承了西方文学对闲适安宁、和谐幸福生活的追求。作为一种文学体裁，田园牧歌在中国也是源远流长，最早可以上溯到《诗经》，东晋陶渊明使田园牧歌成为一种重要的文学体裁，唐朝王维和孟浩然使田园牧歌成为一个重要的诗歌流派。田园牧歌在本质上代表的是一种生活方式和精神追求，在古代中国，老子在《道德经》中也描述了这种理想："甘其食，美其服，安其居，乐其俗。邻国相望，鸡犬之声相闻，民至老死，不相往来。"① 孔子在《论语·先进篇》中也认同这种理想："暮春者，春服既成，冠者五六人，童子六七人，浴乎沂，风乎舞雩，咏而归。"② 不难看出，田园牧歌在人类历史上曾代表了一种理想的生活方式，然而，田园牧歌与现代化发展似乎成为一组悖论。西方殖民主义不仅打破了非洲的原始古朴的生活方式，而且给古老的中华文明带来了巨大灾难。康拉德对西方殖民主义的批判和对人类现代化的反思，使《黑暗的心》在世界文学史上永远放射出光芒。从上文可以看出，欧阳黔森也具有鲜明的民族国家立场，他在《那是中国神奇的版图》（组诗）中把这种立场表现得淋漓尽致。虽然欧阳黔森没有直接在文学作品中批判西方殖民主义，但他深刻反思了人类现代化发展对田园牧歌生活的冲击。2003 年，欧阳黔森发表《水晶山谷》，描写了一个绝美的黑松岭和七色谷。这两个地方不仅自然环境优美，而且保存了珍贵的化石，见证了地球几亿年来的变化。小说写道：

---

① 陈鼓应：《老子注释及评介》（修订增补本），中华书局 1984 年版，第 344 页。
② 杨伯峻译注：《论语译注》，中华书局 1958 年版，第 118 页。

参天大树、遮天蔽日，这大自然百年造的茂盛，是很容易让人的眼睛惊奇和激动的。可人们往往会忽视脚下的土地。要知道，武陵山脉地处红土高原，那红似血的土和红色石头无处不在。偏偏黑松岭几座山的土和石头是黑色的，黑色的石头里藏有一种生物叫三叶虫，它藏了什么是大自然上亿年的秘密。①

不难看出，位于武陵山脉的三个鸡村，黑松岭就是一个美丽而又神秘的地方，黑松岭是大自然造就的神奇土地，几百年来一直保持原始森林的状貌，但是李王和田茂林带着一帮人就把黑松岭的页片状石头挖得底朝天。李王和田茂林依靠出卖大自然的秘密来换取人类最肮脏而又最喜爱的金钱。七色谷也是三个鸡村的一个美丽而神秘的山谷，小说写道：

　　七色谷是美丽得让人流泪的。山谷里满是五颜六色的石头，那石头上有晶莹剔透的水流过，那水透明得没有了颜色，因而它可以容纳任何颜色，这时它容纳的就是五颜六色的石头颜色，在阳光的照耀下显得更加五彩缤纷。水与岸的交界处是嫩绿娇小的水杨，水杨后是翠色欲滴的水竹林，水竹林在山谷形成了一条翠绿带、它是沿着峡谷中的悬崖下连绵着。悬崖上就是一座座延绵不断起伏的连山，这山上连绵着不尽的各种各样的树林。山谷里大大小小的石头是非常美丽的，可以说它们是天堂之物。几亿年的月岁沉淀了它质地之硬，颜色之奇；大自然的鬼斧神工造就了它的形态之怪，这是几亿年风的壮举，这是几亿年水的风采。那风的手、水的脚，就这样与月岁一起

① 欧阳黔森：《水晶山谷》，《莽昆仑：欧阳黔森中短篇小说选》，作家出版社 2015 年版，第 138 页。

磨砺着这石头。风依着水，水带着风，在石头上书写着这亿年的风流。水是无形的，因而它可以成任何一个形，这水从石头上亿万年地流过，使石头有了美妙绝伦的天然流水线，这真是大自然的巧夺天工。一块块五颜六色的石头无需讲什么，它在这里是可以用静默震撼任何一颗爱美之心的。①

　　欧阳黔森用尽了各种华丽词句来描绘七色谷的美丽，七色谷是天然氧吧，是人类天堂。大自然造就了七色谷的美丽与神奇，七色谷是震撼心灵的，每一个善良的人看到七色谷都会感动得流下激动万分的热泪，白梨花就是如此，她完全被大自然感动了。然而，七色谷由于盛产一种珍贵的石头，它的命运在人性贪婪中而破坏殆尽。白梨花热爱美丽的七色谷，因为她有一颗善良和爱美之心，她多次哭喊着恳求保护七色谷。美丽善良的泪水并不能挽救七色谷的命运，李王、马学仕、卢冰、田茂林和杜娟红带领村民很快就搬空了七色谷，不久七色谷又在轰隆隆的爆破声中永远不复存在了。李王、马学仕、卢冰、田茂林和杜娟红明知在七色谷进行爆破是在破坏自然，但他们利欲熏心、无所顾忌；他们甚至还厚颜无耻地说全世界都在破坏自然，厚颜无耻地宣称现代化发展是以破坏自然为代价。在小说《诺斯托罗莫》中，康拉德描写了几处牧歌体风景，其中的萨拉科城是古典牧歌的典型。萨拉科城是一个古老的港口，环境幽静，景色迷人，小说写道："萨拉科却是在深邃的平静湾庄严的沉默之中寻找到躲避商业世界诱惑的庇护所，恰如栖身于一座巨大的半圆形、无屋脊、向大洋敞开胸怀的庙宇，后墙便是高耸的山峰，笼罩在低

----

　　① 欧阳黔森：《水晶山谷》，《莽昆仑：欧阳黔森中短篇小说选》，作家出版社2015年版，第144—145页。

垂的云帐之中。"① 小说直接点明"有着富饶的大草原和高产银矿的，牧歌式睡眼惺忪的萨拉科，在它幸运的孤立之中，时断时续地听见武器的铿锵声"。② 整个萨拉科城就像一座宝藏，受到了全世界殖民主义和帝国主义的侵略，英国人在美国财阀的支持下在萨拉科开采银矿，轮船、火车的相继出现打破了萨拉科的宁静，经济殖民主义不仅使萨拉科陷入疯狂的贪婪中，也使萨拉科陷入无休止的战火中。康拉德通过萨拉科表达对世界和人类命运的认识，无疑也通过牧歌般的萨拉科城批判了现代化和经济殖民主义。也正是在这个意义上，欧阳黔森的《水晶山谷》与康拉德《黑暗的心》《诺斯托罗莫》一样，表达了对人性欲望和贪婪的批判以及对现代化的反思。

如果说《水晶山谷》和《黑暗的心》《诺斯托罗莫》一样，都是通过"牧歌体风景"揭示现代化发展冲击下人性的变异，批判了人类的欲望与贪婪；那么《白层古渡》则是通过"牧歌体风景"揭示人类的无知与渺小。在《白层古渡》中，欧阳黔森描绘了北盘江大峡谷的美丽和神奇。北盘江大峡谷曾被《中国国家地理》杂志评选为"中国最美丽的峡谷"之一，北盘江大峡谷的上游有中国最大的瀑布群，其中黄果树瀑布、滴水滩瀑布、天生桥瀑布等构成了天地间一曲神奇的交响乐。欧阳黔森认为在这样的峡谷中，美丽是随处可在的，他写道："人在其中，前面是美，左右是美，回头还是美。我所说的'难'，便是这儿除了美得让人愉悦外，还有它千年的历史沉淀之美。"③ 在欧阳黔森看来，北盘江峡谷在地球上碧蓝了亿万年，是动植物的天堂，也是人类生活的天堂，是当地人祖祖辈辈赖以生存繁衍的美丽家园。北盘江的风是最美的，绿叶随风和鸣，

---

① ［英］康拉德：《诺斯托罗莫》，刘珠还译，译林出版社 2001 年版，第 3 页。

② 同上书，第 109 页。

③ 欧阳黔森：《白层古渡》，《水的眼泪：欧阳黔森选集》，广西师范大学出版社 2017 年版，第 40 页。

峡谷两岸的绿色是造氧的高手，北盘江大峡谷是一座巨大的天然氧吧，富含氧离子的风在北盘江峡谷自由游荡，是上帝送给这个天堂的天然空调。站在峡谷之巅，远看苍山如海，一种博大之气浑然于天地之间，令人无比的心旷神怡。然而，人类为了生存为了繁华总是不断地改变大自然，人类对大自然的破坏熟视无睹，北盘江这个美丽而又神奇的峡谷也将不复存在，欧阳黔森表达了深深的惋惜。欧阳黔森强调，人类在与大自然的抗争中，仅凭匹夫之勇和主观的精神是可笑的，大自然才是人类的真正主宰，人的力量在大自然面前差距实在太大，人类只有小心谨慎地尊重大自然的规律，才能谋求人类的可持续发展。正如康拉德在《黑暗的心》中指出，"海洋本身是神秘的，它主宰他们的存在，和命运之神一般喜怒无常"。① 康拉德在《台风》《青春》等"海洋小说"中也指出，大自然具有无穷的力量，随时都有可能使人类陷入困苦和绝望的境地。欧阳黔森坚定地反对大江截流，但他无法改变北盘江大峡谷的命运，大江截流之后，北盘江大峡谷将不复存在，白层古渡也将被淹没，乌江岸上存在了上千年的古纤夫道也将被淹没。欧阳黔森满怀激情地描绘他最喜欢的风景，总是对自然保持崇敬之情，他希望"它们能够拯救这个虚浮的现代社会"②，同时欧阳黔森也赋予现代社会中的许多问题以自然形式，以此表达他对现代化发展的反思。众所周知，新时期有不少作家描写了牧歌体风景，在一定意义上甚至可以说，"牧歌"是中国新时期文学的重要追求。张承志、席慕蓉、扎西达娃、吉狄马加的精细描绘和牧歌的勃勃生机源自他们富有感染力的愉悦，为深受自然变化之影响的北方草原和西南高原的一切而感到愉悦。

---

① ［英］约瑟夫·康拉德：《黑暗的心：汉英对照》，叶雷译，译林出版社 2016 年版，第 4 页。

② ［英］沙玛：《风景与记忆》，胡淑陈、冯樨译，译林出版社 2013 年版，第 18 页。

他们作品中的牧歌图景不只是静态、装饰性的背景，而应该是蕴含了理想与希望的人类生活方式。他们改变了牧歌的地位，牧歌开始成为新时期文学的焦点之一，牧歌不再只是陶渊明式的山水田园诗，也不再只是沈从文式的边城风光，更不再只是维吉尔、贺拉斯（Quintus Horatius Flaccus）式的乡村主义。他们使牧歌返回到了它的语言源点，返回到了忒奥克里托斯（Theocritus）式的游牧世界。田园牧歌的风景美学是中国传统乡村主义世界观的重要表现，经由《诗经》到陶渊明再到王维的发展，在中国古代文学中影响深远，陶渊明和王维的作品提升了中国传统乡村生活的审美经验。然而，中国传统乡村主义世界观在"五四"时期遭遇了巨大挑战，启蒙知识分子的精英叙事颠覆了传统乡村叙事的审美原则，田园风景美学也由此发生了深刻转变。新启蒙运动以来，人们对乡村生活的态度发生了严重分裂，汪曾祺、贾平凹在 20 世纪 80 年代初期的小说创作体现了田园风景美学的复兴，而张承志和席慕蓉的北方高原风景与扎西达娃和吉狄马加的西南高原风景应该是对水乡风景和平原风景的恰到时机的补充。高原风景画具有明显的独特性，在张承志、席慕蓉、扎西达娃和吉狄马加等作家的作品中，草原与群山是高原风景画的典型标志，优美与神秘是高原风景画的重要特征。欧阳黔森也正是在这个意义上融入了新时期文学的风景美学主潮，他还以"牧歌体风景"表达了反思现代性意识，从而拓展了新时期中国文学风景学的思想深度。从这个角度来说，田园牧歌不仅是一种艺术形式（牧人唱的歌谣），也是一种生活方式（悠远闲适的生活），还是一种思维方式（反思性思维）。

第三节　荒原体风景与乌托邦想象

在中国文化中，"荒原"包含了"wilderness"的内涵，如"荒原"在《现代汉语大词典》中有两种解释:"① [desolate]:广大不毛的荒野(这片空旷的荒原向各方面伸展着) ② [wildness]:未耕种或无人居住的一片土地或地区。"① 荒原体风景也是文学描写的重要对象,比如艾略特(Thomas Stearns Eliot)的《荒原》和波德莱尔(Charles Pierre Baudelaire)的《恶之花》都可以说是描绘荒原体风景的代表性作品。荒原体风景在新时期文学中也有大量表现,欧阳黔森以对荒原体风景的独特表现融入了这个美学潮流。欧阳黔森具有鲜明的自然意识,他从地球几亿年的演变看到了大自然的可怕之处,他看到了自然法则、自然规律的不可控、不可任意改变。在他看来,人类在大自然面前显得异常渺小,人类唯一能做的只能是敬畏大自然,敬畏自然法则和规律。欧阳黔森热爱自然,青山绿水是他对世界的最初认知。在他的记忆中,水是晶莹剔透的,山是青翠葱郁的。然而,现实却让他失望,他在贵州看到了水污染,他在新疆看见了满目黄沙。欧阳黔森看到了人类的任性,看到了人类的妄自尊大、目空一切、肆意妄为,看到了人性的贪婪、无知、自大。在《水的眼泪》中,他在新疆看到了一望无际的黄沙世界,广袤而又苍凉。在《新疆行》(组诗)中,欧阳黔森描绘了罗布泊、楼兰、塔克拉玛干沙漠的滚滚黄沙、残垣断壁、广袤苍凉,面对如此荒原景观,欧阳黔森的想象如同长了翅膀,他穿越时空想象楼兰曾经是美丽的家园,曾经是天空湛蓝、河水清凉,曾经是风情万种、婀娜多姿;他穿越时空想象南海的波澜壮阔、波涛汹涌、浪花翻腾。不难看出,《水的眼泪》《新疆行》(组诗)中的黄沙世界都是典型的荒原体风景。欧阳黔森笔下的黄沙世界也是人类文明发展的后果,它同样也给现代人带来恐惧甚至是绝望。

---

① 王同忆:《现代汉语大词典》,海南出版社 1992 年版,第 561 页。

如果说欧阳黔森在《水的眼泪》《新疆行》（组诗）中对昔日美好环境的消逝表达了恐惧和绝望，那么在《八棵苞谷》《扬起你的笑脸》中则表达了他对恶劣生态环境的正视。2004 年，欧阳黔森发表《八棵苞谷》，他把苗岭镇描绘成为一处荒原体风景，小说写道：

　　　　这里是苗岭腹地，一座座连绵不断的山成群结队，那清一色呈灰白色的山顶，像海面上的层层浪峰，涌起来蔚然壮观，站在某一座约高一点的山顶，人是一定会有这种感觉的。唯一不同于海浪的是——那峰涌起来就不再落下去。似乎很能激起人对大地的敬畏。这种地貌被地理学家称为喀斯特地貌，而这里又被誉为世界上最典型的最美丽的喀斯特地貌。①

　　然而，喀斯特地貌是越美丽越不适合人类生存，因为这种地貌都是石漠化的，石漠化山体多为石灰岩和白云岩，而石漠化地区对于大自然和人类生存来说，其恶劣程度与沙漠一样。因此，苗岭镇是一个苦难的地方，是全县最偏远最困难的一个镇。2013 年，欧阳黔森在《山花》发表小说《扬起你的笑脸》，这篇小说后来被《新华文摘》转载。小说描绘了梨花寨的生活状况和生存环境：

　　　　这个斜坡周围都是陡峭的大山，大山像雨后的春笋数也数不清却列着队给乌江让着道儿。大山上基本是以山石为主，只是在一些缝隙中生长着一些小灌木。不知是哪年哪月哪日，梨花寨的龙姓田姓吴姓祖先，从江西迁徙到这里，看中了这风水极佳的斜坡，于是在这儿开垦土地生儿育女。据老人们说，开

---

　　① 欧阳黔森：《八棵苞谷》，《莽昆仑：欧阳黔森中短篇小说选》，作家出版社 2015 年版，第 184 页。

始就是几家人，刚解放时也就二十几户人家。后来渐渐多了起来，到了现在是地少人多，住房也就见缝插针似的修在山崖旁，住房是不能占田地的，本来地就少得可怜，为了省地，家家都修成了半屋傍山半屋支架的吊脚楼。一层养猪关牛关羊，二层住人。有小院子的，也是用竹篱笆围在裸露的石头上。这就注定了生活在这方的人，不但要为人吃的东西而费尽心思，还得为家畜储备那少得可怜的食物。①

这段风景描写概括了乌江两岸村寨居民生活和居住特点，梨花寨散布在一片陡峭的斜坡上，这斜坡是乌江岸边够平缓却又少之又少的地方，可以开垦出一些水田和旱地，东一块西一块难以成片，但毕竟可以种上粮食。不难看出，《八棵苞谷》《扬起你的笑脸》描写了贵州的喀斯特地貌状况，揭示其不适合耕种也不适合人类生存的土地条件，突出了人在这种地方生存的艰难。众所周知，荒原与荒野一样其实都是不适合生活和居住的地方，这两个词语都有英文单词 Willderness 的意思和内涵。在西方文化中，文明与荒野是对立的概念，"文明创造了荒野"②。康拉德在《黑暗的心》中也多次描写了荒野世界，小说中的荒野布满沙地、沼泽和丛林，充满了冷雾、狂风、暴雨，潜伏着疾病、流亡和死亡。虽然康拉德描写了荒野的巨大力量，但是他也描绘了文明对荒野的破坏，他认为荒野能够吞噬人类。与之不同的是，欧阳黔森认为在这种不适合人类生存的地方，只要讲究科学方法因地制宜，合理保护生态环境，就能化腐朽为神奇，《八棵苞谷》结尾也正是从这个角度讲述了苗岭镇人民生活

---

① 欧阳黔森：《扬起你的笑脸》，《莽昆仑：欧阳黔森中短篇小说选》，作家出版社 2015 年版，第 450 页。

② ［美］罗德里克·弗雷泽·纳什：《荒野与美国思想》，侯文蕙、侯钧译，中国环境科学出版社 2012 年版，第 xii 页。

和生态环境的改变。

《绝地逢生》与《八棵苞谷》一样，都是表现运用科学发展观而获取扶贫成功的小说。在长篇小说《绝地逢生》中，欧阳黔森多次写到了云贵高原乌蒙山脉盘江村的山村风景状况，小说开篇写道：

> 高原的天空似一张善变的脸，上半夜还繁星闪烁，下半夜一下子就伸手不见五指。这本是狂风暴雨的前奏，可是这风这雨一直潜伏着，一直不登场。高原也疲惫不堪了，悄无声息地匍匐在山村的四周。山村里漆黑一片，寂静得令人窒息，似乎一点生命的迹象也看不见，也听不见。①

虽然这一段风景描写只是描写自然天气状况，并没有直接描写山村的生存环境，但仍然具有丰富的象征意义。高原疲惫不堪也许就是难以承载当地人生存的重负，没有生命的迹象似乎是指当地人生存异常艰难。事实也是如此，乌蒙山脉属于喀斯特地貌，是一种严重荒漠化的土地，根本不适合耕种粮食。石漠化严重的地方只有白花花的石头，根本看不见土地，有的地方甚至连沙漠也不如，不仅不适合耕种粮食，甚至还可以说是寸草不生。随着生态环境的日益恶化，适合耕种的土地面积逐渐减少，乌蒙山脉山上的植被严重退化，石漠化更加严重，被联合国教科文组织认定为不适合人类居住的地区。2018 年，欧阳黔森在《报得三春晖》中写道，"这风这雨，千万年的酸蚀和侵染，剥落出你的瘦骨嶙峋；这天这地，亿万年的隆起与沉陷，构筑了你的万峰成林"。这是欧阳黔森对乌蒙山区的最初印象，但他又认为这个地方"美丽，但极度贫困"②，他再次

---

① 欧阳黔森：《绝地逢生》，贵州人民出版社 2008 年版，第 1 页。
② 欧阳黔森：《报得三春晖》，《人民文学》2018 年第 3 期。

强调严重石漠化的喀斯特地貌使这里不适合人类居住。欧阳黔森在小说中多次描写了盘江镇的自然环境和生存状况，这里地少人多，生态环境严重失衡，土地里根本种不出粮食，上山开荒但大水又冲走土地，修水库但水又无缘无故地消失，根本存不住水。因为他们祖祖辈辈都居住在这块土地上，盘江镇村民总是拒绝搬迁，这个地方就一直是国家级贫困地区。然而，在村支书蒙幺爸的带领下，盘江村民与大自然进行了不屈不挠的斗争，使严重的石漠化得到了初步控制，使绝对贫困的山村逐步解决了基本温饱问题。欧阳黔森在小说最后一章写道：

> 盘江村经过十几年的奋斗，如今已经大变了模样。昔日缺水的山村里，今日一条渠水潺潺流过，那些贫瘠的土地，如今也变成了水田。村子里大多数人家都盖起了小楼，新房里面，配上了各种家用电器。村子里的道路也焕然一新，泥巴路全部铺上了古板，道路两旁，栽满了绿树红花，春天一到，整个山村掩映在其中，令人心旷神怡。①

这段乡村风景反映了盘江村近年的变化，村民的生活条件和生活环境都发生了巨大改变，昔日绝对贫困的山村逐渐走上了奔小康的道路。欧阳黔森创作《绝地逢生》这部小说，其目的也许就是通过一个贫困山村的变化折射中国社会主义建设取得的成就，并以此表达他对社会主义建设的乌托邦冲动。可以说，盘江村逐渐走上富裕道路，是扶贫政策的成功，也是中国社会主义道路的胜利。

在中国新时期文学中，牧歌体风景与荒原体风景是对立并行的。

---

① 欧阳黔森：《绝地逢生》，贵州人民出版社 2008 年版，第 307 页。

扎西达娃小说塑造的"优美的田园"其实就是现代意义上的"牧歌"，但是风景美学的转变必然影响人们对西藏高原的感知，如果片面强调"田园牧歌"的美学魅力，那么就会引起人们对西藏高原的错觉，毕竟恬静闲适的高原乡村童话不是现实。因此，扎西达娃在"优美的田园"中增加了"负重的山民"和"稀稀落落"的庄稼，"负重的山民"表现了扎西达娃对高原生存方式的"同情"，"稀稀落落"的庄稼暗示了扎西达娃对高原生存环境的"理解"，扎西达娃并不是在单向度地建构"高原童话"。与此相同的是，张承志、席慕蓉、陈村和鬼子等作家也描绘了荒原体风景，席慕蓉侧重以"无垠的荒莽"表达对现代性的反思，张承志侧重以"穷苦的绝境"表达对生存智慧的探索，陈村、鬼子则以"虚幻的城市"表达对现实生存环境的思考，"无垠的荒莽"、"穷苦的绝境"和"虚幻的城市"构筑了一幅总体性的荒原图景。欧阳黔森以对喀斯特荒原风景的表现，以及对化腐朽为神奇的扶贫政策的赞扬，在新时期文学的荒原图景中占有独特地位。

第四节　灵性风景与生命尊崇

动物被视作为一种风景，在学术史上由来已久，沙玛在他那本影响很大的著作《风景与记忆》中，就把野牛和灰熊作为风景进行分析。动物作为一种自然物，理所应当属于自然风景，动物风景在小说中也经常出现，比如姜戎《狼图腾》和乌热尔图《七岔犄角的公鹿》，这些小说中的狼或鹿既是自然史，也是民族志，是中国北方少数民族文化和精神的象征。这种图腾崇拜与人类的原始思维密切相关，古往今来，"万物有灵论"一直对人类思维和文学创作产生深刻影响。弗雷泽（James George Frazer）在《金枝》中揭示了原始人类的思维特点，"在原始人的心目中，世界在很大程度上是受超自然力支配的。这种超自然力来自神灵"①。列维－布留尔（Lvy-Bruhl，Lucien）在《原始思维》中指出，"对原始人的思维来说，它的前关联（它们与我们对任何现象的原因探求的需要一样是强制性的）毫不迟疑地确定着从某种感觉印象到某种看不见的力量的直接转变"。②原始思维决定了原始人类对大自然的看法，并把它归于"看不见的力量"，这些"看不见的力量"也就是"神灵"。布留尔说："事实上，对原始人来说，他周围的世界就是神灵与神灵说话所使用的语言。原始思维记不得是在什么时候学会这种语言的，它的集体表象的前关联使这种语言完全成为天然的东西。"③原始人类先天把周围世界看成是由"神灵"控制的，认为任何事件的发生都是由神秘的和看不见的"神灵"引起的，因此，大自然也是由"神灵"创造和控制。从这个角度来说，"万物有灵论"是人类"原始思维"的典型特征。康拉德在《黑暗的心》中多次描写了带有神秘性的风景，"那是一股无法抗拒的力量所表现出来的沉静，笼罩着谜一样的意图。它盯着你，仿佛跟你仇深似海"。④莫言在《红高粱家族》结尾也有大段神秘性风景的描写，他似乎看到祖先的亡灵在指点迷津，这其实也可以看作"万物有灵论"的重要表现。欧阳黔森在访谈中提到：

　　　　古人说，万物都有灵性，我深以为然。无论动植物、无论

---

① 刘魁立：《中译本序》，弗雷泽：《金枝》，徐育新等译，大众文艺出版社1998年版，第6页。

② ［法］列维－布留尔：《原始思维》，丁由译，商务印书馆1981年版，第374页。

③ 同上书，第375页。

④ ［英］约瑟夫·康拉德：《黑暗的心：汉英对照》，叶雷译，译林出版社2016年版，第48页。

大小，存在就是合理。自然界有一物克一物之说，更有一物养一物说，也许一个物种的消失，带来的是生存链条的断裂。这样的断裂尤为可怕，可能导致数十种甚至百种物种消失。有科学家断言，如果蜜蜂消失了，人类也只有四年的光阴。这并非骇人听闻，科学家的依据很有说服力，人类赖以生存的植物大多靠蜜蜂授粉繁衍，可怕吧！没有了小小的蜜蜂就这样了。所以我对自然充满敬畏。①

欧阳黔森认同万物皆有灵性的观点，他从世界万物的普遍联系出发，认为万物相生相克，一个物种的消失必然影响其他物种的生存，欧阳黔森对自然充满了敬畏之心，对生命充满了崇敬之情。因此，在欧阳黔森笔下，自然是伟大力量的象征，万物不仅普遍联系，而且具有特殊的灵性或神性。正如沙玛所说，"风景首先是文化，其次才是自然"②，风景是投射于山峰、丛林、植物、动物之上的想象建构。

欧阳黔森自小就很喜欢狗，也喜欢养狗。在回忆性散文《我家的大黄狗》中，欧阳黔森讲述了他小时候养的一条黄狗，在他6岁的时候，哥姐都要上学，父母要工作，他只好天天跟狗在一起玩，看着小狗长大，与狗建立了深厚的感情。在《黄狗与花猫》中，欧阳黔森描写了黄狗与狼狗打斗的精彩细节。正是因为有爱狗养狗的这些经历，欧阳黔森对狗的习性非常熟悉，也为他后来在小说中描写狗提供了经验基础。在小说《远方月皎洁》中，女老师卢春兰爱狗也养狗，狗生崽后送一只小狗给"我"，嘱咐"我"不能把狗转送别人，也不能打来吃了。后来，小黄狗长成了大黄狗，大黄狗对

---

① 周新民、欧阳黔森：《探询人性美——欧阳黔森访谈录》，《小说评论》2015 年第 5 期。
② ［英］沙玛：《风景与记忆》，胡淑陈、冯樨译，译林出版社 2013 年版，第 67 页。

我的忠诚可谓至死不渝。回城的日子也快到了，大黄狗不能被带进城，我不得不想办法把狗送出远门，避免狗被同事老李打来吃。我一次又一次地把大黄狗带到很远的山冈，但狗总是能找回驻地。最终大黄狗被老李锤死了。虽然小说主要讲述我与卢春兰甜蜜的初恋，但是由于我没有信守诺言保护好黄狗，最终初恋只能成为美好的回忆。在小说《十八块地》中，卢竹儿在一个小山洞里发现了一只老山羊和两只小羊，这些羊是因为避雨而躲进小山洞。卢竹儿嘱咐"我"不要告诉别人，因为卢竹儿知道一旦政委他们知道这个山洞，这些羊就会没命。虽然我答应了，但因热烈过头而把这些羊的避雨处告诉了政委。政委带人顺利地打回了老山羊，也把小山羊抱回来。后来，这些羊全都死了。从此以后，卢竹儿再也不理"我"了。虽然这部小说主要讲述"我"与卢竹儿的初恋般的感情，但由于"我"的背叛，使她的哀求变得孤立无援。卢竹儿对动物的热爱深深地感染着我，也使我感到非常后悔。小说《远方月皎洁》和《十八块地》情节有些相似，都是由于"我"没有信守诺言，致使狗或羊死于非命，小说主人公卢春兰和卢竹儿都有一颗热爱动物的善良仁慈之心。欧阳黔森以精细的笔触描写这些动物，也以悲凄的语言描写卢春兰和卢竹儿的神情，揭示了她们对动物的同情与关爱。或许欧阳黔森试图告诉读者，人不仅要信守诺言，更要有一颗仁慈善良的心，动物是人类的朋友，动物也是有生命的，我们应该爱护动物尊敬生命。

如果说《远方月皎洁》和《十八块地》主要是讲述人对动物的关爱，那么《断河》主要是讲述动物对主人的忠诚。在《断河》中，欧阳黔森写到一条狗飞身挡刀救主人，老狗吞刀不倒，回头瞪眼看老刀，摇了摇尾巴才轰然倒下，这个情节充分表现了狗对主人的忠诚。这种忠诚也就是动物的灵性，它接受了主人长期的恩惠，最终以死来报答。在小说《敲狗》中，欧阳黔森讲述了狗与人类的亲密关系，把狗的叫声写得活灵活现。在欧阳黔森看来，狗叫声几乎是每个人在儿童时期最喜欢模仿的声音，也是人类在儿童少年时期的美好记忆，狗叫的声音对主人是忠诚与踏实，对好人是亲切和提醒，对坏人则是胆寒和警告。《敲狗》名列第二届"蒲松龄短篇小说奖"榜首，授奖词写道：

> 小说在无情中写温情，在残酷中写人性之光，是大家手笔和大家气派。大黄狗再次绽开的笑脸，狗主人与大黄狗之间难以割舍的真情，使得徒弟冒险放掉了师傅势在必得的大黄狗。大量生动鲜活的如何敲狗的细节的铺排，只是为了最后放狗的一笔。在狗的眼泪里我们看见了人的眼泪，由狗性引申出来的是对人性的思考、对提升人的精神品质的呼唤。小说不仅在结构上有中国古典小说的神韵，在道义和人性的刻写上也见出传统文化的底蕴。小说通过写狗对主人的依恋，厨子对情感的冷漠及徒弟的被感动折射出人性的光芒，把人性解剖这个文学的宏大主题用"敲狗"这个断面展现得曲尽其妙，称得上是短篇小说的典范文本。[①]

小说把狗的动作与神情描写得惟妙惟肖，尤其是把狗在笼中的挣扎与呻吟描写得活灵活现，这些都表现了欧阳黔森在日常生活中的观察之精细。这部小说把狗主人与大黄狗之间的真情表现得淋漓尽致，狗主人舍不得大黄狗，黄狗也特别依恋主人。狗是有灵性的动物，在人与狗相互依靠的关系中揭示了人与动物的普遍联系，在

---

① 《授奖词》，《小说里的中国》，青岛出版社2013年版，第196页。

人与狗的关系中提出了人性温暖与仁慈的呼唤。

如果说狗是人类最亲密的朋友，那么牛则是人类最得力的助手。在散文《难忘的大河坝》中，欧阳黔森描写了一头神奇的黄牛。在一个夕阳西下的时候，欧阳黔森坐在大河坝边上观赏农忙春耕的暮归图："牛背驮着余晖，也驮着牧童；牧童嘴里还含有一片柳叶儿，吹着小曲。"① 这是一幅极具古典意味的田园牧歌景象，河水潺潺流淌，满山绿红花紫，笛声婉转悠扬。欧阳黔森的心情非常好，话也渐渐多了起来，他无意中朝河对面山上望去，看到了一幅至今难忘的景象：

> 对面山上，坡陡路滑，有一白发老妪背着一背篓叠得比她高得多的金色的麦子杆，赶着一头黄牛，在那儿艰难地爬行。她的头发白得让你心酸，看不清她的脸，只能看见她吃力地弓着背驮着那沉甸甸的一背篓麦秆。我看着半山腰上那正冒着炊烟的小村庄，心想她最少还要爬1公里才能到达。我产生想帮她的念头，可我四肢很软、乏力，只好无奈地注视。她也许太累了，身子奋力挺了挺，弓着的背挺直了，却没能往前走，站在那儿喘气。黄牛似乎很懂事，也站在那儿不走了，只是嘴不停地吃着路边的青草。我不忍心看下去，转过头告诉他们，希望我的队员能见义勇为，但他们只斜了一眼，继续谈天说地。我心乱极了，只好又回头看山路上。此时，白发老妪已走了起来，她手拉着牛尾巴，而牛正奋蹄向上攀登。她没有吆喝，那可爱的黄牛任她拉着尾巴，拖着她一步一步往上爬去。②

---

① 欧阳黔森：《难忘的大河坝》，《有目光看久》，贵州民族出版社1994年版，第63—64页。

② 同上书，第64页。

这幅景象让欧阳黔森感动得热泪盈眶，他没想到这地方的白发老人还要下地干农活，他永远都无法忘记白发老人的艰辛，也无法忘记那头可爱而又神奇的黄牛。在人类历史长河中，牛一直发挥着不可替代的作用，尤其是对农耕文明的华夏民族来说更为重要。白发老妪生存艰辛，身体劳累，唯有黄牛可以帮助她。可以说，白发老妪手拉牛尾奋力前行的图景，是几千年来中国农民命运的真实缩影。欧阳黔森深受感动，不仅是因为他从中看到了农民生活的艰辛，更是因为他看到了牛对人类作出的贡献。或许只有"兽犹如此，人何以堪？"这句古语能够概括欧阳黔森当时的心情了。

　　欧阳黔森不仅描写了人与动物之间的真情，也描写了动物内在的伟大母爱。欧阳黔森曾经在昆仑山进行地质勘探，神奇的大山经常会出现神奇的景观，欧阳黔森被动物的母爱深深地感动了。昆仑山是一个野生动物世界，地质队在昆仑山不断遇到各种野生动物。欧阳黔森看见了昆仑山神鹰，这种鸟生活在陆地动物生存的极限海拔高度，"据传说，鸟全身乌黑并闪着金属般的光泽，个头像鹰，比鹰小一点，翅膀却是鹰翅的两倍"。[①] 一只鸟不畏惧自然界的风雨雷电，展翅而不飞翔，它的羽毛淋着雨，羽翼下钻满了风，它只有用双爪紧抓住石头，双翼紧贴在地面。原来鸟的羽翼下有两只羽毛尚未丰满的幼鸟，幼鸟"在母亲羽翼下安全地闪着天真且乌亮的眼睛"，它们"在冰凉的地上冷得发抖"。母鸟张开翅膀保护幼鸟，令人震撼。欧阳黔森描绘了风雪暂停后这三只母子鸟飞翔的情景：

　　　　那大鸟抖擞着它巨大的羽翼，沉甸甸的翅膀顿时显得轻盈起来，小鸟也扑腾腾扇着翅膀，愉快地飞出去十几米又落下来，

---

　　①　欧阳黔森：《莽昆仑》，《莽昆仑：欧阳黔森中短篇小说选》，作家出版社 2015 年版，第 13 页。

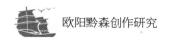

又飞起来又落下去，就这样两只小鸟渐渐地远去。大鸟腾空而起，像一架设计得美妙绝伦的飞机在空中盘旋。①

欧阳黔森还看见了昆仑雪狼，白狼沿着山壁脚朝下猛跑，跑了二十多米，又停下来，白狼不断地跑跑停停。根据经验，地质队员在巨大的石头后面发现了一个不深的斜洞，斜洞里有两只小白狼。小白狼不怕人，摇头晃脑地爬出洞，用鼻子来嗅人的手。后来，地质队员坐在石头上，远远地看白狼咬着狼崽搬家。白狼咬着小白狼，一步一回头地朝远方跑去。欧阳黔森还写了张铁在昆仑山遇到黑熊，为避免黑熊的攻击，张铁不得不躺下装死，但黑熊并没有走开，而是嗅完张铁以后，懒洋洋地躺倒下来开始睡觉。张铁也不得不继续装死并与黑熊贴在一起睡觉。这是一次惊险的经历，足够令人终生难忘，但令人感动的还是昆仑神鹰和雪狼为了保护自己的幼崽而付出的巨大努力。实际上，动物的母爱也正如人类的母爱一样伟大，小说也正是在这个意义上呼吁人类要尊崇生命、热爱动物、保护自然。

从唯物主义角度来说，风景都是自然、客观的，但是莫言、席慕蓉、张承志、扎西达娃、欧阳黔森在不同作品中都表达了对"万物有灵论"的信仰，他们以理性精神探究"自然法则"，自然具有超理性的巨大动力。人类的理性精神很难以解释自然法则及其规律本身，尤其是在人类的早期阶段，只能凭借人类的非理性精神。假设自然万物都有神灵，莫言、席慕蓉、张承志、扎西达娃、欧阳黔森受到了"万物有灵论"的深刻影响。实际上，这种"万物有灵论"与人类的原始思维密切相关。不难看出，风景作为一种想象的共同

---

① 欧阳黔森：《莽昆仑》，《莽昆仑：欧阳黔森中短篇小说选》，作家出版社 2015 年版，第 17 页。

体，它不仅包含了对自然世界的想象，也包含了对人类文化的想象。本雅明（Walter Bendix Schoenflies Benjamin）的《拱廊研究计划》对文学中的风景研究具有重要启示意义，尤其是他对风景画的研究值得重视，他强调"全景画宣告了艺术与技术关系的一次大变动，同时也表达了一种新的生活态度"。① 这句话其实也揭示了风景的丰富内涵和重要意义，莫言、张承志和欧阳黔森等为代表的风景叙事也可以说宣告了"风景作为一种新的思考方法"的产生，宣告了艺术与文化关系的一次重要变动，风景研究将激发对自然世界的探索以及对人类文化的多维思索。

---

① ［德］本雅明：《巴黎，19世纪的首都》，刘北成译，商务印书馆2013年版，第9页。

第五章　伟大的传统与报告文学创作

　　我们在"导论"中说过，欧阳黔森创作的历史理性并不仅关乎历史，一切历史的本质，就蕴含在当前的现实之中。2014 年，习近平总书记《在文艺工作座谈会上的讲话》中要求"文艺深深融入人民生活"，文艺要"以人民为中心"，强调文艺创作"最根本、最关键、最牢靠的办法是扎根人民、扎根生活"①。可以看出，"扎根人民、扎根生活"是党对文艺战线提出的一项基本要求，这也是决定我国文艺事业前途命运的关键。自十九大以来，广大文艺工作者自愿自觉贯彻习近平新时代中国特色社会主义文艺思想，扎根人民、扎根生活已经蔚然成风，也涌现出了一批反映时代要求和人民心声的作品。众所周知，《人民文学》杂志是中国文学创作的重要阵地，《人民文学》杂志的宗旨和立场在中国当代文坛具有重要导向作用。从 2017 年第 12 期开始，《人民文学》杂志重点推出"新时代纪事"栏目，倡导作家自愿自觉扎根人民扎根生活，专注于老百姓的美好生活需要，写出当今社会的历史意蕴和时代特征。《人民文学》杂志主编施战军在接受采访时强调，人民立场是从事文学工作的人需要

---

　　① 习近平：《在文艺工作座谈会上的讲话》，人民出版社 2015 年版，第 8—19 页。

时刻把握和站稳的根本立场，"新时代纪事"栏目重点发表反映现实题材的小说和报告文学作品。截至 2018 年 10 月，该栏目共发表 14 篇作品，其中欧阳黔森一个人就占了三篇，分别是《花繁叶茂，倾听花开的声音》、《报得三春晖》和《看万山红遍》。在《人民文学》的办刊历史上，一个作家在不到十个月时间就在该刊发表三篇作品，这可能是创纪录的。

欧阳黔森的三篇作品都是关于贵州精准扶贫的真实故事，这些作品自发表以后迅即获得了广泛关注和好评，施战军就多次在采访中高度评价立足"在毕节脱贫一线"，讲述"贵州精准脱贫"故事的欧阳黔森，赞扬这三篇作品是践行习近平总书记指示的结果。2014 年 10 月，习近平《在文艺工作座谈会上的讲话》强调："实现中国梦必须走中国道路、弘扬中国精神、凝聚中国力量。"① 习近平总书记提出的"精准扶贫"战略被认为是人类历史上最伟大的扶贫攻坚战，也可以说是新时代一个生动的中国故事。文艺作为讲述中国故事、弘扬中国精神的重要途径，真实反映精准扶贫工作理所当然地是文艺创作的职责。

作为中国文学创作的重要阵地，人民立场和现实原则一直是《人民文学》杂志的根本宗旨和根本立场。欧阳黔森自愿深入贵州精准扶贫前线，自觉扎根人民、扎根生活，以报告文学形式描绘了一幅幅贵州精准扶贫工程的壮丽画面。可以说，欧阳黔森的三篇作品在内容与形式上都是"新时代纪事"栏目宗旨的生动体现，也是贯彻习近平新时代中国特色社会主义文艺思想的重要样本，欧阳黔森为文艺工作者如何实践"扎根人民、扎根生活"提供了可资借鉴的经验。不仅如此，欧阳黔森在报告文学写作技法方面的尝试也值得探讨。

---

① 习近平：《在文艺工作座谈会上的讲话》，人民出版社 2015 年版，第 22 页。

第一节　诗骚传统与史传笔法

诗骚传统是中国文学的重要传统。陈平原认为诗骚传统对中国文学产生了深刻影响，"这种异常强大的'诗骚'传统不能不影响其他文学形式的发展。任何一种文学形式，只要想挤入文学结构的中心，就不能不借鉴'诗骚'的抒情特征，否则难以得到读者的承认和赞赏"。[①] 一般看来，报告文学是以叙事为主，但欧阳黔森在他创作的报告文学作品中大量引入了诗词，他尤其喜欢引用毛主席诗词。毛主席诗词可以说是欧阳黔森最为熟悉、最为敬仰的诗词。欧阳黔森从小就喜欢军事，他大量阅读了党史和军史方面的书籍，他也很热爱诗歌，尤其喜欢毛主席诗词，这些都为他的文学创作提供了基础。虽然出生在贵州铜仁，但欧阳黔森一直认为自己深受湖湘文化的影响，他特别崇拜湖南在近现代出现的伟人尤其是毛主席，欧阳黔森的很多作品都是以毛主席诗词命名，比如《雄关漫道》《莽昆仑》《看万山红遍》《江山如此多娇》等。"看万山红遍"这句诗词原出自毛泽东《沁园春·长沙》，此词作于1925年，青年毛泽东描绘长沙壮丽的秋景以抒发豪情壮志，词中的"万山"是指湘江岸边的岳麓山及附近群山，"看万山红遍"既象征了壮丽的大好河山，又隐喻了中国无产阶级革命的必然胜利。欧阳黔森引毛主席诗词作为作品题目，"看万山红遍"一语双关，不仅勾画了铜仁万山地区的发展状况，而且使这篇作品具有深厚的文学意味和历史内涵，形象地揭示了新时代精准扶贫事业与中国社会主义革命之间的精神联系。在欧阳黔森看来，"万山"不仅仅是铜仁这块土地，也是祖国

---

① 陈平原：《中国小说叙事模式的转变》，上海人民出版社1988年版，第222页。

大地的万水千山、千山万壑。在这篇作品中，欧阳黔森写到他站在云盘山上一览众山小，看到云雾间升腾起一股磅礴之势，油然想起毛主席诗词"看万山红遍，层林尽染"，并且想到毛主席文章《星星之火，可以燎原》。其实，万山地区的发展已被看作新时代发展的样板，比如铜仁市委书记陈昌旭说，"沧海横流方显砥柱，万山磅礴必有主峰。习近平新时代中国特色社会主义思想已成燎原之势，万山红遍"。① 2008 年以来，习近平总书记多次关怀、指导铜仁万山的发展，使万山从一个贫困落后的资源枯竭型城市走向了小康城市，真正实现了毛主席当年提出的"万山红遍"的幸福理想。在《看万山红遍》中，欧阳黔森还引用毛主席词句"一万年太久，只争朝夕"，表达在精准扶贫工程中只争朝夕的工作热情。在《报得三春晖》中，欧阳黔森引用毛主席词句"乌蒙磅礴走泥丸"描写乌蒙山区。在欧阳黔森看来，乌蒙山脉，山高谷深、万峰成林，"乌蒙磅礴走泥丸"正是这里的形象写照。在这三篇报告文学中，欧阳黔森还引用孟郊"谁言寸草心，报得三春晖"、韩愈"万山磅礴，必有主峰"等诗句，表达牢记习近平总书记的嘱托，力求获得扶贫攻坚决胜的坚定信心。可以看出，在叙事中大量引录古体诗词是欧阳黔森报告文学创作的重要特色，这也是与大多数报告文学作品的不同之处。引录诗词大大增强了报告文学的审美意蕴，诗词与叙事写景的完美契合不仅增加作品的象征和隐喻功能，也增加了报告文学的抒情效果。更为重要的是，欧阳黔森通过毛主席的古体诗词打通了现代革命与当下发展的联系，强调了精准扶贫的历史价值与现实意义。

欧阳黔森不仅擅长引录古体诗词，他还喜欢在报告文学中引录"史传"。陈平原认为"史传"是中国古代历史散文的总称，他认为

---

① 欧阳黔森：《看万山红遍》，《人民文学》2018 年第 9 期。

"史书在中国古代有崇高的位置"①,历代文人罕有不读经史,罕有不借鉴"史传"笔法。本文借鉴陈平原的观点,并不是说欧阳黔森运用"史传"笔法,而是指他引录历史材料以增强报告文学的叙事功能。在《看万山红遍》中,欧阳黔森引用《万山志》中有关万山丹砂的开采历史,万山在西周武王时期就有了丹砂开采的记载。欧阳黔森引用《贵州府志》有关铜仁的记载:"黔中各郡邑,独美于铜仁,乃'鱼米之乡'也。"欧阳黔森还引用了《后汉书·先贤传》和《水经注·沅水》有关武陵郡的记载。这些历史材料的引用共同说明铜仁是中国各民族南来北往的频繁之地,是连接中原与西南的重要纽带。这些历史材料也与铜仁的现状形成了对比,铜仁已成为资源枯竭型城市,成为中国现有的十四个"集中连片特困地区"之一。在这种历史与现实的强烈对比中,凸显了铜仁实施精准扶贫的重要性,而铜仁万山的华丽转变也证明了习近平总书记的精准扶贫决策的正确性和新时代中国特色社会主义思想的真理性。在《报得三春晖》中,欧阳黔森引用历史上关于春秋时管子的记载,重点引用了管子"以人为本"的治国观点。在欧阳黔森看来,虽然管子以人为本的思想是伟大的,但管子生不逢时,他的治国理想无法实现;封建王朝的以人为本也与当今时代的以人为本截然不同,因为封建王朝以人为本归根结底是为封建统治阶级服务,而当今时代始终坚持"把人民利益放在第一位"的执政理念,这是共产党"为人民服务"宗旨的具体化和目标化,精准扶贫则是人民至上观念实践化的伟大工程。不难看出,欧阳黔森从历史材料出发,充分揭示了历史与现实的重要区别,凸显了当今时代是一个伟大的时代。欧阳黔森不仅引用古代历史材料,也引用现代历史材料,比如《报得三春晖》

---

① 陈平原:《中国小说叙事模式的转变》,上海人民出版社1988年版,第222页。

引录《中国工农红军第二方面军战史》中毛主席关于红二方面军的评价,强调乌蒙山区人民为中国革命作出了卓越贡献。作为革命老区的乌蒙山区长期没有摆脱贫困状态,1986 年时任中央书记处书记的习仲勋专门对乌蒙山区的扶贫工作作出批示。欧阳黔森详细引录习仲勋书记的批示,认为这个批示拉开了国家有组织、大规模扶贫的序幕。1985 年,时任贵州省委书记胡锦涛到毕节赫章县考察调研后作出具体指示,1988 年经国务院批复建立毕节试验区。欧阳黔森详细引录了胡锦涛总书记的指示。在《花繁叶茂,倾听花开的声音》中,欧阳黔森引录了中国工农红军第二方面军长征的历史材料,在党史军史上具有重要意义的"苟坝会议"在遵义苟坝胜利召开,这次会议进一步确立和巩固了毛泽东在党中央和红军中的领导地位。苟坝是一个重要的革命老区,但由于自然条件的限制,苟坝长期处于贫困状态。从贵州"八七"扶贫攻坚到新时代的精准扶贫工程,党和国家领导人对贵州扶贫工作投入了极大关心,三十年来,贵州发生了翻天覆地的变化。这些材料充分说明新时代的精准扶贫战略有着深厚的历史基础,是共产党肩负的历史使命的必然结果。引录史料大大增强了报告文学的历史内涵,史料与叙事的结合增加了报告文学的知识性与逻辑性,也增加了报告文学的叙事效果。

第二节　对话传统与人民立场

在报告文学中大量运用人物对话并非欧阳黔森的发明,也并非欧阳黔森独有,在我们非常熟悉的报告文学作品夏衍《包身工》和徐迟《哥德巴赫猜想》中就有大段的对话描写,在《人民文学》杂志"新时代纪事"栏目发表的《天之眼》也有不少对话描写。可以说,欧阳黔森继承了报告文学的对话传统,他以叙述者和采访者的双重身份记录了他自己在扶贫一线的访谈内容。在《看万山红遍》中，欧阳黔森记录了他与友人的对话，也记录了他与余秀英老人、李艳红、张小进等群众的对话，还记录了他与陈昌旭、吴泽军、杨尚英、田茂文等铜仁地区干部的对话。特别值得注意的是，欧阳黔森详细记录了田茂文讲述 2008 年习近平总书记视察万山的情景。田茂文对十年前的事情记忆犹新，他绘声绘色地讲述习近平总书记走访百姓家庭、体察民情的经过，习总书记身材高大、形象和蔼，习总书记与群众亲切交谈，耐心细致地倾听困难群众的心声，详细询问老人的身体状态、退休工资和家庭收入情况以及基层政府对社区居民的关心情况等。习近平总书记的走访使当地百姓心里倍感温暖，倍感踏实。田茂文激动地描述了十年前的情景，讲到最后时，他已经热泪盈眶。正所谓男儿有泪不轻弹，田茂文对十年前的事情还如此心情激动，可以想象人民领袖的崇高感染力和凝聚力。在采访的过程中，欧阳黔森听到了那么多激动人心的事，他无法按捺住内心的激动心情，他无数次被采访中的人物和事迹所感动，更是无数次感到心灵震撼。欧阳黔森详细、完整地把访谈内容记录在报告文学作品中，真实地再现了习总书记走访万山的情景，饱含感情地描绘了人民领袖平易近人、和蔼亲民的崇高形象，热烈地抒发了"人民的领袖人民爱，人民的领袖爱人民"的创作宗旨[①]。在《报得三春晖》中，欧阳黔森详细记录了他与朱大庚、安大娘的对话。安大娘是乌蒙山区海雀村的贫困户，九十六岁高龄，耳背听不清声音，说话也不太清楚，但她居然清晰地记得习仲勋书记。原来在三十三年前，习仲勋书记关于赫章扶贫的批示传到贵州省委后，时任贵州省委书记朱泽厚同志召开紧急会议并抽调干部赶往赫章县海雀村，发

---

① 欧阳黔森：《看万山红遍》，《人民文学》2018 年第 9 期。

放粮食赈济饥民。自此以后，安大娘永远记住了习仲勋书记，并在家里挂上习书记的画像。习仲勋书记成为安大娘一生中的珍贵记忆，这体现的是基层百姓的感恩之心，体现的是中华民族的传统美德。在欧阳黔森看来，精准扶贫是人类历史上最伟大的工程，也是中国共产党执政理念的最好诠释；精准扶贫给老百姓的生活带来了巨大变化，精准扶贫已经成为中华民族伟大的集体记忆，中华民族从不缺少记忆和感恩，老百姓感恩共产党、热爱人民领袖习近平的感情真挚而纯朴。在《花繁叶茂，倾听花开的声音》中，欧阳黔森也记录了大量的对话，既有与年近花甲的老人的对话，又有与村干部的对话，在这些对话中，老百姓都异口同声地表达了对共产党的感恩之心。在采访过程中，欧阳黔森与老百姓促膝谈心，听到了纯朴的心声，他的心灵受到震撼，灵魂得到洗礼。为了创作这几篇报告文学作品，欧阳黔森长期在遵义花茂村、毕节海雀村、铜仁万山区深入生活扎根人民，与老百姓深入交流，仔细倾听群众的呼声，真切地感受到了人民群众对共产党和人民领袖的感恩之心。欧阳黔森运用叙述、白描、抒情、议论等写作方法再现了采访的过程，绘声绘色地再现了对话的场景与内容，增加了报告文学的真实性和情感性，或许更为重要的是，这种对话描写生动地体现了以人民为中心的创作立场，只有贯彻习近平新时代中国特色社会主义文艺思想，切实地深入生活扎根人民，才能创作出真正反映百姓心声的作品，才能创作出无愧于当今伟大时代的作品。

习近平总书记强调"扎根人民、扎根生活"就是向人民学习，向生活学习，从人民的伟大实践和丰富多彩的生活中吸取营养。习近平总书记《在文艺工作座谈会上的讲话》中讲述了"扎根人民、扎根生活"的典型作家柳青。1953 年，柳青辞去陕西省长安县县委副书记职务，保留常委职务，定居皇甫村 14 年。柳青长期住在一个

破庙里，集中精力创作长篇小说《创业史》。柳青真正深入了农民生活，他了解关中农民的生活习惯、情感状态和心理需要，因此他的小说《创业史》中的人物形象栩栩如生。习近平希望文艺工作者要像柳青那样深入人民群众、与人民群众打成一片。欧阳黔森深入体会了习近平总书记的讲话精神，并努力将其付之于创作实践。欧阳黔森长期在贵州贫困地区"扎根人民、扎根生活"，乌蒙山区和武陵山区等连片贫困区都留下了他的生活印迹。2017年10月，欧阳黔森再次来到乌蒙山区深入生活，并前往海雀村进行调查采访，与当地百姓朝夕相处，经常与群众促膝谈心，这段经历为他写作《报得三春晖》提供了素材。2018年，欧阳黔森在《花繁叶茂，倾听花开的声音》中指出，如果作家不真正深入生活、扎根人民，就永远不可能写出贴近生活的作品。2018年，欧阳黔森前后15次实地走访、实地勘察他的家乡铜仁万山，并以真实素材创作了《看万山红遍》。也就是说，欧阳黔森长期在贫困地区生活，一贯坚持眼见为实的创作态度，最终创作了这三篇报告文学作品，真实反映了贫困地区的时代面貌和基层农民的心路历程。"扎根人民、扎根生活"不仅是欧阳黔森报告文学创作的根本方法，也是他创作小说的根本方法。为了创作长篇小说《雄关漫道》，欧阳黔森曾经重走长征路，亲身体验了长征的艰辛。在重走长征路的过程中，他的心灵受到洗礼，精神得到升华，尤其是红军战士大无畏的牺牲精神激发了他的创作热情和灵感。为了创作农村题材作品《绝地逢生》，欧阳黔森长年到乌蒙山区的农家体验生活，与农民群众朝夕相处，深切感受改革开放近40年来农村的巨大变化。无论是现实题材创作，还是历史题材作品，欧阳黔森都坚持深入生活扎根人民，他强调作家不深耕生活，就无法获得鲜活的创作素材，也无法激发厚重的历史感，更无法打通历史、现在和未来。在欧阳黔森看来，"扎根人民、扎根生活"是他的创作热情与灵感的来源，也是文艺创作的不二法门。

习近平总书记强调人民不是抽象的符号，而是一个个有血有肉、有情感、有爱恨、有梦想、有内心冲突和挣扎的具体的人。习近平总书记要求作家不仅要熟悉人民的心理冷暖和生活面貌，还要把人民的喜怒哀乐倾注在笔端。欧阳黔森深入领会了习近平总书记提出的"以人民为中心"的文艺思想，他在生活中追求能够与人民群众心连心，他在创作中努力真实地反映人民群众的喜怒哀乐。2017 年，欧阳黔森在回忆创作《绝地逢生》的经历时指出，他"被生活在这片土地上的人民深深感动着"[1]，这是一种情感活动，也是一种写作伦理，作家只有被人民感动了，才能创作出感动人民感动时代的作品。在遵义花茂村、毕节海雀村和铜仁万山区，欧阳黔森经常与乡亲们在一起促膝谈心，他已经成为当地百姓中的一员，成为他们的兄弟姊妹，成为他们无话不说的知心朋友。欧阳黔森无数次被交谈中的人物和事迹所感动，他无数次感到心灵的震撼。人民群众朴实无华、勤劳善良的秉性，早已成为欧阳黔森检验自我的一面镜子。欧阳黔森经常对老百姓最朴素的价值观和饮水思源、感恩戴德的品行感同身受。正是与人民群众心心相印、心气相通，欧阳黔森才能真正了解到人民群众的心理世界与感情活动，才能创作出贴近人民生活与时代精神的作品。在《报得三春晖》中，欧阳黔森详细描写了他实地采访安大娘的经过。在安大娘家里，欧阳黔森仔细观察安大娘的一举一动、一言一行，他对老人嘘寒问暖，并与老人贴心交谈。在安大娘饱经风霜但又安详慈善的脸上，他看到了中华民族的优秀传统，在安大娘饱含感恩的言语中，他看到了中华民族的高尚品格。在欧阳黔森的报告文学中，安大娘、李来娣等基层群众都是

① 欧阳黔森：《向生活要智慧》，《求是》2017 年第 2 期。

血肉丰满、情感饱满的人物形象，这些人民群众一个个跃然纸上，使作品充满了浓厚的生活气息和艺术感染力。也正是因为欧阳黔森常年在扶贫一线进行采访、实地考察，长期"扎根人民、扎根生活"，他才能真正体会到人民群众在物质与精神方面的变化。也正是因为欧阳黔森耳闻目睹精准扶贫实施以来农村发生的变化，他亲眼看到了贵州这几年在脱贫攻坚上取得的成就，他才能真正描写当今时代的现实状况和时代风貌。在欧阳黔森看来，"扎根人民、扎根生活"不仅要仔细观察当今社会的发展状况，还要贴近人民生活实景和心理世界，这样才能真正把握当今社会的物质发展和时代精神。

近段时间以来，从《人民文学》到《长篇小说选刊》等杂志都高举现实主义旗帜，大力倡导现实题材创作，一些著名学者也对现实主义进行了理论探讨、经验概括和历史总结，比如孟繁华《现实主义：方法与气度》、南帆《现实主义的渊源与气度》和胡平《以人民为中心与现实主义》等文章。其实，习近平总书记《在文艺工作座谈会上的讲话》中就已指出了现实主义创作的发展道路，那就是回到柳青，也就是像柳青一样"扎根人民、扎根生活"。欧阳黔森也正是沿着柳青的方向，踏踏实实地"扎根人民、扎根生活"，他的报告文学创作也正是在这个方面提供了重要经验。

第三节　方志传统与文体选择

我们知道，地方志的作用主要是资政、教化、存史，修志是政府行为，要依据法律，由专门机构组织实施。按有关条例规定，修志的周期一般为20年左右。为修志的科学化、规范化、法治化，地方志滞后于现实的发展变迁乃是不得已的选择，也是不争的事实。当前中国所发生的翻天覆地的历史性巨变，就不仅写在了政府部门的工作报告或者统计数据与图表中，也实实在在写在祖国的山河大地上。不要说数十年前，就是和数年前相比，各地山川地理、城市和乡村建设、文化开发、交通、通讯、旅游、风俗所发生的改变，都会令人生发出"人是物非"的由衷感慨。离家一两年，再回去很可能就找不着回家的路了，这是很多人的亲身经历和亲身感受。一个突出的事实是：作为国家地情资料最权威也最为完备、最具连续性的地方志，即便最新编撰，也已经明显跟不上新时代巨变的节奏。在这样的形势下，文学反映现实并及时记录"地方性知识"的整体性、结构性、历史性变迁，就变得非常紧迫、必要甚至时尚起来。当老旧的地方志明显跟不上时代变迁的节奏，新的地方志又暂付阙如的形势下，及时反映新时代历史巨变的职责，就落到了文学的肩上。

在第一章的"导论"中，我们就说过，欧阳黔森是一个有现实情怀的作家，他的历史理性并不仅仅关乎历史。但同时我们还要看到，欧阳黔森在文学创作上也是一个不喜欢囿于成规的作家，他总是在不断地尝试，不断地创新。《花繁叶茂，倾听花开的声音》《报得三春晖》《看万山红遍》这样的作品，就是在借方志的传统言说现实。这样的作品既尊崇以文学方法反映新时代巨变的美学规律，又是对方志记录地方舆地、物产、风俗、传说等传统的继承和发扬，可称为"新方志文学"。对"地方性知识"整体性、结构性、历史性变迁的文学性、时代性、连续性、史志性表达，就是我们对"新方志文学"的一个基本界定。在这里，对新时代历史巨变的及时反映是欧阳黔森的价值理性，而向传统方志寻找表达策略，则是他的历史理性与实践品格。

我们知道，关注时代变革一直是中国当代文学最重要的审美特征。在改革开放的各个历史阶段，推动文学创作关注现实、反映时代巨变的呼声一直都很强烈。《人民文学》杂志从 2017 年第 12 期开

始推出的"新时代纪事"栏目，就在这方面立起一面旗帜。栏目不仅发表报告文学类的纪实性作品，也发表长篇小说。其中，欧阳黔森的《花繁叶茂，倾听花开的声音》《报得三春晖》《看万山红遍》，状写资源枯竭型城市的绿色转型；丁佳、陈言的《天之眼》，凌翼的《让候鸟飞吧》，王雄的《奔驰的"金火车"》，赵雁的《星空并不遥远》，洪放、朱冰峰、许冬林的《领跑者》，郑风淑的《金达莱映红山岗》，范继红的《溢绿园》等，写高科技、高铁、航天、生态文明、科技强军等领域的创新发展，写时代楷模，写城市转型。而长篇小说《海边春秋》放在"新时代纪事"栏目，则是因为作品写了海岛渔村的历史性巨变，"实情和史事、蓝图相融"。这些作品的共同之处，用《新时代纪事》编者的话说，是"诚心诚意进入现实"，是"专注于老百姓的美好生活需要，写出全面建成小康社会的历史意蕴和时代特征"。

显而易见的是，这样的作品并不仅见于"新时代纪事"，其他报刊也有相似的栏目。纪实性作品的类型也并不只限报告文学或通讯、报道，写法上也并非狭义的纪实手法，而是包含了叙事、抒情、政论、新闻、口述实录等多种方法，文体也比较开放，既包括纪实性作品，也包括反映新时代巨变的诗歌、小说和散文。而且这些作品所写的"地方"，也并不是地方志所指的狭义的行政区划，而是包括特定的行业或领域在内，如教育、科技、航天等。可以说，从创作观念、写作姿态、创作方法到文体，近年这一类作品一直在引领文学关注现实、书写现实的热情。

进入21世纪以来，尤其是党的十八大以来，随着经济社会的快速发展，地方性知识整体性、结构性、历史性变动的文学书写，就已经出现在了不少作家的笔端。蒋巍的《闪着泪光的事业》写高铁建设的辉煌速度。《惊涛有泪——南阳大移民的故事》写的是为了支持南水北调等国家重点项目建设作出贡献和牺牲的南阳人的风姿。《这里没有地平线》刻画模范村支书文朝荣的动人形象，写"苦甲天下"的贵州毕节海雀村脱贫致富的艰辛历程；李春雷的《塞罕坝祭》写一百多名大学生为改变京津地带风沙危害，五十多年无怨无悔，终于造出了世界上最大的一片人工森林的事迹；张胜友的《风从海上来：厦门特区建设 30 年》写城市变迁等，已经开始彰显出新方志文学的品质。稍后，以"非虚构小说"命名的乔叶的《拆楼记》《盖楼记》，以及韩作荣写长沙的《城市与人》，聂还贵的《中国，有一座古都叫大同》，何建明写苏州的《我的天堂》、写重庆的《国色重庆》，王军记述北京城半个世纪沧桑的《城记》等，其艺术描写的现实关怀，也都指向了地方性知识的整体性、结构性、历史性变迁。

欧阳黔森显然对当前文学的这一态势有着清醒的认识。他的《花繁叶茂，倾听花开的声音》《报得三春晖》《看万山红遍》不光写巨变，不光在历史巨变中以传统方志那样的目光来写地方的建制沿革，经济社会发展，以及山川地理、物产、风情、风物、风俗的今昔对比，而且他还在现实巨变中融入了自己浓浓的乡愁，这就更具有了方志的情感蕴含。因为地方志所记载的主要是"一方之事"，故修志者中，一般都会有乡邦人士参与，有的还是担纲者或主撰者。作为中国地方志中的名家名作，《遵义府志》的主要纂修者郑珍、莫友芝就是遵义人。至于诗人、作家以故乡的"一方之事"来寄寓乡愁者，那就更多了。

当然，欧阳黔森在故乡历史巨变中所寄寓的乡愁，并不是传统意义的游子情怀，而是包括生态自然、现代化速度、脱贫致富、社会和谐等愿景在内的乡愁。他的"看得见山，望得见水，留得住乡愁"，蕴含的是中华民族伟大复兴的远大理想。这种借方志来言说当下的文体选择，亦是新时代纪事的一种中国式表达。

第六章　现代荧屏想象与影视叙事策略

在影视剧创作领域，欧阳黔森的创作主要集中在剧本写作与影视制片，其中有他的原创，亦有对他自己和别人小说原著的改编。确凿的是，电视剧《雄关漫道》《绝地逢生》《风雨梵净山》《奢香夫人》《二十四道拐》是近年来在荧幕上的热播剧目，从这些剧作看，英雄情怀、历史视野、立足贵州等，是欧阳黔森在创作电视剧时的主要策略。从《雄关漫道》开始，欧阳黔森始终致力于通过贵州影像全方位表达贵州文化、保存贵州记忆、书写贵州故事，他的影视剧创作路线也时刻围绕着如何表述贵州而展开。电视连续剧《雄关漫道》改编自欧阳黔森和陶纯的同名小说，于 2006 年 10 月 16 日在中央电视台一频道黄金时段播出。该剧是向长征胜利七十周年献礼的重要作品，被中宣部 17 号文件列为纪念红军长征胜利七十周年的唯一一部长篇电视剧作品[1]，该剧的年度平均收视率突破 4.0%，位列 2006 年中央电视台黄金时段播出的电视剧年度收视率第 11[2]，远

---

① 欧阳黔森、王士琼：《欧阳黔森：一部小说背后的四级跳》，《当代贵州》2006 年第 24 期。

② 李京盛：《中国电视剧年度发展报告 2005—2006》，中国传媒大学出版社 2007 年版，第 214 页。

高于同年省级上星频道黄金时段所播出电视剧的平均收视率①。在围绕《雄关漫道》的讨论中，业界和学界集中关注了该剧在题材选择、叙事视角和人物塑造等创作美学风格中流露出的英雄主义气质与乐观主义革命精神，认为《雄关漫道》"在题材选择上、拍摄角度上，另辟蹊径……在主题开掘上，能够深入地挖掘长征精神……在艺术表现上……既写好大人物，也写好小人物"②。

电视剧《绝地逢生》（2009）、《风雨梵净山》（2011）、《奢香夫人》（2011），是欧阳黔森在《雄关漫道》后的三部力作。无论借蒙家父子家庭奋斗史以审视改革开放历程中贵州农民在生活、心态和精神上的转变（《绝地逢生》），还是通过民间革命人物和时空再造以眺望红军革命历史中的传奇故事（《风雨梵净山》），或是深挖贵州少数民族历史文化，以彝族女性人物的高大形象来强化当下在国产电视剧创作中处于弱势的贵州历史英雄讲述（《奢香夫人》），我们都能从他的作品中强烈地感受到作者对贵州历史和当下言说的责任。

2015 年开始，欧阳黔森的影视剧创作再度转型。类型杂糅叙事革新和文化融合，成为他这一时期影视创作的主要追求。电视剧《二十四道拐》（2015）整合了编剧在此前的电视剧创作中常用的类型元素，将抗日、剿匪、谍战、革命历史和爱情等类型元素融合，围绕保桥护路讲述了一段抗日战争期间发生在大后方的革命战争故事。于 2017 年完成的电视剧剧本《云上绣娘》，通过讲述贵州岜沙苗寨绣娘的故事，将贵州从江县城的苗族部落与上海、香港和巴黎

---

① 2006 年省级卫星频道播出的电视剧平均收视率最高的为：安徽一套播出的《铁道游击队》，收视率 1.1%。李京盛：《中国电视剧年度发展报告 2005—2006》，中国传媒大学出版社 2007 年版，第 215 页。

② 明振江在《雄关漫道》研讨会发言摘要。王家琦、赵聪：《电视连续剧〈雄关漫道〉研讨会纪要》，《中国电视》2007 年第 2 期。

等地串联起来。与此同时，编剧也在创作中融入商战、时装和少数民族元素，试图在纵向上呈现进步时代中的贵州力量，横向上铺陈全球视野下的贵州情感。在另一部已完成的电视剧剧本《云雾街》（又名《星火燎原云雾街》）中，编剧延续了他对革命历史题材的写作，该剧讲述了中国工农红军在遵义会议召开之前所经历的艰难险阻。在全剧结尾，"都匀毛尖"[①] 茶最终也通过字幕的形式，从普通且带有地域性的商品符号上升为宝贵、独特的贵州精神象征，演变为主流意识形态的表述体系。2018 年年末开机的电视剧《伟大的转折》和长征系列电影《伟大转折之巍巍大娄山》，讲述中央红军进入贵州后，连续召开黎平会议、猴场会议、遵义会议、苟坝会议，接连获得突破乌江、三进三出遵义、血战娄山关、四渡赤水等一系列战役的胜利，最终确立了以毛泽东为代表的马克思主义的正确路线在中共中央的领导地位，挽救了党、挽救了红军、挽救了中国革命的故事。该剧亦由欧阳黔森担任总编剧，是欧阳黔森影视剧创作又一部值得期待的作品。

　　概括而言，欧阳黔森电视剧创作的题材类型主要为革命历史题材、少数民族历史题材和农村现实题材。他非常注意将不同的题材融汇合一，服务于极具贵州情怀的故事讲述。在他的作品中，电视剧的人物塑造和情节发展有着鲜明的地域和个人色彩。比如他的革命历史题材电视剧，常通过不同势力集团之间的博弈来结构全剧。《风雨梵净山》（2011）是欧阳黔森担任总制片人和总编剧，赵朝龙、唐玉林任原编剧，桑叶任编剧，陈晓雷导演的电视剧作品。该剧聚焦于贵州铜仁，讲述了原本的"发小"因政治立场、私人恩怨和爱

---

　　① "毛尖茶"原为"黔南茶"，1956 年毛泽东给予"毛尖茶"一名沿用至今。郎丽娜：《"毛尖茶"：地方与国家传统交流的终结》，《贵州师范大学学报》（社会科学版）2018 年第 6 期。

恨情仇的纠葛反目成仇的故事。全剧聚焦于战火纷飞的民国时期，虽远离欧阳黔森成长的年代，但铜仁是他的故乡，他非常熟悉这里的人物和生活细节，由此搭建出了家庭、山野和国家的三重叙事空间。张明堂和孙如柏是张家与孙家杰出的晚辈，岂料两人却同时爱上了黄家的千金黄菲儿。国共两党在政治上的分歧，加剧了铜仁城中基于个人情感、家族利益和商会博弈之间的矛盾，与此同时，地处梵净山深处的桃花寨也成为历史讲述和意识形态建构中的情感缓冲地带。桃花寨主对张明堂的爱情也成为全剧重要的人物情感主线，将政治分歧、战争谋略和家族纠纷串联起来。

《二十四道拐》（2015）是由欧阳黔森担任总制片与总编剧，以张国华的同名小说为基础改编创作的近代革命题材电视剧。该剧于2013年11月进行备案公示，同年12月开拍，历时一年，在贵州黔西南州晴隆县莲城镇的安南古城和贵州兴义等地取景拍摄，2015年9月9日在央视八套电视剧频道播出。该剧以贵州省晴隆县境内的二十四道拐和盘江铁桥为核心，讲述了抗日战争时期国民党、共产党、美军、民间武装力量和日本侵略者之间的一段守桥护路和炸桥毁路的故事。梅松是国民党军事委员会特派员、中共地下党员，他受上峰委派，回到家乡晴隆保护二十四道拐和盘江铁桥的安全畅通。他抵挡住了日本侵略者有针对性的毁灭性攻击，团结了晴隆百姓与社会各界抗日爱国人士，维系了美军与国军间的国际友谊并帮助游散在社会边缘的民间武装力量认清了革命局势，最终将各路英豪汇于一堂，共同谱写了一曲抗日救亡、保路护桥的英雄赞歌。

《雄关漫道》是一部讲述红军长征壮举的军事战争题材电视剧。1934年，驻守在各根据地的中央红军在蒋介石部队的围剿下接连失利，中央苏区也频受侵扰，革命形势危在旦夕。1934年8月7日，以任弼时任军团军政委员会主席、萧克任军团团长、王震任军团政治委员、李达任军团参谋长和张子意、甘泗淇任军团政治部主任的红军第六军团共 9700 余人从湘赣苏区东南部出发，开始西征。经过两个月的浴血奋战，红六军团于同年 10 月 24 日抵达印江县木黄，与贺龙、关向应等领导的红三军胜利会师。26 日，两军在四川省酉阳县南腰界召开会师大会，决议恢复红三军团前番号，组成红二、六军团继续作战，策应中央红军的战略转移，并努力开辟新苏区。电视剧《雄关漫道》的故事从红六军团与贺龙部队艰难会师开始，围绕红二、六军团全军将士们艰苦卓绝的长征战斗生活，讲述了一段颇具英雄气概、全局意识和牺牲精神的长征史。

在少数民族历史题材电视剧创作中，欧阳黔森延续了自觉思考贵州身份的历史视角。《奢香夫人》①（2011）是由欧阳黔森担任总制片人和编剧，并根据作者本人的同名长篇小说改编拍摄的少数民族历史题材电视剧。该剧于 2011 年制作完成，播出后立刻引起学界与业界的关注。2011 年 11 月 27 日，由中国电视艺术委员会和中国电视艺术交流协会共同主办的"《奢香夫人》研讨会"在京举办。与会专家学者对电视剧《奢香夫人》给予了高度评价，主要集中在较高的民族统一叙事视野、较强的民族团结精神内核、积极主动同时又行之有效的主流价值观建设和坚守民族文化历史保护等方面②。在增强文化自信与民族凝聚力的时代大背景下，该剧为观众讲述了一个层次丰富、视角多元和立意深刻的少数民族女英雄的传奇故事。

---

① 该剧由贵州省委宣传部主导、贵州日报报业集团、黔森影视文化工作室组织创作生产。荣膺第 29 届电视剧"飞天奖"长篇电视剧奖，第 26 届"金鹰奖"优秀电视剧奖和中宣部第 12 届"五个一工程"优秀电视剧奖。在央视综合频道，《奢香夫人》收视率高达 3.8%，超同年度黄金时段平均水平，同步播出的新疆卫视，收视率同比提升 3 倍。http://www.se-ac.gov.cn/art/2014/1/6/art_36_197743.html，2018 年 5 月 21 日。

② 《中国电视》记者：《民族历史文化的斑斓多彩与深刻的现实关照——电视剧〈奢香夫人〉专家研讨会综述》，《中国电视》2012 年第 2 期。

二十八集①电视剧《奢香夫人》聚焦于元末明初西南彝族地区的动荡时局大背景，以奢香心系彝族同胞，为彝族同胞谋未来、为民族团结献良策、为天下大同抒情怀的动荡非凡经历为主线，讲述了彝家各部如永宁、水西、水东和乌撒与明朝各方势力如傅友德将军、钦使马烨和有才无德的夏柏元等人以及元朝残余势力梁王巴扎瓦尔弥、世子爷巴合木和二王子巴根等人之间的恩怨纷争。传唱了一段温润绵柔但又铿锵有力的彝族女英雄史诗，并以此为象征，向观众、家国和天下传递出民族团结、社会和谐和追求和平的意识形态诉求。奢香夫人是元末明初时期，彝族土司、贵州宣慰使霭翠之妻。作为历史上伟大的彝族女政治家，奢香夫人不仅存在于民众的历史和文化记忆里，她的传奇历史还多次被改编为各类文艺作品②。

在农村现实题材电视剧创作中，欧阳黔森非常注重将贵州经济社会发展中具有时代进步意味的符号保存下来，通过聚焦中国传统小家庭中的日常生活，搭建平行于个人、家庭和社会之间的时代氛围，塑造出积极乐观、勤劳善良和敢于担当的贵州农民形象。电视剧《绝地逢生》（2009）改编自欧阳黔森同名小说，于2009年3月在中央电视台一套黄金时间播出。该剧讲述了我国农村改革开放三十年以来的风雨历程，由贵州省委宣传部、八一电影制片厂和中央电视台文艺中心影视部联合出品。全剧聚焦于贵州省乌蒙山区盘江村村支书蒙幺爸（杜源饰）带领全村人民致富奔小康的艰辛历史，

---

① 央视一套播映版为二十八集，辽宁广播电视音像出版社发行的DVD为三十集。

② 如辛亥革命后，黄齐生创作的话剧《奢香夫人》；由俞百巍和朱云鹏共同创作，俞百巍执笔的黔剧《奢香夫人》（初稿写于1963年，四稿改成于1979年）；由陈献玉导演，胡尔西德·吐尔地饰奢香夫人，浙江电影制片厂摄制的电影《奢香夫人》（1985）；由贵州省黔剧团、毕节地区黔剧团参演的，根据《访马店》等载有奢香夫人相关传说改编的黔剧《奢香放马》（1985）；陈乐光的电视连续剧《奢香演义》；苏晓星著，七幕历史话剧《大明皇帝和彝族女杰：顺德夫人奢香》（作家出版社2007年版）。王明贵：《影视剧作与彝汉史志中奢香夫人形象的比较研究》，《贵州社会主义学院学报》2012年第1期。

围绕蒙幺爸和他三位性情各异但都质朴善良的儿子，用贴近自然、崇尚生态文明和注重科学发展的笔法，以蒙幺爸一家为典型代表，还原了改革开放三十年来万千中国农民自强不息的奋斗史。《绝地逢生》创造了诸多荧幕中的家庭奋斗原型。其中有以蒙幺爸为代表的蒙家男儿发家史，也有以九妹、韦号丽和禄玉竹为代表的女性开拓者，还有以黄大有和王金发等密切围绕在蒙幺爸周围，坚持不懈，自力更生的群众团体。蒙大棍（高峰饰）是蒙幺爸的长子，他性格内向，寡言善行，年少时因贫穷而错过与九妹的爱情。九妹远嫁他人，临走前满怀惆怅流露自己喜欢桃花，希望有朝一日能看见漫山遍野的桃花的愿望。在情伤面前，不甘于被贫穷击倒的大棍开始在饿狼谷试种桃树。功夫不负有心人，多年后，他不仅将昔日的饿狼谷改造成为桃花谷，还凭借花椒种植和开办农家乐而脱贫致富，他和九妹的爱情长跑也最终抵达了幸福的彼岸。蒙二棍（党浩予饰）是蒙幺爸的次子，他和大哥性格截然相反。天性活泼、行事果敢、思维开拓，他是全村最早通过打工致富的代表。难能可贵之处在于，在幺爸和妻子韦号丽的引领和陪伴下，他实现了从成就小我到造福大家的思想转变。蒙三棍（胡光子饰）是蒙幺爸的小儿子，他聪明好学但却老实谨慎。在工作上，他兢兢业业、勤勉踏实，可是在爱情上却一直止步不前。他与老同学禄玉竹的爱情长跑终于在玉竹即将嫁作他人妇时画上了美满的句号。《绝地逢生》是一部故事情节面很小但立意深远、寓意丰富的电视剧。2009 年，中国电视艺术委员会、中国电视艺术交流协会、中共贵州省委宣传部和中央电视台影视部联合主办了电视剧《绝地逢生》的专家研讨会。来自业界和学界近二十名专家均对此片予以较高肯定。在围绕《绝地逢生》展开的讨论中，大家的视角集中在全剧的生态主义叙事风格、主旋律意识形态建构、积极乐观的农民形象塑造和科学发展观格局下的艺术构思等问题之上。作为一部立足贵州少数民族地区关注三农问题的电视剧，《绝地逢生》在民族文化和民俗方面的展现是其有别于以东北农村为主的国产农村题材电视剧（如《刘老根》《圣水湖畔》《美丽的田野》《插树岭》）的一大亮点。这不仅是贵州乡土文学在影视改编上的新发展，同时也是国产农村题材电视剧和少数民族题材电视剧相融合的一次有意义的探索。

相较于电视剧剧本创作，欧阳黔森在电影领域的创作延续了此前多元身份的特征，但作品形态呈现出更强的先锋探索性。我们不仅能在他担任制片的电影，如《旷继勋蓬遂起义》（Pengsui Uprising Led by Kuang Jixun，2010）和《云下的日子》（Sweet Journey，2011）中看到他对革命历史题材故事长期的执着关注，更能在他担任编剧的电影中发现他的剧作风格。在电影《幸存日》（Together，2011）中，塌方矿井下的封闭空间成为全片价值判断、情节张力和视觉表达的载体。编剧试图通过讲述矿难的不幸与万幸，以此来折射人类本性中对生命的渴望，并向观众传达坚韧和博爱的普世价值。在电影剧本《极度危机》①中，编剧将故事聚焦于战争中的女护士，讲述她们为保护我方情报人员相继牺牲的悲壮故事。该剧在叙事空间的营造上，再一次强化了编剧在此前的创作中，对贵州在历史和当下处于边缘但又极为重要的悖反式身份。与此同时，影片情节止于我方战士身陷敌人包围，情感积累和情节危机都跌宕至顶点，选择在此时收尾，编剧不仅仅是希望通过开放式结局来进一步扩大情节想象空间，更重要的，是编剧想坚守艺术创新的先锋姿态。

目前关于欧阳黔森电视剧创作的研究，多聚焦于题材选择、叙

---

① 中宣部全国文化名家四个一人才扶持项目、中共贵州省委宣传部重点剧目。

事视角和人物塑造等美学追求中流露出的英雄主义气质与乐观主义革命精神①，以及对其电视剧文本内部的民族统一叙事视野、民族团结精神内核的关注。同时，对其剧作中所传达的主流价值观，以及对民族文化历史的发掘、保护立场等，也有不少研究成果②。欧阳黔森电视剧中的生态主义叙事风格、主旋律意识形态特征、乐观积极的农民形象塑造，科学发展观格局下的艺术创新等，更是关注的焦点③。我们认为，欧阳黔森的电视剧作品具备鲜明的理想主义与英雄品格，贯穿文学作品和电视剧剧作中最鲜明的特征是叙事视点中作家视角、时空探索路径和历史理性思辨，在意识形态表述与电视剧类型元素、理性抒情与历史反思以及场景功能与风景隐喻的对立与融合中，欧阳黔森的影视剧作有自己鲜明的个性，是一种多声部艺术共鸣。

欧阳黔森电视剧中的人物、情节和主题，大都通过板块式的权力制衡网得以串联，统摄其上的是编剧在处理主流意识形态表达与类型化故事讲述时，主动填补故事缝隙时所自发形成的作家视角。这是一种源自多年地质工作经验与长期坚持深入群众、扎根生活和饱含深情的原乡情结。除此之外，注重文本的"深度、广度和温度"④，亦是欧阳黔森在进行文学作品影视化改编的纲领性策略。这主要体现为叙事空间上以时事书写再造影像世界的诗性策略，叙事时间上以指向标式的片段风格和以省略为主的跳跃笔法营造的理性抒情审美样式。

---

① 明振江在《雄关漫道》研讨会发言摘要。王家琦、赵聪：《电视连续剧〈雄关漫道〉研讨会纪要》，《中国电视》2007 年第 2 期。

② 《中国电视》记者：《民族历史文化的斑斓多彩与深刻的现实关照——电视剧〈奢香夫人〉专家研讨会综述》，《中国电视》2012 年第 2 期。

③ 曹营：《电视剧〈绝地逢生〉研讨会纪要》，《中国电视》2009 年第 7 期。

④ 金涛：《影视应有"三度"，文学可以护航——访全国人大代表、贵州省文联副主席、贵州省作协主席欧阳黔森》，《中国艺术报》2014 年 3 月 7 日第 003 版。

在创作少数民族题材或内容的电视剧时，欧阳黔森一贯秉持"大事不虚，小事不拘"的创作原则，具体体现为：一、借助于剧本内部的角色理性叙事视点，赋予历史中的人物以不同程度的时代自觉度，并以此串联起剧本层面的情节、主题和文化元素。二、得益于剧本内部的角色理性叙事视点，电视剧得以勾勒出真实而不乏想象、集中而不缺层次、宏大而不失柔情的影像叙事时空。在历史题材电视剧创作中，欧阳黔森试图延续现实主义文艺创作中对"历史中的人"与"人的历史"的书写与表现，将艺术创作的辩证关系与创作者的身份焦虑相结合，将唤醒大众历史记忆的正剧风格与注重人物情感和故事情节的现代电视剧工业美学体系相结合，用影像打通历史与记忆之间隐藏的樊篱，用内化于心的英雄主义情结和在地文化建构的身份，坚持书写新时代荧屏上的贵州形象。与此同时，欧阳黔森在进行小说的电视剧剧本改编时，对场景功能的强调不同程度上呼应了影视创作中的视觉思维，使原本属于后景之中沉默的场景，摇身而变为语意多元的荧屏风景。通过紧扣欧阳黔森作品中温润自然、不疾不徐和从容自信的原乡情结和对历史中的贵州进行现代性荧屏想象的创作风格进行逐层解码，我们进而可以抽离出与风景呈现密切相关的视角隐喻和身份意识。

第一节　作家视角与时事书写

欧阳黔森在文学和影视剧本创作中善于通过改变叙述人称以增强情节层次、丰富情感表达和营造情绪共鸣。在他创作的短篇小说《十八块地》和《丁香》中，同样有着较强的作者自身指代意味。"我"在十八块地农场对卢竹儿、鲁娟娟和萧家兄妹等人的回忆构成了小说的主要情节。第一人称的使用，除了给文本增加亲历感之外，也流露出作者一以贯之的自我指代创作范式。"我"的情窦初开与因为口误而导致卢竹儿对自己的失望，少年时对爱情的憧憬和不谙世事时的无知无畏在第一人称叙事视角中得以放大；随后，"我"作为政委吴大跃的好友，和鲁娟娟因花生地事件不打不相识。五年后，"我"和吴大跃相遇，在"我"和"你"的交流中，"我们"彼此成就了对方眼中的自我形象。"吴大跃见我的第一句话是，当年我就晓得你会出息的，想不到出息这么大，都写诗了"①，"接着，我问，政委——只有这个时候，我才在心里把他当作了政委——当年在农场你为什么对鲁娟娟那么好，对我和卢竹儿却要大义灭亲呢?""我"以第二人称的视角，以政委吴大跃的自我反身式镜像，反射出了自己对青春时光的观察、回忆和描述。而当"我"讲述自己和萧家兄妹的故事时，由于心生对他们才华的欣赏，而促使该部分的回忆呈现出略微的疏离感。"我"成了萧家兄妹农场生活众多旁观者的一员，分享但并未直接参与到他们的喜怒哀乐。而此时"我"的讲述，则是更多以第三人称的状态展开。虽然叙事人称的变化在小说文本中并未直接显现，但在故事讲述的过程中，隐藏在叙述者身后对具体事件参与程度的变化足以让读者感受到小说内在的情感张力。同样，在《丁香》中，在丁香面前寡言少语的地质队员具有作者自身经历的指涉意味，"他也不争辩，心想老子写诗总害不了别人"②，这既是地质队员在小说叙述过程中自我意识的觉醒，也是作者通过第三人称叙述勾连起自我生活回忆的、游荡于文本内外的双重指代。文学创作中的作家意识，在影视剧创作中得以放大，进一步以人物为核心，延展了其他影视创作元素的作家个性表达。

首先，编剧在《绝地逢生》中将叙事视点集中在人物的成长上，

---

① 欧阳黔森:《欧阳黔森短篇小说选》，贵州人民出版社 2014 年版，第 91 页。
② 同上书，第 102 页。

具体表现为对角色性格、矛盾和关系演变发展的多重考虑，并着力于刻画圆形人物和勾勒人物弧光；其次，视点化身为时代的镜像，折射出思想解放、观念进步和社会发展在盘江村留下的影响；再次，视点所聚焦的人物成长与时事发展的对话过程本身也呈现出一定程度的反身性，我们可以通过分析人物成长与时事发展之间的具体对话过程，管窥社会主流话语影响并改写人物的创作路径。最终，我们可以通过影像所呈现出的改写效果，赋予影像纪实和档案的社会功能。蒙幺爸及其三个儿子是全剧的核心人物，四人之间的性格反差既是全剧叙事动力的重要组成部分，也是编剧借以缝合时事，完成意识形态艺术化表达的策略。他们各自的身份形成了鲜明的社会身份隐喻，士农工商，每一个人都是各自身份的典型形象。蒙幺爸扎根农村，是个地地道道的盘江人，他心系乡土、乡亲和乡情，为盘江村的发展殚精竭虑。蒙大棍继承了幺爸的执拗性格，是一位老实本分的农民，他通过拓展多元种植和养殖业，在带领全村人脱贫致富的同时，也将曾经石漠化严重的饿狼谷改造为绿树成荫的桃花谷。他的身上汇集着改革开放三十年以来，中国农民积极乐观、勤劳聪慧和敢为人先的特点。与此同时，他也是贵州乃至全国建设社会主义新农村带头人的典型形象。曾任贵州省罗甸县大关村党支部书记的何元亮，曾在自己的口述中介绍了大关村脱贫致富的艰难奋斗史，从劈石造田、修水窖、科技兴农、整合资源、因地制宜打破粮食本位思维、发展养殖业、抓好农村硬件建设到最终建成文明生态小康村，大关村全村总产值从 1978 年的 59.4 万元发展到 2007 年的 703.5 万元，全村人均纯收入从 1978 年不足 50 元，增长到 2007 年的 2450 元[①]。荧屏上的盘江村和村支书蒙幺爸俨然现实生活中无数像大关村这样的典型案例的缩影。

---

① 中共中央党史研究室：《建设社会主义新农村带头人口述历史书系：创业之路》，中共党史出版社 2009 年版，第 337—357 页。

由此可见，在欧阳黔森电视剧剧作的视点选择中，时事书写策略不仅是全剧情节构思的背景和叙事的重心，还能够作为在人物成长和行为动机的关键转变阶段，紧扣时代背景和社会风潮，并具象化为层次多元的外部激励事件。该视点策略，进一步将人物黏合在改革开放的时代背景之中，并促使他们在具备自主性的前提下，最大限度地实现人物的自我成长与蜕变。该策略能有效消解主旋律叙事附带而来的严肃性与说教感，段落式且颇具跳跃感的叙事结构和节奏，让诙谐、浪漫和理想主义成为全剧意识形态缝合的调节机制。蒙二棍是改革开放的逐浪儿，他只身前往镇上土鸡店打工，而后又通过自主创业化身为商人，在经营餐馆的同时也代为销售乡亲们种植的花椒。他的思想改变和成长经历并不顺畅，随着他和土地的距离日渐疏远，消费主义下的个人中心思想日渐成为困扰他和妻子、家庭以及家乡的阻碍。诚然，我们会发现亲情、友情和爱情是全剧化解此类矛盾的核心叙事策略。蒙二棍就是在一直温柔体贴的妻子韦号丽的一次疾言厉色的训斥下，重新领悟到了做生意不能忘本、成就小我的同时也要造福乡亲的道理。但是，蒙二棍的人物形象依然更倾向于自我成就的模式，而他的绝大多数自我成就的动力和方向则来自改革开放以来党和国家的诸项政策红利。从他最初饭店打工、独自创业、销售花椒、投资办厂再到与大棍合作办农家乐，他的行为动机受制于影视剧文本之外的时事进展，人物的成就也服从于文本之外现实生活之中的时代必然性。《绝地逢生》开篇劳模黄大有的半夜出逃让蒙幺爸意识到如何解决地少人多的现状，是盘江村当前亟须解决的现实危机。诸如黄大有和蒙二棍等农村青壮年剩余劳动力的出路成了当时政府重点关注的问题。"离土不离乡"[1] 成为

① 蔡昉、王德文、都阳：《中国农村改革与变迁：30 年历程和经验分析》，格致出版社2008 年版，第 55 页。

当时政府鼓励部分农民向城镇转移的一大政策。黄大有的"偷跑"即反映了这一政策背景下部分农民寻找非农就业岗位的心态和状态。

第二节　在地英雄与绝地隐喻

作为作家视角在人物塑造层面的延展，欧阳黔森影视剧中的英雄形象具备了天生的故土情结与在地意识，这一方面离不开他书写自己贵州记忆的创作自觉和职责担当，另一方面也和他作品中崇高感的体现不无关系。而统摄于英雄人物创作之上的是作者将历史经验转化为荧屏创作的内在自觉。"真正伟大的东西在生活中绝对不会受到鄙视，崇高也是一样"[1]，国产主旋律题材电视剧容易走入创作上的两个极端，一头是严肃、宏大且旗帜鲜明的革命现实创作倾向；另一头则是戏说、微观且类型多元的想象现实创作倾向。当前，影视创作面临媒介融合、资本逐利、受众低龄化、政策调整、国际冲击等种种挑战，而对国产军事战争题材电视剧来说，核心之处在于如何找到介于庄严的革命现实言说与愉悦的现实想象改编之中的缓冲地带。因此，经验的"在地性"与艺术家的故土家园情结变得非常重要。所谓"在地性"，通俗地说，就是接地气。而在地英雄的含义，就是要立足于人类天生的故土家园意识，摒弃影视作品中神化英雄、戏说英雄的倾向，让英雄更接近于历史，也接近于我们的日常现实。从电视剧剧作的角度来看，如何让观众入戏，增加观众观影/剧过程中的沉浸感，不仅仅要站在影视文本外部，对包括受众在内的整个影视产业进行研究预判，更重要的是，要回归到影视文本内部，从情节、人物、主题等老生常谈但又往往迫于资本、数据和

---

① ［古罗马］朗吉努斯、［古希腊］亚里士多德、［古罗马］贺拉斯：《美学三论》，马文婷、宫雪译，光明日报出版社 2009 年版，第 12 页。

媒介等纷乱繁杂的"指标"而极易被忽视的基本剧作元素着手，挖掘深藏于文本、题材甚至是剧作者艺术想象内部的规律。唯有如此，我们才能逐步触探到朗吉努斯曾指出的崇高的五个源泉："形成伟大概念的能力"、"慷慨激昂的感情"、"思想的修辞和言语的修辞"、"高尚措辞的使用"和"尊严和高雅产生的总体效果"①。

电视剧《雄关漫道》的故事从红六军团与贺龙部队艰难会师开始，围绕红二、六军团全军将士们艰苦卓绝的长征战斗生活，讲述了一段颇具英雄气概、全局意识和牺牲精神的长征史。全剧高度还原和再现了红二、六军团从 1935 年 11 月 19 日起，至 1936 年 7 月初，历经湘黔边转移、湘黔滇转战和北上甘孜会师红四方面军的真实历史，并塑造了贺龙、任弼时、萧克、关向应等历史人物的荧屏英姿。与此同时，从原著小说延续而来的平民英雄形象也成为该剧得以打动当下观众的核心要素。岳林盛是侦察一营营长，他在一次进城取药的任务中被国民党士兵发现，紧急关头，他的姑父和姑妈主动牺牲自己，保全了紧俏药品，促成了红军此次任务顺利完成。自此以后，表妹林霄父母牺牲的消息一直成为岳林盛长征路上的心结。李明皓最初是红六军团中一位普通的连长，他和岳林盛一样憧憬革命、心系群众、满腔热血。在他成长为八团团长的过程中，不仅升华了对革命和长征的认识，更重要的是，他在与弟弟李明全的相处和凌霄的感情关系中领悟到了革命生活中的诗性生活之美。除此之外，家根、秋妹和他们的父母组成的革命家庭也成为《雄关漫道》平民视点最佳的承载空间。诚然，全剧的故事主线依旧围绕红军将士们艰苦的战斗生活，讲述红二、六军团长征路上的大小战役与传奇往事。但是，对全剧革命历史叙事起到节点性作用的空间载

① ［古罗马］朗吉努斯、［古希腊］亚里士多德、［古罗马］贺拉斯：《美学三论》，马文婷、宫雪译，光明日报出版社 2009 年版，第 14 页。

体依然是何家爸妈为代表的部队之家空间、周素园为代表的民间革命空间和长征途中无数支持红军的百姓所象征的家国空间。岳林盛的理想主义也是编剧的理想主义，编剧在他的很多短篇小说中都曾设计过乡村教师的形象。而在《雄关漫道》中，以岳林盛为代表的乡村教师不再只是纸上谈兵的文弱书生，而是投笔从戎的平民英雄。此外，全剧对以岳林盛为代表的平民英雄的刻画多将人物置于历史洪流之中，让人物自己成长，这直接促使观众在欣赏全剧诸多平民英雄形象时能设身处地感受到蜕变的力量和历史的重量。

《雄关漫道》对红二、六军团长征史的述说意在突显长征精神中的大局意识，坚持党的正确领导、坚持战略方针结合实际、坚持灵活作战、坚持团结广大群众以及坚持正确处理党内矛盾是红二、六军团长征史留给国家和人民的精神财富。该剧一方面呼应了当前诸多讲述长征历史的影视剧作品所关注的主要主题，另一方面也体现出欧阳黔森影视剧创作中的产业和文化一体化倾向。在欧阳黔森的影视作品创作中，影视文本与地方旅游、经济建设和文化产业之间的互动关系不仅体现在多方投资建设影视城以便影视剧拍摄和旅游观光；更重要的是，他对历史时空的想象促成了贵州省在新时代畅述中国故事的背景下，找到了一条切实可行的"多彩贵州"影视化道路①。在《雄关漫道》中，编剧通过极富人格魅力的英雄形象、以二维作战图指代三维战争空间的想象性叙事策略辅以实地战争场景设置、家国隐喻体系的搭建、以人与自然之间的矛盾为主导的人物创作模式以及处于等待时序的情节辅线铺陈，完成了从历史经验

---

① 2010 年，贵州省晴隆县着手建设"24 道拐抗战文化园"项目，该项目先后被国家列为"省、州重点项目"、"国家'五个一'重点工程"和"2011 年贵州省一号文化工程"，并于 2013 年，为配合电视剧《二十四道拐》的拍摄宣传，在安南古城举办了微电影《山村硬汉》拍摄和相关宣传推广活动。见《黔西南日报》2011 年 10 月 27 日第 001 版、2013 年 10 月 18 日第 001 版。

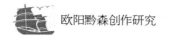

到荧屏形象的创作。

电视剧《奢香夫人》与此前相关的文艺作品相似之处在于密切围绕奢香夫人，勾勒出她璀璨传奇的政治生涯。不同之处在于，电视剧版《奢香夫人》的叙事视点并未局限于奢香夫人与马烨的政治纷争中，而是借由深广的历史挖掘与合理的想象创作，还原了一幅气势恢宏的彝族风情录。诚然，有学者曾指出"史料碎片中的奢香夫人，与艺术作品中的奢香夫人，开始走向两个不同的世界"①，而我们在电视剧《奢香夫人》的影像时空中也同样能发现一些带有批量生产痕迹的影视元素，如较为单一的服饰类型、缺少一定叙事性和"具象性"②的彝族风格美术设计。然而，我们依然能够看出创作者直面历史事实艺术创作的魄力。这一努力最直观的表现就是全剧在情节上的多点聚焦并且在涉及奢香夫人形象的再创作时，着力于营造可供角色感性生活与理性思考的想象性空间，而非效仿已有的艺术文本中"高大全"式的描写手法。奢香夫人并非全剧的中心人物，而是作为不同人物之间的枢纽，发挥着轨道和桥梁的作用。这一颇具历史理性特征的影像时空又进一步构成了电视剧《奢香夫人》开放的视听语料库，为其延展出民族统一、和谐共处和天下太平的意识形态话语打下了坚实的基础。因此，该剧最终打通了历史和当下，成为一个跨越历史时空的互文性和对话性文本，最终实现了民族文化认同的跨时空表达。

---

① 王明贵：《影视剧作与彝汉史志中奢香夫人形象的比较研究》，《贵州社会主义学院学报》2012 年第 1 期。

② 德勒兹在分析弗兰西斯·培根的绘画作品时曾指出"绘画既没有需要表现的原型，也没有需要讲述的故事。于是，它就有两条可能的道路去回避具象性：通过抽象而达到纯粹的形式；或者是通过抽取或孤立而达到纯形象性"。虽然，德勒兹是从对现代性的感受以及画家自己和他的作品的表达中，得出这一结论。但我们仍然可以窥见绘画/图像的"具象性"承载着特定的原型神话或神话原型，并且也具备视觉上的叙事性。参阅［法］吉尔·德勒兹《弗兰西斯·培根：感觉的逻辑》，董强译，广西师范大学出版社 2017 年版，第 7 页。

在电视剧《绝地逢生》中，"绝地"不仅仅是一个物象，它同时还以隐喻、象征、暗示的方式，营造出了一个更大的想象空间，让我们可以"寻象观意"，在"戏剧性"之外，获得一种类似于诗歌意象的审美餍足。漫山遍野的石漠化山地，富于视觉冲击力，当然容易让人们产生想到大自然的严酷；但紧接着的，是人祸，即错误的政治路线危害造成的苦难；再往下，是更久远的历史遗憾，就像主人公蒙幺爸感叹的：祖祖辈辈在这里居住了上千年，现在资源枯竭了，不再适合人类生存了，如此等等。

　　但如果仅仅到此为止，我们看到的将仍是一个物化的"绝地"。随着剧情的展开，观众很快就看到了一个更为惊心动魄的精神"绝地"。那是盘江人视野的狭窄和心灵的封闭。不错，他们是不曾向命运屈服，是在屡败屡干。但那是怎样的干法呢？是苦干、硬干，也是蛮干、瞎干。在屡屡失败的考验中，甚至发生了人性的扭曲、人格的分裂（最典型是九妹的哥哥黄强富）。剧作用影视艺术特有的语言，将盘江人的这一隐秘世界逼真地展示在观众面前。于是，"绝地"中的坚守与逃离（吴阿瞒），忠诚与背叛（王结巴），亲密与疏离，抚慰与伤害，才会变得极其严峻，极具戏剧张力。人物也因此而立刻变得生动起来。正是在这一点上，"绝地"成了全部戏剧冲突的焦点，或者也可以说是全剧的"戏眼"。与"诗眼"的重一字一句之工不同，"戏眼"是戏剧冲突的焦点，是全剧出人物、出境界、出意蕴、出主题的聚焦之笔，它打破人物在正常状态下心理的平衡和稳定，将其性格暴露无遗。象"诗眼"那样，起到"天工忽向背，诗眼巧增损"（苏轼语）的作用。

　　我们觉得，从写诗歌和小说出身的欧阳黔森，对"眼"的这一艺术功效有着清醒的自觉。他不仅不断地让"绝地"成为戏剧冲突产生的根源，也不断地让它成为一个隐喻，一个象征，一个暗示，

217

一个承载着多种人文内涵和人性内涵的意象。比如第七集，蒙幺爸修水库再次失败，这时他想到了科学论证，请来专家实地考察。专家给出的答案是这里不适合人类居住。蒙幺爸反省自责之余，在王区长面前痛哭流涕。这是一个痛彻肺腑的抒情段落，再次让观众强烈感受到什么叫"绝地"！紧接着，剧作进入下一段落：九妹男人死后，婆婆收回土地，九妹被迫还家。但此时狭隘自私的哥哥黄强富已容不下曾为自己放弃爱情的亲妹妹，不肯出让原本属于妹妹的土地。九妹陷入生存的"绝地"。但这一次将她逼入"绝地"的，不是山地的石漠化，而是人情的冷漠化，而且是令人心寒的亲情的冷漠化。这两个段落衔接得非常巧妙、非常了不起。它不是一般的起承转合，而是隐喻、象征、暗示，是意象的经营。它告诉人们，即便是靠镜头来说话的影视艺术，隐喻、象征或意象也大有用武之地。其"文学性"的表达，甚至决定着作品所走的线路，即到底是娱乐化、商业化，还是高雅艺术。在这里，是"文学性"而不是"戏剧性"，成了一道雅与俗、文与野的分水岭。

《绝地逢生》是一部体现科学发展观的主旋律电视剧，它的立足点当然不是要反思或批判蒙幺爸们的封闭、狭隘，而是要赞美他们不甘向命运屈服的顽强奋斗精神。但正因为有"绝地"意象的经营，《绝地逢生》的艺术内涵这才变得丰富了。它不停滞于急功近利的"反贫困"主题，而是通过"绝地"这样的隐喻或意象，把英雄主义的悲壮之情、集体主义的患难与共之情，以及具有不同人性内涵的亲情、友情、爱情等融合在一起，使作品获得了一种超越叙事本身的艺术魅力。

在这里，集体主义、英雄主义的精神感怀最让人回味，那是另一种类型的"在地英雄"。在市场经济条件下，个人的力量微不足道，特别是那些弱者。上帝这只"看不见的手"似乎只为强者掷骰子。因为只有强者手里才有资本和财富，而资本和财富又意味着资源、权力和机会。像盘江村这样的"绝地"，注定是要被遮蔽、被吞噬的。因为它穷，要什么没有什么。所能依靠的，只有弱者的双手和体力。然而，恰恰是在弱者和穷人身上，才充满了改变世界与改变命运的渴望。他们本来就是一穷二白，创新和试验好比跟上帝打赌。输了，什么都没有失去，可以从头再来。赢了，获得的将是改变命运的机会。在"石漠化"这样严酷的自然条件下，弱者便只能靠集体主义的力量来改变命运。这是一种超越道德伦理的力量。对盘江村外面的世界来说，个人主义已成为现实。然而对盘江村来说，要走出"绝地"，集体主义仍是别无选择的现实。因为他们要面对的是要如何改造自然，如何改变命运。所关系到的不是个体而是群体，不是小家而是大家。不是一代两代，而是千秋万代。在这一意义上，蒙幺爸们的集体主义精神，便催生出了英雄主义的悲壮和豪迈。这是另一种类型的在地英雄。让我们可以把《绝地逢生》看作诗，而不仅仅是一部电视剧①。

第三节　时空抒情与场景设置

时空抒情是叙事视点在电视剧剧作影像表达层面的体现，是通过聚焦于"观看"以重回对影像本体的反思。梅洛－庞蒂指出"身体注视一切事物，它也能够注视它自己"②，这更充分说明了"观看"的力量并预示着对其进行探索的价值所在。视觉艺术和日常生活中的视觉感知日渐成为当下文化、记忆和历史的脚注。文艺创作

---

① 杜国景：《"戏眼"在哪里》，《贵州日报》2009 年 4 月 1 日，http：//comment. gog. cn/system/2009/04/01/010530350. html，2020 年 3 月 7 日。

② ［法］莫里斯·梅洛－庞蒂：《眼与心》，杨大春译，商务印书馆 2007 年版，第 36 页。

与地质工作是欧阳黔森生活中思绪、抒情和言志的共鸣之地，也是他生命中感性与理性情怀的共栖之境。在大自然中感叹奇缘、在地质勘探中洞悉资源困境、在下乡走访中亲历历史与记忆的机理是他在创作电视剧剧本时进行主题构思、故事讲述和雕琢人物的核心策略。2005 年，欧阳黔森走访祖国南海和新疆罗布泊，采写并积累报告文学素材①。他惊讶于自然的壮美与无言、祖国的辽阔与空灵、人心的微渺与浩瀚，自此加深了对自然的依赖、完成了对地质工作从理性到感性的想象性认知，与此同时，也坚定并日渐完善着空间写作/叙事的风格。《绝地逢生》中的空间演变过程与镜头中的风景更替有着层次分明的复合关系。《绝地逢生》中叙事空间的更替首先是作为情节段落间的黏合剂而承担起延续悬念、积累情绪和串联人物的功能。在小说原著中，作者开篇便写道：

> 高原的天空似一张善变的脸，上半夜还繁星闪烁，下半夜一下子就伸手不见五指。这本是狂风暴雨的前奏，可是这风这雨一直潜伏着，一直不登场。高原也疲惫不堪了，悄无声息地匍匐在山村的四周。山村里漆黑一片，寂静得令人窒息，似乎一点生命的迹象也看不见，也听不见。②

此处的文学性描写为全剧开篇奠定了压抑和沉重的视听语言总基调。王金发嗜赌成性，将蒙幺爸特批给他的五斤大米当作赌资，不仅血本无归，还因此搭上了自己老婆的性命。伴随着他急促的敲门动作和"生了"、"死了"两极化且略带结巴的台词设计，人物的矛盾和环境之间形成了共鸣。蒙幺爸指责他胡作非为之际，村民们

---

① 欧阳黔森：《枕梦山河》，中国青年出版社 2017 年版，第 34—60 页。
② 欧阳黔森：《绝地逢生》，贵州人民出版社 2008 年版，第 1 页。

也在号角的召唤下，举着火把半夜紧急聚集。脚步特写与泥泞小路、闪烁的火把与低调阴暗的乡间午夜、乡亲们群策群力为婴儿找奶水时温暖微黄的群戏与劳动模范黄大有扛着木工工具半夜带着同村青壮年劳动力准备偷偷进城务工时暗绿焦黑的剪影形成了节奏鲜明的对仗。一边是固守乡土，迎难而上的盘江村民，一边是知难而退，另择他法的少数青年，全剧的矛盾也在难产危机和潜逃风波之后迅速展开。值得注意的是，编剧对黄大有等人擅自离乡的处理呈现出中性开放的态度。在情节上，较少夹带官方意识形态规训的制约，将黄大有等人的行为处理为引发蒙幺爸沉思的激励事件。在影像表达上，人物之间的矛盾和冲突是通过乡村空镜予以调节和转接。当蒙幺爸命令蒙大棍将家中所有的粮食拿出来救济生命垂危的新生儿，并号召乡亲们慷慨解囊之后，镜头转至浓雾萦绕着的群山空镜，情绪上连贯且节奏上自然地转场至下一个忙碌的清晨劳作场景。影像上的调度始自欧阳黔森在原著小说中对自然风景的抒情性描写。

> 清晨，浓浓的雾气从大峡谷的最低处拥挤在一起，汇集成了一条白色的巨龙，那巨龙一扬头，顿时风起云涌。片刻后，那巨龙柔身跃出深渊，漫过涧谷，满山遍野而去。……而从巨龙身上掉下的片片残鳞，在阳光的照耀下，变成一丝丝冰凉的雾雨，飘进了村庄，浸入了每个社员的家里。①

文学上的恣意想象转化为影像上对"远近"和"虚实"的视觉化审美表达（见图6－1）。崇山峻岭间流淌着白色的烟雾，近处的阴影笼罩着成片深绿色的丛林，远处依稀发白的山脊，在东升旭日

---

① 欧阳黔森：《绝地逢生》，贵州人民出版社2008年版，第6—7页。

图 6 – 1 　《绝地逢生》（一）

的映射下提亮不少。此处空镜转场，不仅再现了徐霞客笔下"八山一水一分田"的贵州喀斯特地貌奇景，更体现出编剧个人的艺术趣味。《绝地逢生》中的乡野场景在两个层面上契合了中国传统审美中对"距离感"的重视。在单镜头内部，连绵起伏的山脉显然是画面的主要部分，这一方面是为了交代乌蒙山区盘江村人的生存环境，另一方面，缺少天空和云雾留白的画面构图（见图 6 – 1），在视觉上强化了山的重量感，隐形表达出在肃穆庄严的大自然面前，人类的渺小。然而，在镜头间的场面调度之中，该剧对"距离感"的审美体现为人物性格和关系塑造上恬淡如水、点到为止的创作策略，情节设置上多采用片段式、非线性叙事技巧所带来的多意和开放性文本风格，情节节奏上不疾不徐、娓娓道来的言说模式。我们能从原著小说与影像呈现上的不同之处看到作者/编剧在传统审美空间上的倾向性。小说为了营造出诗意空灵的文学性想象，采用的是群戏视点。清晨本应是神清气爽、意气风发之时，然而盘江村的村民们却饱受饥饿和贫穷的困扰。作者在小说中写道：

于是，在湿漉漉的鸡鸣声中，社员们懒洋洋地揩着布满眼屎的双眼，拖着饥饿的身子爬下了床。①

在电视剧的改编过程中，为了减少上述"上帝视角"所可能附带的叙事线索含混与繁杂，编剧将电视剧剧作中的叙事视点从对"社员们"的群体性关注，调整为对蒙二棍吃不饱的聚焦。蒙二棍坐在屋外抱怨吃不饱，景深处的树和高亮过曝的天空突显出室内的昏暗和简陋；九妹劳作回家，在家门外听到父母和媒人不顾她的想法自作主张，两旁几近黑死的门框和下一个镜头被暖光打亮的室内全景形成了鲜明的对比。这看似前后不搭的影像调度，实则是为了更戏剧化地讲述九妹的无奈姻缘和劳动模范黄大有家重男轻女的思想残余。（见图6-2、图6-3、图6-4）诸如此类的构图风格是《绝地逢生》在描写艰苦环境并由此隐喻处于该环境之中的人的艰难处境时的常用策略。

图6-2　《绝地逢生》（二）

① 欧阳黔森：《绝地逢生》，贵州人民出版社2008年版，第6—7页。

图 6 - 3　《绝地逢生》（三）

图 6 - 4　《绝地逢生》（四）

　　在电视剧中，并不处于支配地位的背景空间和活动于其中的核心人物恰巧成为观众观看和审美的主要对象。如果说"风景唤起国家意识是风景重要的文化功能"①，那么影视剧中的"风景"则承担

---

　　① 闫爱华：《风景研究的文化转向——兼评米切尔的〈风景与权力〉》，《广西社会科学》2016 年第 6 期。

着揭示创作者和特定影视文本深层集体无意识指向和表意体系的职责。对影视剧中"风景"的关注重要性在于，存在于这些作品中的"风景"往往以实景、摄影棚或幕布等实体或数字虚拟的形式呈现在银幕/荧屏上。它们的后天加工与人为操纵程度较以写实和再现为核心的风景画更为复杂。而这种复杂性体现在影视艺术集体创作中的天然自带的艺术表达含混性，以及作为"场景"的"风景"在影视化具体呈现时的伪装感、常识和历史上的高风险错位以及个体/团队与时代/大众在审美上的潜在差异。此外，在影视剧创作过程中，大部分的创作者在处理场景设置、安排故事时空和构思影像造型时，较多集中在对叙事、象征和审美造型等艺术形象层面的思考，而文本背后所呈现出来的关于历史、记忆和文化的集体无意识表达恰恰给我们留出了新的阐释空间。拍摄地点、影片制作的年代与观看的时代之间的关系、影像时空与大众记忆以及影像从荧屏/银幕之上到现实生活之中的穿越能力一直是对影像中的时空关系进行思考的着力点[1]，而影像的节奏则是时空观的具体化表现。影像与时空不仅仅是影视艺术实现"雕刻时光"的重要中介；与此同时，影像中的时空观念也常常化身为"隐秘而伟大"的语言结构和体系，"纠结并决定着自然科学及其与人文社会科学的关系"[2]。

第四节　背景絮语与视角隐喻

　　叙事视点对支撑人物和衬托情节的风景描绘的倾斜，让被动消极的风景变为主动积极的絮语。风景得以进入前景，影像中作

---

　　①　Geraldine Pratt and Rose Marie San Juan, *Film and Urban Space Critical Possibilities*, Edinburgh: Edinburgh University Press, 2014, pp. 8 – 13.

　　②　[澳]伊丽莎白·格罗兹:《时间的旅行——女性主义，自然，权利》，胡继华、何磊译，河南大学出版社 2016 年版，第 2 页。

为单个镜头前景的物和环境被赋予了人格，处于前景中的物与环境开始承担起叙事表意的作用。在欧阳黔森的电视剧作品中，风景进入前景意味着原本沉默的历史空间变得有言。在以影像为主要载体的影视艺术中，观看便是风景迈入前景的有效通道。因此，借助影像内外的观看调度策略成为该剧唤醒历史空间的有效手段。在影像内部，红军部队穿行并生活于市井街道和民宅院落等民间叙事空间，虽然在该剧开篇部分，红军行军所到之处少见群众镜头，但屋舍、山丘和街边杂物成为了后文中军民一家的隐喻。如图 6 – 5、图 6 – 6 的镜头景深处贺龙和任弼时缓缓走来，他们正在商量红二、六军团是否分兵行军的决议。虽然，导演对贺、任身旁列队行进的红军战士的调度在电视剧创作中略显程式化，通过有限的群众演员运动，营造出超然于画外的行军气势。但我们不难发现，在两个相似的镜头中，民间村落和杂物都占据着很大的画面比例。道具、场景和环境的视觉重量明显在人物之上，此外，人物的着装色调与环境的底色存在较高的相似度，从观众对同类镜头观看的角度来看，影像中除了人物之外的背景开始逐渐成为视觉中心和重心。

图 6 – 5　《雄关漫道》（一）

图6-6 《雄关漫道》(二)

影像内部的视觉调度还不足以完成背景向风景的转变。只有通过影像外部的视觉/观看调度,背景才能积极主动地缝合好隐藏在创作者内心的艺术集体无意识。图6-7是贺龙与任弼时决定将黔东独立师留在当地,坚持根据地斗争时的对话面部特写。承接着前一个镜头(图6-6)观众能直观地明晰谈话的时间、地点,而在该镜头中,贺龙后方的警卫员邦娃子环顾四周的眼神动作打破了原本内容单调、语义单一的面部特写。随着情节的发展,观众越发会发现邦娃子的淳朴、善良和耿直。全剧围绕他的角色性格和形象的设定以及人物关系的建构都紧扣主旨,集中体现出为了革命不顾小我成就大我的英雄气概。张振汉将自己的马让出来以供背负火炮零件,邦娃子此时对张将军的关心在随后的张将军亲自照顾受伤的邦娃子情节中及时地得以回应。而在全剧结尾处,邦娃子因不舍一直由自己照顾的战马被杀以供部队充饥,而郁郁寡欢,终日不食,最终倒在了长征途中。如此结尾的情节设计,瞬间拔高了全剧对平民角色的定位,并再次强调了全剧希望表达的牺牲精神和全局意识。回到全剧开篇部分,我们可以很明显地看到邦娃子在担任贺龙的警卫员时机警、谨慎的动作状态。特写镜头的魅力之处在于,它不仅可以突显角色/演员面部细节，还能"突出这个空间，进入另一个不同维度的空间"①。这个不同维度的空间便是观众在邦娃子眼神的指引下所关注到的画外民居空间。它不仅呼应了贺龙和任弼时希望留下部队驻守根据地的战略意图，也完成了创作者自觉或不自觉地将红二、六军团的长征空间与贵州老百姓的市井生活空间相结合的艺术构思。在稍早前贺龙"安慰"凌霄的段落中（图6-8），处于画面右下角处的邦娃子背影不仅承担着拓展画外空间，借以维系红军内部作风严谨的军队生活空间与灵秀通透的外部自然/民间空间得以对话的通道。更重要的是，邦娃子背向镜头警惕张望的表演设计，有效地完成了贺龙想向凌霄述说但欲言又止的潜台词，他不想让一名尚显稚嫩的宣传新兵承受父母双亡的痛苦。凌霄在战友的指引下来到树林见贺总指挥，此时观众已经通过全知视角得知了她父母的英勇事迹。贺龙允许她私下里以"贺伯伯"相称，目的是完成凌父的遗愿，照顾好革命新兵。我们看到这场戏的镜头景别从全景到面部特写最后回到全景，规整地完成了人物关系建构。与此同时，原本单义的户外场景（绿意盎然的树林）也摇身一变，成为角色潜台词的影像显现。沉默/消极的风景借影像内外的观看成为了人物塑造的素材库、价值观念的中转站和作者风格的符号群。

电视剧《雄关漫道》保留了小说中从红军到群众再回到红军的叙事视点闭环，值得我们注意的是，电视剧中的叙事视点闭环更加倚重对环境和场景的展现。虽然，作者/编剧此时的故土情结并未充分体现在全剧叙事视点的编排之上，部分原因在于长征历史的严肃客观性给影视艺术改编划定了清晰的空间边界。但是，我们依然能从电视剧《雄关漫道》中的叙事视点转换和表达中发现用于串联人物成长、提

① ［匈］巴拉兹·贝拉：《特写》，安利译，［德］西奥多·阿多诺：《电影的透明性》，李洋主编，河南大学出版社2017年版，第65页。

图6-7 《雄关漫道》（三）

图6-8 《雄关漫道》（四）

炼革命精神和升华艺术韵味的场景和环境设计。而这些场景与环境不再仅仅是简单的影视美术设计或片场自然景观，它们因融会了作者/编剧以及其他电视剧主创人员的艺术构思，而演变成为具备视角隐喻功能的独特风景。米切尔主张"风景不是艺术，而是媒介"①。影视剧中的风景从来都不是主动安居于空镜或转场镜头之中，它

---

① Mitchell, W. J. T., "Imperial Landscape", in W. J. T. Mitchell, ed., *Landscape and Power*, University of Chicago Press, 1994, p. 5.

们或隐忍或积极或自觉地在影视剧文本中持续发声，它们是影视剧创作者个人意识或无意识的体现。与此同时，它们也是代际色彩分明、地域美学浓郁和个人风格鲜明的创作者们艺术集体无意识的体现。无论是早期中国电影中"一桌二椅"① 的时空传统，还是"中国电影摄影学派"② 中对中国传统绘画的美学承继。影视剧中的风景和美术中的风景画最大的差异在于，前者对自然、历史和记忆中的风景的改造与再度创作是无穷尽且含义混杂的过程，美术部门并非一直处于从属地位，与影视工业体系相伴随的便是权力与资本话语权对艺术表达的直接介入。我们只需回顾杨占家的电影美术设计便足以感叹影视艺术中"风景"的复杂与魅力。与此同时，分析影视作品中的"风景"实质是为了触探民族文化、艺术和传统的现代性影像表现。影视艺术中的"风景"一直凝聚着国人对当下生活的品察和可预见之未来蓝图的想象。若我们抽离出中西方不同时期风景画中的宗教、政治和历史成见，便能发现风景画中的风景尚存些许自然之味与作者意识。在艺术创作的最初阶段，虽然二者文本中作为表现和描摹对象的风景皆或多或少经历过人工改造，但随着影视剧工业体系的完善，片场、摄影棚、绿幕和后期工作室中的人造风景显然要比画家/作家眼中的风景更趋于虚拟。与此同时，风景作为影视作品叙事空间的重要元素，最具魅力之处便是它从来不安分充当背景。因此，理清影视文本中创作者与风景之间的关系成为探赜艺术集体无意识的又一路径。马尔科姆·安德鲁斯（Malcolm

---

① 宫林指出"中国电影空间一直没有摆脱传统戏曲'一桌二椅'的舞台空间格局。电影场景空间以主要任务和一个桌子形成中心'支点'，导致无论任何题材电影空间的雷同"。见微博"宫林 gonglin"，http://weibo.com/1498857727/CwOTz70Wp？type = comment#＿ rnd 1492934704961，2017 年 11 月 6 日。

② 郑国恩、巩如梅：《中国电影专业史研究：电影摄影卷》（上、下），中国电影出版社 2006 年版。

Andrews）曾在威廉·华兹华斯（William Wordsworth）的诗歌作品《廷腾寺》中发现了一个能够折射人类以风景的形式感知土地风貌的审美意识变化过程。若是沿着西方美学思想中"从主—客体关系的角度来展开探讨"① 风景与人的多元关系这一传统反观马尔科姆·安德鲁斯的理脉，我们会清晰发现风景对于个人的意义从最初作为"一种物质性娱乐场所"② 到"一种激发美感和振作精神的源泉"③ 再到"一种道德和精神上的体验"④ 的演变过程，恰巧也是作为个体的人心智成熟的路径，与作为集体的大众对影像的接受与消费过程。因此，在这个过程之中重提对"观看"的思考，则旨在重寻机械复制时代早已消散的艺术灵韵（Aura）。

第五节 理性视点与叙事想象

欧阳黔森电视剧剧作中的叙事视点创作策略的最终任务是，打通真实历史和银幕历史，以实现艺术化的历史讲述。在军事战争题材电视剧的创作中，困难之处恰恰在于历史真实和细节之处存有诸多缝隙和盲点，艺术家在处理历史题材相关的电视剧时，所能坚守的历史理性不仅仅在于"对历史精神的科学接受和把握，调动艺术虚构和想象能力，在审美创造中照亮历史的盲区，完成艺术机体和氛围的营造"⑤，还应强调充分延展影视艺术的视觉特性，在影像上拓展出新的审美维度并

---

① 闫爱华：《风景研究的文化转向——兼评米切尔的〈风景与权力〉》，《广西社会科学》2016 年第 6 期。
② ［英］马尔科姆·安德鲁斯：《风景与西方艺术》，张翔译，上海世纪出版股份有限公司 2014 年版，第 16 页。
③ 同上。
④ 同上书，第 17 页。
⑤ 仲呈祥：《〈延安颂〉电视剧研讨会上的发言》，张志敏：《反映中国共产党领导抗日战争的一部力作——专家、学者谈电视剧〈延安颂〉》，《电视研究》2004 年第 1 期。

允许镌刻作者/编剧的个性化艺术气度。唯有如此，才能在面对相似的题材作品时，不至于被影视工业生产浪潮所淹没。战争在雷蒙·阿隆（Raymond Aron）看来并非"一个以物质次序排列的时空整体"①，在他看来将过去种种独特的事件序列还原给今天的人看，是历史学的终极责任。然而，战争在他看来是"行动者或观众为其赋予的意义才使之成为一个统一体"②，而这也是历史学对"独特的事件"（singulier）③孜孜不倦的探求。《雄关漫道》小说开篇便着重描写了红三军在肃反扩大化的关键时刻，贺龙慰问小婉、天娃、龙成英和丁顺清一家的情节，将历史叙述拉回到民间传记。丁家破败的民宅空间作为紧跟在红军军营、枫香溪古镇、贺龙等人暂住的地主家宅院和红军囚禁室之后出现的又一叙事空间，进一步完善了小说叙事视点从革命到群众，从军队到市井的演变路径。与此同时，小说中丁家老小在贺龙和红军战士的关怀下对红军心怀向往，最终丁家父子如愿以偿，成功加入红军，参加革命。

真实历史时空中的多义与含混给艺术作品中历史的再现与阐释留下了足够的想象余地。而叙事视点的功能之一便是通过选择性地聚焦于影像中的不同元素，来承担叙事或抒情职责。较之以文字为主要载体的叙事性言说，影视作品在历史时空的再现与重构上具备直观和具体的先天优势。我们不难发现电视剧《奢香夫人》中的影像语言、节奏与时空观之所以呈现出相对静态、绵柔和板块感的风格，实际上是与从主创到受众对少数民族题材历史电视剧的预先期待有着密切联系。陈健坦言"我们通过这个戏，通过奢香夫人和她周围一群人的精神状态和生存方式展示了中华民族多

---

① ［法］雷蒙·阿隆：《历史意识到维度》，董子云译，华东师范大学出版社 2017 年版，第 15 页。

② 同上。

③ 同上书，第 8 页。

民族和睦相处、血浓于水的民族情怀"。① 这一方面要求剧中的演员建立高度的信念感，因为只有通过他们细致入微的表演，人物的精神状态和人物关系的种种冲突纠葛才能充分展现；另一方面也预示着该剧的摄影、美术和声音等视听元素的调度是围绕并服务于人物刻画。当然，陈健导演同样注意到了美术部门对创作全剧的重要性。他指出全剧的美术设计"一定要赋予该戏以那个时代的生活气息，但又不是单纯地对那个时代的简单再现，需要经过艺术加工，从而赋予它时代特点"。② 因此，我们可以在电视剧《奢香夫人》中看到诸多设计精美、民族风韵浓厚且颇具历史底蕴的叙事性道具和美术置景。影视作品中的叙事道具具体呈现为六类可见实物：装饰、场景、功能道具、人物性格道具、机械交通工具和动物。它们承载着民族记忆，也试图打破观众和影像之间观看的藩篱，实现电影内外文化意识在生活中的延续。叙事性道具既体现为实体的"物"，又可泛指为了造境构景而铺设的电影空间。"物"和人的品性密不可分，而创作者想借电视剧《奢香夫人》完成的民族文化建构与意识形态书写，在全剧的影像语言系统中首先是通过对人的关照和对景的再造来得以实现的。"心物问题是中国古典哲学的基本问题之一"③，"性""心""物"的关系不仅反映了艺术创作中的集体无意识和抒情传统，更延续到了影视艺术之中，成为以"物"为载体，传达视觉设计的宏观旨趣和琳琅繁杂的影视元素的审美中枢。影视艺术除了对新时代之中人、事、景的全面展现外，更重要的是发掘并放大百年中国影视作品一以贯之的文化理想、

---

　　① 陈健：《为了民族的和睦团结——电视剧〈奢香夫人〉导演阐述》，《中国电视》2013年第 12 期。

　　② 同上。

　　③ 张岱年：《中国哲学中的心物问题》，袁行霈：《国学研究》第二卷，北京大学出版社1994 年版，第 1 页。

精神追求和时代关怀。由此可见，在意识形态外部规约与主创作者内部的主动选择两相合力之下，电视剧《奢香夫人》最终实现了导演最初的构想："摄像一定要舒缓、流畅、贴近人物，要和演员的表演融合起来，展现演员的内心世界。"①

电视剧《奢香夫人》中的历史理性视点呈现具备了鲜明的文学想象性和戏剧象征性特征。前者体现为剧中压缩或省略了不同势力集团在彼此角力与博弈的过程中所赖以生存与发展的叙事性空间与抒情性时间；后者体现为不同势力集团和个人对全剧主线故事在情节上的高度服从与情感上的理性让步，即剧中所有的角色动机、矛盾和成长都依附于故事主线而随之延展，与之相应的是，他们感性的个人情绪也都主动地在关键的主线情节转折点上转变为理性的人物动机，呈现出类似于"化悲痛为力量"式的叙事张力，服务于主线情节的叙事。无论是整体的情节走向还是主要角色，如奢香夫人、果瓦大总管和乌撒的诺哲土司等，横亘于其中的是转化为戏剧张力和影视元素的民族"同根意识"②。这一因素是全剧得以完成民族文化身份追寻和实现民族和谐相处追求的核心所在。如何从历史脉络中梳理出结构清晰的叙事时空线索，是电视剧《奢香夫人》在创作中首要解决的问题。板块、象征式的叙事空间是该剧意图还原历史时空的基础构思。在全剧五个主要的势力集团内部③，编剧又围绕归

---

① 陈健：《为了民族的和睦团结——电视剧〈奢香夫人〉导演阐述》，《中国电视》2013年第12期。

② 杨士杰指出，"西南少数民族的同根意识，主要体现在三个方面：本民族中存在的同根意识；某一地域内若干个民族之间存在的同根意识；随着数千年中华民族文明的产生和发展而形成的'华化'意识，即认为自己是中华民族大家庭的一员的同根意识"。参见杨士杰《论西南少数民族的同根意识与内聚传统》，《中国南方少数民族哲学思想研究》，四川大学出版社1992年版，第35页。

③ 分别为以禄照（大明永宁宣慰使）为代表的彝族永宁部族、以马烨（钦使大人）和夏柏元（有才无德之人）为代表的明朝方面、以霭翠和奢香夫人为代表的彝族水西部族、以诺哲和阿离为代表的彝族乌撒部族，以及以梁王巴扎瓦尔弥为代表的元朝残余势力。

顺、抵抗、求和、主战等二元对立的意识形态，分别设置了分属于不同势力集团之中的彼此对立的内部派系。例如明朝方面，马烨与朱元璋在"改土归流"政策上的相左意见、水西部族中的果瓦大总管与奢香夫人之间的一系列矛盾纷争、元朝残党世子爷巴合木与二爷巴根之间的权力争夺等。当然，上述剧本层面的设置还无法完全呈现出惊心动魄的军事博弈与政治制衡。因此，电视剧《奢香夫人》自觉或不自觉地选择了板块与象征式的叙事空间来承载上述多元且丰富的人物、权力、军事和政治关系。

　　欧阳黔森电视剧剧作中的视点策略体现为从影视剧"政策概念的图解化"① 创作倾向到"政策概念化的图解"创作策略的一种转向。这一转向的核心有二，其一是从注重影视剧主题表达的结果导向型创作逻辑转向为关注人物和叙事时空自发成长的过程优先型创作策略；其二是对叙事时空、抒情想象和现实理想在艺术的整体性和完整性上的强化。该强化过程的重点在于，在情节中融入编剧特有的在地游历视角，通过反复的叙事视角变换和创作者与角色之间的性格品性对话，将剧作过程中得益于心游神往的想象性段落，具像化为层次分明的场景空间，并最终给人物提供自得其乐的逐梦家园。得益于此，欧阳黔森的电视剧作品才能够实现齐抒贵州之声、共奏民族之音、同谱文化之诗。

---

　　① 皇甫晓涛指出，农村题材电视剧的创作若是过于紧跟时政而缺少对生活、人物和主题的深入探讨，难免会陷入"图解概念"的窠臼。避免该问题的办法是创造出典型人物，并将其置入典型环境中予以考察。见《从边缘到中心的多重跨越与探索——由〈圣水湖畔〉看中国农村题材电视剧的发展问题》，刊载于《中国电视》2005 年第 7 期。

第七章 国家意识形态与类型表述路径

当我们将目光集中在欧阳黔森影视剧作中的类型表述时，核心问题是"类型"在其影视剧作中的功能和地位，以及特定类型表述路径背后的目的和意义。进一步讲，研究欧阳黔森影视剧作中的类型元素，旨在打消传统意义上的影视类型学对不同类型作品的界定，而寄希望于打破影视剧的类型边界，探赜特定文本中的类型意识和书写策略。在当前的电视剧创作中，类型杂糅不仅仅是普遍趋势，也日渐成为作品、大众和创作者三者之间的对话逻辑。从欧阳黔森影视剧中温润积极的现实主义表述策略和具备反身性对话意识的英雄叙事策略出发，很重要的一个问题便是，编剧采用了何种策略将不同类型的故事元素聚合？在这一策略或模式中，编剧如何平衡观众期待与艺术创作对象之间的关系？是否最终形成了特定的作者风格？我们认为，类型作为方法，不仅提供给欧阳黔森从文学跨界到影视的合理性身份，更为他进行自我对话提供了语义场。

对影视作品的类型进行关照，立足点在于秉持一个看似理所当然但又鲜有人触及的假设，即"类型"是结构影视作品"可能的/潜在的系统"①。传统意义上，许多学者认为类型研究旨在考察经典时

---

① Nick Browne, ed., *Refiguring American Film Genres*, California: University of California Press, 1998, p. xi.

期好莱坞电影，目的在于编织一张以美学和主题上的相似性为坐标的形式之网。尼克·布朗（Nick Browne）指出，20 世纪 70 年代结构主义的研究，通过寻找不同类型电影各自独具代表性的叙事范式和电影视觉意象，进一步拓展并明确了电影的类型研究。在此之前，关于类型的研究主要通过概念界定、类型划分和类型阐释来寻找类型认同①。这一转变过程中，最为重要的是影视批评与创作在面对类型时不自觉地分流。尼克·阿尔特曼（Rick Altman）曾指出"电影批评家承担着类似于萨满巫师（shaman）的角色，他们游说于观众和文本，社会现实和电影产业之间"②。这一方面说明了基于影视类型理论和创作语义场对置身其间的个体贴上了先天的身份标签，另一方面也可以看出类型作为理论和实践一直在尝试消解不同身份之间的隔阂，以实现理论与创作理想主义式的平等对话。大卫·波德维尔（David Bordwell）直言"以阐释为中心的当代批评倾向于保守和粗糙，并不重视电影的形式和风格"。③ 他所倡导的"电影诗学"希望研究者"专注于如何让电影成型的过程"④，换言之，是希望批评家找到闪烁于银幕/荧幕内外的点滴星光，这是一种高于理论语义场的艺术灵性。延续这一思考，我们则会发现，理论方法上的突破不仅仅是跨学科的方法交融，更重要的是，创作、批评和鉴赏身份上的一种积极有益的模糊。作家、编剧、制片人和评论者的多元身份让欧阳黔森得以突破创作者与批评者难以调和的身份边界，并形成了一个自我缠绕的创作迭代回路。显而易见的是，在他创作的诸

---

① Nick Browne, ed., *Refiguring American Film Genres*, California：University of California Press，1998.

② Rick Altman, *Film/Genre*, London：British Film Institute，2004，p. 28.

③ ［美］大卫·波德维尔：《建构电影的意义：对电影解读方式的反思》，陈旭光、苏涛等译，北京大学出版社 2017 年版，第 282 页。

④ 同上书，第 290 页。

多影视剧中，革命战争、社会现实和理想爱情等故事模式的反复出现，成为其作者风格的鲜明旗帜。更为细微之处在于，形式上的自我对话与内容上的回响共鸣，搭建起一套运转流畅的意识形态生成机制。因此，关注欧阳黔森影视剧中的类型表述，便是试图剖析该机制，以呈现文本内在的语义脉络。

欧阳黔森影视剧创作并无既定的类型导向，也较少沿用成熟的影视剧类型模式。对他来说，基于特定时空的现实思辨是贯穿所有作品的核心。基于国家宏观视角来审视电视剧剧作，从"量化各类题材比例，掌握全国电视剧创作的题材态势"① 的目的出发，能帮我们快速理清并定位欧阳黔森剧作的纵向历史坐标和横向内容坐标。依照国家广播电视总局 2006 年 4 月印发的《电视剧拍摄制作备案公示管理暂行办法》②，欧阳黔森创作的电视剧作品主要集中在当代农村题材（如《绝地逢生》《云上绣娘》），近代革命题材（如《雄关漫道》《二十四道拐》《云雾街》），近代传奇题材（如《风雨梵净山》）和古代传记题材（如《奢香夫人》）。在电影领域，他担任制片的作品，《旷继勋蓬遂起义》（Pengsui Uprising Led by Kuang Jixun，2010）和《云下的日子》（Sweet Journey，2011）延续了其对革命历史题材故事的关注，呈现出战争片和情节剧的类型特质；由他担任编剧的《幸存日》（Together，2011）则表现出鲜明的灾难片风格。在电影作品中，编剧更是将缘起于小说写作，并经由电视剧创作而延续下来的时空想象能力再度放大。在《幸存日》中，编剧构建了一个"半透明"的影像封闭空间，围绕这一空间，生命中微不足道的情感与生活中细如尘埃的纠葛得以被聚焦和观看。其叙事空间的

---

① 国家广播电视总局，中国政府网，http：//www. nrta. gov. cn/art/2006/4/11/art_ 2107_ 37388. html，2018 年 11 月 6 日。

② 同上。

"半透明"特质则体现在编剧对类型电影（灾难片）边界突围的尝试所带来的视觉上的半透明性上。狭小黝黑绝望的煤矿封闭空间和阴晴不定保有一线生机的矿井外部空间相互交错，影调、光效和色彩彼此中和，既缓和了封闭空间中生命消逝的悲痛，又强化了对地面空间中曾经麻木、自私和缺少敬畏的亲朋挚友们的审视。《幸存日》并未将如何化解矿难危机作为最基本的叙事动力，而这恰巧是以市场和故事为导向的类型电影创作/生产体系的核心。相较于韩国灾难片《隧道》（The Tunnel，2016）中被困塌方隧道中的汽车销售员再三尝试逃生的故事模式，《幸存日》的悬念不再是逐渐升级的救援难度，而是渐入人心的角色自我审视。换句话说，《幸存日》中对灾难的救赎是通过人物自我反省、自我告解和自我升华的过程，通过被困矿工对各自生活的想象来突破灾难片的强情节模式的。

第一节　类型成长与史诗品质

纵观欧阳黔森现阶段的影视剧作，我们能够在他的作品中清晰地发现一条日渐明晰的类型化表述路径。这一路径呈现出类型萌芽和杂糅的特征与趋势，贯穿其中的是欧阳黔森自觉或不自觉地调整类型元素以寻找并建立现代影视剧观看策略的努力。在单部作品内部，故事讲述中的类型杂糅主要以革命战争、谍战和爱情喜剧类型为主，辅以社会问题和历史传奇类型，其创作逻辑是以情节辅线为载体，将其按照类型影像的模式浓缩成片段式的故事板块，为人物塑造、情节发展、主题表述和风格建构提供基础性支撑。

欧阳黔森影视剧作品之间也存在一定程度的类型复调与对话。这不仅是一种作者化的影像创作特征，同时也可看出作者/编剧坚守的类型生产策略。从2006年的《雄关漫道》到2015年的《二十四道拐》，情报战争都是作为革命战争剧中重要的情节。然而，情报战争作为欧阳黔森影视剧创作的重要故事素材，先后经历了潜隐期（情报战作为辅线，如《雄关漫道》中红二、六军团士兵对电台从忽略到重视再到学习利用的情节支线）、片段期（情报战服务于人物形象塑造，如《风雨梵净山》中，出卖桃花寨的旷志，为了私利故意挑拨张明堂与桃花山寨众人的关系，一方面完成了旷志自身的人物设定转向，另一方面，也提供了一条独立于情节主线的人物关系线索，给张明堂、桃花寨主和孙如柏等人全新的性格塑造机会）和类型表述期（情报战故事进化为谍战类型，如《二十四道拐》中，长期潜伏在国军军营中的日本特务王雅琴一直通过秘密电台指挥破坏行动，全剧的高潮也紧密围绕发现、寻找和铲除敌方电台，抓出"老鬼"而展开）。欧阳黔森影视剧中的爱情故事也从个性身份模糊的革命爱情演变为强调自我价值实现的现代都市爱情，在此期间，编剧始终延续着文学创作中对理想爱情的歌颂传统。除此之外，欧阳黔森的电视剧剧作也吸收了社会问题剧与家庭情节剧的诸多构思、结构和美学风格特征，无论是在古代传记题材电视剧《奢香夫人》还是在当代农村题材电视剧《绝地逢生》中，编剧的历史理性认识始终与当下创作中的社会问题意识密切相关。欧阳黔森的电视剧剧作不仅因此而形成了作者风格明显和价值表达清晰的集团式辨识特征，并且，他的作品也聚合成为有机的生命体，能够通过文本内外的对话与互文，提供给当前表述贵州、记录中国和想象未来的影像媒介。

类型元素作为影视剧创作的方法，既是流动的也是静止的。其流动性体现在影视类型的无止尽变化上[1]，而静止性则是特定类型演

---

① Rick Altman 认为电影类型的演变是一个循环往复永无止尽的过程。Rick Altman，*Film/Genre*，London：British Film Institute，2004，p.64。

变过程中逐渐保留下来的核心风格。欧阳黔森影视剧创作吸收了不同影视类型元素，将不同类型元素的叙事策略、影像符码和主题内涵整合到对社会现实、历史记忆和民族文化的思辨之中，由此构成了他的创作风格。爱情悲喜剧直指生命本质，是欧阳黔森影视剧剧作中现实超越性的体现。谍战类型元素作为支撑权力博弈格局的叙事模式，为具备高度自我意识的民族历史传记书写和家庭情节剧中的社会问题诗性表达提供了对话前提。在类型元素的共鸣中，欧阳黔森的影视作品最独特之处在于不拘泥于既定类型而执守对文化、历史和社会批评性介入的话语身份。寻找其作品中的类型表述路径，其本质是定位编剧在影视工业生产和创作中的作者姿态，以及如何将不同类型元素进行整合。因此，我们会发现欧阳黔森影视剧中的人、事、情都笼罩着一个一以贯之的目标，即对历史、记忆和社会的当代史诗性书写。而这一特质也可视为他的作品具备史诗品质的前提。史诗（EPIC）① 原指古希腊时期的艺术形式，卢卡奇（Georg Lukacs）指出，"史诗和小说是两种主要的具备伟大史诗性的文学形式"②。"优秀的史诗性写作足以呈现广博的生活全貌"③，而"广博的生活全貌"（extensive totality of life）也成为小说接替史诗，成为突显时代的史诗感和生活真谛的核心特质。"对史诗品质的追求要求现实主义作家在创作时有一个基于总体的中心点来观察社会"④，欧阳黔森作

---

① 卢卡奇在《小说的理论》中，用大写的 EPIC 指代史诗，用小写的 epic 指史诗般的作品。Georg Lukacs, translated from the German by Anna Bostock, *The Theory of the Novel*: *A Historico-philosophical Essay on the Forms of Great Epic Literature*, Cambridge, Massachusetts: The MIT Press, 1971, p. 56。

② Georg Lukacs, translated from the German by Anna Bostock, *The Theory of the Novel*: *A historico-philosophical essay on the forms of great epic literature*, p. 56.

③ 原文为"Great epic writing gives form to the extensive totality of life", Georg Lukacs, translated from the German by Anna Bostock, *The Theory of the Novel*: *A Historico-philosophical Essay on the Forms of Great Epic Literature*, Cambridge, p. 46。

④ 刘芳芳：《当代陕西文学现实主义流变研究》，博士学位论文，陕西师范大学，2018 年。

品的中心点是围绕英雄形象塑造而编织成的史诗性叙事节奏。其作品中的英雄形象和情节讲述过程中的英雄主义身份是欧阳黔森在创作革命战争故事时最显著的特征。贯穿其间的，是欧阳黔森在进行影视剧剧本创作时坚守的作家意识。从他的文学作品中我们可以发现，知青经历、地质考察和故土情结等个人回忆作为创作素材，散见于小说、诗歌和散文等作品中。同样，在影视剧作中，英雄主义身份的书写策略首先体现在个人色彩鲜明的人物形象塑造；其次，是平民视角下对无名英雄和人民英雄的群像式描写；再次，在结构故事情节，特别是处理革命历史理性与都市生活抒情之间的关系上，为了既保证英雄形象的引领性地位，又最大化地确保革命战争讲述中的客观性和连贯性，编剧时刻将战争的紧张残酷和革命情谊的绵柔壮美相结合，努力营造一个兼容并蓄的当代革命类型叙事策略。

第二节　爱情悲喜剧与生命礼赞

爱情在欧阳黔森的影视剧作中经常以悲喜剧的方式呈现。"有情人终成眷属"的爱情理想在他的剧作中被贴上了形形色色的象征标签。在多部电视剧中，男女主人公的情感关系多受制于时代、社会和环境的影响，恋人之间的情感发展和感情状态呈现出质朴纯粹的理性主义特质。哪怕涉及了多角色之间的爱恋关系，编剧也并未将爱情复杂化、世俗化和脆弱化。欧阳黔森影视剧中的理想爱情存在于回忆和想象之中，现世时空是爱情成长与蜕变的演武场，历经风雨，最终铭刻在生命中的爱情则是那些任由世事变迁也不会变质的情感。欧阳黔森影视剧中的诸多爱情故事最终都以一方为理想（革命理想、改革理想或家国理想）献身而告终，看似残缺留有遗憾的爱情关系也往往成为全剧的抒情高潮。恰恰是此前积蓄的这种纯粹极致的爱情模式，提醒着观众在故事即将结束之际，主动回顾男女主人公的情感往事，以此来实现情感上的跌宕并完成叙事结构上的闭环。电视剧结局部分的闪回、叠印和高速摄影等视听语言，看似是有默契且集中地为爱情悲喜剧奏赞歌，实则是编剧将生命中的不完美再度完美化。他渴望通过爱情悲喜剧的类型故事，表达、烘托并升华自己对生命不完美之美的惊叹、留恋和纪念。因此，爱情悲喜故事也就不再单纯作为建构人物关系、编织情节线索和增设观影趣味层面的叙事策略，而上升为作者借影视创作来研究"人类思维"[1] 的雄心壮志。

　　欧阳黔森影视剧中的平行叙事策略集中在爱情关系的展现上，影像和叙事上的对仗工整给全剧的悬念营造提供了得以充分发酵的时空，延续着编剧在爱情描写上的克制与理性风格。平行叙事线索将观众对人物爱情命运的关注转移到对情节主线矛盾的关注，将革命与抒情统一，促使爱情悲喜故事化身为革命战争情节的叙事动力。在《风雨梵净山》中，黄菲儿和桃花的手同时受伤，编剧将二人相似的遭遇并行放置，看似将主线矛盾集中在张明堂如何在两位女人中做出抉择，其实却是为了引出明堂同意留在山寨中，继续照顾桃花，并保护山寨的人物动机。平行叙事线索也用于展现相似的人物动机，从而强化戏剧效果。菲儿的父亲黄占山和土匪麻三刀沆瀣一气，两人准备联手除掉县长吴经略。得知杀害吴县长的幕后元凶之一竟然是自己的父亲，菲儿备受打击，为了替父赎罪，更为了化解自己的心结，菲儿终于在丈夫孙如柏面前坦露心声，两人也终于有了夫妻之实。与此同时，明堂出于类似的牺牲自己回报他人的动机，

____

[1]　罗伯·格里耶曾指出"在意识中确实存在着语言结构，但也有类似的画面元素，因此，有志研究人类思维的人应当既写小说，也拍电影"。[法] 罗伯·格里耶：《我的电影观念和我的创作》，《世界电影》1984 年第 6 期。

对桃花设下的情蛊视而不见，将自己的命运交给桃花，两人当晚同床共枕但又彼此互不干涉。终于，桃花放弃了给明堂下蛊，放弃追求明堂。人物心理设置同样沿用了平行叙事线索，赵山与阿玲婚礼当晚，明堂触景生情，为了彻底割舍自己对菲儿的情感，他最终醉倒在火堆旁。桃花想尽办法仍旧无法赢得明堂的心，决心放弃，同样孤独落魄，独自在树林鸣笛徘徊。从不同人物的行动到动机再到心理，编剧通过平行叙事线索结构出工整的对仗结构。在完成爱情抒情后，叙事线索再度呈现出对仗特征。桃花决定还明堂以自由，不再将自己的情感强加于他。因此，她决定下山找菲儿，替明堂表白心迹。然而就在当晚，桃花遇到了前来刺杀菲儿的旷志一行人。虽然明堂在千钧一发之际前来支援，但独当一面的桃花还是不幸受伤牺牲。通过桃花救菲儿与旷志杀菲儿的平行叙事线铺陈，编剧意在重新聚焦到爱情观的重申，即完美的爱情存在于回忆和想象之中。明堂终于体会到桃花对自己的爱恋，在生死弥留之际，明堂和桃花两人之间的情感也从最初的一厢情愿，跃升为刻骨铭心。在《雄关漫道》中，岳林盛与晓玲之间的情感从革命情谊上升为爱情，最终因岳林盛的牺牲，而让他们的情感永远凝固在革命时空中；《绝地逢生》中，一心为群众，全身心投入农村改革事业上的蒙幺爸，在处理自己和玉珍婶的感情时，永远都是克制和隐忍。直到他生病住院，编剧才将二人长久以来的依赖和平淡如水的情感凸显出来；《奢香夫人》中，奢香同样是一位将事业置于爱情之上的角色，但无论霭翠是否陪伴在她身旁，她心中的完美爱情一直是促使她迎难而上，独立自强的动力；《二十四道拐》中，刘显兰对梅松的爱恋最终也因她的牺牲而在梅松心中留下了不可磨灭的印记。回忆和想象中的爱情模式不仅在欧阳黔森的影视剧作品中集中出现，在他的小说、散文和诗歌创作中也同样居于核心地位。而用生命的消逝为爱情背书，则给他作品中的爱情故事增添了悲剧元素。

理性与情感，现实与理想的纠葛是爱情故事永恒的命题。在欧阳黔森影视剧中，革命历史和改革进程中的爱情关系更是理想和现实、现在与未来以及个人与集体的矛盾统一体。《雄关漫道》中，岳林盛将革命置于情感之上，他选择善意隐瞒凌霄父母牺牲的消息，在发觉凌霄与李明皓之间的懵懂情愫时，他教育自己的妹妹要放眼未来，为了长远的幸福要适当牺牲当下的甜蜜。而他自己也极力克制与晓玲的情感，在艰难的长征路上，面对晓玲的晕倒，岳林盛也只是短暂地陪伴与照顾。岳林盛大公无私的人物性格设定也成为一种政治隐喻。红军长征史体现在该剧中，编剧基于对及时行乐式的爱情关系的批判，实现了意识形态的询唤。李明皓的弟弟李明全调入岳林盛的队伍中，他最初并没有坚定的革命信念，永远将私利置于集体之上，并扬扬自得于所谓的小聪明。他偷金条藏于心上人秋妹处，为了逃脱偷盗罪的严重惩罚，他怂恿秋妹一起逃跑，而后又因为被发现而关禁闭。父母的牺牲以及哥哥明皓的交心，让明全对革命有了新认识。然而，就在他发生转变，追求上进时，却在一场保护战地医院转移的战争中不幸牺牲。在李明全的政治觉悟蜕变和人物性格转变中，爱情的力量是贯穿始终的。秋妹与他的关系也从最初的顺从，逐渐演变为质疑，最后转变为批评。在前辈革命军人面前，李明全更像是一位处于叛逆期的懵懂少年，而革命的历程与爱情的悲喜遭遇，让他重拾自我。《绝处逢生》中的多对人物爱情关系总体上也呈现出情感克制和理性先行的特征。村支书蒙幺爸全身心投入盘江大队的建设，他与玉珍婶的情感在大部分时间都隐藏在社会改革的浪潮之下。玉珍婶经营的小酒馆成为蒙幺爸解闷、谋事和寄情山水的空间。二人的朦胧情愫并非全剧的主要人物情感关系，但编剧在此设计的期待视野，恰到好处地强化了全剧的乡情。玉珍婶的小酒馆位于蒙幺爸领取救济粮的必经之路上，她总是安静地注视并等待蒙幺爸的光临。该剧并未刻意突显玉珍婶对蒙幺爸的爱慕，而是异常克制地通过沉默注视、制止闲话以及蒙幺爸生病住院后的无言陪伴，白描似的刻画老有所依式的爱情关系。蒙三棍和禄玉竹的爱情更体现出编剧在描写爱情关系时的隐忍风格。三棍和玉竹的爱情独特之处并不在于青梅竹马的两人历经周折终成眷属，恰恰相反，他们两人的关系和该剧其他人物的爱情关系一样，都呈现出于平淡之中见惊奇的日常性和乐观性。编剧在谱写爱情故事的过程中，并没有像都市爱情类电视剧一样，通过错综复杂的爱恋关系来寻求主人公奇异的爱情遭遇。相反，《绝地逢生》中的爱情都是结果先行的，即影像、叙事和人物性格的设定在全剧的开端就给观众一种情感上的稳定性。曾暗恋三棍并因此而对玉竹心生嫉妒的刘小红，也在全剧的情节中段一改大家小姐性格，变得更为谦逊随和。哪怕在该剧爱情关系最为波折的大棍和九妹之中，编剧在铺垫二人情感关系时仍旧是理性先行。大棍接二连三受挫，但他并未因此而放弃九妹，转而下定决心植树致富。编剧精心呵护着大棍的痴情和等待，在爱情关系发展到极致，即九妹远嫁他人，大棍爱情破碎之后，编剧转而将生活矛盾转接到大棍身上。而此时的生活矛盾也是全剧力图展现的农村改革开放进程中遇到的实际困难。地少人多、自然天险和观念局限是限制盘江大队在新时代发展的因素。大棍从失去爱人的痛苦中迅速抽离出来，全身心投入到创新发展之中，这既是编剧试图完成的意识形态询唤，也是他描写爱情关系的克制手法。

第三节　权力博弈范式与谍战元素

谍战并非欧阳黔森影视剧作的主要类型，但却是他在创作不同题材电视剧时所融入的情节元素。谍战元素在他的影视剧中体现为不同阵营间的情报交流、叙事视角的变化和由此而生成的悬念机制。和国产谍战剧不同，欧阳黔森的电视剧作品中并没有系统地设置谍战桥段，情节主线和辅线都无须借助谍战情节附带的叙事动力，人物关系和性格设置上也较少依靠谍战剧先天的悬念张力；相反，谍战元素却是服务于他作品中的权力博弈式情节和人物设置，即欧阳黔森常通过板块式叙事结构、集团式人物群像和地理标示鲜明的空间预设来营造出想象性的叙事时空，而促使这一过程顺利完成的催化剂便是剧情中的谍战元素。从叙事的层面来看，欧阳黔森影视剧中的谍战故事在"老鬼"设置、视点选择、结构铺陈、时空设计和节奏控制上，与国产谍战剧均有着较大的差别。"老鬼"即具备双重或多重身份的情报人员，在欧阳黔森的影视剧中，"老鬼"的形象设置都是善恶分明、便于识别的；在涉及谍战故事的情节段落中，编剧常通过改变叙事视点来给不同阵营的"老鬼"打上戏剧标签，促使观众将对情节主线的关注暂时转移到情报战争中，形成一种富有节奏感的叙事间离效果；欧阳黔森的影视剧作整体而言都延续着线性叙事的结构安排，旨在将线性叙事中的情感积累推至极致。谍战故事作为线性叙事的组成部分，丰富了剧情的时空结构，通过不同角色因泄露或掌握情报而面临的困境，来建立基于观众想象层面的叙事时空高潮。欧阳黔森影视剧中的谍战元素在官方意识形态表达上延续了中华人民共和国成立以来国产谍战剧中的询唤策略，即将革命精神和政治信仰缝合在情报人员的英勇行为之中，凸显战争或博弈中掌握信息、保护情报和持续对话的重要性。这是欧阳黔森影视剧作中隐喻现代性之体现，即通过在不同时代、题材和主题的故事讲述中，强调信息沟通、协商对话和技术创新，还历史和时代以丰富繁杂的本来面目。谍战剧中常见的复杂解谜式叙事线索和奇巧精妙的谍报手段呈现，在欧阳黔森影视剧中对应为多方势力制衡张力的呈现和因信息沟通延迟造成的悬念跌宕。"电台"本是谍战剧中的核心叙事道具，围绕电台的使用、保护、藏匿和寻找往往是国产谍战剧的常规情节模式。然而，在《雄关漫道》、《二十四道拐》和《极度危机》中，围绕"电台"设计的情节呈现出神秘感的趋势，逐渐成为承载斗争与博弈之间的重要媒介符号。如《雄关漫道》中，红二、六军团因缺少大功率电台而无法和中央红军保持及时的联系。在随后的战争中，红军士兵因缺少经验，在捉获俘虏的同时也砸坏了敌人的大功率电台。这不仅让电台队队长周昌备感遗憾，也唤醒了红军对情报信息的重视。随着电台队走上前线，开办电台培训班以及周昌在另一场争夺电台的战争中英勇负伤，电台成为情节发展的主要叙事道具。此外，作为叙事道具的电台，还能营造出悬念上的错位效果。《二十四道拐》中，梅松等人一直忽视了对日方电台的监管，如此之下，才让日本特务王雅琴能够接二连三制造混乱。而戈科长因为政治成见，主观地将监听到的电台活动视为共产党的地下活动信号。处于明处的梅松一方，有意无意地长期忽视日本特务的电台活动；而处于暗处的王雅琴则一再依靠电台通信制造危机。编剧有意错开不同势力集团各自的矛盾纠葛线索，直到全剧即将结束，也即情节高潮处，才将此前铺设的多线纠葛通过叙事道具电台汇集在一起。在电影剧本《极度危机》中，电台和掌握了与总部通信呼号的机要科陈科长更是成为红军和护士们舍命保护的对象。

　　欧阳黔森影视剧作中的谍战剧叙事策略意在快速铺陈权利博弈格局，并同时将多条情节线索并行展开，提升叙事节奏，牵引观看兴趣点。《二十四道拐》的独特之处在于全剧通过整合谍战、抗日、剿匪和商战等风格鲜明的故事元素，用以服务贵州晴隆"二十四道拐"的传奇历史讲述。这是本剧不同于传统谍战剧的重要内涵，即立足于地域性的故事讲述，试图打通物质记忆（二十四道拐）与影像再现之间的界限，探索一条基于情感和回忆的历史档案创作策略。剧中出现的字幕名牌在介绍人物身份的同时也强化了《二十四道拐》借鉴谍战剧风格的特质。梅松作为国民党军事委员会特派员和中共地下党员率先登场，他的双重身份显然暗示着该剧将会具备国产谍战剧的诸多特质。该剧在随后的人物和情节描写中，也极力突显谍战剧元素。日本间谍"布谷鸟"在任务失败后，转而杀害并乔装成南洋红十字会领队王雅琴，并试图潜伏在战略要塞盘江浮桥附近。值得注意的是，在电视剧中，日本间谍"布谷鸟"（后化名王雅琴）在初登场时，字幕名牌显示"日本间谍：王雅琴"。而此时她的真实身份还只是一位缺少真实姓名，只有代号的日本女间谍。无论是剪辑时不经意间的设计还是剧作阶段有意为之，如此形式的人物登场方式，连同之后晴隆县警察局侦缉队队长刘显兰和中共贵州省工委负责人、中国地下党员戈国华的登场，都将全剧开篇部分的矛盾和观影预期集中在了不同势力之间暗流涌动的情报战争之上。然而，随着剧情的发展，谍战元素并未成为情节主线，即全剧并未将"老鬼"的身份功能演绎到极致，而是剥离了具备多重身份的核心人物潜在的身份危机，转而将叙事重心放置在"保桥护路"上。由此可见，谍战剧叙事策略在欧阳黔森的影视剧作中仅仅只是方法，而非目的。《风雨梵净山》和《二十四道拐》有着相似的故事结构，二者都具备家族商战、民间剿匪、合作抗日和国共纷争的情节框架，并且，二者均采用了相同的谍战剧改写策略。《风雨梵净山》中的旷志原本是桃花山寨的一员大将，因不服新寨主张明堂而萌生欺上瞒下之意。他暗中勾结商人算计山货铺，并且将军事情报泄露给麻三刀。他的行为在该剧后半段成为推动桃花山寨转型蜕变、渲染张明堂与桃花寨寨主情感发展和增进不同利益团体革命情谊的叙事动力。

显然，该剧并未将旷志的通敌行为刻画成手段高明或蓄谋已久的谍战情节，而只是采用内聚焦视角以增强全剧的悬念。欧阳黔森的影视剧作常通过融入谍战元素而制造戏剧上的差异效果，从而营造想象的多元对抗局面，以制造矛盾，并推动剧情发展。例如《奢香夫人》中，明军的粮草被劫，此时该剧采用的是外聚焦叙事视点，即剧中人物获取的信息少于观众掌握的情节，明军和水西之间的误会达至巅峰，冲突一触即发。此时的悬念全部集中在奢香夫人能否逢凶化吉，解决误会。明军将矛头指向永宁部族，奢香夫人的应对便不再只是某场戏的人物动作，而上升为牵一发而动全身的战略行为。除此之外，奢香夫人为了维护和平所作出的让步与隐忍，更是编剧在处理历史事件时的理性之所在。将戏眼和核心矛盾置于精心结构而成的多元对立格局之中，不仅给真实历史人物和事件得以和当下对话的空间，更是编剧有别于通过线性情节缝合既定意识形态的策略，转而通过理性思辨和矛盾博弈来表达民族团结统一主题的独特风格。明军和水西之间的和平眼看就要被种种误会打破，针对这一危机，编剧聚焦于不同阵营对立时的争执场面，将危机动作转换为危机指令，从而产生假想性的戏剧审美效果。如，傅友德将军在得知军中粮草紧缺，只够维持一天时，剧作中的设置并未直接展示明军士兵因为饥饿或谣言而军心涣散的场景，而是转而讲述押运粮食的士兵和奢香夫人当面对峙的危机。情节讲述的重心持续聚焦于奢香夫人的胆识和谋略，省略了可供渲染情绪、积累矛盾和制造悬念的辅助性动作。

第四节　民族历史传记与自我意识

当前的国产少数民族题材电视剧愈加成为多元话语表达和多类

型融合的复合型电视剧样式，欧阳黔森的影视剧剧作中的人物形象也在这一趋势下，呈现出鲜明的民族身份认同的自我意识。无论是在以少数民族英雄传记为讲述核心的《奢香夫人》，还是在以少数民族地区为背景讲述的其他题材电视剧中。欧阳黔森笔下的少数民族角色都具备鲜明的家国观念、历史意识和战略谋略。而基于民族团结和求同存异的民族历史观之上的，是编剧赋予每一位角色的多元身份自信意识。在具体的作品中，角色的身份自信体现为坚定的人物核心动机、坚韧的人物性格设定和睿智的明辨是非能力。而不同角色之间的多元自信则体现为，因认识和观念上的差异而导致的情节矛盾与情感纠葛。如，果瓦大总管对彝家子弟是否应该学汉家文化而与奢香夫人发生的激辩。在不同的影视剧中，这些观念分别转化为不同角色各自的自我意识，成为决定角色性格，主导情节主线，制造矛盾冲突的核心元素。不可否认，这一方面与当前国产少数民族电视剧创作环境息息相关。围绕家族传奇和民族历史，21 世纪以来的国产少数民族题材电视剧创作日渐融入革命历史题材元素，在突显主旋律的基础上，开始从"单一剧情向'复杂型'电视剧转变"①。这一转变一方面来自于市场导向和国家话语调控②，另一方面来自创作者对自身或想象中的"少数民族文化主体性"③ 的自我意识。欧阳黔森电视剧作品将目光聚焦在中国西南少数民族聚居地，特别是贵州省内的少数民族历史传奇（如《奢香夫人》）、革命与改

① 余宏超：《从国家意志到多元融合——试论中国少数民族电视剧的"多民族话语"建构》，硕士学位论文，广西民族大学，2012 年。

② 杜悦认为每年的电视剧拍摄计划很大程度上源自全国电视剧题材规划会。见杜悦《新世纪国产电视剧的中国特色：有关中国电视剧"民族性建构"问题的探索》，中国传媒大学出版社 2008 年版，第 172 页。

③ 李淼认为评价一部电影是否为少数民族电影，最核心的一点是分析该影片是否具备真正的少数民族视角，影片应该在主题和思想上具备"少数民族文化的主体性"。李淼：《论云南少数民族题材电影中的边疆想象、民族认同与文化建构》，博士学位论文，上海大学，2013 年。

革故事（如《雄关漫道》《绝地逢生》）和英雄传记（如《风雨梵净山》《二十四道拐》）。在还未上映的电视剧作品《云上绣娘》中，来自贵州苗寨的绣娘更是凭借自己的刺绣艺术，从贵州走向国际，在实现个人梦想的同时，也想象性地完成了贵州少数民族与世界对话的构想。再次，也和编剧的创作心态密切相关。欧阳黔森立足 21世纪以来的电视剧创作与消费模式，将少数民族故事的当下讲述作为电视剧创作的首要特征，集中体现出了他个人的身份、文化和历史自信。在他的作品中，对少数民族历史的讲述和反思并非集中在身份的焦虑之上，即他作品中的少数民族人物形象，无论是彝族女英雄奢香夫人，还是众少数民族红军战士，或是虚构的女豪杰寨主桃花，都鲜有自我指涉性的身份质疑；相反，他们对自己的少数民族身份有着先天的自信，同时，也将这种积极的身份自信传递到情节、影像和主题的各个方面。我们能从欧阳黔森笔下的少数民族故事中感受到温润徐缓的贵州形象与气味，这无疑和编剧自身的创作心态和基于身份认同的自我意识大有关系。自我意识（self-consciousness）不仅是各个时代的艺术与世界进行对话的认识深度、精神面貌和价值立场，更是艺术家自我探索的自觉与反思。周蕾（Rey Chow）认为，在鲁迅观看了处决中国间谍的幻灯片而萌发弃医从文的念头的过程中，影像与文字便发生了奇妙的反应。战争的残酷在照相术和活动影像技术的催化下不断地促使鲁迅将视觉经验转换为文学表达。在此期间，值得注意的不仅是鲁迅由此生发出的忧国忧民的救国情怀，还有鲁迅从行医到文学创作的过程中自我认知的转变。这一转变的核心在于，他逐渐认识到了一种比传统文学创作更为有力的影像媒介。① 在影像日渐充盈大众的日常生活时，随之而来

---

① Chow, Rey, *Primitive Passions: Visuality, Sexuality, Ethnography, and Contemporary Chinese Cinema*, New York: Columbia University Press, 1995.

的是无处不在的影像文本和不断流动的视觉经验。创作者在彼此邻近但又时而相斥的文学和影视剧本创作领域同时发力并非罕见，然而，欧阳黔森所处的多民族共存共荣的时空语境，以及自身承担着的行政职务，让他在创作民族历史传奇故事的过程中，时刻刺激并唤醒着书写具备理性思辨特征的少数民族故事的自我意识。这一特征，不仅丰富了他在电视剧创作上的题材选择，即多视角地讲述少数民族历史故事，他的创作也为"少数民族题材"电视剧的创作提供着多角度的启发。

在欧阳黔森影视剧作品中，少数民族角色的政治意识和随之展开的人物关系间的权力博弈是先于人物个性塑造和角色情感关系的。编剧有意将基于特定历史理解的民族观、大局观和战略观附加在不同的角色身上，并促使这些角色主动表现出民族团结、祖国统一和求同存异的自我意识。因此，原本常见于少数民族影视剧中对民族主体性的追寻和表达便被赋予了新的时空特质。在文学作品到视觉符号的转译过程中，欧阳黔森影视剧完成了少数民族主体性定位和发声，并且，编剧通过建立规范性的观看策略，试图点亮少数民族影像在媒介融合时代影视剧作品浪潮中的指示性标签。从基于特定范式的戏剧场景编排、重在展现权力博弈格局的分场设计和意在传承社会教化的情节设计可以发现，编剧以具备大局意识的少数民族角色为核心，不断强化着少数民族影视形象的当代意义。在有关奢香夫人的历史记载中，大多都是围绕她的政治生活而展开。如在《行边纪闻》《黔志》《续黔书》① 等志书中，均记载了奢香夫人与时任都督马烨之间的纷争。马烨为了实现自己平定西南的构想，故意抓住奢香夫人的把柄，对其裸背鞭挞，欲以此激起民愤，从而促使

---

① 方国瑜：《彝族史稿》，四川民族出版社 1984 年版，第 537 页。

朝廷出兵镇压并最终实现"改土归流"而制造事端。时任贵州宣慰府同知的刘淑贞愤愤不平，状告圣上。明太祖召奢香进京询问详情，得知过在马烨时，明太祖痛心疾首，欲"借一人以安一隅"，惩处马烨，平定西南。明太祖还了解到奢香不仅为西南安定做出了大量贡献，还打算修桥筑路以促进各方面交流沟通，十分欣慰。马烨在得知奢香等人进京面圣后，自知时日不多，最终在明太祖面前无奈道："陛下无劳神，臣自分枭首久矣。"明太祖大怒，斩马烨，赏奢香。而在早先关于奢香夫人的文艺作品中，也都紧紧抓住了奢香与马烨之间的纠纷来铺陈矛盾、设置转折与搭建故事。由俞百巍和朱云鹏共同创作，俞百巍执笔的黔剧剧本《奢香夫人》① 以明代初年（1368年）奢香夫人担任水西诺苏部族主穆（又称君长）期间为实现彝族同胞安居乐业而努力奋斗的传奇事件为核心，讲述了奢香夫人身先士卒、化干戈为玉帛、心系黎民百姓和国家江山社稷的诸多传奇往事。该剧共六场，分别为护锦图、起风波、明决策、双朝阙、夜探宫和庆开道，以奢香夫人委派众人绘制九驿图，以期为明朝在黔修筑道路而尽微薄之力却屡遭彝族异己查克龙（水西诺苏部族衙殿幕魁）和"马晔"②（贵州都指挥司使）的内外干涉。她一方面以仁德之心容纳族内的政见相左者，一方面以威严之姿对抗马晔从中作梗、恶意滋事的威胁，最终，她以真挚、质朴和正直的行事风格与理政智慧获得了明太祖的赏识，并为彝族百姓的幸福源源不断地奉献着自己的力量。电视剧版《奢香夫人》不仅在编剧、导演、演员、美术等多部门的艺术创作上可圈可点，更加值得肯定的是该剧在艺术风度、历史视野和文化意识上对已有作品与历史的超越。在欧阳黔

① 原载《山花》1979 年第 2 期，后由贵州人民出版社 1979 年 10 月出版，http：//book. duxiu. com/bookDetail. jsp? dxNumber = 000000913740&d = 726D74869DDDC4DE672BE629BA9A 87DD&fenlei = 0903070630&rtype = 1，2018 年 5 月 4 日。

② 电视剧《奢香夫人》中为"马烨"。

森的影视剧作品中，少数民族角色的自我意识成为政治对话和悬念铺展的核心要素。

欧阳黔森影视剧作的情节建制部分不仅交代了全剧的故事线索和主要矛盾关系，还提供了能够让不同政治力量和势力集团充分对话、对抗和对垒的叙事时空平台。这样一来，具备鲜明自我意识的少数民族角色便能在此时空平台中大展身手，将各自的家国观念、历史意识和战略谋略通过层层悬念和主线矛盾表露出来。建制阶段的矛盾编排主要通过逐渐聚焦核心矛盾来循序渐进推动情节，以及通过生命死亡隐喻来增强悬念，提升观影快感。在《奢香夫人》中，朱元璋站在地图前指点江山，此时令他头疼的是频繁活动于中国西南的残元势力。西南各方势力，乌撒、水西和永宁部族常年纷争再加上元梁王巴扎瓦尔弥杀害了朱元璋钦派昆明的诏谕使王纬，西南局势扑朔迷离。在随后召见马烨的过程中，朱元璋在得知马烨"安抚彝人，为我所用。孤立梁王，迫其归降"的西南方略后，感到欣慰，最终委以重任。此时全剧的叙事重心在于马烨能否以及如何实现诺言，而推动情节的主要悬念则是编剧常用的生命死亡隐喻。编剧借诚意伯在觐见朱元璋时的提议，强化了西南钦使人选的重要程度和边疆少数民族事务的艰巨性。"辩舌如簧、胆大包天、视死如归"既是西南钦使人选的最佳标准，也构成了想象性的人物悬念。如此设置，和《绝地逢生》开篇王金发哭喊着"生了"和"死了"如出一辙。附带着生命死亡隐喻的马烨，每次登场都具备先天的危机感，这也有效地缓解了他在全剧中角色定位游移的特质。等到全剧核心角色奢香夫人登场时，编剧早已自上而下清晰交代了权力斗争的格局和人物未来的可能命运。与此同时，奢香夫人也顺理成章地化身为彝家各部族的政治代言人，她女扮男装求学汉人老师、舍身相救并与霭翠结缘以及此后鞠躬尽瘁游说于多方势力，全剧密切围绕奢香夫人的喜怒哀乐、悲欢离合徐缓但又刚劲有力地展开了一副少数民族英雄传记图。而欧阳黔森影视剧中一以贯之的对家庭真实或隐喻叙事时空的倚重,更奠定了具备作者色彩的少数民族影像风格。前文提及的基于特定范式的戏剧场景编排、重在展现权力博弈格局的分场设计和意在传承社会教化的情节设计便是这一剧作影像风格的集中体现。内景戏在欧阳黔森影视剧作中的比例较重,无论是表现战争中双方/多方对垒剑拔弩张的紧张场景,还是表现柔中带刚的农村改革开放大好局面,或是表现艰苦卓绝的红军长征历史,内景戏成为汇聚戏剧冲突,提供叙事想象和情节隐喻的时空载体。

第五节　家庭情节剧与社会问题

　　欧阳黔森影视剧作中,具有批判现实力度的社会问题反思,依靠的是建立在家国叙事之上的家庭情节剧范式。在他的影视剧作品中,对社会问题和现状的批判与再现并非急风骤雨式的指责,而是春风化雨式的感化与憧憬。家庭是欧阳黔森影视剧构思的核心,承担起不同时代、题材和主题故事的当下世俗隐喻功能。从红军长征、国共合作抗日到群众抗日传奇,改革开放中的贵州农村故事,以及在彝族历史讲述中,家庭不仅是串联人物的中轴点,它同时也抽象成为国家和民族身份认同的重要空间。"情节剧"(Melodrama)原指 18 世纪晚期在西方兴起的"加插有音乐的戏剧"[1]。随着不同阶层的劳动者在城市聚集,他们对娱乐文化的渴求与"情节剧"寓教于乐的形式让该类型的戏剧样式迅速流行起来。情节剧中始自文学创作一脉相承的"道德辨识性"(mor-

---

　　① 武文:《对情节剧的再认识》,《中国戏剧》1991 年第 10 期。

al legibility)① 先后经由无声电影、有声电影直至当下的电视剧，已经完全形成了一套成熟的语义生成机制。在这个过程中，值得关注的是原本倚重语言的"情节剧"样式如何在无声电影时期广泛传播自身的美学谱系。劳拉·穆尔维（Laura Mulvey）指出电影在技术上的缺陷和约束恰巧也是其美学上的潜力，这些局限通过"视觉意义的表达"② 在银幕上突显了人物动作、情感和情绪的表达。当"情节剧"进入电影，原本侧重于人物动机的电影叙事逻辑被削减，转而赋予了"影像以承载情感的核心地位"③，由此便形成了其独特的美学策略。琳达·威廉斯（Linda Williams）直面情节剧的危机④，指出"过火"的煽情和偏向女性观众是其备受贬抑的主要原因。她将"观众情绪反应"和观众的观片反思联系在一起，认为情节剧催泪的特质并非专门针对女性观众，相反，这只是情节剧"阴柔化"的表现范围。在大历史和文化研究的视野下，她将情节剧视为一种承继于 19 世纪舞台的、具有广泛价值的文化形态。美国大众文化中对情节剧的批评还集中在它对"善"和"纯洁的和绝对的道德规范"在呈现上的偏差。基于学者对情节剧"阴柔化"或"女性化"

---

① Peter Brooks 认为 18 世纪晚期至 19 世纪早期兴起的情节剧，其首要任务便是建立"道德辨识性"（moral legibility）生产机制。该机制的主要目的是在一个"去神圣化"（post-sacred）的时代，重新找寻并建立起可供替代教堂和皇室曾充当的善恶识别系统。Peter Brooks *The Melodramatic Imagination：Balzac，Henry James，Melodrama，and the Mode of Excess*，New Haven，CT：Yale University Press，1976。

② ［美］L. 穆尔维：《家庭内外的情节剧》，王昶译，《世界电影》1997 年第 4 期。

③ Veronica Pravadelli，translated by Michael Theodore Meadows，*Classic Hollywood：Lifestyles and Film Styles of American Cinema，1930—1960*，Urban，Chicago，and Springfield：University of Illinois Press，2015，p. 128.

④ 可参阅［美］琳达·威廉斯《改头换面的情节剧》，《世界电影》2008 年第 2—3 期。作者指出了情节剧的五个重要表征：1. 情节剧总是起始于，并往往也要结束于，一个清白无辜的空间。2. 情节剧突出表现的核心是受害的主人公和对他们的善的确认。3. 情节剧因借用了现实主义手法而具有现代气质，而现实主义则具有了情节剧的激情和动作。4. 情节剧包含着激情与动作的一种辩证关系——一种"过迟"和"适时"的互动。5. 情节剧推出的人物性格体现着按照摩尼教式的善恶冲突安排的单纯心理角色。

的偏见，一种观点认为情节剧将虔诚、善良和消极忍受这些阴柔品格加以理想化的过程恰恰促使了美国低俗文化的流行。琳达·威廉斯抓住了情节剧中的视觉快感元素，将影片的叙事性和视觉元素同时纳入评价体系，认为情节剧不仅是一种现实主义叙事的倾向，同时也是通俗电影影像叙事的主导形态。"情节剧"不仅对美国电影产生了重要影响，美国社会自身的问题与特质也被视为给"情节剧的发展提供了极佳的温床"①。因此，当前"情节剧模式"在社会各个层面的拓展，如政治讲话中所运用的情节剧煽情模式②，以实现特定历史时期和群体的价值认同也就不足为奇了。

欧阳黔森影视剧作中，家庭抽象为音乐隐喻标示，不仅宣告了家庭在中国社会发展和转型期的核心地位，还成为情感与物质的载体，承担起抒情与以物言志的功能。《绝地逢生》开篇即是高潮，原本说话结巴的王金发半夜找到村支书蒙幺爸家，他的媳妇因难产去世，万幸的是，孩子并无大碍。"生了"与"死了"是王金发仅有的求助呼喊，在蒙家父子的训斥下，王金发后悔当初自己因贪念而赌博，赔光了仅有的五斤大米。破碎的小家庭折射出的是乌蒙山区普通百姓的生存现状，而亲历这场悲剧的是蒙幺爸和他的两个儿子，蒙大棍与蒙二棍。观众会发现，蒙家父子将会在各自的领域为村民脱贫致富贡献力量，除此之外，他们的家庭也充当着协调民间诉求与官方话语的缓冲空间。例如蒙幺爸在贯彻国家退耕还林政策时，坚持因地制宜种花椒而非种杨树。从剧作层面看，这不仅是继续推进蒙幺爸与异见者马镇

---

① Jonna Eagle, *Imperial Affects: Sensational Melodrama and the Attractions of American Cinema*, New Brunswick: Rutgers University Press, 2017, pp. 7 – 8.

② Elisabeth R. Anker 认为"情节剧模式"的政治演讲（如布什总统在 2001 年 10 月 11 日针对"9·11"事件的发言）给国家权力的扩张提供了合理的话语平台和合法的生成机制。见 Elisabeth R. Anker, *Orgies of Feeling: Melodrama and the Politics of Freedom*, Durham: Duke University Press, 2014, p. 4。

长之间的矛盾关系的人物描写策略，还搭建了一个荧幕内外表达民意与官方政策之间的一种理想对话模式，即普通村民有权利在科学实践之后做出和宏观政策有出入的改变。这无疑拓展了全剧的政治讨论空间，将宏大抽象的政治思辨转化为以家庭为单位的戏剧冲突。家庭观念也是该剧化解矛盾和寻求出路的重要时空载体。蒙幺爸为了群策群力救活王金发的孩子，要二棍在半夜吹响集结村民的号角，将一家之力扩充为全村大家庭之力。与此同时，劳模黄大有连夜逃跑进城务工的身影便愈加显得孤独与无助。蒙幺爸率先将自己家的粮食捐给了盘江大队，将哺育婴儿的希望托付在满叔照料的母牛上。人群中的火把给每一位盘江村村民披上了暖心的色调，相比之下，黄大有等人半夜逃跑的场景在视觉上则呈现出阴冷、局促和黑暗的特征。盘江大队显然已经成为盘江人的大家庭，而蒙幺爸一家则化身为这个大家庭中的操持者与掌舵者。婴儿的啼哭声、号角声和盘江大队院子里的议论声都在蒙幺爸催促大棍回家取粮的号令和庄严的捐粮动员中汇聚成直击人心的情感宣泄。紧接着出现的声音标示则是第二天清晨乌蒙山区清澈的鸟鸣与二棍坐在家门口向蒙幺爸抱怨没吃饱后，转而要水喝的对白。掌权者高度的廉洁自律自古以来就是官方意识形态试图进入民间故事时的缝合策略。至此，该剧完成了家庭隐喻的第一次实践，即通过强化处于掌舵者地位的蒙家父子生活窘境，宣告了此后全剧以蒙家父子及其儿媳妇们的辛勤劳动为叙述核心的合理化叙述策略。进而，也预示着在该剧之后的情节中，通过不同层面的家庭关系折射与象征中国农村所经历的转型道路的叙事倾向。民歌和打油诗是家庭隐喻空间的对外拓展，成为影像中情感表达的缓冲地带与影像物质性的时空形式。布依八音坐唱①和铜鼓十

---

① 布依族世代相传的民间曲艺说唱形式，是国家非物质文化遗产。http：//www. ihchina. cn/5/10899. html，2018 年 11 月 20 日。

二调①是布依族的传统艺术形式，也是该剧中多次出现的村民文艺活动。编剧并未刻意突出非物质文化遗产的保护主题，而是将民间艺术还给民间，将非物质文化安置在家庭隐喻空间。蒙幺爸希望改变盘江村常年依靠救济粮的现状，苦闷焦虑之中找到正在排练布依八音坐唱的满叔倾诉。满叔诙谐回应："穷，你还不让开心吗？要不然愁死了。"生动活泼地将民间艺术和日常生活结合，叙事时空也从公共地乡村空间转到蒙幺爸的内心私密空间。两人的谈话从何时更适合聚会唱歌转变为盘江村地少人多的现状，文化记忆与社会问题顺其自然地捆绑在一起，成为困扰蒙幺爸的主要情感矛盾。在蒙幺爸、蒙大棍和盘江村村民一起走到镇上领取救济粮时，众人的非议集中在小孩念出的打油诗里："有女莫嫁盘江窝，盘江窝里光棍多，吃的不见一滴油，拉的大粪不生蛆。"诙谐之余编剧更是将在街边经营酒坊的玉珍婶对蒙幺爸的深情凝视和路边小贩的围观冷漠衔接起来，暗示着女性缺席的蒙家父子未来改革之路的崎岖。二棍因是否回乡办工厂而与妻子号丽产生矛盾，他和妻子的矛盾并非夫妻情感问题，而是就如何更好地建设盘江村而产生的思想与观念上的分歧。二棍常年在外打拼，思想和眼界已经远超盘江大队的乡亲，编剧在刻画二棍人物性格变化的过程中，有意强化了城乡差异在思想和物质层面对二棍带来的冲击。从他时不时给家里和村里带来的新事物，我们便能感受到一个不可见但真实存在的飞速发展的城市空间并行于剧中盘江村的改革发展空间。下海经商、回乡招工、卖车捐款，二棍以自我牺牲的方式为盘江村的建设持续贡献力量。与此同时，介绍泡面、浪漫求婚、安装卫星电视等具备时代发展符号的物质和行为，也以二棍的个人成长为媒介，从城市运输到乡村，从改革开放

---

① 铜鼓十二调是使用布依铜鼓演奏的民族音乐，多在庆典、祭祖和祭祀等仪式中演奏，是国家非物质文化遗产。http://www.ihchina.cn/5/10708.html，2018年11月20日。

的历史洪流引渡到盘江村民和蒙家父子的大小家庭时空之中。而当二棍与号丽发生矛盾之际，孩童的打油诗再度成为乐观化解家庭危机的声音空间。小孩们摘了大棍种植的桃树枝，欢呼着跑到二棍家门口。性情温和的二棍训斥并赶走了淘气的孩子们。伴随着："桃子开花李子结，麻子婆娘惹不得"的打趣，二棍与号丽的矛盾也自然化解。

欧阳黔森影视剧中的家庭空间不仅拓展为公共性的议事空间，给人物矛盾、社会问题和历史事件提供了对话和发酵的场所；更重要的是，家庭空间的叙事逻辑和伦理秩序也延续到了家庭之外的叙事时空。青少年角色是串联家庭空间和家庭隐喻空间的枢纽，同时也是人物情感关系和主线矛盾的灵动人物。《奢香夫人》中的小君长、《绝地逢生》中的牛娃和《雄关漫道》中的家根都有着较为完整的成长脉络。小君长陇弟的活动范围主要集中在水西宣慰府中，他生于乱世，正逢父亲霭翠准备出兵攻打乌撒诺哲土司。他的出生给处于军事和政治制衡核心地位的水西部族提供了外部激励事件，剧情的发展也暂时从侧重描写水西、乌撒、梁王和大明王朝之间的四方博弈转为水西君长霭翠和奢香夫人二人的家庭生活。陇弟的登场给编剧对史料进行艺术加工提供了宽松的创作空间。陇弟不仅是真实历史人物，更是全剧矛盾和情节发展的重要角色。格宗对奢香夫人的不满由来已久，他暗中操作，意在逼奢香夫人让出水西君长一职。他从最初的针锋相对到命令手下刺杀奢香，再到绑架陇弟，他与奢香夫人之间的关系发展恰巧也是该剧悬念累积矛盾激化的主要脉络。在此期间，格宗与那珠、果瓦大总管和三弟莫里之间的关系也逐渐从亲密转向疏离。最终，他在绑架陇弟失败后决心背叛水西，开始与曾经的敌人乌撒诺哲合作。在此期间，小君长所处的空间从水西宣慰府中，转至半开放式的花园，再转移到山中，最后被

关在封闭的山洞内，空间的开放性逐步递减，而矛盾张力逐级提升。核心家庭成员的缺失，如小君长母亲奢香夫人的离席、朵妮的疏忽和霭翠的离世，是引发绑架悲剧的内部动因。而小君长被迫从安全温馨的家庭环境迁离，屈身于阴暗憋闷且危机四伏的野外空间，也在视觉上提醒着观众传统家庭空间的心理暗示功能。《绝地逢生》中，牛娃的成长轨迹更为典型。他的母亲因难产身体虚弱而去世，父亲王金发也因行事笨拙、能力欠缺而离他而去。在韦号丽一家和二棍的照料下牛娃成长为意气风发的青年，他从王金发屋漏偏逢连夜雨的家中来到号丽温馨坚实的家中，其间也经历了要被送至福利院时暂留玉竹办公室的波折。他的成长不仅象征着王金发的蜕变，为该剧最后父子相认的圆满结局铺垫，同时也是盘江村在改革进程中坚韧成长的符号。该剧中，家庭之外的空间显然也被赋予了家的色彩和传统。无论是在破旧的房屋、践行改革政策的办公大楼，还是在满是关爱的号丽家、民风淳朴的盘江村，牛娃所经历的成长环境无一不是家庭空间的演变与延伸。《雄关漫道》中，立志参加红军的青年何家根同样也附带着浓郁的家庭指涉。何家爸妈因为家根和秋妹的参军意愿，也加入革命的洪流。他们的成长脉络和人物情感关系发展，延续着从在意小家庭的幸福和完满转变为希望红军大家庭胜利与健全的意识转变。显然，对青少年成长、遭遇和蜕变的刻画，成为欧阳黔森影视剧作中突显家庭空间、地位和功能，借家庭情节剧以讲述历史、书写革命记忆和重写改革故事的核心策略。

第八章　贵州形象塑造与价值表达机制

　　"影像贵州"与"影视作品中的贵州形象"或"贵州影像"不同，前者指影视作品中真实记录或二度创作的关于贵州的视听语言符号系统，而后者的指代范围更广，强调大众媒介中展示贵州形象的影像资料。无处不在的影像生产和消费无疑给欧阳黔森的影视剧创作和读解带来了新的挑战。个人便携电子设备中的私人屏幕和公共空间中的开放荧屏共同构成了人与人、城与城、国与国之间的影像信息流通场。传统电影和电视剧作品在新媒体时代最大的变化，并非视听语言形式上的革新，而是创作意识的重构。目前，影视工业高度重视前期策划阶段基于多元统计数据的受众研究，流量和点击率已经成为继票房和收视率之后，普遍适用于影视工业生产和创作的指标。表面上看，"网络大电影"和"网剧"在叙事形态、形式风格、生产和消费模式以及美学取向等方面与传统电影和电视剧存在较大差异。但实际上，艺术创作的灵动性与普遍性，以及影视产业升级之后，艺术作品瞬息万变的创作倾向又时刻模糊并消融着新兴与传统之间的边界。在去边界化、去中心化和去经典化影像生产的时代，流动的影像已经从电影院、电视机和电脑中延伸到大众生活的方方面面。从被电子荧屏笼罩下的城镇空间到被视频播放窗口占领了的网络数字空间，影像逐渐脱离银幕/荧幕的载体，成为一种时刻漂浮并回荡在时空中，并且能够形塑大众意识形态、实践文化传承和编织时代身份的新媒介。影像成为能够表达自身的物质载体等价物，它与传统和新媒介之间的关系不再是从属与包含关系，而成为一种隐形的平行关系。其隐形的原因在于，究其根本，影像终究无法脱离物质载体而记录与传播，缺少了物质载体的影像，只是一连串等待解码的数字信号和飘浮在空中等待截取的光束。而其与物质载体的平行关系则体现在大众对影像的获取渠道极速扩张，与日俱增的影像作品内容和碎片化影像消费特征，让大众对影像的认知、记忆和鉴赏不再拘泥于特定物质媒介之上，即影像的共时性取代了历时性，精神性取代了物质性，阐释性取代了系统性，进而，影像得以逐渐脱离物质载体而存在于时空之中，影像自身也演变为独立的媒介。

诚然，这并非一种可见的媒介，围绕它的讨论似乎落入了观念和意识等精神层面。托马斯·埃尔塞瑟（Thomas Elsaesser）指出，"二十世纪的电影不再只是一种讲述故事的媒介，电影也同样极大地促进了作为世界图像的影像的流动和流通，进而促进了作为图像的客体和作为客体的图像的商品地位"①。若我们将目光重新聚焦于当下生活中随处可见的影像，并关注对影像生产和消费过程中的全部感觉，我们便能体会到化身为媒介的影像带来的诸多改变。一个值得关注的改变是，大众通过影视作品在处理自身与城市空间的关系时，从最初的再造、想象、拼贴和拆除转变为在"挪用和再阐释"②

---

① Thomas Elsaesser, *Media Archaeology as Symptom*, New Review of Film and Television Studies, 14：2, 181－215.

② Yomi Braester 曾在 *Painting the City Red：Painting the city red：Chinese cinema and the urban contract*, Durham & London：Duke University Press, 2010 中指出，电影可以影响大众对城市的既定认知。他在对近年来中国大陆的拾得影像（Found Footage）和监控视频（surveillance videos）（转下页）

城市影像的过程中，也同时被自身的阐释行为再定义。沿着这一思路，或许有助于我们找到存在于特定空间的影像与影像中的特定空间之间的对话路径。

"贵州影像"与"影像贵州"在话语空间建构、表述形态和对话效果等方面存在一定差异。在分析欧阳黔森影视作品中的"影像贵州"价值表达机制之前，先简要回顾以下三组有关贵州形象的影像作品，以确定"贵州影像"在不同领域文本中的既定身份，从而探索一条开始"影像贵州"研究的途径。第一组作品是《人民日报》官方微信号 2018 年 10 月 14 日推送图文消息：《人民日报：这里是贵州!》[①]，在这篇官方媒体的图文报道中，"贵州影像"呈现出无政治化、再政治化和去政治化的表述路径。第二组作品是法国纪录电视节目：《相约未知地带：走进苗寨》（Rendez-vous en terre inconnue：Clovis Cornillac chez les Miao de Chine，2016）和徐冰导演的实验影像作品：《蜻蜓之眼》（Dragonfly Eyes，2017）。这两部作品看似关联不大，但实则都映射出"贵州影像"在进入影视作品的过程中，视听语言呈现出的符号化与去符号化的两极趋势。第三组作品是毕赣导演的电影《路边野餐》（Kaili Blues，2015）和饶晓志的电影作品《无名之辈》（A Cool Fish，2018），我们能从"艺术片"和"商业片"的粗略分类中发现，"贵州影像"在电影作品中命名方式的三种趋势，即去命名、再命名和正名。从意识形态宣传占主导的

（接上页）的研究中指出，当下的大众在利用视频记录并分享生活的同时，也成为被记录和被分享的对象，由此可见，大众对摄影机和银幕的新定义也最终成为重新定义他们的路径。"挪用和再阐释"原文为"The images are appropriated and reinterpreted."出自："The City as Found Footage：The Reassemblage of Chinese Urban Space"一文，收录于 Edited by Johan Andersson & Lawrence Webb, *Global Cinematic Cities：New Landscapes of Film and Media*, London & New York：Wallflower Press, 2016。

　　① 来源：人民日报微信（ID：rmrbwx），联合制作：多彩贵州网（晏世忠、张云泓、陈永堂、季寅妮、王幸稻、安轶伦），图片来源：视觉中国，东方 IC，本期编辑：胡洪江、石磊。http：//wemedia. ifeng. com/81953788/wemedia. html，2018 年 12 月 11 日，星期二。

官方新闻报道，到介于真实和虚构之间的纪录片和实验影像作品，再到以虚构为主的电影作品，我们能够发现一条"贵州影像"进入影视作品，最终通过艺术文本，化身为"影像贵州"的视听符码系统，并进行特定价值表述的机制。而之所以将以上五个形态各异的文本并列比较，一方面是因为它们都涉及了"贵州影像"与"影像贵州"的艺术化呈现，另一方面是因为我们能从中抽离出"影像贵州"的艺术表达坐标。将欧阳黔森的影视作品置于上述坐标轴中进行思考，将有利于我们重新发现其作品中纤细却坚韧、婉转却独到、直白但幽深的价值表达机制。

官方话语中的"贵州影像"经历了无政治化、再政治化和去政治化的表述路径。2018年5月26—28日，贵州贵阳举办了"2018中国国际大数据产业博览会"，此次会议可以视为贵州在全国大数据产业中后发赶超的强烈信号。《人民日报》微信图文消息《人民日报：这里是贵州！》正是基于这一背景，将贵州的风土人情用设问句的方式简短呈现出来。从最初的黄果树瀑布俯瞰全景照片到文末的中国国际大数据产业博览会标识，在这个过程中，贵州省的地理风光、民族人情、文字记忆和革命历史依次展现。文章中两次使用到的长图，也意在促使读者主动转换手机屏幕方向，从消极阅读转变为积极阅读。而全文流露出的对贵州影像壮美和柔情的展示倾向，也可以窥探到官方话语乃至大众对贵州的想象存在着明显的年代指向。《人民日报：这里是贵州！》中的"贵州影像"出现了鲜明的断裂感，缺少了当下贵州生活记录的官方影像，进一步将贵州形象捆绑在历史文化和数字未来之上，释放出强烈的意识形态信号。当代贵州的生活影像让位于鸟瞰的风景图，无论是贵州省的名山大川、少数民族村落还是当代都市夜景，全景成为自上而下认识/想象贵州的主要影像途径。文中从"海龙屯"、"布政使司"到"屯堡村寨"再到"遵义会址"和城市天际线的图文叙事主线也从历史革命讲述转换成现代科技发展视角，天险中的桥梁、平塘大山喀斯特天坑中的世界最大射电望远镜"中国天眼"以及文末的博览会标识，预示着贵州的未来形象。有趣的是，在文章中的第二幅横向城市夜景图中，前景中的山川被排除在画外，在紫色和蓝色氤氲氛围中的是灯光如昼的万家灯火，这似乎也同样呼应着贵州未来形象中的数字性。

我们能在《相约未知地带：走进苗寨》中看到些许和官方宣传图文相似风格的影像，主要是基于纪录片对真实客观的追求，致使大多数纪录片的影像风格会趋向于新闻影像般中立、克制和开放。若我们将法国纪录电视节目：《相约未知地带：走进苗寨》（Rendez-vous en terre inconnue：Clovis Cornillac chez les Miao de Chine，2016 年4 月 12 日法国首播）和徐冰导演作品《蜻蜓之眼》（Dragonfly Eyes，2017）并行比较，会发现在大众传媒和影视艺术中，"影像贵州"依然延续着符号化与去符号化的两极趋势。《相约未知地带》是隶属于法国国家公共广播电视台（French public national television broadcaster）的法国公共电视 5 频道（France 5）的一档电视纪录片栏目，2004 年 12 月 26 日至今，已播出 32 集。在"走进苗寨"这一集中，主持人弗雷德里克·洛佩斯（Frédéric Lopez）和法国导演科洛维斯·科尔尼拉（Clovis Cornillac）来到了贵州凯里苗寨，进行为期两周的生活体验。我们可以发现，无论是纪录片开场介绍中国贵州的影像，还是法国人在村民引路下第一次来到苗寨，影片中的贵州风景仍旧是俯瞰式的全景呈现（如图 1 至图 3）。无疑，全景是了解某地最直观的构图和观看方式，但是在影片接下来的记录中，洛佩斯和科尔尼拉深入到苗寨的日常生活中，影片则很少再展现全景式的贵州风景地貌，而是聚焦苗寨中普通人的生活状态。影片很好地处理了"看"与"被看"的视听符号关系，避免了文化上的猎奇倾向，而尝试着平等地理解和融入苗寨文化。值得指出的是，该片也找到了一条从全景的"贵州影像"到"影像贵州"特色的叙事路径，即基于平等生活的对话视角，这同时也是欧阳黔森影视作品中常用的"影像贵州"价值表达机制。《蜻蜓之眼》是"一部在现有的分类系统中无法分类的作品"①，影片使用大量监控摄像头的真实视频素材拼贴出了一个关于寻找女友的虚构爱情故事。在寺院修行的女孩蜻蜓对寺庙内的生活和寺庙外的世界产生了好奇。她带着对寺庙的失望重新走入了社会。在一家牛奶厂，她认识了技术工人柯凡，两人日久生情。蜻蜓看着工厂里每天被人工催奶的奶牛萌发了慈悲心，柯凡为了实现蜻蜓的想法，偷偷放走了一头奶牛。他也因此而被工厂怀疑和奶牛被盗案有关，被领导开除。蜻蜓也因为打抱不平遭到辞退。失业后的蜻蜓来到了一家干洗店工作，可是好景不长，她又因得罪女顾客，再次被辞退。柯凡一气之下找到了这名女顾客，和她发生了激烈的争执，他也因此遭到黑社会殴打，并因此事入狱。三年后，柯凡出狱的第一件事便是寻找蜻蜓。他偶然得知，曾经的蜻蜓就是目前最红的网络女主播萧萧。为了重新找到蜻蜓/萧萧，他将所有的积蓄花在了直播礼物上。然而，萧萧一直不承认自己就是蜻蜓。萧萧因为口无遮拦，得罪了女明星的粉丝，结果遭到人肉搜索。在舆论压力下，萧萧失踪了。柯凡依然没有放弃寻找蜻蜓/萧萧。他来到蜻蜓曾经整容的医院，将自己的脸整成了蜻蜓的模样，然后，他开始体验蜻蜓在自己坐牢期间所经历的人和事。他冒名蜻蜓，去到她之前工作过的地方工作，慢慢地感觉自己仿佛变成了蜻蜓。最后，他回到了蜻蜓曾经所在的寺庙。寺庙的尼姑真的以

---

① 彭锋：《艺术与真实——从徐冰的〈蜻蜓之眼〉说开去》，《文艺研究》2017 年第 8 期。

为蜻蜓回来了，但发现这个蜻蜓和以前不一样了。

　　显然，影片是艺术家和他的团队对真实和虚构概念的一次先锋实践，影片的时空结构、人物关系、情节矛盾全都失去了既定的能指与所指的固定搭配，实现了影像语言在滑动的能指与游移的所指语境中的叙事完整性。而模糊后的空间影像与影像空间在具体的时空指认上极大地还原了观众对空间想象的自由。这进一步促使我们思考，在影像成为媒介的当下，我们该采取何种策略来继续言说特定时空。在影片结尾的字幕中，罗列了全片所使用的监控素材。其中便有来自"贵州省毕节市卫星坐标104.43/31.12摄像头"的影像资料。然而仅通过该片中的影像素材，观众很难发现任何贵州的痕迹，换句话说，"贵州影像"在《蜻蜓之眼》中具备了隐身术，它裹挟着来自全国各地的影像资料，将贵州形象融化在了一次真实与虚构边界消融叙事的狂欢之中。

图8-1　《相约未知地带：走进苗寨》（一）

　　从官方宣传文章、法国纪录片到实验影像作品，"贵州影像"的构图两极性体现得淋漓尽致，一边是全景式的展示，另一边则是恋物式的近距离凝视。在电影作品中，贵州形象在命名方式上经过了

图 8-2 《相约未知地带：走进苗寨》（二）

图 8-3 《相约未知地带：走进苗寨》（三）

三个阶段：去命名、再命名和正名。这一转变的最大特点是原本有
着自己固定语法结构的"贵州影像"，开始服务于影视作品的种种需
求，从原有的语境中跳脱出来，逐渐开始探索并建立新时代中的
"影像贵州"表述机制。在 21 世纪初，《寻枪》（The Missing Gun，
2002）中的贵阳青岩古镇同样存在着去地名倾向，全片少有的地名
标识仅为"云凹镇"的招牌。《路边野餐》（Kaili Blues，2015）和

《无名之辈》（A Cool Fish，2018）的典型性体现在，前者通过虚构的贵州地名"荡麦"，将真实的贵州空间和城镇景观揉碎在虚拟的叙事时空之中，得以实现毕赣试图打通过去、现在和未来并初探个人记忆与集体回忆之间的边界。与《路边野餐》对贵州的再命名不同，《无名之辈》对贵州都匀市的叙事空间表达呈现出鲜明的正名趋势。不仅影片的犯罪故事发生在贵州都匀市，影片在高潮段落也借警察之口呼喊出"西山大桥"（如图8-4）的真实名称，完成了对犯罪行为进行惩戒的空间正名。进一步说，西山大桥不仅是该片犯罪行为得以惩戒的空间，更是"影像贵州"在影视工业系统中确立自我认同的象征性场景。

图8-4 《无名之辈》

由此可见，探索"影像贵州"所涵盖的价值表达体系，并梳理其表达机制，能够给我们理解特定作品中"贵州影像"演变为"影像贵州"的路径。"影像贵州"进行价值表达的前提是观众能够通过"观看"成功接受影像承载的价值内容。因此，通过分析欧阳黔森影视作品中的场面调度特征，我们能够初步了解影片的场面调度与价值表达之间的关系。叙事"道具"作为特定价值载体，具备了让价值从物质记忆过渡到精神内核的中转功能。"仪式"作为价值的隐喻系统，通过抒情完成了价值系统的共鸣。在欧阳黔森影视作品中，演员的"表演"是辅助于影像价值表达的重要元素。"档案"则是站在媒介考古的层面，考察欧阳黔森影视作品中的真实影像素材和辅助性的影视字幕，找出影像价值和社会价值接轨的具体策略。本章将从以上五个层面展开对欧阳黔森影视作品中影像贵州的价值表达机制研究，需要关注的核心问题是，在其创作的作品中，定位贵州影像在转化为影像贵州的过程中所流露出的符号想象、乡愁隐喻和家国象征表述策略。

第一节　"观看"作为媒介素养

　　欧阳黔森影视作品中的"观看"体系指的是在他创作的作品内部，通过相似或不同题材间形成的叙事、情感、主题和视觉相似性而形成的视觉体系。该体系同时也是建立在"叙事视点"和"类型表述"之上的"影像贵州"价值传播方式，其具体的实践步骤是借助场面调度，实现对"影像贵州"的价值编码，与此同时，通过作品/文本间的相似性，以实现价值观上的共鸣和强化。在这个过程中，欧阳黔森不仅完成了贵州故事、情怀和期盼的当代性书写，同时也潜移默化培育着当代观众对"影像贵州"的"观看"习惯，由此而呼吁一种坚守文化自信、倡导文化多元和憧憬文化共鸣的"影像贵州"观众接受期待。"观看"作为影视艺术的媒介素养，主要呈现出以下两类特征。其一，通过建立视听叙事节奏点来完成银幕内外的类型对话。其二，通过编写视听符号解码器来延续作者化创作策略。在十二届全国人大五次会议贵州代表团分组讨论会后，欧阳黔森在接受记者访问时提到《云上绣娘》①的制作情况，他认为这

---

① 《云上绣娘》已制作完成，尚未播映。

部电视剧"在视觉冲击力上将会给全国（观众）带来一种全新的（体验）。我们有这么漂亮的地方，它就是天堂一样的地方。……我们讲视听艺术，（《云上绣娘》）在听上面也是前所未有的非常好"①。《云上绣娘》是继《奢香夫人》之后，欧阳黔森担任编剧的又一部讲述贵州少数民族女性的电视剧。它以人大代表蔡群为代表的贵州绣娘为原型人物，以贵州省的"绣娘计划"为蓝本，将当代贵州女性形象、少数民族文化和都市生活经验融汇在一起，赋予贵州故事和情感以全球性地理标签和当下性时代标签，进一步拓展了其所创作的影视剧中"影像贵州"的价值谱系。编剧在采访中提及的"视觉冲击力"、"全新的（体验）"和"视听艺术"向我们传递出一个鲜明的信号，即不仅仅是《云上绣娘》实现了带有时政背景和地域特色的贵州讲述，更可见编剧对作品中的"视听"符号、"影像"审美和"价值"传递有着一以贯之的自觉。因为，探寻一条在观众与影片之间的"影像"读解体系与"价值"对话路径便显得尤为重要。

基于当下媒介融合的语境，我们首先需要拓展"电影观众学"②的疆域，即通过对观众观看的研究，在媒介素养（Media Literacy）③

---

① 见视频《贵州两位人大代表结缘，只因一部〈云上绣娘〉》，https：//v. qq. com/x/page/a03829s09w9. html，2018 年 12 月 12 日。

② 钟惦棐呼吁建立的电影观众学主要在以下两个层面展开研究：第一，研究观众与电影之间的联系。包括观影效果、反馈机制等；第二，电影艺术家在创作阶段将观众纳入具体创作时的逻辑与反思。电影观众学的"研究对象是中国电影要为之服务的观众，是中国电影的文化实际，离开这个实际，无论什么宏篇巨制、高谈阔论，便都失去了依据"。他认为"观众在电影中居于很权威的地位"。电影观众学的内含包括但不限于对电影"票房价值"的研究。钟惦棐所谓的"票房价值"，并非一味地追求电影艺术的商业利益最大化，而视其为统一电影创作与欣赏的主观与客观的统一点。电影观众学在其电影理论体系中有两种主要的作用：外部作用是指观众学研究分析观众观影之后的反馈进而合理的分析评述影片。内部作用是指观众学内化为电影心理学进入电影艺术家的创作，并由此影响到影片的选题、结构、人物对话等诸多因素的过程。参见钟惦棐《话说电影观众学》，《北京影坛》1981 年第 3 期；钟惦棐《钟惦棐文集》（下），华夏出版社 1994 年版，第 27 页。

③ 中国台湾地区译作"媒体素养"。

的层面考察观众接近、欣赏和读解影视作品的行为与效果。媒介素养（Media Literacy）指的是"人们面对媒介各种信息时的选择能力、理解能力、质疑能力、评估能力、创造能力以及思辨的反映能力"[①]。在影视作品的欣赏和消费中，贯穿对故事情节、人物形象和风格主旨等电影元素的解读之中的，是对影片场面调度的观看与感受。美国媒介素养研究者波特（W. James Potter）坦言"媒介素养是一种观察方法"[②]。巴里·邓肯也指出"媒介素养与批判性素养和文化研究有密切关系，即在社会、文化、地缘政治和历史的背景下研究媒介作品"[③]。从目前电影和电视剧创作视角出发，我们容易发现承载影视的媒介似乎不再只是如麦克卢汉（McLuhan）所言的"人的延伸"，相反，观众成了电影媒介中的重要因素。我们可以认为，观众已经成为影视艺术"媒介的延伸"[④]。造成这一改变的原因除了观众至上的影视工业生产策略之外，我们还需关注影视艺术在媒介融合和新媒体革新时代日益凸显出的对"观看"的重视。"观看"是观众在欣赏/消费影视作品时的行为，场面调度一直以来都是实现导演/作者创作意图，同时引导观众阅读影片的结构性影视元素。自电影诞生以来，"观看"便成为触碰电影媒介物质基础，即"一系列自动的世界投影"[⑤] 的

---

① 张开：《媒体素养教育在信息时代》，《现代传播》2003 年第 1 期；转引自徐沁《媒介融合论：信息化时代的存续之道》，中国传媒大学出版社 2009 年版，第 214 页。在《媒介素养理论框架下的受众研究新论》（载《现代传播》2018 年第 2 期）一文中，张开指出对审美的重视是受众媒介素养的特点之一。作者还提到了阿尔特·西尔弗布拉特、约翰·庞杰特和詹姆斯·波特等人关于对受众媒介审美能力的观点。

② 参见新版 W. James Potter, *Media literacy*（eighth edition），Los Angeles：SAGE，2016；转引自杨光辉《走进传媒——如何开展媒介教育》，《媒介素养》，中国传媒大学出版社 2005 年版，第 66 页。

③ ［加拿大］巴里·邓肯、卡罗琳·威尔逊：《全球研究和媒介教育：新世纪的出路》，李英博译，《媒介素养》，中国传媒大学出版社 2005 年版，第 1 页。

④ Robert Kolker, *The Oxford Handbook of Film And Media Studies*, New York：Oxford University Press，2008, p. 11.

⑤ ［美］斯坦利·卡维尔：《看见的世界——关于电影本体论的思考》，齐宇、刘芸译，中国电影出版社 1990 年版，第 82 页。

最佳路径和方法。

　　欧阳黔森影视作品中场面调度的跨文本相似性和不同题材电视剧作品中的人物关系排比，是强化这一价值表述的创作倾向。而这一倾向最终不仅构成了欧阳黔森影视作品的作者风格，同时也促使观众养成了基于这一风格的观影期待，即从流散在乡野的匪帮、家道中落的世家和以国为家的时代英雄身上找到观影快感，进而实现价值认同。在欧阳黔森的影视作品中，家族内部兄弟之间的性情差异、家族之间的利益纠葛、社群团体之间的信仰矛盾、国家之间的战火纷争最终都落实在了兄弟/兄妹之间的人情、人性和人伦的冲突之中。《风雨梵净山》中孙如柏的胆怯畏惧、姐姐孙语蓉的自私圆滑与张家独子张明堂的凛然正气对比鲜明；《二十四道拐》中梅家大少爷梅松手腕负伤后依然坚韧担当保家护路的责任与为军队赴汤蹈火不幸负伤形成了明确的价值隐喻。《星火燎原之云雾街》（2018）是继《二十四道拐》（2015）之后又一部近代革命题材电视剧，该剧围绕匀城的两大茶商卢家和赵家的恩怨纠纷，铺展出红军在贵州的艰难革命传奇。如前文所述，该剧不仅延续着欧阳黔森个人的影视类型写作策略，并在叙事节奏上更趋于温和，娓娓道来。更重要的是，它将此前编剧作品中的人物关系模式和权力博弈范式放大，不断提醒着观众主动寻找"影像贵州"的价值指向。电视剧《星火燎原之云雾街》定稿前的剧本与成片的情节在人物设置上值得注意的改变是，原本为卢家三兄妹的设定，改为了卢家三兄弟。从剧作的角度来看，该修改的效果在于，强化了男主角卢人杰的英雄特质，将原本分散在长兄卢人俊和三妹卢人凤身上关于家族茶叶生意的矛盾纠葛和情节线索汇集在卢人杰身上。此外，成片中还进一步弱化了原始剧本中卢人俊玩世不恭、赌博败家的描写，转而将此设置嫁接到新增补的卢家三少爷身上。人物关系上的修改与增补，为编剧

对剧情场景编排的重新设定奠定了基础。

于乱世中坚定理想信念、置家国利益于个人情感之上、在背叛和孤独中历练英雄气概是欧阳黔森革命题材电视剧文本间对话的核心特征。为了准确表述该价值观念，欧阳黔森在剧情的场景设置上的书写策略为：首先在家族矛盾的对立冲突中引出人物关系，然后将处于家族利益纠纷的人物群置于家国危亡的历史背景之中，进而形成了作者化的价值表达机制。《星火燎原之云雾街》中的卢家二少爷卢人杰的家世背景、人物困境、情感纠葛和理想信念与《二十四道拐》中的梅家大少爷梅松、《风雨梵净山》中的张家大少爷张明堂较为相似。他们三人都出身于地方商贾之家，都曾有过军中履职经历。乱世之中，原本衣食无忧的家族开始出现裂痕。雪上加霜的是，曾经青梅竹马的心上人却恰恰嫁给了异己者。所幸他们都正气凛然、聪慧过人，最终都能够帮助家人、朋友哪怕是政治上的异见者摆脱危难。《星火燎原之云雾街》开篇便通过平行叙事线引出了卢、赵两家在茶叶生意上潜在的矛盾。卢人杰第一次带领马队运送今年的头茶出黔，他在匀城商会众前辈的托付下信心十足。与此同时，赵家父子却在家中冷嘲热讽，不愿出席送别仪式。而在《星火燎原之云雾街》成片前的剧本中，卢人杰的人物形象，是通过他在赌场智斗钱蛮子，巧救大哥卢人俊而确立的。相较之下，成片中的情节调度减少了猎奇性，增加了历史厚重感。欧阳黔森影视作品中相似的人物关系设置并非最终目的，相反，它是一种能够帮助观众快速识别"影像贵州"价值寓意和内涵的叙事机制。无论是具有明确地域文化指代的毛尖茶商，还是具有地方权力隐喻的贵州商会，或是更为宽泛的铜仁大商家，编剧赋予不同人物相似的身份背景，试图实现跨文本的人物对话，进而将贵州历史文化的多面向作为常态呈现给观众。欧阳黔森不止一次在采访中表示，现实生活远比

"编"出来的剧本精彩。一方面，这是他基于生活体验的现实主义创作风格之体现，另一方面也说明，编剧的创作策略集中在如何将贵州的多彩文化通过剧本层面的场面调度呈现出来。由此，我们可以发现编剧在创作过程中对追求场面调度和人物关系的跨文本相似性有着较高的自觉。而对于观众来说，基于场面调度而形成的影视作品"观看"／解码模式也自发地将情节矛盾、人物情感和主题观念集中在具备鲜明地域特色的叙事时空之中。最终，观众得以将日常生活中接收到的关于贵州的认识和想象都依附在欧阳黔森影视作品中的"影像贵州"之上，完成了对贵州形象、情感和故事的再认识。具体来说，这一价值表述机制和"观看"引导机制体现在编剧作品中的叙事道具、仪式场面、表演期待和影像档案四个方面。

第二节　"道具"作为价值载体

在米莲姆·汉森倡导的"感官文化批评体系"[①] 中，影视自身内部的符号体系和影视外部的时空呈现，如观影环境、营销策略、海报设计和影视衍生品，都同时作用于影视艺术的创作与批评。"贵州影像"以叙事道具的方式积极主动地呈现出来，并且与处于消极状态中的场景美术、人物服装和镜头影像风格设计拉开距离，自发编织成文化记忆和影像时空的"感知反应场"。在此期间，公众的个人体验和情感得以表达并被他人接受。影视作品中的叙事道具在这个通过视听媒体架构起来的公共空间中不断放大观众的感官体验，并在"感知反应场"中完成了对民族文化、历史记忆和当代抒情的统括性表达。作为将"观看"机制落实到剧本创作中的方法，强化

---

① 张英进：《阅读早期电影理论：集体感官机制与白话现代主义》，《当代电影》2005年第1期；曲春景：《中国电影史研究中的"感官文化学派"》，《文艺研究》2006年第10期。

叙事道具在情节中的功能和地位是欧阳黔森影视作品的重要价值表述机制。具体来看，编剧在三个层面增强了影片中叙事道具的功能：一、寄情于物，将人物情感附着在具体的叙事道具之上；二、咏物言志，将意识形态缝合在视觉隐喻之中；三、借物喻理，将具体可见的道具，抽象为具有时代特征和能够反映时代进程的道具符号。在这一过程中，编剧逐步递进，条理分明地实现着从对"贵州梦"的表述到对"中国梦"的呼应的价值表述路径。"中国梦"在具备中国品格的叙事道具以及"观看"叙事道具的过程中，将中华民族世代相承的审美趣味统括于一身，形成了以民族自信为基石的商业和艺术风尚，并循序渐进地重写着当下中国的气度和柔情。叙事道具在影片美术风格的意象营造、情境再现和品格传播的建构上占据着举足轻重的位置。影视作品中的"中国梦"不只是意识形态主导下的主旋律叙事，更是"具有与电影本性直接相关的认识"① 和具备感动世人的中国精神和品格之显现。在西方学者眼中，实现影视中的"文化身份认同"② 既是中国影视创作的核心，也是我们借以抵抗西方视角下"民族电影"③ 偏狭指代的创作实践。而想在影视作品中展示雍容雄迈的中国气度和博纳百川的现世情怀，重归对叙事道具／"物"的关注不失为一种新时代的书写策略。这一方面是新时代中国影视正稳步迈入全球产业领军行列的迫切要求，另一方面也折射出作为正在从制造大国向创造大国转型中所流露出的景观、

---

① 周星：《电影艺术"中国梦"的正能量呈现》，《艺术教育》2013 年第 10 期。

② Chris Berry and Mary Farquhar, *China on Screen: Cinema and Nation*, New York: Columbia University Press, 2006.

③ Stephen Crofts 曾将中国大陆电影和香港电影分开，视前者为极权主义电影（Totalitarian Cinemas），将后者划入无视好莱坞电影（Ignoring Hollywood）。Stephen Crofts, "Reconceptualizing National Cinema/s", *Quarterly Review of Film and Video*, Vol. 14, No. 3 - 4 (1993), pp. 50 - 57。而张英进则反对这一分类，他指出 Crofts 的理论难以将中国电影大而泛之地套入民族电影范式。Yingjin Zhang, *Chinese National Cinema*, New York: Routledge, 2004。

经济和文化自信。"物"是夹带着对天地万物乃至人本身的复杂概念，也是自古以来指代社会生活和文化思想的物质载体。影视作品中的叙事道具背后深藏着的是在传统美学关照和现代影视工业逻辑共同缠绕之下的文化意识。历史上，虽然对"物欲"的批判以及对"玩物"的迷败于晚明达至高峰①，古人也多有"外物"、"玩物丧志"或"物欲"等提法。但是，古往今来中国人对"物"的辨识依然更多地依附于浑然一体的天人观，和因对天行运转的无常而凭生的感伤情怀。在欧阳黔森的影视作品中，"道具"／"物"的影像已不再停留于单纯的情景营造，转而更多参与到电影叙事之中，成为既能唤醒民族文化记忆又能实现民族特质影像风格的"贵州影像"符号。正如文化记忆在无文字文化中依附于物的多种形式②而存在，影视作品中的叙事道具也泛化为意识形态之"物"的指涉，同国家建设、经济发展和革命精神的延续紧密相连。因此，在创作和理论层面重归对叙事道具的关注，不仅是消费时代下全民所呈现出的对美好生活之向往，更是中国影视产业进入新时代后，尚需重新梳理的美学问题。欧阳黔森的影视作品正是在此语境之下，实践着一条通过叙事道具来表述"影像贵州"的价值内涵，进而通过讲好贵州故事而呼应"中国梦"的创作路径。

欧阳黔森影视作品中的"道具"影像逐渐从背景中跳脱出来，成为电影近一步关涉现实生活、体察时下民风、辨析历史时局的影像支点。实现这一路径的第一步是通过叙事道具来展现人物的情

---

① 赵强提到"晚明人对'长物'的痴迷是空前的，无论是'物'的种类，还是受众的波及面，都达到了前所未有的高峰"。见赵强《"物"的崛起——前现代晚期中国审美风尚的变迁》，商务印书馆2016年版，第19页。

② "在无文字文化中，文化记忆并不是单一地附着在文本上，而是还可以附着在舞蹈、竞赛、仪式、面具、图像、韵律、乐曲、饮食、空间和地点、服饰装扮、文身、饰物、武器等之上。"见［德］杨·阿斯曼《文化记忆：早起高级文化中的文字、回忆和政治身份》，金寿福、黄晓晨译，北京大学出版社2015年版，第54页。

感关系，并以此为支点，激活观众对道具背后的历史文化和民族风情的关注。《风雨梵净山》中，孙如柏为了改善婆媳关系，委托菲儿转赠母亲莲姑一套茶具，"茶具"也成为剧中串联如柏、菲儿和莲姑三人情感纠葛的支点。而该剧后半段，桃花为了帮张明堂赢得信任，替他完成了油锅捞铜钱的惩罚。此处的"铜钱"，同样凝聚着浓郁的情感指代。而当桃花终于明白自己对张明堂的感情只是一厢情愿时，她决定通过给明堂下"情蛊"的方式获得他的好感。编剧将人物情感关系变化中的转折点具象化为带有民族风情和地方特色的叙事道具。《奢香夫人》中，水西君主霭翠通过赠刀来表达对奢香夫人救命之恩的感激和对她的情感诺言。"战刀"对彝族男性来说是"财富、地位和身份的象征"①，而当奢香夫人最终决定违背她和霭翠在树林结下的"战刀"情缘时，她决定埋葬霭翠赠予的"战刀"。值得注意的是，上述两个场景的叙事节奏均明显放缓，此时所融入的背景音乐和闪回段落并非只是为了抒情，更重要的是，该剧给叙事道具——彝族"战刀"镌刻上了鲜明的情感印记。高速摄影、闪回和背景音乐的渐强，不仅让这两段情感戏在影像风格上区别于全剧的其他叙事段落，更给原本冷峻、残酷和阳刚的彝族"战刀"增添了诸多柔情。由此可见，承载着表述人物情感关系职责的叙事道具，在欧阳黔森的影视作品中首先是借助人物情感转折得以在影像上吸引观众的关注，进而又通过与相邻段落差异较大的风格化影像段落，进一步强化叙事道具的隐喻特征。

欧阳黔森影视作品中的叙事道具对呼应社会现实时空有着重要的视觉隐喻功能，他作品中对叙事道具的描写凝聚着其对当下生活的品察和未来蓝图的想象。作为一种意识形态缝合策略，咏物言志

---

① 陈小虎：《凉山彝族战刀研究》，《西南民族大学学报》（人文社会科学版）2011 年第 12 期。

式的叙事道具创作策略试图恢复一种视觉上的通感，将生活中常见的物品进行陌生化处理，赋予它常规功能性之外的影像寓意。而以叙事道具为依托，民族情感和匠人精神便能够很好地融汇于具有实感的影像之中。在美术领域，"质觉"① 作为一种艺术创作观念，强调对艺术对象物质性的复原。例如，在当代中国绘画艺术中，"新水墨艺术" 赋予笔法以新的内涵，倡导图像对墨质本身的归回。在《小城之春》《神女》《不了情》《新女性》《八千里路云和月》《遥远的爱》《都市风光》 等众多具备时代质感和民族风度的中国电影中，都有着对不同时代、不同地域交通工具的影像化表达，这些电影让 "交通工具，尤其是现代交通工具，成为现代中国电影、中国社会与中国文化中的重要代码"。② 叙事道具俨然已经从后景中一跃而出，成为中国影视作品探索现代影视语言，实现民族影像叙事和抒情的重要手段。《奢香夫人》中象征着行政权力和兵权的 "权杖"与 "兵符" 承担着重要的叙事功能。编剧将奢香夫人是否会被弹劾、格宗二爷是否能篡位成功、水西部族未来该何去何从等一系列矛盾都转移到对 "权杖" 和 "兵符" 的争夺之中。《雄关漫道》中反复出现的红军战士们在行军中背着的汉字木板，旨在借叙事道具突显红军虚心好学、意志坚韧的风气。而前国军将领张振汉在长征途中主动将自己所骑的马让给搬运火炮的红军战士，也将红军对 "火炮"的重视表现得淋漓尽致。精心擦拭、小心搬运、积极摸索，围绕"火炮"，编剧将长征途中的艰险、革命过程的艰辛和红军信仰的坚定充分表现出来。

对叙事道具的倚重，从赋予它明确直白的价值内涵，转向为将可见的叙事道具抽象为不可见的象征和隐喻符号，是欧阳黔森影视

① 刘旭光：《质觉美术个案书系：刘旭光》，河南大学出版社 2009 年版。
② 徐敏：《电影中的交通影像：中国现代空间的视觉重塑》，《文艺研究》2006 年第 3 期。

作品的又一特点。宫林曾指出，"从意象造型的观念与方法，达到意象造境的境界确是中国电影美术从成熟走向辉煌的标志"①。不可见的道具作为价值符号，其实现的路径是通过台词暗示，然后经由情节编码与渲染，最终在矛盾的纠葛与化解中，赋予虚拟的/不可见的叙事道具以价值内涵。此处的"不可见"指的是，人物明确提及，剧情密切相关，但却在影像上没有直接呈现出来的叙事道具。《风雨梵净山》中，麻三刀强迫村名种植"鸦片"，以牟取暴利；张明堂经营四海山货铺，主营桃花山寨中的当地"山货"；庄老板不愿同流合污，拒绝签署的"阴阳合同"；《奢香夫人》中，反复出现的关于"箭已离弦"的比喻，原本可见但却以不可见的概念符号出现在剧中的叙事道具和那些带有鲜明时代背景的叙事道具，如《绝地逢生》中蒙二棍从城镇带到家乡的一系列象征时代进步的道具：发卡、泡面、火车、冰箱、电话等，形成了工整的对仗。编剧这种借物喻理式虚构策略，作为一种批判意识，赋予了这些和地域、时代与文化相关的物质符号自我言说和理性阐释的空间。最终，编剧借助这一抽象化艺术过程，将所有可见与不可见的叙事道具打包整合，上升为一种影像符号，呼应着编剧精心营造出来的叙事时空。作为蒙氏父子家庭空间和盘江村乡野空间与外界（家庭之外与乡野之外）的重要对话通道，由叙事道具构成的影像符号串联起了真实历史时空与影像时空。最终，叙事道具便成为了打通当下和过去，大众和精英以及历史与记忆的符号体系。

第三节 "仪式"作为价值认同

欧阳黔森影视作品中并没有将严格意义上的"仪式"场面作为

---

① 宫林：《论中国电影美术之"意象"与"造境"》，《北京电影学院学报》2008 年第 5 期。

叙事重心，编剧也没有过于倚重具备视觉和叙事陌生感的少数民族仪式来营造情节层面的猎奇感。相反，借助"仪式性"的段落和场景，将基于影像和叙事流露出的文化自信和从容风度成为欧阳黔森影视作品的一大特点。无论是在少数民族历史英雄的塑造还是在主要发生在贵州的革命战争历史讲述中，温婉随和、包容平等和积极入世的影像意境油然而生。这是一种在当前中国少数民族题材电影和电视剧中少有的创作心态，即源于编剧内心对贵州历史、情感和文化的高度认同，和在现实生活中主动肩负书写贵州文化的责任意识，而形成的地域文化自信。20 世纪 80 年代以来，有关认同的讨论与日俱增，这与近年来对历史的反思密不可分。影视艺术对有关历史领域的讨论有着灵敏的艺术嗅觉，例如德国"历史学家之争"就曾对德国电影中"纳粹罪责"① 的反思带来了诸多新的启发。从 20 世纪 40 年代的"纽伦堡审判"到 80 年代的"历史学家之争"再到 21 世纪以来的德国电影创作，这些艺术文本中对纳粹罪责的认识和批判经历了"无言沉默、彼此指责、理性反思和寻求和解四个主要阶段"②。无论德国的历史和意识形态发生了怎样的变化，连贯与不变的是在这些影视艺术作品中流露出的德国民众的"危机意识、自省意识、发展意识和民族意识"③。这同时也是德国和西方学者在讨论"文化记忆"和"群体认同"等与"意识"、"认同"和"注意力"等个人和集体精神层面认知能力的重要背景。由此，我们可以看到"认同"在民族文化、历史记忆和民族认同上的核心作用。正如德国

---

① "历史学家之争"是 20 世纪 80 年代德国学界关于历史研究的一次大讨论，这次讨论不仅给德国历史文化政治等社会领域学科和认识造成了重要影响，更为值得注意的是，在 21 世纪德国二战题材电影中，有关纳粹罪责主题的呈现与反思和当年观念争议双方的理论与方法存在着较大程度的契合。

② 雷艺璇：《新世纪德国二战题材电影纳粹罪责主题研究》，硕士学位论文，北京师范大学，2018 年。

③ 同上。

学者扬·阿斯曼所言，"认同是与意识相关的，即，它与对一个无意识的自我认知所进行的反思相关"①。因此，围绕历史的"反思"与"反思"的历史，我们可以将目光集中在反思的对象，即"意识"和"无意识"上。欧阳黔森影视作品中的历史理性和文化身份"意识"/"无意识"栖身于影视语言搭建起来的仪式性叙事空间之中。

建立在文化自信基础上的"影像贵州"便自发地将"仪式性的叙事结构"② 附加在生活、爱情、政治和战争等场景的描写中，并以此作为其作品的价值隐喻手段。"仪式性"的场景和段落将此前通过场面调度和叙事道具突显出来的"影像贵州"符号系统整合起来，形成了一条完整的价值表述链。维克多·特纳（Victor Turner）曾指出："一个符号，就像语言中的一个词一样，须按一定的仪式规则与其他符号组合在一起，才能形成有意义的符号簇。"③ 散见于欧阳黔森影视作品中的"影像贵州"符号也在仪式性的叙事场景和情节段落中串联起来，和具有现实生活、革命历史和家国隐喻的场景与段落一起，将沉睡在历史中的民族记忆激活，最终稀释、渲染并传播着那些浓缩在仪式场面中的贵州文化。有学者指出，"对少数民族文化仪式意义的理解和阐释需要放在整体图景中，……更重要的是在表述这些历史故事中所采用的叙事与仪式之间所形成的一种必然的结构联系"④。在欧阳黔森的影视作品中，这一结构联系体现为实现权力制衡的仪式性室内

① ［德］扬·阿斯曼：《文化记忆：早期高级文化中的文字、回忆和政治身份》，金寿福、黄晓晨译，北京大学出版社 2015 年版，第 133 页。
② 周根红指出，仪式叙事在少数民族题材电影中形成了以"象征符号和社会价值"为基础的话语体系，并由此建构着"少数民族的文化身份和价值体系"。周根红：《少数民族题材的仪式叙事与意义生产》，《当代电影》2017 年第 11 期。
③ ［美］维克多·特纳：《庆典》，方永德等译，上海文艺出版社 1993 年版，第 10 页；转引自张泽、洪高翔《水西彝族传统丧葬仪式文化内涵》，《西南民族大学学报》（人文社会科学版）2018 年第 5 期。
④ 张媛：《景观、符号与仪式：少数民族电影中的原型隐喻与认同建构》，《暨南学报》（哲学社会科学版）2018 年第 10 期。

场景、衔接情节主线矛盾的仪式性抒情段落和兼具审美与价值表达的仪式性影像空间。但我们仍需注意，并非具备文化身份表达的历史叙事时空就一定能完成影视剧创作者所期待的话语传递与艺术发声。因此，为了保证艺术文本与观众之间的对话畅通无阻，创作者便需要在如何吸引观众的"注意力"上下功夫。"注意力"与"意识"不同，虽然两者都是"历史地建构起来的概念"①，但在近现代以来的视觉文化传播中，"作为对主体性的部分解释的注意力，并不总是意识的同义词"②。乔纳森·克拉里指出了三类理解"注意力"的范式：为了适应外部环境刺激的有机体反射过程、一种自动或无意识的思维过程，以及一种主体自主决定且有意识的思维活动。③ 可见，当下观众在欣赏影视剧时的"注意力"会分化为主动与被动的接受状态。因此，这就要求影视剧将叙事重心放置在承载着具体的民族认同记忆且分散于细致入微的文化符号之上。通过身体、语言、文字和宗教等"群体认同"④ 层面元素的影视化呈现，欧阳黔森影视作品便是在这一路径上，通过唤醒民族历史记忆以试图构建民族文化认同的策略得以实现。

欧阳黔森的影视作品善于通过仪式性的室内场景来结构情节主线。《雄关漫道》中半封闭式的民居庭院；《绝地逢生》中的盘江大队办公室、玉珍婶的街角小酒馆、二棍的土鸡店、三棍的办公室；

---

① ［美］乔纳森·克拉里：《知觉的悬置：注意力、景观与现代文化》，沈语冰、贺玉高译，江苏凤凰美术出版社 2017 年版，第 35 页。

② 同上。

③ 同上书，第 33 页。

④ 哈罗德·伊罗生认为"认同"指的是"某个个人与某种独特的价值之间的联系，这种价值是由某种独特的历史孕育出来的，是属于他自己那个民族的"。他进一步分析了身体、名字、语言、历史与起源和宗教等对群体认同产生重要作用的因素，最终将人们认同的"那个族群一以贯之的内在精神"与具体群体的诸多外在表象之间串联起来。参阅［美］哈罗德·伊罗生《群氓之族：群体认同与政治变迁》，邓伯宸译，广西师范大学出版社 2015 年版，第 69 页。

《风雨梵净山》中的大宅院、山寨议事厅、学校教室、乡野库房；《奢香夫人》中的水西宣慰府、乌撒和永宁的会客室、明军和元军大营；《二十四道拐》中的医疗室、刘家宅院、何麻子老巢、警察局、美军军营、日军司令部等，看似简单的室内场景设置实则凝聚着编剧对该剧核心价值体系的表述策略。整体而言，将情节主线和人物动作从室外场景，如战场、乡野、山林和集市等处转移到室内场景，有助于形成较为稳固的叙事结构，并给观众留出足够的理解时间和想象空间。《星火燎原之云雾街》中头茶出黔的商会仪式和《奢香夫人》中水西君长霭翠为招待梁王巴扎瓦尔弥而举办的仪式性聚会，在场景的结构性叙事功能上形成了文本间的呼应。这两段场景都发生在象征地方权力的公共议事空间，都是从话语权掌控者（商会前辈和果瓦大总管）对晚辈（卢人杰和霭翠）的质疑，转向为团结一致共同对抗外部危机（商会前辈呼吁赵家派代表出席头茶出黔仪式/水西忠臣关心霭翠病情）的叙事模式。在影像层面，匀城茶商的雍容大度和水西宣慰府的尚黑尊贵得以通过仪式性的室内场景强化。仪式场面在欧阳黔森影视作品中不仅作为叙事元素参与角色塑造与情节推进，此外，在调整影片节奏，烘托肃穆氛围以及搭建历史想象时空，并试图完成民族认同记忆上赋予了影像独有的魅力。

　　从影视剧的审美和创作角度来看，欧阳黔森影视作品中的仪式性段落在阐释"影像贵州"价值内核的过程中，分三个层面逐步实现："首先走向现实，其次走向传统审美文化，第三走向个性创造①。"《奢香夫人》中，奢香请汉人协助改良彝家的耕作方法，莫里带着众彝家子弟站在田地旁，围观正在耕地和播种的汉族青年。该段落是奢香夫人执政稳定时期改进民生的重要举措。剧中处于

---

　　① 周星：《当下中国电影的审美观念嬗变与发展趋向》，《民族艺术研究》2017 年第 5 期。

横向走动的汉族青年和景深处静止围观的众彝家青年形成了仪式性的观看关系，高速摄影和民族音乐进一步延缓了该段落。全剧寄希望于影像想要传达的民族团结观念，在诸如此类兼具抒情和仪式性的段落中得以实现。在欧阳黔森的影视作品中，仪式性的段落和场景常被分解为细致入微的生活动作。而这一策略也让仪式性场面附带的艺术上的崇高感得以落地。让崇高感落地的具体创作策略便是找到与众不同的故事讲述风格。从宣传层面来看，讲好"贵州故事"，展现"贵州梦"，传播"贵州精神"是欧阳黔森影视剧的职责所在。这既是贵州影视创作进入新时代后面临转型的内在审美要求，也是影视产业高速发展下的文化保障。得益于全球影视审美、媒介革新和产业迭代浪潮之中的发展红利，21世纪贵州影视剧创作在题材和类型完善的过程中现实主义审美倾向是一以贯之的。在此期间，现实主义审美也呈现出不同形态和程度的"空间化"倾向。简单来说，就是通过叙事空间的拓展和空间叙事的转向，对传统文化、民族故事和现实情怀的再一次挖掘。同时，这一叙事空间既是"具有与电影本性直接相关的认识"① 和具备感动世人的贵州精神和品格之显现的"贵州梦"空间；也是挖掘全人类共享的人伦情怀、探索全人类推崇的人性真谛并在艺术书写人的伟大征途中树立中国风范的新空间。

第四节 "表演"作为价值想象

表演不仅仅是演员的创造性活动，同时也是影视创作各个环节中普遍存在的关于对表演的想象性表达。正如"所有公共机构——

---

① 周星：《电影艺术"中国梦"的正能量呈现》，《艺术教育》2013年第10期。

教室、教堂、政府——都是一个准戏剧化的结构空间，这种建筑创造了一个表演空间"[1]，表演创作并非只停留在拍摄期间演员的现场表现，它同样也是影视艺术各部门的创作者的集体创作。在欧阳黔森在剧本创作和制片的过程中，也通过剧本层面的创作，想象着演员在演绎不同角色时的状态、心理和情感。在这个过程中，编剧借助台词以实现对不同演员表演风格的要求，通过仪式性的段落和动作设计以实现对群戏/集体表演的期待。由此可见，编剧对演员表演的期待、参与和想象，在叙事道具和仪式性段落的基础上，进一步强化着"影像贵州"的价值表述能力。在影视工业中，关于表演的创作，诸如前期选角、中期拍摄和后期剪辑都汇集着集体的创作智慧，编剧往往只能提供一个关于表演的想象性蓝本供拍摄时参考。在欧阳黔森的影视作品中，同一个演员在不同的作品中饰演不同的角色成为常态，如杜源在《雄关漫道》中饰演贺龙，在《绝地逢生》中饰蒙幺爸；张桐在《星火燎原之云雾街》中饰卢人杰，在《奢香夫人》中饰演夏柏元；刘之冰在《奢香夫人》中饰演格宗二爷，在《雄关漫道》中饰岳林盛。从剧本层面的台词和仪式性段落设置，到选角的倾向于结果的过程中，可以折射出集小说原著、编剧和制片人等多重身份于一身的作者，独特的影像风格。

电视剧对台词的倚重间接促使导演、编剧、摄影和演员等不同部门的创作者将视觉重心放在角色面部/人脸的塑造上。因此，如何通过台词来帮助演员精准地诠释人物便成了欧阳黔森创作时要解决的重要问题。巴拉兹·贝拉从柏格森对音乐的讨论中发现了一条路径，柏格森认为音乐艺术中旋律的生成和音符排列组合中的时间先后顺序并无直接的关系，"旋律并不是随着时间的进展而

---

① ［美］詹姆斯·纳雷摩尔：《电影中的表演》，徐展雄、木杉译，北京大学出版社 2018年版，第 37 页。

逐渐产生出来的；它是在第一个音符刚一出现时就已经作为一个完美的整体而存在了"。①巴拉兹·贝拉指出了柏格森在音乐领域所发现的共时性审美体验，并将其延展至对电影艺术中人物面部表情的考察之中，并指出"面部表情（面相学）与空间的关系很类似旋律和时间的关系"②，即观众虽然能从具备空间特征的人物面部表情中觉察出相对应的人物心理和生理特质，但弥散在这一审美体验之中的超时空效果才是电影中人物面部表情的魅力所在。在德勒兹那里，面孔具备三种功能："可区分的、可社会化的和可沟通的"③，更为重要的是，面孔具备了能与特写镜头互换身份的美学特质。面孔再也不仅仅是指演员或角色的面部表演，它被抽象为一种电影元素，成为了特写镜头在"消解了其自身三种功能"④ 之后留存的"面孔特性"或称"脸性"。而这也正是德勒兹所言"情感—影像"⑤的核心所在。身处"机械复制时代"的影视艺术和诸多现代艺术一样，试图打破"脸性政治与广告美学的准则"⑥，寻找被面具所淹没的真实面容。然而，当日渐增多希望借后天易容术而"化身为偶像"⑦ 的个人心理和社会趋势在大众和观众中间流动时，欧阳黔森似

① ［美］詹姆斯·纳雷摩尔：《电影中的表演》，徐展雄、木杉译，北京大学出版社 2018 年版，第 52 页。

② 同上书，第 53 页。

③ "一般地讲，人们承认面孔的三种功能：它是可区分的（它区分或凸显每一人），它是可社会化的（它表现某种社会角色），它是关系的或可沟通的（它不仅保证两个人之间的交流，还可以在同一人身上进行内在与其特征和角色的交流）。"参阅［法］吉尔·德勒兹《运动—影像》，谢强、马月译，湖南美术出版社 2016 年版，第 159 页。

④ 指面孔的可区分的、可社会化的和可沟通的三种功能。参阅［法］吉尔·德勒兹《运动—影像》，谢强、马月译，湖南美术出版社 2016 年版，第 160 页。

⑤ 德勒兹认为"情感—影像"就是特写镜头，"而特写镜头，是面孔"。参阅［法］吉尔·德勒兹《运动—影像》，谢强、马月译，湖南美术出版社 2016 年版，第 140 页。

⑥ Thomas Macho/Gerburg Treusch-Dieter *Medium Gesicht*, *Die faciale Gesellschaft*, Berlin, 1996；转引自［德］汉斯·贝尔廷《脸的历史》，史竟舟译，北京大学出版社 2017 年版，第 41 页。

⑦ ［德］汉斯·贝尔廷：《脸的历史》，史竟舟译，北京大学出版社 2017 年版，第 255 页。

乎敏锐地嗅到了本土影视演员在"影像贵州"的意义生产上至关重要的作用。而他的策略是依靠影视演员各自的面部表演而展开"影像贵州"叙事。除此之外,在欧阳黔森的影视作品中,演员的面部特写往往融入了少数民族特色的服饰元素,这也进一步增强了面部特写镜头中的贵州元素和情感。

集体会议、以歌咏志和理性畅谈是欧阳黔森影视作品中表达乐观的革命精神和坚定的革命信念的演员表演调度策略。《雄关漫道》中,红二、六军团在鸡公垭战斗中战败,贺龙(杜源饰)、任弼时(王健饰)、关向应(张日辉饰)和萧克(王朴饰)等红军将领们围坐在院落前商讨对策并决定是否从塔卧出发,进行战略转移。杜源饰的贺龙跷腿而坐,焦虑地抽着烟斗,沉默地听大家汇报战况。张日辉饰的关向应站立着沉重汇报红军的伤亡人数,此处的台词暗示着编剧对历史事件的还原策略,即通过敌我双方各自的统计数据,尽可能呈现出历史的真实。"我军在鸡公垭战斗中,共伤亡七百三十一人"与上一个镜头中,国民党司令官所说"马上电告长沙何主席,我军鸡公垭大捷,歼灭共匪贺龙部三千余人"形成对比,两军将领的沉痛与傲慢借这两句充满矛盾的台词得以体现。在随后张日辉饰的关向应继续汇报红军伤亡具体情况时,影片交叉剪辑,杜源饰的贺龙依旧满脸愁容不停地抽着烟斗。该处以静演动的表演策略,在很大程度上是通过集体会议式的场面描写和坚持历史理性的台词创作而实现。在红二、六军团战略转移的过程中,贺龙与任弼时等人走到半山腰处的空地上,此前战败的阴霾在贺龙和任弼时的歌声中一扫而光。借助军歌《鲜红的旗帜竖起来》,杜源得以将贺龙的乐观主义情怀通过生活化的方式呈现出来。而在这个行军段落中,红军众战士也跟随音乐而聚拢,影像上的慢动作、叠印和反应镜头都因此而渲染出浪漫的革命抒情。岳林盛(刘之冰饰)在对岳凌霄（奚红饰）关于革命和恋爱的谈话中，一时大意将凌霄父母牺牲的消息说了出来："你爸你妈不在了，无父从兄，我必须要管你。"当他意识到这句话潜在的歧义时，又解释："霄霄，哥哥的意思是，姑妈他们现在不在你跟前，哥哥是你唯一的亲人。"凌霄早已猜到了父母多半牺牲的事实，她也从此前贺龙对她的特别照顾中有所察觉，因此，当她听到岳林盛的教导时，她需要掩盖住内心矛盾的情感。一方面，她从字里行间再次确认父母牺牲的事实，内心十分悲痛；另一方面，她需要掩盖住自己的真实情感，以打消岳林盛的担心。奚红在该段落的表演充分依靠着刘之冰的台词，每一个动作都刚好卡在对手说出的具备双关含义的台词中。当她听到"无父从兄"时，面部轻微抽搐，表情痛苦，但又立马通过扭头转身，将情感掩盖。当她听到岳林霄后续的解释时，强忍着泪水不愿正面与哥哥对视。两位演员同时正面朝向荧幕，完成了影视表演中在情感表达中强有力的"观者建构"①。观众获得了正面进入角色内心世界的机会，而两位演员的视线也相互交织在虚拟的荧幕之外。欧阳黔森通过台词，将自己对历史人物的理解与想象转换为人物动作，在表演风格上引导着演员更丰富和细腻地阐释人物。

台词和仪式性段落除了能给演员的表演提供提示性建议之外，编剧自身的价值观还能通过自我反讽式的表演动作得以表述。《奢香夫人》中，果瓦大总管（张双利饰）在政治倾向和民族关系上的见解都异于奢香夫人（宁静饰），无论是在霭翠执政期，还是在奢香夫人理事期，或是在格宗二爷因不服奢香而自立门户的特殊时期，他

---

① 詹姆斯·纳雷摩尔指出"电影演员们必须间接地回应大众的趣味；但是，和其他形式的戏剧相比，电影会更强有力地'建构'它的观者，于是，最终，演员和观众都变成了孤独的个体，观望着镜像"。［美］詹姆斯·纳雷摩尔：《电影中的表演》，徐展雄、木杉译，北京大学出版社 2018 年版，第 44 页。

总以批判者和宣教者的姿态处理着自身和其他角色的关系。格宗二爷（刘之冰饰）一直想借着征讨乌撒诺哲的机会，稳固并增强自己在水西的地位。然而，在霭翠的劝说和果瓦大总管的提点下，他甘愿忍耐。张双利在演绎果瓦大总管冷静理智的神情时，通过眼神和视线的切换，替编剧传达出坚忍不拔的观念倾向。"一个人如果连等待的耐心都没有，还能干什么呢？"张双利此时的眼神快速扫过镜头（如图 8-5），最终停留在格宗二爷所在的方向。而下一个镜头中，刘之冰看似盯着镜头，实则略微虚焦的眼神，从迷茫到坚定，完成了编剧在价值观上的表达。当永宁正式出兵进攻乌撒时，诺哲（徐成林饰）在战事面前焦头烂额，他疲于应付接二连三的战事汇报，一气之下怒斥士兵："报什么报。"除了情节上的推动之外，诺哲此时的怒火一方面是对剧中，以想象性战争空间替代真实战争动作的呼应；另一方面也是编剧在创作中的自我理性对话，他借角色之口，将自己置身于历史和战争想象之中，以此来完成角色塑造并赋予全剧以理性视点。可见，台词和仪式性段落成为编剧进一步阐释"影像贵州"并实现对演员表演的调度和指导的关键元素。

图 8-5 《奢香夫人》

第五节 "档案"作为价值拓扑

　　欧阳黔森影视作品中的"档案"指的是作为剧情组成部分的真实新闻视频和具有历史索引功能的字幕。这两类影像打通了虚拟和现实、创作和生活以及历史和当下的关系，围绕"影像贵州"，将所有的影像元素进行整合，进一步拓展着影片本身的价值表意功能。真实新闻视频和字幕之所以具备档案的功能，是因为它们为观众提供了基于真实的影像体验。能够提供一种类似于《阿甘正传》（Forrest Gump，1994）中，虚构的真实影像在历史厚重感和人物命运史诗感的审美效果营造上相似的影像功能。在欧阳黔森的影视作品创作中，我们能发现编剧自觉或不自觉地将一种跨边界性的观看／创作方式植入叙事中。《二十四道拐》和《雄关漫道》的相同之处在于，二者都通过字幕的形式来介绍人物；不同之处在于，《雄关漫道》中的字幕除了介绍人物之外，还承担着历史索引的功能。在红二、六军团长征途中，关键战役、战略决策和历史时局都在电视剧的不同部分相继出现；而《二十四道拐》中的字幕除了介绍功能外，同样成为打通影片真实性（二十四道拐的历史真实）与虚构性（围绕保桥护路虚构的情节）的关键影像符号。可见，欧阳黔森影视作品中的"档案"影像，已经从叙事层面上升为视觉层面，一方面能够整合"影像贵州"的价值表达成果，另一方面也在影视形式和本体上做出了积极尝试。

　　明斯特伯格曾通过电影与观众之关系的角度，将知觉心理学和新康德哲学引入对早期无声电影的分析中，并认为"电影引起的心智结果，最终不是存在于胶卷上，而是存在于观众的心中，在观众的心中实现电影"。①

---

① 陈儒修、郭幼龙：《电影理论解读》，远流出版事业股份有限公司2002年版，第50页。

随后的社会变动让人们从对电影"观看"的内部思考，即立足点为观众通过观看产生的心理体验，转向了对电影"观看"的外部思考，即分析特定电影语言和形式所形成的观看方式和效果所裹挟着的社会权力机制。从现代电影理论的符号学转型开始，"观看"始终离不开制度的再建和解构。不同于电影理论探索初期所提出的"视觉是如何被赋予性向与性别的意涵？"、"借由哪些视觉符码使得一些人可以观看？其他人则需要冒险偷窥？以及有哪些人被禁止观看？"① 现代电影理论和同时期的艺术理论所关注的是以读者、社会、时代为中心的主观观看方式及其所产生的阐释效果。约翰·伯格在1972年便指出绘画中的女性形象深受观看者/拥有者/画家的支配，《观看之道》中大量的图像文本旨在说明因观看而生的知觉体验会随着画家有意或无意的焦点、视点、角度、构图等元素的设置而发生改变。在影视的观看方面，布来恩·马苏米通过对里根的自传和他早期的电影作品的分析发现，"运动—视觉"和"镜像—视觉"不同，前者能让观看主体暂时忘却经验世界进入一个"运动本身的、纯粹变化的空间"② 。而"运动—视觉"又与德勒兹所言的"运动—影像"有着某种关联，其核心是反思观众如何观看影像，如何体验影像以及如何理解影像。若我们将目光移至电影批评与历史之中的"观看"，便会发现"观看"早已具备媒介素养的特质，并亟须重新梳理。在电影批评领域，得益于对电影"观

① 陈儒修、郭幼龙：《电影理论解读》，远流出版事业股份有限公司2002年版，第423页。
② "运动—视觉"和"镜像—视觉"是从演员的角度出发而言的概念，前者是指基于真实生活并在运动之中的对自我的观看，后者是指通过银幕或类似镜子的平面来反观自身。里根在自传《我其余部分上哪儿去了？》中回忆了他当演员时回看自己在镜头前的表演时的心理过程。马苏米认为，正是因为里根对自己银幕上的种种表现不甚满意，他不愿自己的主体形象只停留在"镜似"的阶段，才努力尝试更多电影之外的生活。这也是促使他走出好莱坞，走向政坛的内在原因之一。［美］布来恩·马苏米：《虚拟的语言：运动，情感，感觉》，严蓓雯译，河南大学出版社2012年版，第65页。

看"原初的惊异和对新的观看方式无意识式的追寻，由此拉开了电影反思的帷幕。1897 年 6 月 11 日《新闻报》刊载的"观影笔记"写道"驱车入园，园之四隅，车马停歇已无隙地"、"自来火齐放而观戏以毕，报时钟已十点三刻矣。于是座中男女无不变色离席，夺袖出臂，口讲指画而以为妙绝也①。"可见电影留给观众最直观和深刻的印象便是借由"观看"而来。当然，除了讶异光影之神奇外，部分观众也对这一新媒介投以敬畏和反思。在中国"盖时沪人多重迷信，目摄影为不详，率不敢轻于劝其摄文明剧"。② 高尔基曾在观影后失望地表示，在电影的幻影王国中，缺少了声音和色彩的大自然都沉浸在枯燥的灰色世界中。③ 路易斯·G. 乌必那（Luis G. Urbi-na)④ 也曾表示"我无法了解为何接受过义务教育熏陶的那群人竟然一晚接着一晚地进入戏院，被不断重复的场景愚弄自己"⑤。诚然他的论述中或许带有对电影意识形态内在特征的先天敏感，但作为文学家，他对电影的评说启发我们更好地理解爱因汉姆通过反思电影和其他艺术之关系而寻找其艺术合法性的努力。因此，类似于梅洛－庞蒂对"知觉和被知觉世界的关系"⑥ 的思考，聚焦于"观看"实际上是重回对影像本体的反思，是通过梳理影视作品的可视影像

---

① 丁亚平：《百年中国电影理论文选增订版·第一卷》，中国文联出版社 2016 年版，第 4、5 页。

② 徐耻痕：《中国影戏大观》，东方出版社 2015 年版，第 25 页。

③ Leyda, Jay, *Kino: A History of the Russian and Soviet Film*, London: Allen and Unwin, 1972.

④ 墨西哥文学理论家，著有《墨西哥的文学人生：一种独立论述》（La vida literaria de México. La literatura mexicana durante la independencia.）、《明日之光诗歌集》（Mañana de sol y otros poemas)、《独立战争时期墨西哥文学史》（La literatura mexicana durante la guerra de la independencia）和《激情的革命》（La Pasion Revolucionaria，与弗朗索瓦·福雷合著）等。

⑤ 参见 Mora, Carl J., *Mexican Cinema: Reflections of a Society* 1896—1988, Los Angeles: University of California Press, 1988；转引自 Robert Stam《电影理论解读》，陈儒修、郭幼龙译，远流出版事业股份有限公司 2002 年版，第 42 页。

⑥ ［法］莫里斯·梅洛－庞蒂：《眼与心》，杨大春译，商务印书馆 2007 年版，第 2 页。

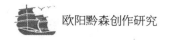

元素与创作者、观众和自身的关系，呼应视觉文化时代的全民视觉消费趋势，重新挖掘影视作品文本内外的艺术规律和特征。

"档案"影像的融入对观众观看影视作品带来了新的视觉心理体验。真实与虚构边界的交融，让欧阳黔森影视作品中原本具备鲜明生活特征、现实意义和历史记忆的叙事和视觉特征得以再度强化。《绝地逢生》中，不仅人物象征着社会发展的多面向，而且影像的累积也浓缩着改革开放过程中，我国农村建设的突破性成就。当然，编剧也将改革开放过程中，农村发展所遇到的问题一并编织在关于发展的影像叙事中。农民与工人身份的转变、旅游产业和农家乐的出现、从绿色产品认证到自创品牌、注重发展同时也重视生态平衡建设，诸如此类农村社会发展的节点最终交会于2005年贵州三岔口"六月六"布依族风情节和2005年春节前夕国家主席胡锦涛来到贵州黔西南州兴义市考察的新闻影像中。在全剧的最后一集中，蒙幺爸躺在病床上，看着电视机里关于国家领导人视察贵州的新闻，终于放下心来。观众在电视剧观众中，看到了/体验到了剧中角色看电视的过程，双重的观感模糊了观众对电视剧真实与虚拟的边界。蒙幺爸为了盘江大队辛劳大半辈子的所有喜悦，都浓缩在病房中发着微光、模糊不清的电视机荧幕上。观众对荧幕中的荧幕的观看，让全剧此前积累的情感瞬间喷发，观众也在对真实与虚拟的困惑中，体会着如同邻居般存在于真实生活中的蒙幺爸的酸甜苦辣。最终，"贵州影像"完成了从现实世界游动到影像世界的旅行，编剧也将历史、当下和未来的贵州书写在荧幕之中，完成了对贵州形象的荧幕创作。

参考文献

一 中文著作

［1］ 艾筑生：《20 世纪贵州散文史》，贵州民族出版社 1999 年版。

［2］ 安尚育：《20 世纪贵州诗歌史》，贵州民族出版社 2000 年版。

［3］ 白烨：《中国文情报告（2004—2005）》，社会科学文献出版社 2005 年版。

［4］（汉）班固：《汉书》，中华书局 1997 年版。

［5］ 蔡昉、王德文、都阳：《中国农村改革与变迁：30 年历程和经验分析》，格致出版社 2008 年版。

［6］ 陈思和：《中国当代文学史教程》，复旦大学出版社 1999 年版。

［7］ 陈继会：《20 世纪乡土小说史论》，安徽教育出版社 1999 年版。

［8］ 陈平原：《中国小说叙事模式的转变》，上海人民出版社 1988 年版。

［9］ 陈平原：《千古文人侠客梦》，新世界出版社 2002 年版。

［10］ 陈平原：《当年游侠人——现代中国的文人与学者》，生活·读书·新知三联书店 2006 年版。

［11］陈鼓应：《老子注释及评介（修订增补本）》，中华书局 1984
年版。

［12］陈成译注：《山海经译注》，上海古籍出版社 2014 年版。

［13］陈夫龙：《民国时期新文学作家与侠文化研究》，花木兰文化
事业有限公司 2017 年版。

［14］程光炜：《文学史的多重面孔》，北京大学出版社 2009 年版。

［15］（宋）程颢、程颐：《二程集》，王孝鱼点校，中华书局 1980
年版。

［16］程季华：《中国电影发展史》，中国电影出版社 1983 年版。

［17］（清）仇兆鳌：《杜甫全集》，秦亮点校，珠海出版社 1996 年版。

［18］崔卫平：《我们时代的叙事》，花城出版社 2008 年版。

［19］戴锦华：《镜与世俗神话》，中国人民大学出版社 2004 年版。

［20］丁亚平：《中国电影通史》，中国电影出版社 2016 年版。

［21］刁克利：《西方作家理论研究》，外语教学与研究出版社 2005
年版。

［22］刁克利：《诗性的拯救：作家理论与作家评论》，昆仑出版社
2006 年版。

［23］丁帆：《中国现代乡土小说史》，北京大学出版社 2007 年版。

［24］丁锡根：《中国历代小说序跋集》，人民文学出版社 1996 年版。

［25］丁亚平：《百年中国电影理论文选》，中国文联出版社 2016
年版。

［26］董健：《中国当代文学史新稿》，人民文学出版社 2005 年版。

［27］杜悦：《新世纪国产电视剧的中国特色：有关中国电视剧"民
族性建构"问题的探索》，中国传媒大学出版社 2008 年版。

［28］方国瑜：《彝族史稿》，四川民族出版社 1984 年版。

［29］（唐）房玄龄等：《晋书》，中华书局 1998 年版。

［30］费孝通：《文化的生与死》，上海人民出版社 2009 年版。

［31］傅明根：《从文学到电影：第五代电影改编研究》，中国社会科学出版社 2011 年版。

［32］郭绍虞、罗根泽：《中国近代文论选》，人民文学出版社 1959 年版。

［33］郝建：《硬作狂欢》，上海三联书店 2004 年版。

［34］何光渝：《20 世纪贵州小说史》，贵州民族出版社 1999 年版。

［35］洪治纲：《中国新时期作家代际差别研究》，人民出版社 2014 年版。

［36］洪子诚：《中国当代文学史》，北京大学出版社 1999 年版。

［37］黄万机：《客籍文人与贵州文化》，贵州人民出版社 1992 年版。

［38］胡维汉：《贵州新文学大系·文论卷》（1919—1989），贵州人民出版社 1997 年版。

［39］贾平凹：《山本》，作家出版社 2018 年版。

［40］廖小平：《伦理的代际之维》，人民出版社 2004 年版。

［41］廖小平：《分化与整合——转型期价值观代际变迁研究》，高等教育出版社 2007 年版。

［42］（清）刘宝楠：《论语正义》，岳麓书社 1996 年版。

［43］刘彬彬：《中国电视剧改编的历史嬗变与文化审视》，岳麓书社 2010 年版。

［44］刘旭光：《质觉美术个案书系：刘旭光》，河南大学出版社 2009 年版。

［45］（南朝宋）刘义庆：《世说新语》，浙江古籍出版社 1998 年版。

［46］刘兆吉：《西南采风录》，商务印书馆 1946 年版。

［47］李京盛：《中国电视剧年度发展报告 2005—2006》，中国传媒大学出版社 2007 年版。

〔48〕李少白:《中国电影史》,高等教育出版社2006年版。

〔49〕李少群、乔力:《地域文化与文学研究论集》,中国社会科学出版社2007年版。

〔50〕李杨:《抗争宿命之路:社会主义现实主义(1942—1976)研究》,时代文艺出版社1993年版。

〔51〕鲁迅:《鲁迅书信集》,人民文学出版社1976年版。

〔52〕鲁迅:《鲁迅全集》,人民文学出版社2005年版。

〔53〕梅新林:《中国文学地理形态与演变》,复旦大学出版社2006年版。

〔54〕孟繁华:《文学的风景》,河南大学出版社2006年版。

〔55〕孟庆祥、孟繁红译注:《孔子集语译注》,黑龙江人民出版社2003年版。

〔56〕莫言:《莫言讲演新编》,文化艺术出版社2009年版。

〔57〕欧阳黔森:《有目光看久》,贵州民族出版社1994年版。

〔58〕欧阳黔森:《味道》,中国文联出版社2003年版。

〔59〕欧阳黔森:《非爱时间》,贵州人民出版社2004年版。

〔60〕欧阳黔森:《白多黑少》,贵州人民出版社2006年版。

〔61〕欧阳黔森、陶纯:《雄关漫道》,贵州人民出版社2006年版。

〔62〕欧阳黔森:《绝地逢生》,贵州人民出版社2008年版。

〔63〕欧阳黔森:《欧阳黔森短篇小说选》,贵州人民出版社2014年版。

〔64〕欧阳黔森:《莽昆仑:欧阳黔森中短篇小说选》,作家出版社2015年版。

〔65〕欧阳黔森:《水的眼泪:欧阳黔森选集》,广西师范大学出版社2017年版。

〔66〕欧阳黔森:《枕梦山河》,中国青年出版社2017年版。

［67］钱理群等：《中国现代文学三十年》，北京大学出版社 1998年版。

［69］施康强：《征程与归程》，中央编译出版社 2001 年版。

［68］史继忠等：《贵州文化》，内蒙古教育出版社 2006 年版。

［69］舒远招：《理性与激情——黑格尔历史理性研究》，湖南师范大学出版社 1993 年版。

［70］（汉）司马迁：《史记》，中华书局 1975 年版。

［71］宋剑华：《百年文学与主流意识形态》，湖南教育出版社 2002年版。

［72］孙宏：《中美两国文学中的地域主题研究》，外语教学与研究出版社 2007 年版。

［73］汤芸：《以山川为盟——黔中文化接触中的地景、传闻与历史感》，民族出版社 2008 年版。

［74］童庆炳：《文学艺术与社会心理》，高等教育出版社 1997 年版。

［75］（唐）姚思廉、姚察：《梁书》，中华书局 1997 年版。

［76］尹鸿：《新中国电影史》，湖南美术出版社 2002 年版。

［77］（清）阮元校刻：《十三经注疏》，中华书局 1980 年版。

［79］王同忆：《现代汉语大词典》，海南出版社 1992 年版。

［80］王晓文：《中国现代边地小说研究》，人民出版社 2016 年版。

［81］王颖泰：《20 世纪贵州戏剧文学史》，贵州民族出版社 2000年版。

［82］汪曾祺：《汪曾祺文集》，江苏文艺出版社 1993 年版。

［83］习近平：《在文艺工作座谈会上的讲话》，人民出版社 2015年版。

［84］习近平：《在文联十大、中国作协九大开幕式上的讲话》，人民出版社 2016 年版。

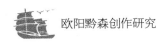

［85］《文艺报》社主编：《小说里的中国》，青岛出版社 2013 年版。

［86］徐耻痕：《中国影戏大观》，东方出版社 2015 年版。

［87］徐沁：《媒介融合论：信息化时代的存续之道》，中国传媒大学出版社 2009 年版。

［88］颜昌峣：《管子校释》，岳麓书社 1996 年版。

［89］姚小鸥：《古典名著的电视剧改编》，中国传媒大学出版社 2006 年版。

［90］杨伯峻译注：《论语译注》，中华书局 1958 年版。

［91］杨匡汉、孟繁华：《共和国文学 50 年》，中国社会科学出版社 1999 年版。

［92］杨妍：《地域主义与国家认同：民国初期省籍意识的政治文化分析》，天津人民出版社 2007 年版。

［93］杨义：《中国现代小说史》，人民文学出版社 1998 年版。

［94］杨义：《重绘中国文学地图》，中国社会科学出版社 2003 年版。

［95］杨义：《文学地图与文化还原》，北京师范大学出版社 2011 年版。

［96］袁行霈：《国学研究》第二卷，北京大学出版社 1994 年版。

［97］曾大兴：《文学地理学研究》，商务印书馆 2012 年版。

［98］赵强：《"物"的崛起——前现代晚期中国审美风尚的变迁》，商务印书馆 2016 年版。

［99］张兵：《陇右文化》，辽宁教育出版社 1998 年版。

［100］张冲：《文本与视觉互动：英美文学电影改编的理论与应用》，复旦大学出版社 2010 年版。

［102］张明高、范桥：《周作人散文》，中国广播电视出版社 1992 年版。

［103］张新民：《中国传统文化与贵州地域文化研究论丛》（二），巴

蜀书社 2008 年版。

［104］郑国恩、巩如梅：《中国电影专业史研究：电影摄影卷》（上、下），中国电影出版社 2006 年版。

［105］中共中央党史研究室：《建设社会主义新农村带头人口述历史书系：创业之路》，中共党史出版社 2009 年版。

［106］邹文生：《陈楚文化》，辽宁教育出版社 1998 年版。

［107］朱德发：《现代中国文学英雄叙事论稿》，山东教育出版社 2006 年版。

［108］《诸子集成》，岳麓书社 1996 年版。

二　中译著作

［1］［苏］巴赫金：《巴赫金全集》，钱中文译，河北教育出版社 2009 年版。

［2］［美］本尼迪克特·安德森：《想象的共同体——民族主义的起源与散布》，吴叡人译，上海人民出版社 2005 年版。

［3］［德］本雅明：《巴黎，19 世纪的首都》，刘北成译，商务印书馆 2013 年版。

［4］［美］布来恩·马苏米：《虚拟的语言：运动，情感，感觉》，严蓓雯译，河南大学出版社 2012 年版。

［5］［英］达比：《风景与认同：英国民族与阶级地理》，张箭飞译，译林出版社 2011 年版。

［6］［美］大卫·波德维尔：《建构电影的意义：对电影解读方式的反思》，陈旭光、苏涛等译，北京大学出版社 2017 年版。

［7］［荷兰］D. 佛马克、E. 蚁布思：《文学研究与文化参与》，俞国强译，北京大学出版社 1996 年版。

[8] ［英］弗雷泽：《金枝》，徐育新等译，大众文艺出版社 1998 年版。

[9] ［美］哈罗德·伊罗生：《群氓之族：群体认同与政治变迁》，邓伯宸译，广西师范大学出版社 2015 年版。

[10] ［德］汉斯·贝尔廷：《脸的历史》，史竟舟译，北京大学出版社 2017 年版。

[11] ［美］詹姆斯·纳雷摩尔：《电影中的表演》，徐展雄、木杉译，北京大学出版社 2018 年版。

[12] ［美］詹姆逊：《政治无意识：作为社会象征行为的叙事》，王逢振、陈永国译，中国社会科学出版社 1999 年版。

[13] ［法］吉尔·德勒兹：《运动—影像》，谢强、马月译，湖南美术出版社 2016 年版。

[14] ［法］吉尔·德勒兹：《弗兰西斯·培根：感觉的逻辑》，董强译，广西师范大学出版社 2017 年版。

[15] ［美］基维：《音乐哲学导论：一家之言》，刘洪等译，华东师范大学出版社 2012 年版。

[16] ［英］卡莱尔：《英雄与英雄崇拜》，何欣译，辽宁教育出版社 1998 年版。

[17] ［英］康拉德：《诺斯托罗莫》，刘珠还译，译林出版社 2001 年版。

[18] ［英］康拉德：《黑暗的心：汉英对照》，叶雷译，译林出版社 2016 年版。

[19] ［古罗马］朗吉努斯、［古希腊］亚里士多德、［古罗马］贺拉斯：《美学三论》，马文婷、宫雪译，光明日报出版社 2009 年版。

[20] ［法］雷蒙·阿隆：《历史意识到维度》，董子云译，华东师范

大学出版社 2017 年版。

［21］［法］列维－布留尔：《原始思维》，丁由译，商务印书馆 1981
年版。

［22］［美］罗德里克·弗雷泽·纳什：《荒野与美国思想》，侯文
蕙、侯钧译，中国环境科学出版社 2012 年版。

［23］［美］玛格丽特·米德：《文化传承与承诺——一项有关代沟
问题的研究》，周晓虹、周怡译，河北人民出版社 1987 年版。

［24］［德］马克思：《博士论文》，中共中央马克思恩格斯列宁斯大
林著作编译局编译，人民出版社 1961 年版。

［25］［德］马克思、恩格斯：《马克思恩格斯选集》，中共中央马克
思恩格斯列宁斯大林著作编译局编译，人民出版社 1977 年版。

［26］［德］马克思：《马克思 1844 年经济学哲学手稿》，中共中央
马克思恩格斯列宁斯大林著作编译局编译，人民出版社 1985
年版。

［27］［德］马克思、恩格斯：《马克思恩格斯文集》，中共中央马克
思恩格斯列宁斯大林著作编译局编译，人民出版社 2009 年版。

［28］［英］马尔科姆·安德鲁斯：《风景与西方艺术》，张翔译，世
纪出版股份有限公司 2014 年版。

［29］［捷］米兰·昆德拉：《小说的艺术》，孟湄译，生活·读书·
新知三联书店 1992 年版。

［30］［美］米切尔：《风景与权力》，杨丽、万信琼译，译林出版社
2014 年版。

［31］［法］莫里斯·梅洛－庞蒂：《眼与心》，杨大春译，商务印书
馆 2007 年版。

［32］［德］诺贝特·埃利亚斯：《文明的进程：文明的社会起源的
心理起源的研究》，王佩莉译，生活·读书·新知三联书店

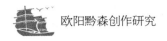

1998 年版。

[33] ［美］乔纳森·克拉里：《知觉的悬置：注意力、景观与现代文化》，沈语冰、贺玉高译，江苏凤凰美术出版社 2017 年版。

[34] ［英］沙玛：《风景与记忆》，胡淑陈、冯樨译，译林出版社 2013 年版。

[35] ［美］萨义德：《音乐的极境：萨义德音乐随笔》，彭淮栋译，江苏文艺出版社 2012 年版。

[36] ［美］斯坦利·卡维尔：《看见的世界——关于电影本体论的思考》，齐宇、刘芸译，中国电影出版社 1990 年版。

[37] ［法］托多罗夫：《巴赫金、对话理论及其他》，蒋子华、张萍译，百花文艺出版社 2001 年版。

[38] ［美］维克多·特纳：《庆典》，方永德译，上海文艺出版社 1993 年版。

[39] ［澳］伊丽莎白·格罗兹：《时间的旅行——女性主义，自然，权利》，胡继华、何磊译，河南大学出版社 2016 年版。

[40] ［德］西奥多·阿多诺：《电影的透明性》，李洋主编，河南大学出版社 2017 年版。

[41] ［德］扬·阿斯曼：《文化记忆：早期高级文化中的文字、回忆和政治身份》，金寿福、黄晓晨译，北京大学出版社 2015 年版。

三　外文著作

[1] Chow, Rey, *Primitive passions：visuality, sexuality, ethnography, and contemporary Chinese cinema*, New York：Columbia University Press, 1995.

［2］ Chris Berry and Mary Farquhar, *China on Screen: Cinema and Nation*, New York: Columbia University Press, 2006.

［3］ Edited by Johan Andersson & Lawrence Webb, *Global Cinematic Cities: New Landscapes of Film and Media*, London & New York: Wallflower Press, 2016.

［4］ Elisabeth R. Anker, *Orgies of Feeling: Melodrama and the Politics of Freedom*, Durham: Duke University Press, 2014.

［5］ Georg Lukacs, translated from the German by Anna Bostock, *The Theory of the Novel: A historico-philosophical essay on the forms of great epic literature*, Cambridge, Massachusetts: The MIT Press, 1971.

［6］ Jonna Eagle, *Imperial Affects: Sensational Melodrama and the Attractions of American Cinema*, New Brunswick: Rutgers University Press, 2017.

［7］ Mitchell, W. J. T., Imperial Landscape, in W. J. T. Mitchell, ed., *Landscape and Power*, University of Chicago Press, 1994.

［8］ Nick Browne, ed., *Refiguring American Film Genres*, California: University of California Press, 1998.

［9］ Peter Brooks, *The Melodramatic Imagination: Balzac, Henry James, Melodrama, and the Mode of Excess*, New Haven, CT: Yale University Press, 1976.

［10］ Rick Altman, *Film/Genre*, London: British Film Institute, 2004.

［11］ Robert Kolker, *The Oxford Handbook of Film And Media Studies*, New York: Oxford University Press, 2008.

［12］ Veronica Pravadelli, translated by Michael Theodore Meadows, *Classic Hollywood: Lifestyles and Film Styles of American Cinema*,

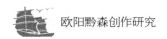

1930—1960，Urban，Chicago，and Springfield：University of Illinois Press，2015.

［13］Yingjin Zhang，*Chinese National Cinema*，New York：Routledge，2004.

四 期刊论文

［1］毕光明：《社会主义伦理与"十七年"文学生态》，《南方文坛》2007 年第 5 期。

［2］陈晓明：《对当代精神困局的透视——评欧阳黔森的〈非爱时间〉》，《文艺报》2004 年 5 月 18 日第 2 版。

［3］陈夫龙：《张爱玲的服饰体验和服饰书写研究》，《山东师范大学学报》（人文社会科学版）2018 年第 1 期。

［4］陈夫龙：《刘绍棠乡土小说的侠文化解读》，《中国现代文学研究丛刊》2018 年第 1 期。

［5］陈健：《为了民族的和睦团结——电视剧〈奢香夫人〉导演阐述》，《中国电视》2013 年第 12 期。

［6］陈小虎：《凉山彝族战刀研究》，《西南民族大学学报》（人文社会科学版）2011 年第 12 期。

［7］董之林：《分享艺术的奥秘——读欧阳黔的短篇小说集》，《新文学评论》2015 年第 6 期。

［8］宫林：《论中国电影美术之"意象"与"造境"》，《北京电影学院学报》2008 年第 5 期。

［9］何士光：《诗的意境和铁的历史》，《文艺报》2014 年 9 月 22 日。

［10］何士光：《序〈欧阳黔森短篇小说选〉》，《山花》2014 年第 10 期。

［11］范玉刚：《"以人民为中心的创作导向"——习近平文艺思想的人民性研究》，《文学评论》2017 年第 4 期。

［12］姜礼福、石云龙：《康拉德小说的音乐性》，《外国文学研究》2007 年第 3 期。

［13］金克木：《文艺的地域学研究设想》，《读书》1986 年第 3 期。

［14］蹇先艾：《〈春雨之夜〉所激动的》，《晨报·文学旬刊》1924 年第 36 期。

［15］［美］L. 穆尔维：《家庭内外的情节剧》，王昶译，《世界电影》1997 年第 4 期。

［16］雷达：《叙事的机趣》，《文学报》2015 年 11 月 24 日。

［17］郎丽娜：《"毛尖茶"：地方与国家传统交流的终结》，《贵州师范大学学报》（社会科学版）2018 年第 6 期。

［18］［美］琳达·威廉斯：《改头换面的情节剧》，《世界电影》2008 年第 2—3 期。

［19］李鹏飞：《以韵入散：诗歌与小说的交融互动》，《北京大学学报》（哲学社会科学版）2012 年第 3 期。

［20］李天印：《电视剧〈雄关漫道〉研讨会在京召开》，《文艺报》2006 年 12 月 7 日第 1 版。

［21］李遇春：《博物、传奇与黔地方志小说谱系——论欧阳黔森的小说创作》，《中国现代文学研究丛刊》2015 年第 4 期。

［22］刘新锁：《人民伦理的覆盖与整合——论"十七年文学"的伦理图景》，《扬子江评论》2010 年第 3 期。

［23］刘艳：《神性书写与迟子建小说的散文化倾向》，《华中科技大学学报》（社会科学版）2017 年第 2 期。

［24］［法］罗伯·格里耶：《我的电影观念和我的创作》，《世界电影》1984 年第 6 期。

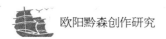
［25］吕慎、柳路：《欧阳黔森："金牌作家"的三个情结》，《光明日报》2015 年 9 月 1 日。

［26］马振方：《略论初创期小说中的诗歌功能》，《北京大学学报》（哲学社会科学版）2015 年第 1 期。

［27］梅丽：《现代小说的"音乐化"——以石黑一雄作品为例》，《外国文学研究》2016 年第 4 期。

［28］欧阳黔森、王士琼：《欧阳黔森：一部小说背后的四级跳》，《当代贵州》2006 年第 24 期。

［29］欧阳黔森：《向生活要智慧》，《求是》2017 年第 2 期。

［30］欧阳黔森：《花繁叶茂，倾听花开的声音》，《人民文学》2018 年第 1 期。

［31］欧阳黔森：《报得三春晖》，《人民文学》2018 年第 3 期。

［32］欧阳黔森：《看万山红遍》，《人民文学》2018 年第 9 期。

［33］彭锋：《艺术与真实——从徐冰的〈蜻蜓之眼〉说开去》，《文艺研究》2017 年第 8 期。

［34］曲春景：《中国电影史研究中的"感官文化学派"》，《文艺研究》2006 年第 10 期。

［35］王家琦、赵聪：《电视连续剧〈雄关漫道〉研讨会纪要》，《中国电视》2007 年第 2 期。

［36］王明贵：《影视剧作与彝汉史志中奢香夫人形象的比较研究》，《贵州社会主义学院学报》2012 年第 1 期。

［37］王瑶：《中国现代文学与古典文学的历史联系》，《北京大学学报》（哲学社会科学版）1986 年第 5 期。

［38］王诒卿：《张炜：地质是我的文学富矿》，《中国国土资源报》2014 年 3 月 25 日。

［39］［奥］维尔纳·沃尔夫：《音乐—文学媒介间性与文学/小说的音

乐化》，李雪梅译，《杭州师范大学学报》（社会科学版）2014
年第 1 期。

［40］文敏：《将心灵融入野地——作家张炜访谈录》，《书城》2013
年第 5 期。

［41］武文：《对情节剧的再认识》，《中国戏剧》1991 年第 10 期。

［42］伍联群：《论中国古代小说中的诗歌现象》，《青海社会科学》
2007 年第 6 期。

［43］舒晋瑜：《欧阳黔森：创新与突破，必须置身于自己的沃土》，
《中华读书报》2014 年 7 月 30 日第 3 版。

［44］解志熙：《新的审美感知与艺术表现方式——论中国现代散文
化抒情小说的艺术特征》，《文学评论》1987 年第 6 期。

［45］徐敏：《电影中的交通影像：中国现代空间的视觉重塑》，《文
艺研究》2006 年第 3 期。

［46］许祖华：《鲁迅小说的基本幻象与音乐》，《文学评论》2010 年
第 4 期。

［47］闫爱华：《风景研究的文化转向——兼评米切尔的〈风景与权
力〉》，《广西社会科学》2016 年第 6 期。

［48］杨礼银：《守护民主的社会生活——论哈贝马斯和福柯共同的
理论旨趣》，《陕西师范大学学报》（哲学社会科学版）2010
年第 39 卷第 6 期。

［49］于可训：《主持人的话》，《小说评论》2015 年第 5 期。

［50］俞吾金：《人体解剖是猴体解剖的钥匙——历史主义批判》，《探
索与争鸣》2007 年第 1 期。

［51］曾利君：《中国现代散文化小说：在褒贬中成长》，《文学评
论》2011 年第 1 期。

［52］张箭飞：《论鲁迅小说的音乐性》，《文艺研究》2000 年第 2 期。

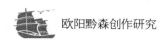

［53］张江：《文学的筋骨和民族的脊梁》，《人民日报》2014年12月30日第23版。

［54］张英进：《阅读早期电影理论：集体感官机制与白话现代主义》，《当代电影》2005年第1期。

［55］张媛：《景观、符号与仪式：少数民族电影中的原型隐喻与认同建构》，《暨南学报》（哲学社会科学版）2018年第10期。

［56］张哲：《福柯的最后反思：以"说真话"作为教程终篇》，《中国社会科学报》2014年6月9日第A03版。

［57］郑伯奇：《〈寒灰集〉批评》，《洪水》1927年第3卷第33期。

［58］钟惦棐：《话说电影观众学》，《北京影坛》1981年第3期。

［59］钟仕伦：《被遮蔽的空间：马克思文学地域批评思想初探》，《文学评论》2016年第5期。

［60］周根红：《少数民族题材的仪式叙事与意义生产》，《当代电影》2017年第11期。

［61］周星：《当下中国电影的审美观念嬗变与发展趋向》，《民族艺术研究》2017年第5期。

［62］周星：《电影艺术"中国梦"的正能量呈现》，《艺术教育》2013年第10期。

［63］周新民、欧阳黔森：《探询人性美——欧阳黔森访谈录》，《小说评论》2015年第5期。

五　学位论文

［1］刘芳芳：《当代陕西文学现实主义流变研究》，博士学位论文，陕西师范大学，2018年。

［2］雷艺璇：《新世纪德国二战题材电影纳粹罪责主题研究》，硕士

学位论文，北京师范大学，2018 年。

［3］ 李淼：《论云南少数民族题材电影中的边疆想象、民族认同与文
      化建构》，博士学位论文，上海大学，2013 年。

［4］ 余宏超：《从国家意志到多元融合——试论中国少数民族电视剧的
      "多民族话语"建构》，硕士学位论文，广西民族大学，2012 年。

后　记

　　本书是贵州省哲学社会科学规划重大委托课题"欧阳黔森的历史理性与价值建构研究"（18GZWT01）的结项成果。本成果由杜国景、颜水生和章文哲合作完成，具体分工是：杜国景撰写"概论"、第一章、第五章第三节，颜水生撰写第二章、第三章、第四章、第五章第一、二节，章文哲撰写第六章、第七章、第八章，颜水生负责全书统稿、修改与校对。

　　本书的前期成果大都已公开发表。杜国景著《关注时代变革，新方志文学大有可为》发表于《光明日报》2018年11月27日第16版，收入本书第五章第三节。杜国景著《文艺与地域关系的视野扩展与理论深化》发表于《中国文艺评论》2019年第10期，收入本书"概论"第一节。颜水生著《社会主义伦理与讲述中国的方法——欧阳黔森论》发表于《中国现代文学研究丛刊》2019年第5期，收入本书第二章。颜水生著《感觉意识形态与风景的象征世界——欧阳黔森文学创作论》发表于《小说评论》2019年第2期，收入本书第四章。颜水生著《抒情传统与小说的文体实验——欧阳黔森创作论》发表于《南方文坛》2020年第4期，收入本书第三章。颜水生著《传奇叙事与形式的辩证法——欧阳黔森小说论》发表于《贵州师范大学学报》

（社会科学版）2019 年第 2 期，收入本书第三章第四节。章文哲著《谍战、少数民族叙事和家庭情节剧：欧阳黔森电视剧的多元类型实践》发表于《贵州师范大学学报》（社会科学版）2019 年第 2 期，收入本书第七章。特别感谢《光明日报》《中国现代文学研究丛刊》《小说评论》《南方文坛》《贵州师范大学学报》等刊物的支持，特别感谢李敬泽、李国平、张燕玲、王国平、颜同林等先生的帮助。

　　本书由贵州民族大学一流学科建设经费资助出版，特别感谢文学院院长龙耀宏和副院长吴电雷对本书的辛苦奔劳。特别感谢中国社会科学出版社，特别感谢郭晓鸿女士的辛勤劳动。

　　虽然经过多次修改校对，但由于作者能力有限，本书仍然有诸多不足之处，敬请大家批评指正。

2020 年 3 月 24 日